PIERWSZE SŁOWO

Fot. Marta Żurawska

Marta Kisiel (1982) – polska pisarka fantasy. Z wykształcenia polonistka. Debiutowała w 2006 roku na łamach internetowego magazynu Fahrenheit opowiadaniem *Rozmowa dyskwalifikacyjna*. Na swoim koncie ma ukochany przez czytelników cykl *Dożywocie* (*Dożywocie*, *Siła niższa*, *Szaławiła* – laureatka Nagrody im. Janusza A. Zajdla w kategorii opowiadanie), powieści: *Nomen omen* (nominowaną do Nagrody im. Janusza A. Zajdla) oraz *Toń*, wydaną w 2018 roku.

Redaktor inicjujący: Agnieszka Trzeszkowska
Redakcja: Piotr Chojnacki
Korekta: Ewa Hartman, Artur Kaniewski
Ilustracje na okładkę i projekt okładki: Tomasz Majewski
Fotografia autorki: Marta Żurawska

Skład i łamanie: Plus 2 Witold Kuśmierczyk

Druk i oprawa: Lega, Opole
Książkę wydrukowano na papierze Creamy dostarczonym przez
ZiNG

Grupa Wydawnicza Foksal Sp. z o.o.
02-672 Warszawa, ul. Domaniewska 48
tel./faks (22) 826 08 82, 828 98 08
biuro@gwfoksal.pl
www.gwfoksal.pl

ISBN 978-83-280-5164-5

Spis treści

MARTA KISIEL
PIERWSZE SŁOWO

UROBOROS

Wydanie I
Warszawa, MMXVIII

Od autorki

Nie umiem pisać opowiadań.

Twierdziłam tak już w 2006 roku, kiedy debiutowałam na łamach „Fahrenheita" opowiadaniem *Rozmowa dyskwalifikacyjna*. Rok później ukazało się pierwsze *Dożywocie*, które może nie podbiło całego świata, ale czytelnicze serca na pewno. Mimo to zdania nie zmieniłam. I tak też uważam dzisiaj, dwanaście lat po debiucie, tuż po tym, jak odebrałam Nagrodę Fandomu Polskiego im. Janusza A. Zajdla za – jakżeby inaczej – opowiadanie *Szaławiła*.

No nie umiem, i już.

Jakimś sposobem jednak na przestrzeni dwunastu lat spod mojej ręki wyszło tych opowiadań tyle, że nieoczekiwanie uzbierał się cały zbiorek. Znajdziecie w nim teksty zarówno już wcześniej publikowane w przeróżnych periodykach i antologiach, dziś praktycznie niedostępnych, jak i premierowe; teksty dłuższe i krótsze, lekkie, zabawne i… cóż, niekoniecznie. Razem, mam nadzieję, złożą się na odpowiedź na pytanie, które tak często od Was słyszę: „Co trzeba mieć w głowie, żeby tak pisać?...".

Otóż, Drodzy Czytelnicy, właśnie to.

Oddaję Wam zatem jedenaście opowiadań o tym, co mnie bawi i fascynuje, ale też przeraża. Jedenaście opowiadań bardzo różnych, czasem lepszych, czasem gorszych, pokazujących może nie tyle drogę, ile ścieżkę, wąską i krętą, jaką kluczy moja wyobraźnia.

Mam nadzieję, że traficie z powrotem.

Marta Kisiel
lipiec 2018

Rozmowa dyskwalifikacyjna

Kłębiący się na korytarzu tłum w pełni zasługiwał na miano dzikiego. I cuchnącego. Jednak w pewnych kręgach smród był nieodłącznym składnikiem autentycznej dzikości, nikt się zatem nie uskarżał. Zresztą odkrycie, kto zalatywał czym oraz kto mniej, kto zaś bardziej, mogło stanowić nie lada wyzwanie dla najtęższych nawet umysłów i nosów.

Równie trudno było określić, na czym w zasadzie polegało owo kłębienie. Niewątpliwie tłum na korytarzu nie stał ot tak, po prostu, a już z pewnością nie stał spokojnie czy cierpliwie. To kurczył się, to rozrastał na wszystkie strony. Falował. Poruszał się i przemieszczał w sposób absolutnie nieuporządkowany i tak daleki wszelkiej koordynacji, jak to tylko możliwe. Gdyby nie ściany i strome schody na odległym końcu korytarza, zapewne rozpełznąłby się po całym budynku, a może i poza nim, infekując najbliższą okolicę. Brakowało jedynie tabliczki ostrzegawczej z wielkim napisem: „Ty, który wszedłbyś bez kolejki, żegnaj się z nadzieją".

W tłumie jak to w tłumie: było wszystko. Włosy lśniące i kudły, które jeśli sądzić po stopniu splątania, nigdy nie zaznały ni mydła, ni grzebienia. Wąsy i wąsiska, starannie przystrzyżone bródki i gęste brody – istne skarbnice wspomnień o niedawnych posiłkach. Zakazane gęby, lica różane bądź ogorzałe, zapierające dech w piersiach mężów i niewiast w zależności od osobistych gustów i upodobań tychże. Broń wszelkiego rodzaju, wystająca to tu, to tam, zahaczająca z brzękiem o kryształowe żyrandole i żłobiąca rysy w bladoniebieskiej lamperii. Kryształowe pantofelki od najlepszych szewców i ciężkie buciory podkute przez kowala nie gorzej niźli końskie kopyta. Zbroje, kolczugi oraz seksowne kombinacje rzemieni i metalowych kółek. Futra, powłóczyste szaty, o które raz za razem ktoś się potykał, złorzecząc w różnych językach. Mycki, czapki, hełmy, kapelusze z szerokim rondem lub spiczastym czubkiem. Jak również – w przypadku osobników z przeciwległego bieguna antropomorficzności – pyski, mordy, oślizgłe macki o przyssawkach, które czepiały się wszystkich i wszystkiego, a oderwane z niejakim trudem wydawały obrzydliwe mlaśnięcie, jak również dzioby, szpony i pazury, skrzydła pierzaste i błoniaste oraz ogony rozmaitej długości. Do wyboru, do koloru.

I całe to morze rozmaitości, rozdrażnionej długim oczekiwaniem, rozstąpiło się bezzwłocznie przed tęgawym kurduplem w tabaczkowym surducie. Świadom swych praw i obowiązków, z godnością poprawił okulary na nosie i przemaszerował korytarzem, po czym bez słowa zniknął za drzwiami. Na drzwiach wisiał plakat, na plakacie zaś stało jak wół:

Niniejszym zawiadamia się, iż w dniu 1 marca roku bieżącego obradować będzie Komisja do spraw Oryginalności Dzieł i Arcydzieł. Osoby, które chcą zabiegać o Międzynarodowy Certyfikat Jakości Fantastycznej, uprasza się o złożenie w kancelarii:

– kwestionariusza osobowego (wzór dostępny w punkcie ksero na I piętrze);

– życiorysu z wyszczególnieniem dotychczas zajmowanych stanowisk i przebiegu kariery zawodowej;

– aktualnej karty szczepień;

– trzech zdjęć formatu 4,5 x 6,5 cm, bez retuszu, kolorowych, w stroju służbowym;

– dowodu wniesienia opłaty rekrutacyjnej w wysokości 75 zł (w przypadku osób ze zwielokrotnieniem jaźni lub nawiedzonych – dodatkowo 25 zł za każdą ponadnormatywną osobowość).

Termin składania dokumentów mija nieodwołalnie dnia 15 lutego bieżącego roku. W przypadku dokumentów przesyłanych listownie decyduje data stempla pocztowego. Wszelkie zażalenia rozpatrywane będą odmownie.

Komisja rozpocznie rozmowy z kandydatami w sali konferencyjnej o godzinie 10.00 czasu Greenwich.

Zapanowała niespodziewana cisza. Zgromadzeni na korytarzu kandydaci gapili się na zamknięte drzwi niczym zahipnotyzowani. Ani drgnęły. Mosiężna klamka lśniła w świetle wiszących u sufitu wielkich, kulistych lamp. Zegar na ścianie wskazywał godzinę 9.58 czasu Greenwich.

Napięcie sięgnęło zenitu.

Pierwszy w kolejce był drab – rasowy sprzedawca cegieł, odziany stosownie do uprawianej profesji. I również jako pierwszy nie wytrzymał napięcia. Postanowił zadziałać.

By zwiększyć swe szanse przetrwania, instynktownie zgarbił się, ugiął lekko nogi i przybrał wyraz twarzy godny zbitego spaniela. Zapukał.

Bez odzewu.

Drab odemknął drzwi i zapytał cichym, drżącym głosem:

– E... czy już można?

Tłum zastygł w oczekiwaniu na najgorsze.

– Nie! – ryknęło z wnętrza. – Zegarka nie ma?!

Owszem, miał, nawet cały worek. Na rękę, kieszonkowe, budziki, szwajcarskie, niemieckie, japońskie, kwarcowe, wahadłowe, tarczowe, elektroniczne... Ale nie przy sobie, tylko skrzętnie ukryte w melinie. Podniósł zatem głowę i spojrzał na ścienny czasomierz. Wskazywał 9.59 czasu Greenwich.

Drab potulnie zamknął drzwi.

– Jak myślicie, o co będą pytać? – odezwał się smętny młodzieniec w zielonym kubraczku. Jeszcze przed trzema tygodniami był żabą, żył spokojnie w stawie za miastem i tylko malutka korona na głowie sugerowała, że pocałunek bezpruderyjnej damy może korzystnie wpłynąć na jego powierzchowność oraz status, zarówno społeczny, jak i materialny. Teraz co prawda wciąż miał ową koronę i wreszcie wyglądał jak człowiek, ale nie zdążył jeszcze zerwać ze starymi nawykami i zamiast stać, kucał pokracznie pod ścianą, wybałuszając gały. Sugestie sędziwego czarodzieja, żeby w najbliższym czasie koniecznie zbadał tarczycę, puścił mimo uszu. Doprawdy, ludzie potrafili być tacy upierdliwi!

– Kto ich tam wie – mruknął drab, prostując się wyniośle. – Inteligenciki, psia mać...

– No, już te papierzyska, co to kazali wypełniać, jakieś wydumane takie były.

– He, na kiego czorta im tyle numerków? PESEL, NIP, data urodzenia, data śmierci, numer obuwia... – wyliczał na palcach utopiec.

– ...gatek...

– Gatek też?! – dobiegło z tyłu.

Stojący na przedzie odwrócili się jednocześnie.

– A co, nie podałeś? – zapytała strzyga. Siedziała na parapecie przy uchylonym lufciku i nonszalancko paliła papierosa.

– Cholera wie, nie pamiętam...

– Cicho, idą! – ktoś syknął ostrzegawczo.

Rzeczywiście, w drzwiach stanął zasuszony jegomość z plikiem kartek w dłoni. Potoczył po zgromadzonych pełnym najgłębszego potępienia wzrokiem i oznajmił:

– Prosimy panów... – zerknął na listę – ...Renruka Hardągębę oraz... – tu nastąpiło drugie zerknięcie, a po chwili zawahania trzecie, bardzo szybkie – ...Findecáno Mithrandíra.

Tłum rozstąpił się ponownie, choć już mniej ochoczo, przepuszczając wyczytanych kandydatów. Gdy zniknęli wraz z jegomościem w sali konferencyjnej, korytarz ożył na nowo.

* * *

– Proszę spocząć.

Jegomość, który ich wprowadził, usiadł z brzegu stołu, obok paniusi w czarnym żabociku. Przewodniczący komisji, czyli kurdupel w surducie, rozłożył przed sobą dwa wymięte i poplamione kwestionariusze.

– A więc... panowie są braćmi, nieprawdaż?

Przez moment krasnolud i elf sprawiali wrażenie, jakby nie za bardzo rozumieli, co się do nich mówi.

– Nie do końca... – odparł ostrożnie Findecáno.

Spowity w nieco wyblakłą czerń sekretarz notował każde słowo, co było dość peszące.

– Ach, tak... Ale jest panów więcej, nieprawdaż?

– Nie, tylko my dwaj. Skąd ten pomysł?

Korpulentny staruszek, zajmujący dwa krzesła po prawicy przewodniczącego, pochylił się nad dokumentami.

– „Zgłoszona działalność gospodarcza: Kompania Braci" – przeczytał, plując obficie. – „Usługi kurierskie i ochroniarskie. Faktura na życzenie klienta". Cóż, dostrzegam tu pewną sugestię...

– Zważywszy, iż jest panów zaledwie dwóch – dodała paniusia w żabociku – i nie jesteście spokrewnieni, można uznać złożone oświadczenie za niezgodne ze stanem faktycznym.

– Co oznaczałoby natychmiastową dyskwalifikację – wyjaśnił przewodniczący. – Jednakowoż...

– Właśnie, jednakowoż... – przytaknął staruszek.

– ...jesteśmy skłonni dać panom szansę.

– Jesteśmy? – zdziwiła się paniusia.

– Owszem, jako że stwierdzona niezgodność nie zalicza się do rażących i z tego powodu nie wpływa pejoratywnie na ocenę dorobku zawodowego obu panów.

– W dodatku trudno oczekiwać od wszystkich kandydatów znajomości słownikowych definicji użytych wyrazów – wtrącił sekretarz. – Nie bądźmy bezduszni.

– Zatem, panie Hardagębo, proszę pokrótce opisać, czym się pan zajmuje.

Gdzieś pod gęstwiną bujnego owłosienia Renruk zmarkotniał. Sądził, że to Findecáno będzie odpowiadał pierwszy. Sam miał niewątpliwie problem z komunikacją werbalną. Emocje, zazwyczaj bardzo proste, okazywał równie prostymi gestami, które teraz mogły nie wystarczyć bądź dać efekt odwrotny do zamierzonego.

– No... no więc, jestem krasnoludem – wydusił pierwsze, co mu przyszło do głowy.

Przewodniczący skrzywił się w uśmiechu. Przypominał Renrukowi widzianego w zoo krokodyla – niby leżał spokojnie, pogrążony w letargu, a tak naprawdę obserwował czujnie świat i czekał na odpowiedni moment, by dopaść turystę, który okaże się najgłupszy i wyciągnie rękę, żeby pogłaskać grzeczne, nieruchome zwierzątko.

– Tak, już wiemy. Może powie pan coś więcej?

– Po co?

– To może inaczej – powiedział przewodniczący, przerywając w końcu krępujące milczenie. – Proszę określić istotę swego jestestwa. Swej... jakby to ująć... krasnoludzkości.

– Mego czego? – zdurniał bez reszty Renruk. – Pan sobie jaja robi czy jak?

– Chodzi o to – zaczął pospiesznie Findecáno, chcąc uprzedzić gniew komisji – żebyś powiedział, jak wygląda twoja codzienna praca.

– Toż mówię, że jestem krasnoludem!

– Ale szanowny przewodniczący widać nie wie, co to znaczy...

– Wiem, panie... panie... – rzut okiem do kwestionariusza – ...panie Mi-thran-dír – przesylabizował. – Nie pierwszy raz mam do czynienia z osobnikami pokroju pana Hardejgęby. Jestem profesjonalistą, i to najlepszym, inaczej nie przewodniczyłbym szacownej komisji. Jednakowoż moja intencja nie została właściwie odczytana. Czy wiecie, panowie, co jest celem naszej wytężonej pracy? Otóż! – Odchylił się na krześle i złożył dłonie na brzuchu. – Celem naszej wytężonej pracy jest oddzielenie ziaren od plew. Nie oszukujmy się, trudne czasy wymagają trudnych decyzji. Nie dla każdego znajdzie się miejsce w nowej rzeczywistości... – Ze smutkiem pokiwał głową. – Zatem naszym zadaniem jest, by owo miejsce przypadło tym, którzy zasłużyli! Którzy się wyróżniają! Którzy są o-ry-gi-nal-ni, rozumiecie, panowie? O-ry-gi-nal-ni! Ponadprzeciętni, ponadprogramowi, z obrzydzeniem omijający brudne kałuże stereotypów, schematów i przesądów! – Gwałtownym ruchem pochylił się nad stołem i zniżył głos niemalże do szeptu. – Czy pan, panie Hardagębo, omija te kałuże? Czy może tapla się w nich z upodobaniem? Proszę wyjaśnić szacownej komisji, dlaczego spośród setek innych krasnoludów mielibyśmy wybrać właśnie pana? Co świadczy o pańskiej o-ry-gi-nal-no-ści?

Nie dając Renrukowi szansy na odpowiedź, jegomość z listą rzekł:

– Bądźmy szczerzy, panie Hardagębo. Początkujący, a zwłaszcza młody wiekiem pisarz, zachłysnąwszy się książkami Tolkiena czy Pratchetta, może wybrałby pana na bohatera swoich opowieści. Ale już poważny, doświadczony autor... – Machnął lekceważąco ręką. – Nie, on nawet nie spojrzy w pańską stronę, o ile nie zobaczy choćby odrobiny potencjału. Choćby cienia szansy na oryginalność.

– Wszystko już było, panie Hardagębo – dodał sekretarz. – Mamy postmodernizm. A wręcz post-postmodernizm! Świat pędzi jak oszalały i literatura musi za nim nadążyć. Nawet Gerard z Rivii...

– Geralt, szanowny kolego, Geralt – sprostowała paniusia.

– *Pardon*, Geralt z Rivii musi się przekwalifikować, jeśli nie chce wypaść z branży. Bo jest *passé*. Dziesiątki takich jak on czekają już w kolejce. Widział pan tę kolejkę za drzwiami, prawda? Czuł pan gorący oddech konkurencji na plecach?...

– Istny atak klonów, że tak powiem. – Staruszek zachichotał z własnego dowcipu, aż krzesła się pod nim zatrzęsły. – Gromady elfów, krasnoludów, nieletnich czarodziejów, łowców potworów, muskularnych rębajłów...

– ...melancholijnych wampirów...

– ...albo wampirów krwiożerczych...

– ...komicznych piratów z zaburzeniami błędnika...

– ...czarownic z kurzajką na czubku nosa...

– ... szlachetnych rycerzy...

– ...wesołych hultajów, huncwotów i wagabundów...

– ...obłożonych klątwą duchów, upiorów, widm i straszydeł...

– ...upersonifikowanych pojęć abstrakcyjnych...

– ...królów, królowych, królewiczów, królewien i królewiątek...

– ...przerażających stworów z głębin nieświadomości...

– ...oraz, co z przykrością przyznaję – zaznaczyła paniusia – młodych, skąpo odzianych kobiet, zwykle dziewic, których wyłączną rolą jest zostać wybranką lub nagrodą dla bohatera i dać się poniewierać w imię miłości, za nic mając zdobycze feminizmu. Wszystkie, co do jednej, tak kończą!

– To rzeczywiście bardzo przykre – przyznał przewodniczący – jednakowoż skończmy wyliczankę i wróćmy do meritum. Sam pan widzi, panie Hardagębo, że rynek, choć niszowy, jest niezmiernie zatłoczony. Zasady kapitalizmu zmuszają nas, nadrzędne władze branży i kontrolerów jakości, do nieustannego weryfikowania kwalifikacji oraz przydatności zawodowej bohaterów. Autorzy poszukują nowych rozwiązań, postaci, wzorców...

– Poszukują, bo i czytelnik się rozbestwił jak nigdy! – huknął sekretarz. – Trzeba wyjść naprzeciw nowym oczekiwaniom!

Określić target, sprecyzować potrzeby, zgromadzić środki i uderzyć bez zastanowienia, nim ktoś nas wyprzedzi!

– Prawda jest brutalna, panie Hardagębo, brutalna i miażdżąca. Albo udowodni pan swą o-ry-gi-nal-ność...

– ...albo przekwalifikuje i wpasuje w któryś z nowych nurtów...

– ...albo czeka pana dożywocie na najbardziej zakurzonej półce w najdalszym kącie gminnej biblioteki. Słuchamy zatem. Proszę nas zachwycić.

Przetworzenie masy nowych informacji, w dodatku wyrażonych niespotykanie trudnymi wyrazami, zajęło Renrukowi parę minut. Pochłonięty procesami myślowymi nie zauważył ani ponaglających spojrzeń Findecána, ani rosnącego znudzenia szacownej komisji, zwłaszcza zaś przewodniczącego, który zdążył zrobić łańcuch z biurowych spinaczy.

– No więc jestem dość niski – zaczął kandydat na oryginalnego krasnoluda.

– Ja również – zauważył przewodniczący, przekształcając łańcuch w namiastkę małpiego gaju.

– Lubię złoto.

– A któż nie lubi? Świetna lokata majątku.

– Mam bujną brodę.

– Tak samo jak Święty Mikołaj, Karol Marks czy Sinobrody. I siedem krasnoludków.

– Piję dużo piwa.

– Zjawisko dość powszechnie występujące. Szczególnie podczas mundialu.

Członkowie komisji nawet nie próbowali ukrywać narastającego znudzenia. Sekretarz starannie zdobił marginesy protokołu obrad girlandami atramentowego kwiecia. Jegomość przeglądał listę kandydatów, usiłując odgadnąć, jak się czyta co poniektóre nazwiska. Staruszek na dwóch krzesłach pstrykał długopisem, a paniusia rozmyślała nad wyższością pończoch nad rajstopami.

– Zatem czym pan się wyróżnia, panie Hardagębo? – zapytał przewodniczący, gdy już ostatni spinacz został wygięty w kształt orangutana.

– Mam jaja jak byk i pierdzę żywym ogniem! – zawołał Renruk, rad wielce, że nareszcie wymyślił coś oryginalnego.

– Pragnę zauważyć – wycedził jegomość z listą – iż nieautoryzowane posługiwanie się chronionymi prawem kwestiami innych postaci celem osiągnięcia korzyści majątkowej podlega karze więzienia od roku do lat trzech.

– Dobrze, to może pański kolega opowie, czym się zwykle zajmujecie.

Findecáno wyprostował się na krześle.

– Przerwy między zleceniami zwykle spędzamy w karczmie…

– Czemu? – przerwał mu staruszek.

– Słucham?

– Czemu akurat w karczmie?

– Karczma oznacza dach nad głową, napitek, porcję jedzenia oraz urozmaiconej rozrywki. Czasami trafia się również okazja do ćwiczeń fizycznych. Zresztą wszyscy tam siedzą. – Elf wzruszył ramionami. – I jeśli ktoś szuka zleceniobiorców, w pierwszej kolejności zagląda do karczmy.

– Ale nie siedzimy ciągle w jednym miejscu, o nie! Zaglądamy też do lupanaru – dorzucił Renruk. – Jak dziewki nie są za szpetne albo przechodzone, to się klienteli rozmaitej sporo potrafi nazbierać. Choć trudniej pogadać w spokoju, kiedy cyce gołe, gdziekolwiek spojrzysz. Koncentracja już nie ta sama…

– To seksizm! – Paniusia zerwała się na równe nogi. – Mizoginia! Obrzydliwy, męski szowinizm! Hołdowanie współczesnym formom niewolnictwa!

– Nie szkodzi, nie szkodzi – uspokoił koleżankę przewodniczący. – Pan Mi-thran-dír swą... ekhm... subtelnością zapewne równoważy nazbyt wybujałą heteroseksualność pana Hardejgęby.

Zarumieniony po czubki spiczastych uszu elf uniósł dwa palce.

– Przepraszam bardzo... Chciałem tylko zauważyć, że nie jestem gejem.

– Ależ oczywiście, panie Mi-thran-dír, oczywiście.

Cała komisja zgodnie wyszczerzyła się w uśmiechu. Findecáno odniósł wrażenie, że niewiele brakowało, by mrugnęli porozumiewawczo, i poczerwieniał jeszcze mocniej.

– Naprawdę nie jestem!!!

– Nie? No cóż, szkoda... – stwierdził ze smutkiem przewodniczący i naniósł stosowną adnotację. – Ostatnimi czasy osoby nieheteronormatywne są dobrze widziane, szczególnie przez zachodnich wydawców. Rozumie pan, to kwestia pewnych cywilizacyjnych standardów.

– To znaczy... – elf zreflektował się błyskawicznie – nie jestem, ale mam opinię bardzo otwartego. Wręcz elastycznego... w stosunkach... między, hm, ludzkich.

– Świetnie, świetnie! Tak trzymać! No, i sam pan widzi, że zawsze jest jakaś szansa. Wystarczy chcieć!

– Ale koniecznie musimy coś zrobić z pańskimi... no wie pan... uszami – wyszeptała paniusia. – Jesteśmy co prawda tolerancyjni i otwarci, lecz nie możemy promować mutacji genetycznych. To nienaturalne, niehumanitarne i niepedagogiczne.

– Czy ja wiem?... – mruknął sekretarz. – W zasadzie włosy wszystko zasłaniają...

– Włosy bezwzględnie do obcięcia – oznajmiła. – Hippisi już dawno wyszli z mody. A te zęby? No, proszę otworzyć usta... O, widzicie? Dziwne takie, spiczaste...

– Nic, czego nie załatwi komplet solidnych koronek – oznajmił pogodnie przewodniczący. – Znam świetnego stomatologa. Z uszami też żaden problem, na tablicy ogłoszeń przy głównym wejściu wisi reklama centrum chirurgii plastycznej. Pan tam zadzwoni, dowie się, co i jak... Nie ma co zwlekać, ja tu widzę po-ten-cjał!

– A czy pan się aby nie lęka wysokości? Bo anioły też są ostatnio bardzo trendy. Włosy by się wtedy zostawiło, poprawiło tylko uszy i uzębienie... I byłby anioł jak malowanie!

Jakimś nieodgadnionym sposobem zbiorowa ekstaza ominęła Renruka szerokim łukiem. Członkowie komisji prześcigali się w pomysłach na zmianę wizerunku elfa, małpi gaj ze spinaczy poszedł w niepamięć, przyszły zaś idol nastolatków przed oczyma duszy swojej widział już błysk fleszy i listy wygórowanych płac, na które dane mu będzie trafić. Oszałamiająca wizja... Jedna z tych wywołujących atak epilepsji lub zawroty głowy i mdłości.

Rodzaj ludzki zna wiele sposobów zwrócenia na siebie uwagi. Krasnoludy odkryły jeden, za to zdumiewająco skuteczny, a że chętnie kultywują tradycje przodków, stosują go bardzo często. Renruk nie należał do wyjątków.

Tak, topór wbity w sam środek stołu, choć szkodził z wolna zanikającej sztuce konwersacji, zawsze robił wrażenie.

– Ach, pan Hardagęba... – Przewodniczący wreszcie raczył go zauważyć. – Nie ma się co unosić. No, już, już. Proszę zabrać swoje narzędzie pracy, jeśli łaska. O ile pamiętam, ustaliliśmy, że niczym szczególnym się pan nie wyróżnia, nieprawdaż? Kolego – rzekł do sekretarza – niech kolega poda aktówkę. Dziękuję. Zatem, wracając do tematu, panie Hardagębo, jak widzi pan swą przyszłość?

– Zamierza się pan trzymać stylu karczemnego?

– W obecnych czasach pańskie kwalifikacje są niewystarczające, by utrzymać pozycję na rynku, że o awansie nie wspomnę.

– Może kurs korespondencyjny?

– Ale jaki? Kroju i szycia?

– No, z krojeniem, jak widać, problemu pan nie ma...

– Albo parapsychologia dla początkujących? Krasnolud jasnowidzący to rzadkość.

– Prawda, częściej trafiają się widzący w czarnych barwach.

– Rzadko trzeźwieją, w tym sęk.

– A może, panie Hardagębo, od razu postanowi pan zmienić branżę? – zasugerował przewodniczący, odnajdując w aktówce upragniony świstek papieru. – Chyba nawet mielibyśmy propozycję pracy... Proszę spojrzeć. Ale musi pan natychmiast zdecydować! – podkreślił. – Tam, za drzwiami, czekają tłumy gotowych na wszystko.

– Nie może pan sobie pozwolić na wybrzydzanie.

– Anioł byłby z pana marny.

– To... to chyba jakieś żarty – wydukał Renruk, gapiąc się na kartkę, którą mu wręczono. – W kulki lecicie?...

– Ależ skąd! Praca od świtu do zmierzchu, na świeżym powietrzu, miła okolica, ładne widoki. Płacą nie najgorzej i zawsze w terminie. Co trzy godziny kwadrans przerwy. Zimą dostanie pan od pracodawcy fufajkę, ciepłą czapkę i dodatkowe onuce. No, konieczne będzie lekkie strzyżenie... depilacja tu i ówdzie... Musiałby pan również całkowicie zmienić garderobę.

– I wziąć prysznic – dodała paniusia.

– A przede wszystkim koniec z toporem! – żartobliwie pogroził palcem przewodniczący. – Ubezpieczenie nie obejmuje amputacji dokonywanych przez osoby bez ukończonych wyższych studiów medycznych. Nie zapominajmy również, iż nowy zawód byłby w pewien sposób związany z dotychczas uprawianą przez pana profesją. To dość istotny szczegół, nieprawdaż? Podnoszący na duchu! Więc jak, panie Hardagębo?

* * *

– Pan Rumpelstilzchen! Pan Rumpelstilzchen! – Jegomość z listą wywoływał następnego kandydata.

Tłum przepuścił świeżą ofiarę, a gdy tylko drzwi się za nią zamknęły, runął na ocalałych z komisyjnej paszczy.

– Jak było?

– O co pytali?

– Czepiali się bardzo?

– Ej, ale co z tym numerem gatek?

Rozpromieniony, acz wciąż pełen rozterek Findecáno z dumą zaprezentował dopiero co otrzymany Międzynarodowy Certyfikat Jakości Fantastycznej. Na widok wyjątkowo pokrętnych zawijasów i grubych na cal pieczęci tłum wydał okrzyk podziwu. Każdy chciał spojrzeć z bliska, dotknąć, pomacać i nikt nie zauważył przemykającego pod ścianą Renruka.

Nikt oprócz żabiego księcia, który właśnie tam przycupnął.

– A tobie jak poszło? – zagaił. – Dostałeś papier?

– No... dostałem. Ale trochę inny... Masz papierosa?

– Łap, niskopienny. – Podsłuchująca z parapetu strzyga rzuciła mu paczkę. – No, to co teraz będziesz robił? Bez certyfikatu?

– Na saksy jadę – odrzekł od niechcenia, zaciągając się ile sił w płucach. – Między najdziksze germańskie ludy, nieść ratunek przemienionym w statuje nieszczęśnikom.

– Przemienionym w co? – nie zrozumiał książę.

– W statuje. W kamienne statuje. Wiesz… magia! – wyjaśnił. – Nie sprzedałem się, jak inni, za byle świstek. My, krasnoludy, mamy swoją godność! Nikt nas rypać nie będzie, choćby płacił za tę przyjemność złotą kartą. No, bywajcie! – zakrzyknął i tyle go widzieli.

Tak, bez wątpienia Renruk Hardagęba miał swoją godność. Miał również nadzieję, że przez wzgląd na dawne dzieje elf zdoła utrzymać język za ukoronowanymi zębami. Ponoć żadna praca nie hańbi, ale jednego był pewien – ogrodowym krasnalom trudno bajerować panienki w lupanarze, choćby te najbardziej szpetne.

Katábasis

Świat tonął w ogniu. Promienie letniego słońca rozlewały się złocistym blaskiem po łanach zbóż, które sięgały aż po horyzont i falowały ospale, hipnotycznie. Powietrze pulsowało żarem. Nawet sporadyczne powiewy wiatru nie przynosiły orzeźwienia, wzbijały jedynie kolejne tumany kurzu.

Mimo upału ostrza sunęły gładko. Nastała pora żniw, pora łagodnego umierania, i jeden za drugim kłosy padały pokornie. Nieco dalej, przy drodze, wśród wiotkich traw kwitły ostatnie w tym roku maki – mechate łodyżki zwieńczone koroną delikatnych płatków, miękkich i gładkich. Czarno-żółtymi plamkami w sercu swych kielichów spoglądały na cichą rzeź, jaka się wokoło rozgrywała. Czekały na swoją kolej.

Już dawno minęło południe, gdy wreszcie zerwała je szorstka kobieca dłoń. Dziewięć maków związała źdźbłem trawy, dziewięć maków czerwieńszych niż krew.

Kobieta wędrowała piaszczystym traktem, zgarbiona niczym źdźbło pod ciężarem dojrzałego kłosa. Pobrzękując pękiem kluczy u pasa, przeszła przez opustoszałą wieś. O tej porze roku życie toczyło się gdzie indziej, wśród pól, łąk i sadów, wśród pochłoniętych pracą ludzi. Nie słyszała ich, nie widziała – cały jej świat skurczył się do chrzęszczącego pod stopami piasku. Szła bez pośpiechu, by nie marnować sił, jej oczy były suche i puste, a w dłoni ściskała maki. Odziana w czerń i z czernią w kamieniejącym sercu, podążała dalej drogą. Krok za krokiem, krok za krokiem...

Ludzie, żniwa, świecące pustkami domy – wszystko zostawiła w tyle. Nie spostrzegła, kiedy od zachodu nadciągnął cień. Niebo pociemniało i zerwał się wiatr, który przegnał rozleniwione obłoki i zaczął tańczyć w posiwiałych włosach kobiety, chłostać ją piaskiem po nogach. Coraz mniej drzew rosło dookoła, coraz rzadsze i bledsze stawały się kępy traw. Soczysta, żywa zieleń ustępowała suchej, martwej szarości. Zagrzmiało, potem jeszcze raz i jeszcze, wiatr przybierał na sile, aż wreszcie lunął rzęsisty, ciepły deszcz. A kobieta wciąż szła ze wzrokiem wbitym w ziemię.

O zachodzie słońca burza wreszcie umilkła. W powietrzu wisiała wilgoć, a na ziemi lśniły dziesiątki kałuż, w których odbijało się różnobarwne niebo.

Wkrótce potem, po raz pierwszy od wielu godzin, kobieta przystanęła. Maki w jej dłoni, choć zroszone kroplami wody, już przywiędły. Droga urywała się u stóp wysokiego muru, nad którym rozpościerały się korony drzew. Nie był to jeden z tych porośniętych bluszczem murów, jakie okalają tętniące życiem ogrody i parki, tylko zupełnie nagi, bury od brudu, kurzu i deszczu, nieprzystępny. Zbłąkany gil nie prowadził dalej przez gęstwinę, nie zapraszał, by odkryć tajemnice, które kryły się po drugiej stronie.

Za zamkniętą na głucho bramą, gęstniejący mrok pochłaniał łapczywie prostą, wąską ścieżkę. Nie odkładając wiązanki, kobieta chwyciła za pręty i zaczęła szarpać. Metaliczny brzęk żelaza uderzającego o żelazo poniósł się echem, lecz zamek trzymał, ani myślał ustąpić. I tylko makowe płatki opadały w błoto.

Naraz przed nią rozbłysły światełka – oczy piekielnego ogara, Cerbera przywabionego hałasem, który rozdzierał uświęconą ciszę.

– Czemu zakłócasz spokój zmarłych? – Strażnik zatrzymał się nieco dalej niż na wyciągnięcie ręki. – Nie widzisz, że pora zamknięcia bram już minęła?

– Wpuść mnie – odpowiedziała głosem wypranym z barw. – Muszę tam wejść.

Pokręcił głową.

– Nie możesz. Przyjdź jutro, po świcie, kiedy brama będzie otwarta.

– Wpuść mnie – prosiła dalej, głucha na jego słowa. Nie mogła zawrócić, gdy była już tak blisko. – Przyszłam po córkę, moje słońce. Uprowadziliście ją, zabraliście, zamknęliście za bramą. Uroniłam ostatnią łzę, zwędrowałam cały świat, by ją odzyskać. Wpuść mnie. Muszę tam wejść.

– Wróć za dnia. – Choć nie dawał po sobie nic poznać, błogosławił ciemność, która ich otaczała. Pękłoby mu serce, gdyby widział zmarszczki wyżłobione w twarzy kobiety przez czas i boleść. – Wtedy otworzę bramę i znajdziesz swoje dziecko.

– Znajdę, lecz nie odzyskam! – zaprotestowała. – Nie za dnia. Wpuść mnie teraz, strażniku, póki księżyc stoi na niebie. Spójrz! Przyniosłam maki, byś mógł ich sokiem uśpić zmarłych.

– Oni nigdy nie śpią. Wróć za dnia – powtórzył łagodnie.

Strażnik na powrót przepadł w mroku, zostawiając kobietę sam na sam z jej cichą rozpaczą.

* * *

Świat zapadał się w sobie. Życie, eksplodujące w przedśmiertnych drgawkach orgią brązu, czerwieni i złota, niechętnie oddawało pola szarości i cieniom, rozpływało się w strugach deszczu, tonęło w błocie. Gdziekolwiek spojrzeć, zionęła pustka, smutek i coraz straszniejsza martwota.

Droga, choć ta sama, wyglądała teraz inaczej. Ciągła jesienna mżawka mąciła taflę wody, która od wielu dni zbierała się w rowach. Mokry piach oblepiał podeszwy, zachowując ślad każdego kroku, jaki stawiała kobieta. Szła, omijając co większe kałuże – przygarbiona, szczupła postać w czerni, z pękiem kluczy u pasa i rdzawymi chryzantemami w dłoni. Wilgotne włosy otulały jej czaszkę niczym siwa chusta. Nie rozglądała się. Zresztą niewiele by dostrzegła w tej szarówce, co najwyżej rozmyte plamy światła w oknach i czasem przemykające na ich tle ludzkie sylwetki. Skulone z zimna podwórkowe psiny odprowadzały ją wzrokiem z wnętrza naprędce skleconych i potem przez lata żmudnie łatanych bud.

Krok za krokiem, pobrzękując kluczami, znacząc drogę opadłymi płatkami chryzantem, kobieta dotarła do celu. Ołowiane niebo coraz bardziej ciążyło nad ziemią, niemal muskało czubki drzew, zlewało się z murem. Jak gdyby ciemność spływała z firmamentu i pełzła przez świat w poszukiwaniu ostatnich źródeł życia, by je pożreć. Jej głodowi nie oparło się żadne rzeczywiste światło – ogniki płonące w oddali, za bramą, pochodziły z zupełnie innej krainy.

Pręty były mokre i zimne, mimo to kobieta chwyciła się ich kurczowo. Już dawno zobojętniała na chłód. Wytężyła wzrok, wypatrując strażnika. Był tam na pewno, między zmarłymi, ukryty w głębi cienia. Krążył. Czuwał. Strzegł. Bez chwili wytchnienia, niestrudzony, czujny jak pies rodem z piekielnych otchłani. I jak pies przybiegł na dźwięk szarpanej bramy. Rzucił kobiecie spode łba niechętne spojrzenie.

– Wpuść mnie – odezwała się, uprzedziwszy strażnika. Kiedy targała za pręty, łodyga jednej z chryzantem nadłamała się i teraz kwiat pochylał kulistą głowę w błagalnym geście. – Muszę tam wejść.

– Nie – rzekł po prostu.

– Tam – wyciągnęła rękę – tam jest moja córka. Uwiedliście ją w noc i śmierć, choć się wzbraniała, wyrwaliście spod moich skrzydeł. Ona zgaśnie, jeśli nie ujrzy znów kwiatów i słońca. I ja też zgasnę, jeśli już nigdy nie usłyszę jej śmiechu. Wpuść mnie.

– Odejdź – westchnął z wyczuwalnym zniecierpliwieniem. – Nie każ mi dłużej stać na deszczu i chłodzie, i tak cię nie wpuszczę. Zakłóciłabyś wieczny spokój zmarłych…

– Przebłagam ich kwiatami – weszła mu w słowo – a jeśli to nie wystarczy, wyleję tyle łez, ile będzie trzeba. Może one wyrażą krzywdę, która mnie spotkała. – Z oczu kobiety wyzierały bezradność i rozpacz. – Nie boję się zmarłych ani ich gniewu. Nie mam już sił, żeby bać się kogokolwiek. Czegokolwiek. Moje cierpienie i żal powoli zabijają ten świat i jeśli zechcę, żaden, nawet najpotężniejszy bóg nie zdoła go ożywić na nowo. Miej litość, strażniku, wpuść mnie!

– Nie – odrzekł sucho i dał się wchłonąć ciemności.

Jeszcze długo stała pod zamkniętą bramą i wołała, targała za żelazne pręty, lecz strażnik nie wrócił.

* * *

Świat ukrył się pod całunem śniegu i lodu. Drzewa wyciągały powykręcane kikuty w stronę martwego nieba, spragnione promieni słońca, wybawienia od mrozu. Cisza, jaka zalegała nad okolicą, paraliżowała i przerażała bardziej niż wrzask. Nic dziwnego, że kto żyw, ten krył się w domowym zaciszu, byle bliżej ciepła, byle pośród swoich. Wyjątek stanowił samotny kruk, siedzący na gałęzi i kontemplujący wszechobecną biel.

Kobieta nie miała gdzie się skryć. Nie miała też domu ani nikogo, kogo mogłaby nazwać swoim. Jedynie znajomą, zaśnieżoną drogę. Z uporem przedzierała się przez zaspy do kolan albo ślizgała w głębokich koleinach. Jedną dłonią, nagą i zsiniałą, przyciskała do piersi zawiniątko w połach czarnej, wełnianej chusty, która ją opatulała. Kroki stawiała chwiejne, coraz bardziej niezgrabne. W głębi ducha czuła, że jeśli upadnie, nie zdoła ani się podnieść, ani nawet czołgać. Że sama wola, by iść dalej, już nie wystarczy.

Gdy wreszcie dobrnęła do bramy, była tak utrudzona, że ledwie mogła ustać na drżących nogach. Przez dłuższą chwilę opierała się ciężko o mur, łapiąc oddech i czekając, aż setki różnobarwnych plamek przestaną wirować jej przed oczyma, a łomoczące serce trochę zwolni. Było coraz ciemniej i zimniej, znów zaczął prószyć śnieg. Kobieta odetchnęła. Mróz i zmęczenie szarpały jej ciałem, ale nie mogła dłużej zwlekać. Tej nocy musiała przejść na drugą stronę. Wolną ręką uwiesiła się bramy i zatrzęsła nią z całych sił.

Chodź, piesku. Chodź, zaszczekaj, zawarcz, pokaż zęby. Nie przegonisz mnie, nie tym razem. Nie. Dziś wejdę do krainy cienia. No chodź. Wiem, że tam jesteś, dobry piesek, posłuszny, czuwa, jak mu kazał pan, nikogo nie przepuszcza. Widzi każdy mój ruch, czuje mój ból, mój strach, rozkoszuje się nimi. Chodź, zaśpiewam ci piosenkę, kołysankę na dobranoc. Nigdy jej nie zapomnisz. Nie bój się, piesku. Chodź.

Oczy strażnika rozgorzały nagle w ciemności tuż za bramą.

– Czego znowu? – warknął, poznawszy skuloną postać.

– Wpuść mnie.

– Idź precz, starucho. Tracisz tylko czas.

– Wpuść mnie, ja muszę… muszę wejść. Zaraz. – Kobieta opadła na kolana. – Rozejrzyj się, strażniku. Cały świat, jak długi i szeroki, skonał z tęsknoty za moją córką, a teraz konam i ja.

– Proszę bardzo, konaj sobie – zaśmiał się szyderczo. – A jak już skonasz, wtedy otworzę bramę i cię wpuszczę.

– Psie! – zakrzyknęła. – Warujesz przy tej bramie jak pies!

– Taka praca – skwitował krótko.

– Z twoich słów spływa jad… Potworze bez duszy, nie wzrusza cię udręka matki? Czy twe serce ze spiżu, że pozostaje głuche na me prośby?

– Nie wpuszczam żywych, nie wypuszczam zmarłych i nie robię wyjątków – odparł sucho. – Nigdy. Proś, płacz, rób, co chcesz. A najlepiej wynoś się, pókim dobry.

– Oddajcie mi córkę, a obiecuję, że świat odżyje. Znów okryje się kwiatami, utonie w ciepłych promieniach słońca…

– Patrzcie ją, wariatka! – Strażnik parsknął gardłowym, pogardliwym śmiechem. – Za kogo się masz, łachmaniaro, za jakąś boginię?! Poszła stąd, ale już!

Rzucił jej jeszcze spojrzenie pełne wzgardy, po czym odwrócił się i już miał odejść, gdy nagle kobieta wsunęła rękę między pręty i złapała go za ubranie.

– Nie! – wychrypiała. – Wracaj! Musisz mnie wpuścić!

W mgnieniu oka zgrzytnął otwierany zamek i strażnik wyprysnął na zewnątrz. Chwycił kobietę za gardło i pchnął na ziemię, niemal wbił w głęboką zaspę.

– Poszła stąd, mówię! – wrzasnął. Nie zwalniając uchwytu, szarpał ją, bił gdzie popadnie, na oślep, byle mocno, jak najmocniej. Bezskutecznie próbowała się zasłonić przed ciosami. – Precz, przeklęta starucho! Precz!

Krew trysnęła na śnieg. Świeża. Ciepła. Piękna.

* * *

I co? Nie chciałeś moich maków, nie chciałeś chryzantem, a co powiesz na ten kwiat? Spójrz, jak rozwija czerwone płatki, coraz to szersze i ciemniejsze, jak wiją się jego łodygi, jak rozkłada liście... Wspaniały, prawda? Niestraszny mu śnieg i mróz. Zdoła zakwitnąć wszędzie, na lodowych klifach, na piaskach pustyni, na prochu i popiele. Jak myślisz, spodoba się zmarłym? O, na pewno, będą zachwyceni. Tak, piesku, to wszystko dzięki tobie. To twój kwiat. Dobry piesek, grzeczny. Widzisz, to nie było wcale takie trudne. Wystarczyło umrzeć.

Dobrze umarłeś, piesku, właśnie tak, jak trzeba. No, waruj teraz. Pilnuj bramy, a ja... Ja zejdę w otchłań.

Oto kraina cieni, gdzie nie znają słońca. Czarna, posępna, skąpana w ciszy. Jak tu strasznie... jak spokojnie... Gdzieś ponad nagimi koronami drzew lśni księżyc. Nie ma wiatru, nie zdołał się wedrzeć za wysoki mur. Srebrzysta mgła wiedzie mnie przez głuszę i noc. Prowadź, milcząca przewodniczko, prowadź prosto przez styksowe bagna. Niczego się nie lękam. Już nie.

Zewsząd otaczają mnie umarli, rozedrgane cienie tych, którzy na zawsze opuścili świat po drugiej stronie. Przybyli tłumnie, tłoczą się, kłębią niczym węże, lecz żaden nie zrobi ani kroku, nie przestąpi drogi – ofiara została złożona. Ja, matka, wkupiłam się w ich łaski. Nie zawahałam się. Czują niezastygłą krew na moich rękach i ubraniu, napawają się jej słodyczą. Idę dalej, niech patrzą do woli.

Jestem taka zmęczona... Chłód już dawno zawładnął mym sercem i duszą, a teraz chciwie sięga po ciało. Tracę czucie, pomału zamieniam się w kamień... a może w sopel lodu? Nieważne. Patrzcie, bezlitośni bogowie, idę przez podziemia, by odebrać to, co tylko do mnie należy. Jeszcze trochę, niedaleko i będę u celu. A wy nie znajdziecie w sobie dość mocy i woli, by mnie zatrzymać.

Czy to już? Czy to tu? Ogromny wiąz wyrasta przede mną. Cóż za monstra straszliwe obsiadły jego gałęzie! Tu Płacz, mój wierny towarzysz, tam zaś Troski i Choroby pobladłe. Zgryźliwa, pochylona Starość, którą znam dobrze, a obok niej nieodłączna Śmierć. Zza splątanych korzeni wygląda Strach, Głód i Nędza przepychają się, kłócą, które pierwsze zajrzy mi w oczy. A tam, z boku, to kto? Kto tuli drżące Udręczenie? Nie poznaję, nie pamiętam tego oblicza. Ach, to ty... Witaj, Śnie. Wybacz, tak dawno cię nie widziałam. Spotkamy się kiedyś jeszcze? Och, twój uśmiech mówi, że tak. Może nawet wkrótce. Do zobaczenia zatem, czas na mnie.

Lecz... co się dzieje? Moje serce... jak mocno zabiło! Czujecie, cienie? Czujesz, mgło? I znów. Matczynego serca nic nie zwiedzie, choć zbolałe, woła głośno – już blisko! Tu, gdzieś tu jest moje dziecko. Nareszcie. Nie zatrzymacie mnie, bogowie!

Widzę ją.

A wy, cienie? Czy i wy widzicie?

Nawet wieczny mrok musi rozstąpić się przed jej uśmiechem. Jest piękna. Moja córka. Wiem, że tęskni za bezkresnym niebem i słońcem, za łąkami pełnymi kwiecia, śpiewem ptaków, kocim mruczeniem. To właśnie kocha. Nie was, umarłych, bo jesteście jej obcy, obmierzli, lecz nienawistni – nie. Ona nie potrafi nienawidzić. Spójrzcie, myślami krąży daleko stąd. Oddajcie mi ją, pozwólcie wrócić do krainy, o której marzy na jawie i we śnie.

Córeczko, ja cię stąd zabiorę. Chodź, nie bój się, chodź ze mną! Już nic ci nie grozi. Brama stoi otworem, a za nią czeka stęskniony świat. Nikt nas więcej nie rozdzieli. Będziemy razem, ty i ja. Słyszysz? Nigdy więcej. Wstań, musimy zdążyć przed świtem, potem będzie za późno. Czemu nic nie mówisz? Czemu nie rzucasz mi się w ramiona? Na co się tak zapatrzyłaś, przecież tam nic nie ma, tylko cienie... Cienie... Wstań, proszę. Te cienie... Proszę, zaklinam cię, córeczko!...

Bądźcie przeklęci, umarli! Wy, wasza kraina i wasz pan! Po stokroć, po tysiąckroć, na wieki! Coście zrobili z moim dzieckiem?! Jaki urok rzuciliście, że nie poznaje własnej matki?! Precz! Nie dotykajcie jej! Ja... przecież zabiłam... Czym ją spoiliście? Makowym napojem? Letejską wodą? Czym, odpowiadajcie, błagam!

Wy też milczycie.

Nie, nie odejdę. Nie zmusicie mnie. To moja córka. Moja. Nie zostawię jej z wami samej.

* * *

Słońce wzeszło, przebijając się przez gęste, sine chmury. Pierwsze promienie musnęły nieskazitelnie biały śnieg, drugie – młodego mężczyznę. Leżał na wznak w zaspie, z rękami rozrzuconymi bezwładnie. W prawej dłoni wciąż trzymał pęk kluczy. Zmatowiałe oczy wlepiał w niebo, a wokół niego lśniła zamarznięta już plama krwi, która minionej nocy chlusnęła z poderżniętego gardła.

Promienie sunęły dalej.

A dalej była otwarta brama z żelaznych prętów. Wiatr bujał nią lekko to w tę, to w tamtą stronę. I mur, nagi, niedostępny.

Gdzieś się kończył, gdzieś się zaczynał. Za murem od bramy biegła zaś aleja, prosto, zdecydowanie, nie zbaczając ani na krok. Pod warstwą śniegu, tego już zlodowaciałego i tego całkiem świeżego, krył się żwir. Ot, aleja, jakich wiele, więc promienie nie poświęciły jej zbytnio uwagi. Po krótkich igraszkach wśród gałęzi wiązu pomknęły przed siebie i zatrzymały się dopiero kilkadziesiąt metrów dalej, przy kobiecie w czerni.

Wydawało się, że śpi, zwinięta na ziemi. Chusta z grubej wełny zsunęła się jej z wątłych ramion. Siwe, miękkie włosy miała w nieładzie. Tuż obok, na śniegu, spoczywał sierp, pokryty krwią, tak jak jej skostniałe dłonie. Przyniosła go tu z daleka, przez całą drogę tuliła do piersi czulej niż niemowlę. Był jej przepustką na drugą stronę, za mur cmentarza. Musiała wejść, więc weszła. Na grobie córki skończyła się jej wędrówka.

Dotrzymała słowa.

Dożywocie

Wszystko było nie tak.

Siła wyższa, bez uprawnień kierująca światem, postanowiła udowodnić, że dysponuje niekończącymi się pokładami czystej, małpiej złośliwości. Najpierw w cudowny sposób rozmnożyła bagaże, zaopatrując ich właściciela w ubrania na dowolną porę roku i okazję, łącznie z balem debiutantów i kolejną powodzią stulecia. Tak na wszelki wypadek. Nie zapomniała też o zestawie naczyń stołowych, karbidówce, środkach higieny mniej lub bardziej osobistej, dmuchanym materacu i wielu, naprawdę wielu absolutnie niezbędnych rzeczach. Bez wątpienia siła była kobietą, i to nad wyraz zaradną.

Rozochocona pierwszym sukcesem, w jakiś sposób unieruchomiła na amen blokadę skrzyni biegów w tico. Dopiero wezwany na pomoc syn sąsiada zdołał przerzucić dźwignię ze wstecznego na luz, a w tym czasie etui z okularami przeciwsłonecznymi, nieodzownymi w upalny, sierpniowy poranek, zawędrowało pod siedzenie kierowcy. Korek na trasie wylotowej z miasta, którą w końcu ruszył załadowany aż po dach samochodzik, także był zasługą siły, podobnie jak atrakcje uprzyjemniające dalszą jazdę. Ot, kilka kontroli radarowych, peletony półgłuchych rowerzystów i bezstresowo hodowane, hasające po szosie krowy. I wreszcie we wczesnych godzinach popołudniowych na pustej, leśnej drodze siła zebrała się w sobie i popsuła coś. Nieważne co, ważne, że skutecznie. Tico jęknęło, stęknęło i umarło.

Cedząc pod elegancko przystrzyżonym wąsem równie eleganckie przekleństwa, Konrad włączył awaryjne i wygrzebał się z enklawy wolnej przestrzeni między kierownicą, oparciem fotela i wszechobecnymi bagażami. Nie znał się na samochodach, dlatego nawet nie zajrzał pod maskę, tylko od razu przepchnął tico na pobocze. Komórkę mógł spokojnie wyrzucić, bo na tym odludziu zasięgu, rzecz jasna, nie było.

Rozejrzał się z rezygnacją. Ani żywej duszy. Wedle znaku, który stał przy drodze, do celu zostały mu jeszcze marne dwa kilometry. Mapa, jedna z tych niemożliwych do złożenia, twierdziła, że najbliższa miejscowość znajduje się o szerokość kciuka na północny wschód. Nic to Konradowi nie mówiło, bo o kartografii miał pojęcie równie słabe co o mechanice, ale musiał podjąć jakąś decyzję. Wydobył więc plecak spod sterty pakunków, zamknął samochód i ruszył przed siebie, gotów przejść zabójczą odległość na własnych nogach.

W zaistniałych okolicznościach kontemplacja krajobrazu wydawała się jedyną w miarę rozsądną, energooszczędną rozrywką. Na lewo – las. Na prawo – też las. Pośrodku – rozgrzany asfalt, piąty żywioł współczesnego świata. Wreszcie coś znajomego i przyjaznego cywilizowanemu człowiekowi. A Konrad był wszak rdzennym mieszczuchem, wychowanym w kulturze betonu, plastiku i ruchomych schodów. Zwykle obcował z przyrodą za pośrednictwem kanałów Animal Planet i National Geographic. Mógł godzinami rozprawiać o zwyczajach godowych surykatek albo jeziorach kraterowych, ale jedynym gatunkiem drzewa, który rozpoznawał, była wierzba, a za naturalne środowisko podgrzybków uważał słoiczek. Miał za to komórkę z aparatem fotograficznym, odtwarzacz MP3, laptopa i elektryczną szczoteczkę do zębów, czyli wszystko, czego potrzebował prawdziwy mężczyzna w prawdziwej dziczy.

Po półgodzinie marszu dotarł do rozstajów. Rozmiękła szosa skręcała szerokim łukiem w lewo, z prawej zaś zaczynała się piaszczysta ścieżka przez las. Spomiędzy zarastających rów chaszczy sterczało coś na kształt drogowskazu. Po napisie zostało już tylko wyblakłe na słońcu wspomnienie, lecz poniżej jakaś litościwa ręka wydłubała strzałkę w prawo.

Spocony wędrowiec westchnął zatem i zniknął w cieniu nieznanych drzew. Piasek i kamyczki natychmiast przylepiły mu się do usmarowanych asfaltem podeszew.

Wszystko było nie tak, a nawet gorzej. Gdyby ktokolwiek mógł usłyszeć chichot siły wyższej, uznałby z pewnością, że jest to chichot nad wyraz złośliwy.

Na końcu ścieżki między drzewami stał dom. Ceglany, ani za duży, ani za mały, ot, w sam raz dla jednej rodziny, z werandą, przybudówką i... wieżyczką. Upiorną, gotycką wieżyczką rodem z kiepskich filmów grozy. Siła wyższa tryumfowała, a Konrad usiłował wyjść z osłupienia. Bezskutecznie.

– Panie! – ryknęło mu naraz do ucha. Aż podskoczył, jakby go kto dźgnął w pośladek rozpalonym do czerwoności szydłem.

– No, bo już myślałem, żeś pan udaru dostał czy coś. Upał na dupał, co nie?

Dzikie stado wątpliwości zatargało duszą Konrada. Uśmiechający się do niego z wielką życzliwością mężczyzna wyglądał jak pełnotłusta parodia miss mokrego podkoszulka.

– Turysta, co? – Pokręcił głową. – Że też się ludziom w taki upał drałować chce...

– Nie, nie turysta, samochód mi się zepsuł – wyjaśnił pośpiesznie Konrad. – Przepraszam bardzo – sięgnął do kieszonki na piersi – czy to coś... znaczy, ten dom – zerknął na pomiętą karteczkę – to może Lichotka?

– A pewnie, że Lichotka. Drugiej takiej ze świecą pan szukaj, a nie znajdziesz.

– Nie śmiem wątpić...

– Aaa, no jasne! – zakrzyknął grubas, wyraźnie rozpromieniony. – Pan pewnie z dożywociem?

– Eee... A tak, z dożywociem, tak. Konrad Romańczuk, nowy właściciel tego... budynku.

– Szymon Kusy, powitać, powitać. – Chwycił pana z dożywociem za dłoń i zatelepał nim, aż miło. – No, nareszcie! Już się baliśmy, że te adwokaty nigdy spod papierków nie wylezą. Tyle czasu po sądach się włóczyć, kto to widział? A pan bez bagaży? Nie zostaje pan?

– Ależ skąd, bagaży mam całe mnóstwo. W samochodzie.

– Ach, jasne, w tym zepsutym! No sam pan widzi, jak człowiek ma za wiele na głowie, to mu się myśli szybko gubią. Pan poczeka, podjedziemy, zobaczymy, co się stało, ja naprawić potrafię. Opona może?...

– Nie, opony całe. Coś w środku, nie znam się na tym.

– Nie szkodzi, damy radę, panie Romańczuk, co mamy nie dać?

Chwilę później trzęśli się nagrzanym jak piekarnik, wiekowym polonezem w stronę szosy. Szymon tryskał potem, optymizmem oraz przemyśleniami.

– ...szczęście, że pan jeden do spadku został, urzędasy kombinować długo nie musiały, komu się Lichotka należy. Bo jak nic by to ciągli i ciągli, aż by się wszystko w diabły zawaliło. A Lichotka swoje lata już ma, dbać o nią trzeba, tu gwóźdź wbić, tam deskę wymienić... Nie żeby zaraz rudera, o nie! Charakterny domek, z klasą. Prawdziwa elegantka! Wie pan, tak czasem myślę, że gdyby była człowiekiem, to kapelusze by nosiła i takie rękawiczki aż do łokcia. A teraz, phi! Teraz to się inaczej buduje. Siedzi gryzipiórek, nabazgrze coś i nie ma zmiłuj, niczego zmienić nie pozwoli. A Lichotkę sam świętej pamięci pan Wincenty stawiał, własnymi rękami, cegła po cegle, i nikt nawet nie pomyślał, żeby choć słówko wtrącić. Wiesz pan, ile ona ma już lat? Dwieście! Głaz by się duszy przez ten czas zdążył dorobić, tradycją jak mchem porosnąć, a co dopiero dom! O, to pewnie pańska zguba?

Wykręcił i zatrzymał się tuż przed umarłym tico. Po krótkiej burzy mózgów, uznawszy, że nie ma się co bawić w przydrożny autoserwis, wzięli je na hol i zawlekli przed dom.

Drugie, znacznie już bliższe spotkanie z cudem architektury przysporzyło Konradowi wielu nowych wrażeń. Taszczył bagaże do holu, rozglądając się wokoło z dziwną mieszanką ciekawości, paniki i obrzydzenia. Nie mieściło mu się w światopoglądzie, że praprapra... daleki przodek mógł z własnej i nieprzymuszonej woli postawić coś równie kuriozalnego i jeszcze nazwać to Lichotką. Niemal widział watahy zżerających ją korników. Podłogi, boazeria, framugi, ramy okienne, kręte schody, meble o wartości już chyba tylko muzealnej – wszystko drewniane, wiekowe i bardzo stylowe. Rzeźbione detale, kwiatki, listki, łodyżki, rozety i łuki występowały w ilościach hurtowych. Całość wyglądała jak gotycki szał ciał i uprzęży, spełniony sen szalonego stolarza. Na domiar złego chodnik w holu składał się przeważnie z dziur, kinkiety na ścianach trzymały się na słowo honoru, a w drzwiach wejściowych zamiast zamka był zwykły skobel.

Podczas gdy Szymon szukał czegoś w przybudówce, Konrad krążył z bagażami, licząc w myślach, ile wyniesie chociaż podstawowy remont parteru. Ciągle mu wychodziły straszne sumy, dlatego coraz bardziej utwierdzał się w przekonaniu, że nic gorszego niż spadek nie mogło go spotkać.

Siła wyższa była z siebie bardzo zadowolona, postanowiła jednak postawić jeszcze wielką kropkę nad i.

Z usypanego pośrodku holu stosu sturlały się trzy rolki papieru toaletowego i wpadły prosto pod głęboką komodę, powiewając na pożegnanie nadrukiem w stokrotki.

– Ręce opadają... – westchnął Konrad. – Jakby mi gimnastyki brakowało.

Klęknął ostrożnie, by sięgnąć pod mebel, i dopiero niemal dotykając nosem podłogi, zauważył, że nigdzie nie ma ani grama kurzu. Żadnych kotów, żadnych pajęczyn. Nie tego się spodziewał po starym, dziwacznym domu na odludziu.

Za plecami usłyszał ciche kichnięcie.

– Na zdrowie. – Wreszcie złapał niesforne rolki i podniósł się z klęczek. – Czyścioch z pana, panie Ku...

– Apsik – kichnął ponownie stojący na schodach anioł.

Konrad nie miał już żadnych złych przeczuć ani wątpliwości. To one miały jego.

Pociągająca nosem istota bezsprzecznie była aniołem. W obszernym, długim za kolano T-shircie z Garfieldem, bamboszach i z najprawdziwszymi, porośniętymi jasnym, miękkim puchem skrzydłami. Jego długie włosy, przypominające pocięty na cieniutkie paski celofan, migotały w świetle dnia, otaczając postać delikatną aurą.

Anioł jak w mordę strzelił, przemknęło osłupiałemu Konradowi przez myśl. Ale aniołów nie ma. Anioły są tylko na obrazkach z podpisem „Pamiątka Chrztu Świętego", pocztówkach i nagrobkach albo w książkach dla dzieci, a nie w dziwacznych, gotyckich domach z wieżyczką. Bo w dziwacznych, gotyckich domach z wieżyczką – myśli galopowały dalej – mieszkają wampiry, duchy i wielkie pająki. Ale nie anioły. Aniołów nie ma.

– Apsik. Dzień dobry – przywitał się anioł, którego nie było. Odrobina puchu wzbiła się nad nim w powietrze.

Człowiek z papierem toaletowym w objęciach nie mógł oderwać wzroku od zasmarkanego wysłannika niebios, podczas gdy w jego duszy hordy sprzecznych emocji toczyły zażarty bój. Na domiar złego z zakamarków pamięci przypałętało się widmo wieszcza i spiżowym głosem zaczęło powtarzać: „Szkiełko i oko! Szkiełko i oko!". Wobec tego zdrowy rozsądek złożył rezygnację, uznawszy, że dwie wizje naraz przerastają jego skromne możliwości, i Konrad został sam na sam z wewnętrznym chaosem.

Wielki, stary zegar w kącie wybił czwartą po południu. Równo z ostatnim „bom" w drzwiach wejściowych pojawił się usmarowany brudnawą mazią Kusy.

– Będzie żył ten pański samochodzik! Ot, zerwany pasek rozrządu, a tyle zamieszania narobił. Trzeba zamówić nowy i założyć, szczęście, że głowica i zawory wytrzymały, bo wtedy nie obyłoby się bez mechanika... A co was tak wryło? Licho – zwrócił się do anioła – poznaj pana Romańczuka, nowego właściciela. Panie Romańczuk, to jest Licho. Anioł stróż świętej pamięci pana Wincentego, lokator z najdłuższym stażem – wyjaśnił. – Pan Wincenty specjalnie dla niego zbudował wieżyczkę, bo Licho chciało z wysoka widoczki oglądać. Prawda, Licho, że chciałoś?

Licho przytaknęło grzecznie i wytarło cieknący nos.

– Znaczy... – wykrztusił Konrad – to jest lokator? Ten, o którym mowa w testamencie?

– No... w zasadzie tak.

– Myślałem, że chodziło o pana!

– Ależ skąd – roześmiał się Szymon. – Ja dojeżdżający jestem, tylko doglądam. Wie pan, taka złota rączka, co to naprawi, przyklei, gwoździa wbije. Dwadzieścia prawie lat już tu pracuję. A jak się pańskiemu wujowi zmarło na wiosnę, to się i niebożątkami zająłem, soczki im przywoziłem, gazety, bo się tak sami nudzili.

– Chusteczki wyszły – pisnęło Licho. – I odkamieniacz też, a gąbka się podarła. Alleluja.

– Się, się... To się dzisiaj podartą umyjecie, a jutro wam nową przywiozę, dobrze? Idź, sprawdź w spiżarce, czy jeszcze słonecznik macie. I niech Krakers odda butelki po mleku! – krzyknął za człapiącym w stronę kuchni Lichem. – Zawsze zapomina, a ja się potem muszę w sklepie tłumaczyć.

– Tłumaczyć? – Konrad odzyskał wreszcie pełną kontrolę nad krtanią. – Tłumaczyć?! Teraz mi się pan będzie tłumaczyć! W testamencie nie było ani słowa o jakichś... jakichś Lichach i Krakersach! Co, u licha... tfu, do diabła, ma to wszystko znaczyć?!

– Jak nie było, jak było? – Kusy z pobłażaniem pokręcił głową. – Pisało przecież, że dom z dożywociem, prawda?

– Ale nie pisało, znaczy, nie było napisane, że z aniołami!

– A co panu jeden anioł szkodzi? Grzeczny, spokojny, pomocny, czyściutki, tylko by prał i pucował. Czyścioch, że hej! Zużywa sporo chusteczek higienicznych, bo ciągle ma katar, ale za to wszystkiego upilnuje. Żeby się panu krzywda nie stała, żeby żadne nieszczęście na dom nie spadło, żeby się myszy nie zalęgły. Bez Licha nie byłoby Lichotki, panie Romańczuk. – Poklepał go uspokajająco po ramieniu. – Wziąłeś pan spadek z dożywociem? No to masz. Anioł stróż to prawdziwe dobrodziejstwo, możesz mi pan wierzyć na słowo. A i reszta nie gorsza. Przyzwyczaisz się pan w try-mi-ga! No!

Licho wróciło z kuchni z siatką pustych butelek i patrzyło z pewnym niepokojem, jak Konrad na przemian to blednie, to czerwienieje, niebezpiecznie balansując na granicy pierwszego zawału w wieku trzydziestu dwóch lat. Wreszcie ośmieliło się odezwać.

– Krakers mówi, że słonecznika zostało dużo, ale mógłby pan kupić biszkopty, bo będzie w sobotę robił tiramisu.

– Okrągłe czy podłużne?

– Podłużne, alleluja. Tak ze cztery paczki. I przydałoby się gorzkie kakao, bo do tego pudełka, co leżało w szafce, wczoraj dostała się Zmora.

– Jaka. Znowu. Zmora?...

– Kotka – odrzekł anioł. – Bardzo miła, tylko czasem gryzie. Ale niezbyt mocno.

– A ten, jak mu tam... Krakers?

– Krakersem się proszę nie przejmować, on w ogóle nie wychodzi z kuchni. – Znów kichnął, wzniecając wokół siebie nową chmurkę pierza. – Robi pyszne faworki, palce lizać – dodał trochę jakby na usprawiedliwienie.

– No i sam pan widzi – rzekł Kusy. Wziął od anioła siatkę i karteczkę z listą zakupów. – Nikt tak nie zna domu jak Licho. Oprowadzi pana, wszystko pokaże, opowie, wyjaśni. A na mnie już czas. Pojadę jeszcze do spożywczego, potem zamówię pasek, może gdzieś po niedzieli samochodzik naprawimy. No i do własnego domu też trzeba, do szanownej małżonki zajrzeć chociaż.

– Nie wróci pan z zakupami? Przecież jeszcze wcześnie.

– O nie – pokręcił stanowczo głową – dziś już nie, dopiero rano. Zanim dojadę do miasteczka, zanim wszystko załatwię, będzie wieczór. A ja, wie pan... – zniżył głos do konfidencjonalnego szeptu – ...ja tu po zmroku nigdy nie zostaję. Nigdy! Choćby się waliło i paliło. No, to dobrej nocy i do jutra, panie Romańczuk! – zakrzyknął i popędził świńskim truchtem do poloneza, jakby go sam czort gonił.

Jeszcze nigdy w życiu Konrad nie czuł się równie bezradny. Przytulił papier toaletowy do piersi niczym magiczny amulet, który ochroni go przed złem wszelkiej proweniencji.

Doprawdy, życie w Lichotce zapowiadało się ciekawie. Aż nazbyt, gdyby kto pytał.

Wniesienie bagaży na piętro zajęło im dobre dwa kwadranse. Kilka pakunków stoczyło się po stopniach, chrzęszcząc i pobrzękując, ale obyło się bez większych strat. Na dole zostały pudła z naczyniami, prowiantem na najbliższe dni i niesfornym papierem toaletowym.

Kręte schody prowadziły dalej w górę aż do wieżyczki Licha. Piętro, zgodnie z przyjętą przez lokatorów tradycją, pozostawało do wyłącznej dyspozycji właściciela domu. W powietrzu unosił się natrętny zapach cytrynowego płynu do mycia podłóg. Promienie słońca, które wpadały przez świetliki w dachu, rozpraszały panujący tu mrok i na końcu niewielkiego, acz ponurego korytarza Konrad zobaczył drzwi. Oczywiście skrzypnęły przy otwieraniu – cicho, lecz znacząco.

Pokój miał kształt wąskiego prostokąta. Niemal całą ścianę naprzeciw wejścia, od wysokiego sufitu aż po przykrytą dywanem podłogę, zajmowało dwuskrzydłowe okno, pod którym stał biedermeierowski sekretarzyk i takież krzesło. Wszędzie wisiały obrazy, co do jednego oprawione w masywne, złocone ramy, na komódce tłoczyły się zegary i figurynki, obok zaś zalegał chybotliwy stos książek. Na ten widok Konrada ogarnęło uczucie wręcz klaustrofobicznego dyskomfortu. Bał się, że jeśli zrobi choć krok, cała kolekcja dzieł sztuki runie i pogrzebie go na wieki.

– A tu, alleluja, jest pańska sypialnia – powiedziało Licho i kichnąwszy trzykrotnie, pchnęło kolejne drzwi, jakimś cudem wciśnięte między landszaft z jeleniem na rykowisku a martwą naturę.

Coraz szczęśliwszy właściciel domu zajrzał z wahaniem do środka.

Jego oczom ukazało się nawet nie tyle łóżko czy łoże, ile potężne łożyszcze. Składało się w głównej mierze z baldachimu, ciężkich kotar i sterty haftowanych poduszek, a wchodziło się na nie po schodkach. Już samo w sobie przyprawiało o chroniczną bezsenność. Wielka szafa, kominek, w którym paru chłopa z powodzeniem zatańczyłoby zbójnickiego, żeliwny żyrandol i przepastny fotel pod oknem dopełniały koszmarogennego wystroju.

– Styl *terror gothic*, jak mniemam? – zapytał Konrad, zwolennik nowoczesnego minimalizmu, wodząc wzrokiem po tapecie rodem z domu pogrzebowego. Pocieszał się w duchu, że mogło być znacznie gorzej. Przynajmniej nie musiał spać w trumnie na katafalku, wśród gromnic i przy akompaniamencie posępnej muzyki organowej.

– Ładnie, prawda? – przytaknął całkowicie odporny na ironię anioł. – Bardzo przytulnie, apsik. Meble od paru dekad te same, ale poszewki na poduszki panicz ciągle nowe haftuje.

– Eeee… Panicz?…

– Uhm, panicz. Kiedy walczy z jesienno-zimowo-wiosenną chandrą. Latem robi sobie przerwę.

– Na dobry humor?

– Na konfitury. Z malin, borówek, czasami z wiśni... – Licho westchnęło z rozmarzeniem. – Oj, z wiśni są najlepsze. I gotuje kompot z mirabelek. A jak Szymon pigwówkę pędzi, to zawsze trochę owoców zostawia i wtedy panicz robi konfiturę do herbaty. Ale to dopiero w październiku, alleluja... – Pociągnęło smętnie nosem, nie wiadomo, czy ze smutku, czy z kataru.

Konrad spojrzał na nie i zrobiło mu się jakoś tak cieplej, weselej. Zdjął plecak i rzucił na fotel, wciąż bezużyteczny telefon położył na parapecie. Nie miał innego wyjścia, musiał się na razie rozgościć w gotyckim dziwolągu, ale raptem, za sprawą anioła w bamboszach, ta perspektywa nabrała odrobinę bardziej optymistycznych barw.

– Łasuch z ciebie, co?

– I to nielichy – przyznało Licho. – Apsik. Oj, prawie bym zapomniało! W lodówce są pierogi z białym serem i szpinakiem, może jest pan głodny?

– Nie, dziękuję, wolałbym się trochę rozpakować, wykąpać i wcześnie położyć. Pół dnia za kierownicą dało mi nieźle w kość. Jest tu gdzieś w pobliżu łazienka?

– Tam są drzwi, szafa je trochę zasłania. – Wydmuchało nos w chusteczkę. – Ma pan ręcznik i mydło?

– Tak, dziękuję, wszystko zabrałem – rzucił przez ramię Konrad i nacisnął klamkę. Był ciekaw, jak też wygląda gotycka łazien...

– Ze wsi jesteś? Puka się!

– Nie widzisz, że zajęte?

– Ratunku, zboczeniec!

– Spadaj, koleś, pókim dobry!

...ka. Nieduża, wyłożona kaflami, dość jasna i zajęta. Zarumienione i bardzo przejęte Licho delikatnie posadziło zaskoczonego Romańczuka na skraju łóżka, po czym wpadło do łazienki. Nie minęła minuta, kiedy ze środka wyszły potulnie cztery zielone, ociekające wodą utopce. Wymamrotawszy przeprosiny, jeden za drugim brzydale powędrowały na swych patyczkowatych nóżkach na parter.

– Strasznie przepraszam! – zawołał anioł. Wydobył nie wiadomo skąd szczotkę i proszek, padł na kolana i wziął się do szorowania ufajdanej glonami wanny. – Naprawdę, to się więcej nie powtórzy. Apsik! Proszę mi wierzyć, nie w każdym wychodku siedzi demon, po prostu długo nikt z nami nie mieszkał. Z łazienki na dole korzystają wszyscy lokatorzy, w dodatku trochę w niej tłoczno, więc utopce zagnieździły się tutaj. Już nie będą panu przeszkadzać, obiecuję. – Migiem starł kałuże z podłogi, psiknął odświeżaczem powietrza, a po krótkim wahaniu poprawił jeszcze krzywo zawieszony papier toaletowy. – No, alleluja, jakby pan czegoś potrzebował, proszę śmiało wołać. Pościel już przebrana, nic, tylko się kłaść. Miłych snów, karaluchy pod poduchy! – Pomachał na do widzenia i wyszedł. Po chwili zajrzał z powrotem. – Znaczy, karaluchów tu nie ma – sprostował – mrówek też nie, no, czasem na werandzie, ale wie pan, tak się tylko mówi. Alleluja i dobranoc.

Zegary w pokoju obok zaczęły chóralnie wybijać szóstą. Cała komódka się zatrzęsła, wprawione niespodziewanie w ruch figurynki zabrzęczały.

Konrad kiwał się w przód i w tył i pluł sobie w przystrzyżoną à la trzej muszkieterowie bródkę, że w ogóle dał się wciągnąć w tę całą hecę ze spadkiem. Nadesłane pocztą powiadomienie o śmierci dalekiego krewnego, którego nazwisko nic mu nie mówiło, przeczytał z obojętnością. By formalnościom stało się zadość, w wyznaczonym terminie przyszedł do sądu na ogłoszenie testamentu – a wyszedł już jako osłupiały spadkobierca. Do spłacenia został niewielki dług, dom nie miał żadnych obciążeń hipotecznych, zapis o dożywociu zaś nie budził zastrzeżeń, niewiele zatem myśląc, Konrad załatwił co trzeba, własne mieszkanie wynajął do końca roku koledze, zapakował się do tico i ruszył, by objąć włości. Uwierzył w zrządzenie losu, w cudowne spełnienie marzeń o miejscu, w którym mógłby w spokoju oddać się pracy nad Dziełem Życia – bez uciążliwych sąsiadów, bez tramwajów zatrzymujących się tuż pod oknami o każdej porze dnia i nocy, bez setek zaparkowanych byle jak i byle gdzie samochodów.

Tak na dobrą sprawę dostał wszystko, czego chciał, nie przewidział tylko dodatku w postaci istot nadprzyrodzonych. I co miał teraz zrobić? Pójść do sądu i powiedzieć, że został zrobiony w konia, bo lokator okazał się kichającym aniołem, a w gotyckiej łazience mieszkają utopce? Aż się roześmiał, wyobraziwszy sobie minę prokuratora czy sędziego słuchających takiej skargi. Sam by w ani jedno słowo nie uwierzył, przecież anioły i utopce nie istnieją…

Komórka od paru godzin nadaremnie szukała zasięgu, aż w końcu zaczęła sygnalizować, że ma słabą baterię. Przeraźliwe brzęczenie mogło z powodzeniem kruszyć plomby w zębach i natychmiast wyrwało Konrada z zamyślenia. Na wszelki wypadek rozejrzał się po kątach, czy gdzieś nie rozgościł się jeszcze jakiś tajemniczy stworek, i rozpoczął walkę z bagażami. Laptopa, drukarkę i ryzę papieru położył na sekretarzyku, markowe ciuchy i buty, udające byle co kupione byle gdzie, wcisnął do przepastnej szafy. Z braku stosownego mebla ustawił książki na parapecie. Przy okazji znalazł ładowarkę i podłączył piszczący telefon do kontaktu. Zanim zapadł zmrok, Konrad, wykąpany i zbyt zmęczony, by się dłużej martwić, wcisnął się między poduszki i po prostu stracił przytomność.

Łoże nie zawiodło – koszmar był pierwszorzędny.

Zzieleniały Szymon z wielkimi skrzydłami siedział mu na piersiach i łyżeczka za łyżeczką wyżerał ze słoiczka wiśniowe konfitury, przegryzając słonymi krakersami. Z każdym kęsem stawał się coraz cięższy i cięższy. Konrad próbował zaczerpnąć powietrza, ale ucisk na mostek i żebra był zbyt silny, dusił bezlitośnie. Zewsząd sypały się na niego mokre poduszki oraz pierze, a na zewnątrz co rusz rozlegało się kichanie. I wtedy Szymon sięgnął gdzieś za siebie, po czym z całej siły wbił mu w policzek igłę do haftowania.

Konrad drgnął gwałtownie i obudził się. Ale ból wcale nie ustąpił.

Szara, miękka łapa pulsowała na jego policzku, to wysuwając, to znów chowając pazurki, drobne i ostre niczym brzytwa. Ich właścicielka, zwinięta na piersi mężczyzny w wielki, wibrujący kłębek, mruczała z upodobaniem. Jakby czując, że nowe legowisko już nie śpi, otworzyła żółte oczyska i przeciągnęła się leniwie.

– Nieźle mnie, Zmoro, przydusiłaś.

Pozwolił, by obwąchała jego dłoń, i łagodnie pogłaskał kocicę po głowie. Zamruczała głośniej, majtnęła ogonem raz i drugi. Pieszczoszka, ciężka jak diabli, lecz ujmująca. Koty mogły bezkarnie włazić Konradowi choćby i na głowę, bardzo je lubił i wszystko, co wyczyniały, znosił z godną podziwu cierpliwością. Zmora najwyraźniej to wyczuła, bo nie zamierzała zejść.

Potężne kichnięcie zatrzęsło szybami.

– Najwyraźniej Licho już nie śpi – syknął Konrad. Pazury uciekającej kocicy zostawiły mu na piersi krwawe bruzdy, może niezbyt głębokie, za to diabelnie piekące.

Ścielenie łóżka zawsze uważał za czynność zupełnie pozbawioną sensu, zatem nie zaprzątał sobie nią głowy. Odruchowo chwycił naładowany telefon i zbiegł na dół. Wydawało mu się, że słyszy jakieś szmery w kuchni, lecz gdy tam zajrzał, nikogo nie zobaczył.

Z werandy dobiegło kolejne kichnięcie.

– Na litość boską, Licho, co ty wyprawiasz?!

Prawie upuściło pincetę. Siedziało w kucki na werandzie, otoczone ze wszystkich stron lustrami, i jedno za drugim wyrywało sobie pióra ze skrzydeł.

– Zwariowałeś? Zwariowałoś? – poprawił się szybko. – Aż tak się nudzisz?

– ...piluję, alleluja.

– Słucham?

– Depiluję – powtórzył anioł. – Wyrywam raz na miesiąc lub dwa, ale i tak w końcu odrastają, więc muszę wyrywać na nowo... To strasznie męczące, wie pan?

Ani chybi masochista, stwierdził Konrad. Ale co, jeśli zacznie łazić i prosić „zbij mnie, zbij mnie, wyrwij mi pierze"? Przecież w łeb mu nie dam, aniołów się nie bije... I co on ma dziś na tej koszulce, Fistaszki!?

– Dobrze, wyrywasz, ale dlaczego? – Wcale nie był pewien, czy chce to wiedzieć, brnął jednak dalej. – Wyglądasz jak oskubany kurczak.

– Mam uczulenie na pierze, proszę pana – chlipnęło żałośnie Licho. – Nic tylko kicham i kicham. – I na potwierdzenie swych słów pociągnęło opuchniętym od kataru nosem.

Kątem oka Konrad dostrzegł skradającą się w stronę kupki pierza Zmorę.

– A sio, paskudo – przepędził kocicę i usiadł obok anioła. – Daj tę pincetę, z tyłu i tak nie sięgniesz.

Wyskubywanie piór i odganianie upartej jak osioł Zmory pochłonęło ich bez reszty. Właśnie zbierali ostatnie strzępy puchu do wora na śmierci, gdy przed dom zajechał Kusy.

– Jak tam panu minęła pierwsza noc? – krzyknął, gramoląc się z poloneza.

– W gruncie rzeczy nie najgorzej – przyznał Konrad. – Aczkolwiek nie obyło się bez pewnych... niespodzianek. Bliskich spotkań, że tak powiem.

Kusy przystanął na schodkach.

– Ano widzę, że Zmora się z panem pieściła. – Wskazał zadrapanie na jego policzku. – Ostre ma pazurki, zołza jedna. Śniadanie jedliście?

– Nie, jeszcze nie.

– Więc na co czekacie? Masz – wetknął Lichu siatki z zakupami – szykujcie z Krakersem śniadanie, a my tu skończymy to twoje pierze sprzątać. I co, podoba się panu w Lichotce?

– Jeszcze wszystkiego nie obejrzałem. No, ale bez gruntownego remontu na pewno się nie obejdzie. Dezynsekcja i deratyzacja na dobry początek. Okna nieszczelne, podłogi i ściany do zrobienia, schody zresztą też... A instalacje kiedy były wymieniane?

– Nigdy.

– Jak to nigdy? – Włos mu się na głowie zjeżył. – Jezu, przecież wystarczy byle zwarcie i cały dom idzie z dymem! Nawet straż pożarna nie zdąży dojechać!

– Nie były wymieniane, bo ich nigdy nie było – wyjaśnił spokojnie Kusy. Zawiązał worek z pierzem, który teraz przypominał wielką piłkę plażową, po czym wziął się do składania luster. – Ani kabli, ani rur. W kilku ścianach są przewody kominowe, ale to sam czyszczę.

– Co pan mi tu pieprzysz? – Konrad zaczynał tracić cierpliwość. Wyszarpnął komórkę z kieszeni spodni. – Skoro nie ma instalacji, to jak niby naładowałem telefon?

– Pewnie prądem, inaczej się chyba nie da, co nie? Ale widzę, że pan sobie nie podzwonisz z tego maleństwa. Licho! Chodź no tu, złap panu zasięg!

Z nożem do masła w dłoni Licho przytruchtało na werandę. Wzięło komórkę od Konrada, kichnęło i zaraz ją oddało.

Zerknął na wyświetlacz. Pełen zasięg. Jedna nieodebrana rozmowa i trzy SMS-y.

– Naszemu aniołkowi żadne instalacje nie są potrzebne, panie Romańczuk. Zresztą i tak nie rozumie, jak działają. Wystarczy, że Licho wie, co się powinno stać, gdy się odkręci kran, wsadzi wtyczkę do kontaktu, zapali gaz na kuchence czy wodę w kiblu spuści. Ja to nazywam prawdziwym dobrodziejstwem, bo i awarii nigdy nie ma, i rachunków nie trzeba opłacać. A zasięg nauczyło się łapać w zeszłym roku, jak sobie komórkę sprawiłem i miałem ten sam problem co pan. No – klepnął Konrada po ramieniu – to teraz chodźmy na śniadanie.

Licho było wniebowzięte. Podśpiewując pod nosem *Pieski małe dwa*, biegało po domu i polowało na firanki. Aż się prosiły o pranie i krochmalenie stulecia – od paru dni zwisały już zbyt smętnie, zbyt swobodnie, zamiast porządnie stać na baczność, a ich biel stanowczo powinna być bielsza. Co najmniej olśniewająca.

Pierwszą pralkę anioł dostał przed ponad dwudziestoma laty i używał jej z bliskim manii upodobaniem. Wciąż sprawny superautomat PS 663S BIO z wielkim, zgrzytającym pokrętłem zajmował w wieżyczce poczesne miejsce, otoczony świtą proszków, płynów oraz past, ale od paru miesięcy niewiele miał do roboty. Dom, w którym mieszkali tylko lokatorzy, wydawał się Lichu domem połowicznym, zatem równie połowiczne w nim sprzątało. W praktyce oznaczało to mycie wszystkich okien zaledwie raz na kwartał. Ale teraz... Teraz, gdy do Lichotki zawitał nowy właściciel, anioł wpadł w porządkową euforię, a nieszczęsne firany poszły na pierwszy ogień.

Również zalegająca na komodzie w holu Zmora wzięła się do skrzętnego pucowania futerka. Ani trochę nie dziwiła się szaleństwu Licha. Już w nocy uznała Konrada za swoją ulubioną poduszkę. Niestety, lokatorzy zdążyli go parę razy nieźle wystraszyć, więc teraz należało pokazać się z jak najlepszej strony, by od nich nie uciekł. Może i wpadał łatwo w osłupienie, ale też dość szybko z niego wypadał, co wszystkim właścicielom domu zawsze liczono za niewątpliwą i bardzo przydatną zaletę. Tężyzną fizyczną zbytnio nie imponował, było to jednak całkiem zrozumiałe. Nikt się chyba jeszcze nie dorobił muskułów od całodziennego wertowania książek i stukania w klawiaturę. Ot, wysoki, nieco niedożywiony intelektualista o fizjonomii zatroskanego muszkietera. Drewna na opał pewnie by nie narąbał, co najwyżej zrobił sobie krzywdę siekierą, lecz bez wątpienia pasował do Lichotki jak ulał.

No i wiedział, w jakiej pozycji spać, żeby kotu było wygodnie. Tak. Konrad musiał zostać.

Siedząc na wirującej z zapałem pralce, bez reszty pochłonięte cerowaniem skarpet Licho nie słyszało, jak rozklekotany polonez zatrzymuje się na chwilę przed domem. Kroki w holu też mu jakoś umknęły. Brzęk tłuczonego szkła i przeraźliwy wrzask – już niekoniecznie.

Tak zwane załatwianie spraw w miasteczku zajęło im chyba mniej czasu niż jazda w tę i z powrotem. Słońce nie dawało za wygraną, dlatego Konrad z ulgą pożegnał się z Szymonem i uciekł z nagrzanego jak piekarnik poloneza. Od dobrych paru godzin marzył o mleku, które chłodziło się w mroźnym zaciszu lodówki, i zamierzał wreszcie się do niego dobrać.

Butelka była ciężka, mokra i bardzo śliska, w zasadzie nic dziwnego, że ją upuścił. Lecz odłamki szkła w kałuży mleka to jeszcze żaden powód, by wrzeszczeć. Co innego wielkie, ciemnofioletowe macki ośmiornicy giganta, wyłaniające się nie wiadomo skąd.

– No i o co tyle krzyku, alleluja? – Licho, które bez wahania przybyło z odsieczą, odłożyło miotłę, chwilowo przystosowaną do celów bojowych. Celofanowe włosy zamigotały, gdy z dezaprobatą pokręciło głową. – Tylko go pan wystraszył.

Śmiertelnie blademu Konradowi odebrało głos. Nawet nie zauważył, że siedzi na podłodze, a markowe, upiornie drogie spodnie właśnie nasiąkają mu mlekiem. Tymczasem anioł klęknął przed zabitymi mnóstwem gwoździ drzwiami spiżarni, uchylił klapkę dla kota i bez zbędnych certacji wsadził głowę do środka. Coś zabulgotało groźnie.

– No, Krakersik, nie bój się, daj mackę – zaświergotał uspokajająco anioł. Odpowiedział mu krew w żyłach mrożący pomruk. – Cicho, cicho, już przyszło Licho. Zaśpiewam ci coś, chcesz?

Jedna macka wypełzła nieśmiało ze spiżarni i owinęła się wokół anioła. Przytulił ją, poklepał czule. Bulgot nieco złagodniał.

– Z pooopielniiika naaa Krakeeersa iiiskiereeeczka mruuugaaa...

Licho śpiewało falsetem, kołysząc się do taktu, właściciel macki zaś robił złowróżbne mruczando.

– …*cyt, iskierka zgaaasłaaa*. I jak – kichnęło – Krakersik? Lepiej? Pan cię nie chciał wystraszyć, już więcej nie będzie tak krzyczał, prawda? – Uśmiechnęło się zachęcająco do Konrada.

– Co… to… – więcej nie zdołał z siebie wydusić, ale Licho było domyślne.

– Krakers, proszę pana. Pradawny stwór z głębin odwiecznego zła, którego w 1836 przywołał bratanek Wincentego, alleluja – wyrecytowało. – Zygmunt bawił się w takie tam różne… dziwne… jakieś składanie ofiar, jakieś mroczne rytuały, dzikie orgie… Pewnej nocy miejscowi spalili go pod drzewem. Szybko poszło, apsik, nawet nie zdążył wymyślić i rzucić porządnej klątwy. A Krakers został w spiżarce i zajął się gotowaniem. To mu wychodzi znacznie lepiej niż sianie zagłady.

Pradawny stwór kiwnął potakująco macką.

– No, to podajcie sobie kończyny na zgodę. Śmiało!

Krakers wysunął drugą mackę i potrząsnął Konradem. Przyssawki mlasnęły przy tym cicho. Wbrew pozorom stwór nie był ani trochę oślizgły. Pachniał wanilią i goździkami.

– Licho… – odezwał się słabym głosem Romańczuk.

– Tak, alleluja?

– Powiedz mi, zanim padnę na zawał, kto tu jeszcze mieszka? Krasnoludki? Bazyliszek? Wróżki, w które trzeba wierzyć, żeby nie umarły?

– No… apsik, panicz, ale on jest człekokształtny, chociaż poeta.

– A, racja, panicz… Ten od poduszek i konfitur? – upewnił się.

– Tak, ten, co się zastrzelił, proszę pana. Między grządkami kapusty. Bodajże w 1807, ale musiałobym sprawdzić. Trochę się gubię…

Kupka nieszczęścia zwana Konradem Romańczukiem westchnęła.

– Ja też, drogie Licho. Ja też.

Sierpień kończył się burzowo. Droga przez las rozmiękła doszczętnie i zmieniła się w błotnistą pułapkę, Szymon nie miał więc jak dojechać do Lichotki. Szczęśliwie chwilowo nie był tam potrzebny.

By nie tracić czasu i choć częściowo opróżnić dom przed remontem, Konrad zarządził wielki remanent. Obrazy, zegary, poduszki i przeróżne bibeloty z całego domu trafiały do saloniku na parterze, gdzie były fotografowane i owijane w gruby, szary papier, a potem czekały, aż jakiś wielbiciel staroci zlicytuje je na aukcji internetowej. Zeżarte przez czas i mole dywany leżały na werandzie zwinięte niczym wielkie naleśniki. W kuchni Krakers sortował zapasy i sprzęt gospodarstwa domowego, wyrzucając wszystko, co nie nadawało się już do użytku. Zapłakane, zrozpaczone Licho nie chciało pożegnać się ze starym automatem. W końcu zniecierpliwiony Konrad ściągnął mu z sieci i wydrukował katalog sprzętu AGD, by mogło wybrać nową pralkę i jeszcze żelazko na otarcie łez. Zamiast spać, siedziało po nocach podekscytowane jak dziecko w wigilijny wieczór i zastanawiało się, który model ma najwięcej absolutnie niezbędnych do życia funkcji i bajerów.

Wreszcie się wypogodziło, droga wyschła i Konrad wraz z Szymonem mogli spokojnie wywieźć śmieci przed przybyciem ekipy remontowej. Wystawione na sprzedaż przedmioty szły jak woda, ratując stan konta przed sięgnięciem saldowego dna. Kurier niemal każdego ranka zabierał kolejne paczki i dom powoli przestawał przypominać zagracony antykwariat.

Jak się okazało, Krakers rzeczywiście robił pyszne faworki, a w przyrządzaniu *fettuccine all'Alfredo* niebezpiecznie zbliżał się do mistrzostwa. Im lepiej mu to szło, tym szybciej Konrad tracił wiotkość i bladość mieszczucha. Zważywszy jednak, że dzień za dniem uprawiał intensywną gimnastykę porządkową, tuszą chwilowo martwić się zbytnio nie musiał. Nieco gorzej miało się Dzieło Życia, które od blisko miesiąca leżało nietknięte. By zagłuszyć głos sumienia oraz zniecierpliwionej i bardzo namolnej agentki, Konrad postanowił, że weźmie się do pisania, jak tylko uporządkuje ostatnie pomieszczenie Lichotki – bibliotekę.

Do tej pory pomieszczenie było zamknięte na głucho, a klucz gdzieś przepadł, postanowili zatem wyważyć drzwi.

– Ożeż ty – wystękał Szymon, z całych sił napierając na łom. Zamek zazgrzytał, ale wciąż skutecznie odmawiał współpracy. – Uparta sztuka. Stara, porządna robota, nie ma co. Pan się tu z łaski swojej uwiesi. I rrraz!...

Coś trzasnęło, huknęło i łom brzdęknął o podłogę, wygięty pod kątem prostym, a obok niego padli dzielni włamywacze. Pancerne drzwi ani myślały skapitulować.

– Dosyć tego – rozeźlił się poobijany Romańczuk. – Nie będą jakieś drzwi stawiać biernego oporu w moim własnym domu. No złaź pan ze mnie wreszcie... Krakers!!!

Uzbrojona w chochlę macka wychynęła z kuchni.

– Bierz je!

Nie musiał powtarzać. Macka ochoczo zwinęła się w wielką figę i puknęła raz, a dobrze. Posypały się drzazgi. Droga do czytelniczego raju stanęła otworem.

– Chyba śnię... – szepnął Konrad. Czuł, jak ogarnia go nieziemska błogość, a na twarzy rozkwita durnowaty uśmiech. Oczy zaszły mu łzami. – Jak tu... Jak tu...

– ...jedzie?

Książki były dosłownie wszędzie. Dziesiątki, setki, tysiące tomów pachnących starym kurzem i jeszcze starszym papierem. Ciasno upchnięte na regałach, w dawno nieużywanym kominku, na masywnym, dębowym stole, pod nim i wokół niego, ułożone na parapecie pod zamkniętymi na cztery spusty oknami. Na podłodze walały się przeróżne kartki, jedne pieczołowicie zapisane, inne czyste, niektóre zmięte albo przerobione na confetti. Kłębki kurzu, kolorowe ścinki muliny do haftowania oraz resztki połamanych piór zalegały po kątach. Całość sprawiała wrażenie ostatniej fortecy szalonego czytelnika, który raczej wolałby umrzeć od zaduchu niż wyjść na zewnątrz, a na widok promieni słonecznych dramatycznym gestem owijał się peleryną i pędził na poszukiwanie najbliższego grobowca.

Szymon gwizdnął przeciągle.

– No, czeka nas trochę roboty. Dobrze, że Licho tego nie widzi, boby się chyba zapłakało. Takiego chlewu narobić...

Ledwie powiedział te słowa, rozległ się rumor, po czym spomiędzy regałów wyskoczył bardzo wzburzony młodzieniec w niebieskim fraczku i wściekle żółtej kamizelce.

– Wypraszam sobie! – zawołał, wymachując umaczanym w atramencie piórem. – Cóż znaczy pospolity nieład wobec ogromu poetyckiej wizji? Mamże myśli porządkami zaprzątać, gdy dusza nad martwym wzlatuje światem w rajską dziedzinę ułudy? Ach, doloż moja, ciężka doloż!... Bez serc, bez ducha, to szkie...

– Szczęsny, przymknij się, bo cię strzelę, jak Bozię kocham – przerwał mu Kusy, najwyraźniej przyzwyczajony do podobnych ataków weny. – I oddaj klucz, bo drugi raz się włamywać nie będę. Aha. Panie Romańczuk, przedstawiam panu ostatniego z lokatorów, nieszczęsnego panicza Szczęsnego. Wyrazy współczucia – dodał zgryźliwie. – Za dnia tkwi w tej norze, ale niestety wypełza z niej po zmroku. Po zmroku, rozumiesz pan? – powtórzył z naciskiem, marszcząc przy tym brwi. – Że niby wtedy jest romantycznie, nastrojowo. Nic, tylko pleść wierszem androny. I nie ma zmiłuj, nikomu nie przepuści.

Panicz zatrząsł blond puklami.

– Nieuczona twa postać, niewymyślne słowa... – prychnął. – Grubianinie! Śmiesz kpić z bólu ducha mego?

– Ja ci ten ból bardzo chętnie pogłębię, powiedz jeszcze słowo...

Dusząc w sobie chichot, Konrad słuchał, jak panicz, mistrz całorocznej depresji i haftu krzyżykowego, oraz grubianin w bawełnianym podkoszulku kłócą się zajadle i z widoczną wprawą.

I doszedł do zaskakującego wniosku, że wszędzie dobrze, ale w Lichotce będzie mu chyba najlepiej.

Jesień nastała ciepła i rechocząca.

Mieszkające w stawie żaby miały w głębokim poważaniu zarówno porę roku, jak i prawa Matki Natury. Może były sierotkami, zresztą w Lichotce normalność zachowań nigdy nie obowiązywała. Każdego wieczoru żaby gramoliły się na zwalony pień przy brzegu, co również stanowiło część przedstawienia, tylko tę bardziej komediową, i dawały regularny koncert. Za wierną widownię robiły utopce, Licho i Zmora, która była zagorzałą wielbicielką nie tyle samego kumkania, ile jej zdaniem bardzo smacznych stworzeń kumkających. Na ich szczęście znacznie mniejszym afektem darzyła wodę.

Pod koniec września w przybudówce zamieszkali budowlańcy. Remontowali, co się dało, pod czujnym okiem Szymona i rechotali znacznie częściej i głośniej niż żaby, chociaż nikt ich nie oklaskiwał. Wręcz przeciwnie. Od tej pory utopce nie wychylały nosów z wody, a wystraszony hałasem Krakers wpełznął do najciemniejszego kąta spiżarki i nadrabiał zaległości w spaniu. No, przynajmniej próbował. Anioł natomiast siedział zamknięty w wieżyczce, studiując instrukcję obsługi nowej pralki, i tylko późną nocą, gdy budowlańcy już dawno spali, wyłaził cicho, na paluszkach, z miotełką i szufelką w dłoni, by choć trochę posprzątać.

Na przekór niesprzyjającym pracy twórczej okolicznościom Konrad co rano brał składany leżak, laptopa i opasłą teczkę z notatkami i rozsiadał się nad stawem, skąd rozpościerał się przepiękny widok na styropian, pryzmę gruzu i otwartego na oścież toi-toia. Dzieło Życia nie mogło dłużej czekać, choć po prawdzie nie miało nic przeciwko temu. Innego zdania była jednak agentka Romańczuka, atakująca ze wszystkich stron. Zwykle zaczynała od kilku SMS-ów o dość monotonnej, ale wkurzającej treści: „PISZ. PISZ. PISZ. PISZ. PISZ" i tak dalej, póki w wiadomości nie skończyły się znaki. Potem słała mail za mailem, a jeśli miała naprawdę zły dzień – dzwoniła. I bez przerwy zadawała to samo pytanie, jak zacięta płyta w gramofonie:

– Konrad, piszesz?

– Piszę, piszę – mamrotał wtedy Konrad, chociaż od paru godzin gapił się bezmyślnie na otwarty plik albo grał w mahjonga. – Jasne, że piszę. Czemu miałbym nie pisać? – Przecież ciągłe pukanie, stukanie, trzaskanie, brzęczenie i buczenie w ogóle mu nie przeszkadzało. Ani trwające od rana do nocy wrzaski i przekleństwa. Szkoda, że nie były mniej odtwórcze, wtedy chętnie by notował. Nigdy nie wiadomo, co się kiedyś przyda.

– No, to dobrze. Pisz, nie marudź. Za tydzień chcę dostać całość.

I tak w kółko. Pisz. Piszesz? Czemu nie piszesz, skoro masz pisać? Pisz. Musisz pisać. Coś za mało piszesz. Za wolno. Litości, ile można pisać jeden tekst!?

Zdaniem Konrada – bardzo, bardzo, naprawdę bardzo długo. Dzieło Życia wymagało wiele zadumy i uwagi, przemyślenia najdrobniejszych szczegółów, traktowało bowiem o miłości, a o niej nie wolno przecież pisać byle jak, na chybcika. Zwłaszcza jeśli miała to być proza odkrywcza, świadcząca o wielkiej erudycji autora, przewrotna, miejscami wręcz obrazoburcza, lecz zawsze ambitna i z klasą, a nade wszystko trzymająca się z dala od zdradzieckiego bagniska stereotypów. Żadne tam „miłość ci wszystko wybaczy", tylko seks, kłamstwa i płyty DVD.

Fabułę pierwszego z dziesięciu planowanych opowiadań obmyślił już dawno, w przerwie między produkowaniem haseł reklamowych a redagowaniem bzdurnych broszurek, w których zachwalał pod niebiosa zalety golarki do swetrów albo plastry na odciski. Była ona, był on, a między nimi wyładowania elektrostatyczne, wybuchy zwierzęcego pożądania oraz ekwilibrystyka w scenografii dowolnej. Gdzieś obok snuł się jeszcze wątek polityczno-kryminalny, demaskujący zbrodnicze, korupcyjne układy i zakłamanie współczesnego świata. Krótko mówiąc – murowany przebój.

Jednak już w trakcie pisania problemem nie do przeskoczenia okazały się tak zwane momenty. Konrad nie zamierzał popełniać ani podręcznika ginekologii dla opornych, ani łzawo-ckliwego romansidła, ani tym bardziej scenariusza filmu porno, utknął więc na amen. Aż którejś bezsennej nocy, kiedy leżał w łóżku i wpatrywał się tępo w świeżo odmalowany sufit, spłynęło na niego oświecenie. Delikatnie wyjął Zmorę spod pachy, złapał szlafrok, laptopa i popędził do biblioteki, z mniejszym lub większym sukcesem omijając po drodze wszechobecne worki, wiadra i puszki.

Nie pamiętał już, z którego regału Szymon wygrzebał niepozorne, skromnie oprawione książeczki. Okazało się wtedy, że poprzedni właściciele domu zbierali nie tylko rodzimą i światową klasykę literatury pięknej czy opasłe rozprawy filozoficzne, ale też powieścidła z gatunku, delikatnie mówiąc, dość frywolnych. Plagiat oczywiście nie wchodził w grę, Konrad wszak miał coś na kształt godności, po prostu rozpaczliwie szukał źródła natchnienia. I oto je znalazł, w ilościach hurtowych – bez namysłu zgarnął od razu pół półki. Włączył laptopa, otworzył nowy dokument i zaczął przeglądać tomik za tomikiem, jednocześnie robiąc notatki. Wena zapukała do wrót jego umysłu, proponując na zgodę kilka całkiem znośnych zdań.

Godziny mijały, Dzieło Życia rosło jak na drożdżach, a zdrętwiały z zimna i bezruchu Konrad przeżywał literacką ekstazę.

– A cóż to za ustrojstwo?... – zaszeptało mu tuż za uchem.

Miło było, ale się zmyło. Konrad pomachał wenie na pożegnanie.

– Może kakao? Gorące. – Szczęsny postawił termos między książkami. Niemal przytknął nos do monitora. – O, miga! Jak cudacznie...

– Chcesz oślepnąć? – Konrad odsunął go delikatnie na bezpieczną odległość. – To się nazywa komputer i służy mi do pracy. Taka... taka maszyna do pisania, rozumiesz? Tylko na prąd. I zużywa mniej papieru, przynajmniej teoretycznie. Nie, bardzo proszę, nie naciskaj tego klawisza. Tego też nie, bo skasujesz wszystko, co napisałem...

– Ach, ty tworzysz? – Panicz w okamgnieniu stracił zainteresowanie dziwną, migającą machiną. – Cóż za zrządzenie losu! Właśnie kończę poemat dygresyjny w dziewięciu pieśniach oktawą, może zerkniesz? Mam też, jeśli wolisz, trochę drobnych liryków...

– Nie, dziękuję bardzo – wtrącił Konrad, na wszelki wypadek wyłączając laptopa. – Z pewnością są świetne, ale ja się zupełnie nie znam na poezji. Piszę opowiadania.

– Ach, prozaik! No tak! A o czym piszesz, jeśli wolno zapytać?

– Cóż... – nabrał tchu – o codzienności, tej najbardziej przyziemnej, brutalnej, o brudnych interesach, ciemnych sprawkach i układach, no i przede wszystkim o trudnej, wynaturzonej miłości w dzisiejszych czasach moralnego skarlenia i zarazy.

Szczęsny zamarł. Plik wygniecionych papierzysk, które zdążył wygrzebać z kartonu pod oknem, zaszeleścił w jego drżącej dłoni. Dramatycznym gestem panicz chwycił się za serce i westchnął głęboko raz, a potem drugi, po czym opadł na krzesło.

– O miłości?... – wyszeptał. – Jakież to musi być piękne i smutne zarazem... Ach, młodości mojej niebo i tortury!

– Że co proszę?

Co rusz wzdychając, panicz przybrał zbolały wyraz twarzy, a następnie w geście głębokiego zamyślenia i troski oparł głowę na zwiniętej w pięść dłoni.

– Znasz ty żywot Heloizy?... Znasz ogień i łzy Wertera? – odezwał się ponuro po chwili jakże wymownego milczenia. – Niepomny przestróg przez bliskich czynionych, ja, kochanek przez sen tylko widzianych mamideł, bujałem po zmyślonym przez poetów niebie...

Brwi Konrada przypuszczalnie też chciały się pobujać, acz nieco niżej i z dala od wszelkiej poezji. Powędrowały powolutku w górę czoła.

– Wybacz, chyba nie nadążam. Możesz mówić jaśniej? Najlepiej prozą?

– ...sam sobie sterem, żeglarzem, okrętem – ciągnął Szczęsny, niezrażony zupełnie – szukałem tej boskiej kochanki... – zaczerpnął tchu i popłynął na całego. Nie zauważył nawet, że jego słuchacz, zamiast piać i łkać z zachwytu, wymknął się z biblioteki.

Potem było już tylko coraz gorzej. Przyszło jesienne ochłodzenie, a wraz z nim obrzydliwa, nieustanna siąpanina, i wielogodzinne posiedzenia nad stawem musiały się skończyć. Za dnia budowlańcy stawali na rzęsach, by w Lichotce przypadkiem nie zapadła cisza; na domiar złego utopce zawzięcie próbowały na powrót zagnieździć się akurat w tej łazience, w której właśnie trwał remont, i trzeba ich było pilnować jak oka w głowie. Nocą zaś pałeczkę przejmował Szczęsny. Zestaw małego hafciarza dawno schował za szafę i przeistoczył się w poetę pełną gębą. A to szlochał, a to znów grzmiał o niewinnej miłości, co wiecznych mąk niegodna, na przemian lamentował i recytował w przypływie twórczego szału. Czasem, gdy się rozochocił, wisiał Konradowi nad głową i grzebał mu w notatkach, służąc życzliwą radą. Mnóstwem życzliwych rad.

W rezultacie Romańczuk poczuł zbliżające się wielkimi krokami załamanie nerwowe i rozpaczliwie zapragnął porozmawiać prozą z kimś życzliwym. Po krótkim namyśle wdrapał się na wieżyczkę anioła.

– Alleluja – powitało go Licho, które właśnie wywlekało odkurzacz ze schowka. Bamboszki przezornie zmieniło na o wiele łatwiejsze do umycia gumowce, a na głowie miało gustownie zamotaną chustkę w kwiatki.

– Słuchaj, Licho... – zaczął, rozglądając się za jakimś krzesłem, żadnego jednak nie znalazł, przysiadł wobec tego na odwróconej do góry dnem miednicy. – Wspominałoś kiedyś, że panicz się zastrzelił czy coś w ten deseń... A wiesz, skąd on się w ogóle wziął w Lichotce?

– Apsik. Pewnie, że wiem. Któregoś lata przyjechał do nas na wakacje, wypocząć, sił do dalszej nauki nabrać. Ale nudził się strasznie, bo to wtedy było modne. Żeby nic nie robić, a narzekać, że nudno i że nikt nie rozumie – objaśniło. – Wreszcie poszedł z tych nudów na spacer aż do wsi, co wówczas za lasem była. I tam zobaczył jakieś dziewuszysko, alleluja, i się z miejsca na zabój zakochał. A nawet nie wiedział, jak miała na imię. Dzień w dzień łaził za nią i łaził po polach, po łąkach, w chaszczach wieczorami czyhał, choć mu Wincenty tłumaczył, że to nieładnie. Jak grochem o ścianę, nic nie docierało. Maliny jej zbierał, rwał kwiatki, wiersze deklamował...

– Pewnie poematy dygresyjne w dziewięciu pieśniach oktawą...

– ...a ona i tak go nie chciała – trajkotało Licho jak nakręcone. – No to się wziął i zastrzelił w kapuście.

– Alleluja!

– No właśnie nie alleluja, alleluja! – Licho tupnęło kaloszem. Z efektem, trzeba przyznać, mizernym. – Następnego roku ludzie z wioski wybrali się na cmentarz, odczyniać tradycyjne gusła. I tak się złożyło, że ta dziewucha na jednym grobie przycupnęła, bo ją nogi bolały czy coś, a tam akurat Szczęsnego pochowali. No i wtedy Szczęsny z grobu powstał i znów zaczął za nią łazić.

– A ona co?

– Duchowi jego dała w pysk i poszła.

– No patrz, na to bym nie wpadł...

Metoda wydawała się kusząca, mimo że Konrad na ogół stronił od przemocy. Niestety, sam wyprowadzać się nie chciał, a zgodnie z postanowieniami testamentu nie miał też prawa wyrzucić z Lichotki żadnego dożywotnika, choćby ten był upierdliwy niczym wrzód na rzyci, zatem mordobicie odpadało. Panicz musiałby odejść sam, z własnej woli.

Egzorcyzmem go! Egzorcyzmem! – podszepnęła niestrudzona siła wyższa, którą utarczki prozaika z poetą zaczynały bawić do rozpuku.

– Nie, panie – zahuczał spod maski poloneza Szymon. – O egzorcyzmach możesz pan zapomnieć. Już próbowali, nie pomogło. Szczęsny się stąd wynosić nie zamierza.

– Przecież ja się przez niego wykończę! – Romańczuk jęknął z rozpaczą. – Nie daje mi ani spać, ani pracować, tylko plecie o jakimś braterstwie dusz, o talentach i topieniu się w rzece. Miałem w zeszłym tygodniu wysłać tekst, już nie wiem, jak się tłumaczyć przed agentką, że jeszcze nie skończyłem...

– No, przyznaję, do tej pory Szczęsny nikogo aż tak nie męczył, ale co pan chcesz zrobić? Zastrzelić drugi raz nie ma jak, przecież to widmo, widma pan nie ubijesz. Żeby była jasność – próbowałem, więc wiem, co mówię. W świat też nie pójdzie, choćby nawet chciał, ot, siła wyższa, że w Lichotce uwiązany.

Tak jest, potwierdziła siła wyższa. Uwiązany jak pies, dalej niż za las nie polezie. Jam to, nie chwaląc się, sprawiła.

– A wszystko przez durną babę. Nie miała gdzie kupra posadzić, ech... Szkoda gadać. – Kusy machnął ręką. – Jak już wylazł z grobu, to go pan z powrotem nie wepchniesz. Mogę tylko współczuć. Ale głowa do góry! – zakrzyknął na widok coraz bardziej rzednącej miny Konrada. – Jeszcze tydzień i chłopaki skończą remont, wyjadą, od razu się ciszej zrobi. Licho w te pędy zagoni wszystkich do sprzątania i Szczęsny da panu odetchnąć. No, a prędzej czy później zupełnie mu się znudzi.

Naprawdę niewiele brakowało, by Konrad rozpłakał się jak dziecko.

Przecież już był w ogródku, już witał się z gąską... Druk miał zapewniony, agentka bowiem nie próżnowała, wystarczyło wysłać tekst mailem. Fabuła bezustannie kotłowała mu się we łbie, o niczym innym nie myślał, tylko o pisaniu, pragnienie pisania aż go nosiło, rozsadzało od wewnątrz. I co z tego, że od ciągłego ślęczenia przed komputerem ledwo widział i czuł niepokojący ucisk w krzyżu, a od dawek kofeiny, które sobie codziennie aplikował, zawału dostałoby nawet stado słoni? Co z tego, że w zastraszającym tempie zmieniał się w upiora? Jeden mniej, jeden więcej, w Lichotce miejsca nie brakowało.

Obłęd w przekrwionych oczach mężczyzny pomachał do Szymona wesoło.

– A dużo panu roboty zostało?...

– Nie, w zasadzie sama końcówka. No i jeszcze całość przejrzeć, ale to już drobiazg.

– Więc nad czym pan tak dumasz? Bierzże tego laptoka, wsiadaj w tico i jedź. Staniesz pan na jakimś poboczu, napiszesz sobie, co trzeba, a ja tu w tym czasie bajzlu popilnuję.

– Ale utopce... ale remont... – próbował protestować, nadaremnie. Został wciśnięty bez ceregieli za kierownicę tico, na siedzeniu obok wylądował komputer, termos z kawą, rękawiczki i kurtka.

– Tylko pamiętaj pan, co kiedyś mówiłem. – Kusy przytrzymał drzwi od strony pasażera i zajrzał do samochodziku. –

Ja w Lichotce po zmroku nie zostaję. Nigdy, słyszysz pan? Nigdy!

Tuż przed północą skulona postać zakradła się na piętro. Chyłkiem zajrzała do sypialni – Konrad spał jak zabity, obok chrapała Zmora w pozycji rozjechanego kota. Dobrze. Bardzo dobrze. Postać wycofała się na palcach do przedpokoju, zamykając za sobą drzwi, po czym otworzyła sekretarzyk.

Gdzieś między obfitym śniadaniem a zażartą dyskusją o sposobie ułożenia parkietu w holu – kwadraty czy jodełka? podwójna czy potrójna? – Konrad wysłał wreszcie maila z tekstem. Nie miał nawet czasu, by napawać się tą chwilą, wystarczyło parę kliknięć – napisz, adresy, załącz, folder, otwórz, wyślij. Bez tematu, bez treści. Niebieski pasek dostarczania wiadomości szybko przeleciał od zera do stu procent i zniknął.

Rewolucja estetyczna w Lichotce powoli dobiegała końca. Nadmiar gotyckości zniknął, ku niewyobrażalnej uldze pana domu. Pokoje, łącznie z tym w wieżyczce, były odnowione, a weranda zamieniła się w szklaną pułapkę, na której mieszkańcy mogli odtąd spędzać czas bez względu na aurę czy porę roku.

– No, już widzę, jak Licho leci na złamanie karku, żeby te nowe szybki wypucować – zaśmiał się Szymon.

Przysiedli na leżących przed wejściem paczkach styropianu.

– Roboty mu na pewno nie zabraknie, czeka nas jeszcze cyklinowanie. Tak sobie myślałem... Licho samo nie da rady ze sprzątaniem po tym piekle, może by kogoś wziąć do pomocy, co?

– Jak to samo? A my dwaj?

– A my dwaj będziemy się bawić z gruzem i resztą tego śmietniska, które zalega przed domem, za domem i obok domu.

Zresztą dni są coraz krótsze, a pan zawsze wyjeżdża przed zmierzchem – dodał z przekąsem Konrad. – Nic dziwnego, też bym zwiewał, gdybym mógł, bo już mi się koszmary wierszem śnić zaczynają... Szczęsnego z miotłą i ścierą jakoś sobie nie wyobrażam, Krakers nie wszędzie sięgnie, czyli musimy kogoś zatrudnić do pomocy, powiedzmy, na tydzień. No, nawet na dwa. Inaczej Licho się zaharuje.

– Szanuj anioła swego, bo nie dostaniesz nowego.

– No... coś w tym rodzaju.

Rozległa się cicha, natrętna melodyjka. Obaj mężczyźni złapali się za kieszenie.

– To mój, to mój! – Konrad zerknął na wyświetlacz. Dzwoniła agentka, czym prędzej odebrał, zanim włączy się poczta głosowa. – No cześć! Dostałaś tekst?

– Czy dostałam? Ależ oczywiście, że dostałam, inaczej bym nie dzwoniła.

– I jak? Podobało ci się?

Odetchnęła ciężko.

– Słuchaj, Konrad. Nie wiem, co popijałeś w trakcie pisania, ale kompletnie ci to nie służy, więc lepiej zmień trunek. Coś ty mi tu za chłam przysłał?

– Nie rozumiem. Przecież miałaś konspekt...

– Ależ oczywiście, że miałam! – Zaszeleściła papierami. – Mam go nawet teraz przed oczyma, tylko jakoś nie widzę tu ani strzelca Wacława, ani Malwetty, ducha łąk!

– Czego!?

– Malwetty, ducha łąk – powtórzyła. – Panienki w przejrzystym gieźle, która uwodzi dzielnego strzelca i doprowadza go do obłędu, a potem zmienia w... czekaj... w co ona go zmienia?... No, nieważne. Na litość boską, Konrad, przecież to jest bełkot! Sentymentalny, łzawy, drętwy bełkot z unhappy endem! Czyś ty kompletnie oczadział na tej prowincji?! OK, przyznaję, wstawki wierszowane wyszły ci całkiem nieźle, nie wiedziałam, że jesteś też poetą, ale to całe latanie po łąkach i pierdu-pierdu, jak to on ją kocha, a ona go nie bardzo...

– Zaraz wyślę ci jeszcze raz – wydusił Konrad, którego olśniło, i rozłączył rozmowę.

Szlag go na miejscu trafił, krew jasna zalała i furie różnorakie zaczęły nim targać.

– Panie Romańczuk, coś pan tak spurpurowiał?...

Spurpurowiały pan Romańczuk nie odpowiedział. Wpadł do biblioteki jak burza z gradobiciem, strasząc po drodze robotników i Bogu ducha winną Zmorę.

– To twoja sprawka?! – ryknął niczym ranny łoś. – Mów albo skopię ci nagrobek!

Szczęsny roześmiał się perliście. Wielkopańskim gestem odłożył pióro na stertę papieru, którą właśnie kończył zapisywać kolejnym poematem, tym razem opisowym.

– Gwoli ścisłości, mój nagrobek dawno porosły mchy i paprocie. Trudno będzie go znaleźć.

– Już ty się nie martw, dam sobie radę! Grzebałeś w moim tekście, tak?

– Owszem, wiedziony ciekawością postanowiłem rzucić okiem – przyznał bez wahania, wręcz z dumą – i uznałem za słuszne wprowadzenie pewnych niezbędnych zmian.

– Jakim prawem?!

– Ależ Konradzie! – Panicz, dotychczas nonszalancko rozwalony na krześle, aż się wyprostował. – I ty jeszcze pytasz? Nie opisałeś miłości, jeno chuć lubieżną! Odartą z wszelkiego piękna żądzę! Albowiem miłość prawdziwa to wieczny ogień, co duszę trawi nawet i po śmierci, a człowiek, miast pożar gasić, pragnie wzniecić płomień jeszcze wyższy, jeszcze gorętszy!

To bunt dwóch serc nieskalanych przeciw podłemu, przyziemnemu światu! To męka wiecznego nieszczęścia i niespełnienia! To cierń zatruty, który...

– Uświadom mnie, jeśliś łaskaw – wycharczał Konrad – co może wiedzieć o miłości nastoletni gówniarz, który przez kilka tygodni łaził za wiejską babą, aż w końcu palnął sobie w łeb, bo go nie chciała, a potem jeszcze od niej w pysk po śmierci dostał?

– Och, wiele... – Panicz nie załapał ironii.

– Nic, kompletnie nic! – warknął na to Konrad. – Dla ciebie miłość kończy się tam, gdzie dla normalnego człowieka dopiero się zaczyna! Za morzem łez, za tymi „och" i „ach", za weltszmercem, za kulą w czaszce, za smętnymi wierszydłami i badylami zrywanymi na łące! Tam jest życie, szare, nudne, ale prawdziwe. Prawdziwsze niż ta twoja miłość!

– Widzisz świat w proszku... – Oburzony duch poetycki Szczęsnego uruchomił trybiki, lecz Konrad natychmiast walnął w przycisk „stop".

– Przestań wreszcie pieprzyć! Chcesz sobie wzdychać, roztrząsać do końca świata, czy to jest przyjaźń, czy to jest kochanie, i wypisywać brednie w dziesięciu...

– ...dziewięciu...

– ...nieważne ilu pieśniach oktawą, proszę bardzo! Ale tknij jeszcze raz mój komputer, mój tekst albo cokolwiek innego z moich prywatnych rzeczy, a przysięgam, że znajdę twój grób i będę na nim urządzał dzikie orgie! Co tydzień! – Huknął kościstą pięścią w stół i na ułamek sekundy ujrzał gwiazdy. – Ożeż... I wtedy poznasz nie jedno, nie dwa, ale dziesiątki oblicz miłości, o jakich ci się nawet nie śniło! A teraz precz z moich oczu!

– Posłucham od razu! – Wielce i celnie urażony prosto w godność osobistą panicz, zafurczawszy fraczkiem, wymaszerował z biblioteki dostojnym, przynajmniej z założenia, krokiem prosto między robotników.

– Ty, co za kolo! W getrach!

– He, ale cudak, he, he. Panie, karteluszka się panu zgubiła! – dobiegło z korytarza.

Konrad wytężył muskulaturę i z lubością pieprznął drzwiami. Nim zdołał udobruchać agentkę dość pokrętnymi wyjaśnieniami i przezornie zgraną na piórku kopią właściwego tekstu, zrobiło się ciemno i w Lichotce zapadła cisza jak makiem zasiał. Nie mając już nic ani do stracenia, ani do roboty, Romańczuk wygrzebał skądś ostatnią butelkę zeszłorocznej pigwówki i najzwyczajniej w świecie urżnął się w trupa. Tuż przed świtem szczerze zatroskane Licho znalazło go śpiącego pod bibliotecznym stołem i jakimś sposobem zawlokło do sypialni.

– Jest to pasterka z gwiazd sioła, kosz na głowie, w koszu kwiaty i twarz anioła...

Trzymający mocno w objęciach michę Konrad, siedzące na szafce i powolutku sypiące startą skórkę cytrynową Licho oraz Krakers, mieszający z zapałem krem, zastygli w bezruchu niczym kulinarna Grupa Laokoona.

– Jako motyl płocha, powiewna... Może jakaś zaklęta królewna?... – ciągnął Szczęsny, który od rana sterczał przy kuchennym oknie, przyssany do szyby niczym przerośnięty glonojad. Na zewnątrz ekipa remontowa pakowała manatki do poobijanego żuka, nie ona jednak przykuła uwagę panicza.

Z naprzeciwka piaszczystą drogą nadciągał fragment krajobrazu.

– A niech mnie, Las Birnamski... – wyrwało się Konradowi.

– Nie, to Marianna – stwierdził anioł. – Dzisiaj zaczynamy sprzątać. Kręć dalej, Krakers, bo się krem zwarzy.

– Znacie ją?

– Uhm. – Licho wpakowało paluszek do kremu i oblizało z widocznym zadowoleniem. – Od maleńkości, apsik.

Dziewczę trzęsące się na rowerze było już pod domem. Na głowie miało słomiany kapelusz z szerokim rondem, spod którego powiewały dwa grube, przaśne warkocze. Niżej błękitniał puchaty sweterek z pętelkami i zieleniły się wściekle obcisłe geterki. Całości dopełniały trampki w pastelowe kwiecie i plecaczek ze sztucznej skóry, mocno już zużyty.

Z gracją baletnicy dręczonej przez podagrę Marianna zeskoczyła z siodełka i demonstrując pełnowymiarowość swej sylwetki, przemaszerowała przez werandę i hol wprost do schowka pod schodami.

– Twarz jaśniejąca, usta jak korale!... – Panicz był bliski wniebowzięcia. – Aniele!...

Jeden anioł, tu i ówdzie mocno opływowy, wbił się w fartuch i powędrował z wiadrem do łazienki, drugi zaś otrzepał ręce z resztek skórki cytrynowej.

– Apsik! – Tym razem nie kichnął, tylko odpędził Zmorę dobierającą się do pudełka kakao. – Alleluja, gdzie są biszkopty?

Macka wypełzła zza klapki w drzwiach i podała szeleszczącą paczkę. Panicz tymczasem wzdychał jak zepsuty parowóz, wodząc bawolim wzrokiem za Marianną.

Coś na kształt pomysłu zakiełkowało w umyśle Konrada.

Nie, to było zbyt oczywiste, by mogło zadziałać. Zdecydowanie. Zresztą na pewno któryś z kolejnych właścicieli Lichotki wpadł już na ten pomysł i próbował go wprowadzić w życie. Bezskutecznie, skoro widmowy panicz wciąż się pałętał po domu. Ale z drugiej strony, zastanawiał się dalej Romańczuk, najtrudniej znaleźć najprostsze rozwiązania, a te z kolei sprawdzają się najlepiej, bo niewiele w nich można spieprzyć.

Pomysł zapuścił korzenie sięgające co najmniej jądra Ziemi i wziął się żwawo do wypuszczania pąków.

Niedawno umyta szyba zdążyła już zaparować od nieustannych westchnięć Szczęsnego. Wreszcie odkleił się od niej, by niczym okręt na żaglach wiatrem wzdymanych odżeglować z kuchni do holu, gdzie pasterka z gwiazd sioła, przez normalnych ludzi zwana Marianną, moczyła i energicznie wyżymała nieokreślonej barwy szmatę.

Całodobowy zakaz wstępu do biblioteki okazał się dla niego bardzo dotkliwą karą, mimo że trwał dopiero od czterech dni; znacznie dotkliwszą niż hasło blokujące dostęp do laptopa oraz skrupulatne racjonowanie papieru. Wskutek tych represji – tak, represji, wszak karze się tylko winowajców – panicz nudził się jak mops. A co gorsza, nudził się zwyczajnie, prozaicznie i absolutnie nie z własnej woli, czyli zupełnie inaczej niż zwykle. Głupiutkie, prostolinijne Licho proponowało grę w bierki albo domino, Krakers podsuwał świeżo upieczone ciasteczka z kawałkami czekolady, jakby pusta zabawa i smakołyki mogły zastąpić utraconą rozkosz czytania. Pośmiertne życie bez książek było niewyobrażalną katuszą.

Aż pojawiła się Ona – przez bardzo duże, okrągłe O.

Duchem w obłokach, ciałem na schodach Szczęsny przyglądał się, jak jego anioł z tęczy i alabastru wdrapuje się po drabinie, by zdjąć brudne klosze z żyrandola.

Z kuchni wyszedł upaćkany kremem Konrad. W dłoniach ściskał kubek parującej kawy.

– Co porabiasz? – zagaił tak niewinnie, jak tylko potrafił.

– Serce bije gwałtownie, oddechem nie władnę, iskry czuję w źrenicach, a na twarzy bladnę… – wybełkotał panicz.

– Tak, właśnie widzę. Słuchaj... nie masz czasem wrażenia, że wzywa cię los? Że jakaś siła, najwyższa istota, emanacja... eee... Absolutu przygląda się twojemu życiu i... – wytężył umysł, nieprzyzwyczajony do snucia bredni – ...wiedziona jakimś nieodgadnionym kaprysem... – o tak, to było dobre – postanawia dać ci jeszcze jedną szansę?

Bardziej łopatologicznie się nie dało, co? – siła wyższa parsknęła śmiechem. Ech, jak ludzie już coś wymyślą... Za grosz profesjonalizmu.

Ale Szczęsnemu to wystarczyło, nie był zbyt wymagający. Niemalże eksplodując euforią, wlepił roziskrzone ślepia w Konrada.

– Ach, zbawco! – zapiał. – Otom odnalazł duszę przed wiekami utraconej kochanki, w ciało nowe a wdzięczne przyobleczoną! Och, łaskawy losie! Nadzieja powróciła do zbolałego serca mego!

– Więc na co jeszcze czekasz? Zasuwaj na górę, weź sobie parę kartek z sekretarzyka i napisz jakąś odę albo sonecik. Dzisiejsze dziewczyny uwielbiają, gdy się je romantycznie bajeruje. Nie, to jest stanowczo zbyt proste... – mruknął pod nosem Konrad, odprowadzając wzrokiem pędzącego po schodach panicza.

Ano – zgodziła się z Konradem siła wyższa. Głupi ma zawsze szczęście.

– Pucu-pucu, chlastu-chlastu, nie mam rączek jedenastu, tylko dwie mam rączki małe, lecz do prania doskonałe – nuciła Marianna, szorując na klęczkach podłogę ciężką, ryżową szczotą. Mop, wymysł leniwiejącej w zastraszającym tempie ludzkości, okazał się bowiem bezradny wobec warstwy narosłego podczas remontu brudu.

Pokoik w wieżyczce lśnił już czystością, podobnie główna sypialnia z przyległościami na piętrze. Jeszcze korytarz i dziewczyna mogła brać się do sprzątania parteru. Nic nie wskazywało na to, że święty spokój, który miała od paru dni, dobiegał końca.

Nic nie zapowiadało koszmaru.

– Pucu-pucu, chlastu-chlastu – nuciła w kółko, nie pamiętała, jak to dalej szło. Centymetr za centymetrem cofała się w stronę schodów, a w ślad za nią szurała szczotka, pryskając obficie pianą. Całkiem nieźle szła im ta współpraca, aż do momentu, gdy Marianna uderzyła w coś niestosownie wypiętym kuprem. Odwróciła się.

Najpierw zobaczyła wyglansowane na wysoki połysk laczki, a wokół nich listki, płatki i inne paprochy oraz nieco zeschniętego błocka. Coś w niej, tam, w środku, w duszy bodajże albo w okolicach żołądka, zazgrzytało. Podniosła głowę i spojrzała na niebieskie spodnie z gustownym fraczkiem, żółtą jak fluorescencyjny mazak kamizelkę oraz potężny wiecheć roślinności, której jesienna aura nie zdążyła załatwić.

– Kobieta rodzi się gwiazdom podległa i kwiatom – zagaił panicz, zachęcająco podtykając dziewczynie sypiącą się, kwiatowo-liściastą kompozycję. Sterczała z niej nawet jedna czy dwie pokrzywy.

Marianna zamrugała.

Szczęsny westchnął. Uznał, że powinien wyrazić się nieco jaśniej, bardziej bezpośrednio, wszak dziewczę było dość proste.

– Ledwiem cię zobaczył, jużem się zapłonił – oznajmił rozanamiętnionym głosem – w nieznanym oku dawnej znajomości pytał.

Marianna znowu zamrugała. Trochę jej było niewygodnie, tak na klęczkach, z tyłkiem w górze i dziwnie wykręconą szyją, ale bała się ruszyć, żeby panicza bardziej nie rozochocić. A bo to wiadomo, co takiemu dziwakowi do łba strzeli? Piany na pysku dostanie albo co? Nie pierwszy raz gościła w Lichotce, ale do tej pory los oszczędził jej bliższych spotkań ze Szczęsnym, który bardzo rzadko opuszczał bibliotekę, chyba że nocą. A matula zawsze powtarzała, że doczeka świeczka wieczoru, i proszę bardzo, Marianna naprawdę się doczekała, choć nie była świeczką, a na niebie w najlepsze świeciło słońce. Stanęła z obłąkanym paniczem twarzą w twarz czy raczej twarzą w pośladki.

– Choć w ubraniu... eee... sprzątaczki, widno, żeś królowa! Pozwól, dziewico łaskawa, bym wyrecytował parę strof, które na tę doniosłą okoliczność ułożyłem. Choć uszu twych niegodne, ze szczerego, kryształowo czystego serca wprost płyną!

Królowa Marianna, dziewica łaskawa, nie mając specjalnie innego wyjścia, wróciła do szorowania – samo się zrobić nie chciało, a wydawało się o niebo bezpieczniejsze niż próby nawiązania dialogu z maniakiem we fraczku. Szczęsny zaś, również nie mając innego wyjścia, po chwili konsternacji wcisnął wiecheć pod pachę, wyszarpnął zza pazuchy gruby zwitek papieru, rozłożył i zaczął odczytywać wiersz za wierszem.

Dziewczyna szorowała, panicz deklamował, wiecheć się kruszył i tym sposobem powolutku, niespiesznie przebyli cały korytarz, schody, hol i dotarli do kuchni.

Licho nie grzeszyło rozumem. Tak na dobrą sprawę nie grzeszyło też niczym innym, rozum bywał jednak w życiu naziemnym przydatny.

W zasadzie dość łatwo dało się przekonać, że Marianna poradzi sobie ze sprzątaniem domu i wcale a wcale nie trzeba jej pomagać. Także bez większych protestów założyło kaloszki i pelerynę przeciwdeszczową, wystarczająco obszerną, by przykryć skrzydła, i polazło z Konradem na długi spacer po okolicznych lasach. Zajęte zbieraniem grzybów oraz pilnowaniem ciekawskiej Zmory, która postanowiła im towarzyszyć, nie zauważyło, że mężczyzna ciągle się za czymś rozgląda.

Gdzieś po czterech dniach takich spacerów Licho nabrało podejrzeń. Nigdy wcześniej tego nie robiło, nie miało żadnej wprawy, tropiło więc podgrzybki w wielkiej zadumie. Wreszcie zdobyło się na odwagę i postanowiło zadziałać.

– Pan coś, alleluja, kombinuje – rzekło do Konrada, który właśnie wylazł z jakiejś strasznej plątaniny chaszczy.

Starało się zrobić wrażenie bardzo zasmuconego i stanowczego jednocześnie, aczkolwiek nie wzięło pod uwagę faktu, że wygląd trochę mu wchodzi w paradę. Owszem, peleryna świetnie maskowała skrzydła, ale poza tym była zdecydowanie zbyt wielka jak na jedno małe Licho. Przypominało w niej miniaturową, czerwoną paralotnię w kaloszkach, z wiklinowym koszyczkiem i zdecydowanie za dużym kapturem, bez przerwy opadającym mu aż na nos. Tyle dobrego, że chociaż podwinęło sobie rękawy.

– Dlaczego tak sądzisz? – zdziwił się obłudnie Konrad, próbując uwolnić spodnie z wyjątkowo upartego i spragnionego kontaktu z człowiekiem krzaku jeżyny.

– Pan nie pozwala mi sprzątać, tylko każe snuć się po lesie i zbierać grzyby. – W głosie anioła dominował nieśmiały wyrzut.

– Owszem, bo wychodzę z prostego założenia, że zimą możemy ich już nie znaleźć.

– Ale pan czegoś szuka. Oprócz grzybów, alleluja – dodało. – I ja czuję, że pan mnie robi w balona.

Nagle okłamywanie zasmarkanego Licha wydało się Konradowi szczytem drańlater.

– No dobra – wyrwał nogę z objęć zaborczego krzaka – niech ci będzie. Ale nikomu ani słowa, słyszysz? To będzie taka nasza tajemnica, obiecaj!

– Obiecuję, apsik.

– Widzisz, drogie Licho, usiłuję odnaleźć grób Szczęsnego. Anioł podniósł opadający kaptur.

– A po co?

– Eee... kiedyś mu to obiecałem. – Jakkolwiek by patrzeć, mówił prawdę. Nie całą, ale jednak prawdę. – Że znajdę i... zajmę się... jego grobem...

Licho uśmiechnęło się od ucha do ucha.

– Przecież to zupełnie gdzie indziej. O tam – pokazało łapką – kawałek za szosą, między takimi brzózkami. Ja pana zaprowadzę i będziemy mogli wreszcie wziąć się do porządnego sprzątania, alleluja!

Dojście na miejsce zajęło im dużo mniej czasu niż zdjęcie Zmory z drzewa, na które nieopatrznie się wspięła, zapomniawszy, że jest kotem kanapowo-naręcznym, a w pniach nie ma schodów, tylko jakieś dziwne gałęzie. Marne resztki wiejskiego cmentarzyka nie rzucały się w oczy i bez pomocy anioła Konradowi bardzo trudno by było na nie trafić, a do położonej na uboczu, zapadniętej mogiłki nieszczęsnego panicza nie dotarłby zapewne nigdy. Zatartych liter nie dało się już odczytać, w dodatku zaczął padać nieprzyjemny deszcz.

– Apsik. Mam wodę w kaloszkach – poskarżyło się Licho.

Spod jego niedopiętej pelerynki wyjrzała kocica. Miauknęła w stanowczym proteście przeciw obrzydlistwu lecącemu z nieba. Rad nierad, Konrad zarządził powrót do domu.

Lichotkę zagrzybiło. Pod okapem wisiały dziesiątki sznurków, na których suszyły się grzyby. W garnku na kuchence pyrkała cicho potrawka grzybowa z czosnkiem i śmietaną. Stół i szeroki parapet zajmowały słoiczki pełne podgrzybków w marynacie. Kolejny koszyk grzybów wprawił Krakersa w nerwowe drżenie macek.

A na obiad znowu była zupa grzybowa.

Zmarznięty anioł przydreptał do kuchni w bamboszkach i flanelowym szlafroku i zabrał się do jedzenia, co rusz kichając.

– Smacznego. – Konrad skrzywił się, odsuwając dyskretnie talerz. – Chcesz moją porcję?

Ze spiżarki dobiegł groźny bulgot.

– Wybacz, Krakers. Naprawdę świetnie gotujesz, ale nie mogę już patrzeć na grzybową. Na samą myśl niedobrze mi się robi.

– Przecież sam żeś pan zbierał – zauważył Szymon między jedną łyżką zupy a drugą. Jemu akurat było wszystko jedno, czy je grzybową od tygodnia, czy od dwóch. Wełna, nie wełna, byle gęba pełna.

– Bo zbierać lubię, gorzej z jedzeniem... O, wielkie dzięki. – Macka wręczyła mu miseczkę z czerwonym barszczem z torebki.

Opróżniając drugi talerz, Szymon zerkał spode łba na Licho, które wzięło się do zmywania. Poczekał, aż anioł skończy i wyjdzie z kuchni, i dopiero wtedy się odezwał.

– Panie Romańczuk, co pan knujesz?

– A czemu niby miałbym knuć? Coście się dzisiaj tak wszyscy uwzięli?

– Nie zgrywaj pan niewiniątka. – Kusy pogroził mu łyżką. – Ciągasz pan Licho po lasach, mnie wysyłasz do miasteczka po różne pierdoły, byle dzień w dzień Marianna sama w domu zostawała.

– Jaka tam znowu sama! – żachnął się Konrad.

– Ano właśnie! Gorzej niż sama, bo ze Szczęsnym! Widziałeś pan, jak on za nią łazi?

– No łazi i co z tego? Też mi nowość, chłopak łażący za dziewczyną! Wielkie mecyje! Co on, trędowaty, nie wolno mu czy jak?

– A pan co, Boga w sercu nie masz? Przecież on ją zamęcza! Jakieś durnoty wygaduje, badyle z pól znosi, że o błocie nie... – urwał naraz. Intensywne procesy myślowe odmalowały się na jego spoconej twarzy. – Znowu to samo...

– A co takiego? – zapytała chodząca niewinność, nabożnie posilając się barszczykiem.

Kusy zmarszczył brwi.

– Już pan wiesz co. Doskonale pan wiesz, panie Romańczuk.

Przez parę minut w milczeniu mierzyli się wzrokiem. Czując, że coś wisi w powietrzu, Krakers ostrożnie zebrał naczynia ze stołu i ułożył w zlewie, a sam schował się w spiżarce między puszkami.

– Szczęsny ma nawalone we łbie jak Cyganka w tobołku – zaczął Konrad. – Celem jego istnienia jest chyba utrudnianie życia wszystkim naokoło, innego powodu nie widzę. Chętnie zamurowałbym go w piwnicy albo utopił w stawie, lecz – rozłożył ręce w geście bezradności – sam pan mówił, widma ukatrupić się nie da. Bardzo nad tym ubolewam.

– Z radością pomógłbym panu ukryć zwłoki, ale co ma do tego Marianna?

– O, bardzo wiele, panie Kusy. Bardzo! Już raz Szczęsny polazł za dziewczyną, ignorując fakt własnej śmierci. Zresztą, tak na marginesie, w ignorowaniu rzeczy oczywistych jest naprawdę świetny, musi mieć naturalny talent. A teraz sądzi, że los daje mu drugą szansę na miłość, o jakiej zawsze marzył. I jeśli uwierzy na tyle mocno, by poleźć za Marianną, by z własnej, nieprzymuszonej woli opuścić...

– Kocham, ach, kocham, po sto razy wołam! – Z okrzykiem na ustach panicz wparował do kuchni i rzucił się Konradowi do kolan. – I tyleż razy dziękować będę niebiosom, że mi ciebie zesłały, pocieszycielu! Ach, to anioł wcielony, nie kobieta! Jakaż ona piękna! – Westchnięcie. – Jakaż skromna! – Kolejne westchnięcie. – Jakiż blask nieziemski od niej bije, gdy kroczy uskrzydlona słowami mej poezji!... – Wywrócenie gałami. – Ach, nie dbam, że los i ludzie przeciwko nam stoją! Że uciekać i kochać bez nadziei muszę! Ja płonę, w końcu płonę, a tyś ów ogień w duszy mej na nowo rozniecił! O, dzięki ci, dzięki, najmilszy przyjacielu! – Uścisnął Konrada z całego serca i w te pędy czmychnął z kuchni.

– Cholera, od tej jego histerii będę miał siniaki...

– Biedna dziewczyna – westchnął Szymon. – Nie zasługuje na to...

– Ale dlaczego biedna? Niech pan tylko pomyśli. Jak wielkiej miłości trzeba, żeby w wiejskim, mrukliwym dziewuszysku z łojotokiem, figurą kręgla i tapetą grubości centymetra na twarzy zobaczyć pięknego, skromnego anioła uskrzydlonego słowami poezji? Bo w tę jasność ani trochę nie wątpię – zastrzegł. – Sam widziałem, jak jej się gęba świeci. Panie Kusy, proszę mi wierzyć, dzisiejsze młode kobiety, takie jak Marianna, pragną mężczyzny romantycznego, wrażliwego, który nie wstydzi się łez i pamięta o rocznicy pierwszego pocałunku, zabierze je na spacer przy blasku księżyca, wręczy kwiaty o jakimś tam symbolicznym znaczeniu i przeczyta wzruszający wiersz o miłości. Ale takich mężczyzn nie ma, panie Kusy, już dawno wymarli. A ci, którzy zostali, gonią za pieniędzmi, karierą i zgrabnym tyłkiem w minispódniczce.

Makiawelizm dla ubogich, nic dodać, nic ująć.

– Może i masz pan rację, ale... Ale to przecież Szczęsny, no!

– Ile czasu latał za pierwszą dziewczyną?

– Prawie dwa miesiące.

– No właśnie! A za Marianną snuje się dopiero od tygodnia. Dajmy mu szansę, panie Kusy. A nuż się czegoś przez tych dwieście lat nauczył? Niech pan pamięta – zniżył wymownie głos – że jego szczęście w amorach leży w naszym interesie. I w interesie Lichotki. Zresztą czym pan się martwi? Przecież jeszcze żaden mężczyzna nie umarł z miłości... dwa razy.

Pewnego przedpołudnia w Szczęsnym obudziła się dusza toreadora – postanowił dłużej nie zwlekać i wziąć byka za rogi. Uprzednio zadbawszy o swą powierzchowność, a zwłaszcza o frak, który od dawna wymagał spotkania z żelazkiem, i rozczochrane pukle, zaszył się w łazience na parterze, by dokończyć cykl sonetów wychwalająco-wielbiących. Nowa wiązanka roślinna, tym razem ułożona z różnobarwnych liści, stała na podłodze w słoiku po ogórkach.

Radosna twórczość nie zajęła mu wiele czasu. Tuż przed obiadem, wyposażony w zbiór liryków i bukiecik, panicz ruszył na poszukiwanie nadobnej Marianny. Zdybał ją w suszarni, gdy rozwieszała świeżo wyprane prześcieradła.

– O, moja miła siostro duszy! – zapiał histerycznie.

Dziewczyna z wrażenia upuściła plastikowy koszyk z klamerkami.

– Nie lękaj się, aniele! Pozwól, że rączęta twe ogrzeję pocałunkami miłości żarliwej!

Nawet nie zdążyła zaprotestować, a panicz już przyssał się jej do zimnych, mokrych dłoni i zaczął cmokać jak opętany.

– Tyś źrenicą oczu moich! Tyś promieniem nadziei mrok rozświetlającym! Tyś chwilą wytchnienia w znoju i bólu wszelkim! Ach, strudziłem usta daremnym użyciem! – zakrzyknął i mocno pociągnął dziewczynę, aż padła przed nim na kolana. –

Do rzeczy. Marianno!... – szepnął jej płomiennie wprost do ucha. – Kochanko niebiańska... usiądziesz mi na grobie?...

– A pierścionka to ty masz? – odparła krótko i węzłowato.

– Słu... słucham?

– Pierścionka – powtórzyła. – Złotego, z oczkiem, najlepiej czerwonym. Ja tak bez niczego na żadnym grobie nie usiędę. Matula mówi, że trza się cenić, a nie od razu dla byle kogo szargać wianuszek. Bo potem to cała wieś gada i ksiądz z ambony pomstuje.

– Przebóg! – Panicz jęknął rozdzierająco. – Tak ciebie oślepiło złoto!...

– A coś ty myślał, że ja głupia jestem i na byle co się dam nawlec? Gołodupcowi bez pracy i mieszkania? – Wydęła pogardliwie usta. – Taki Zenek, na przykład, to na budowach robi, kasę trzepie i nawet za granicą raz był, bo on nie lada fachowiec! I bombonierki przynosi, na urodziny kupił mi taką fikuśną haleczkę, drogą, że ho, ho! I na disco jeździmy prawie co sobotę, a w święta może już damy na zapowiedzi. Za to, co mi pan Romańczuk zapłaci, każę krawcowej suknię ślubną uszyć.

Ogłuszony Zenkiem i haleczką panicz wstał, choć nogi mu się trzęsły.

– Przeklęta! – rzucił z goryczą. – Ty wydarłaś ostatnie godziny szczęścia mego na ziemi! A... a bodaj ci nóżka spuchła! – krzyknął i uciekł, łzy lejąc rzęsiste.

Wracająca z lasu gromada dzielnych grzybiarzy dostrzegła w oddali telepiącą się na rowerze Mariannę.

– O, na dziś już skończyła? – zdziwił się Konrad.

Trochę mu było niewygodnie, może dlatego, że na głowie miał Zmorę, którą wystraszył piekielny stwór ogniem ziejący, wyposażony w zestaw przerażających zębisk i pazurów. Gorliwe zapewnienia, że zające zwykle nikogo nie atakują i trudno je nazwać śmiercionośnymi lub krwiożerczymi, w przeciwieństwie do chociażby Krakersa, jakoś kocicy nie przekonały.

– Najwyraźniej – stęknął Szymon, dźwigający na plecach utrudzone wycieczką Licho.

Mocniejszy powiew wiatru zachwiał rowerzystką, ale nie zdołał jej przewrócić. Parła przed siebie jak czołg i po niespełna minucie zniknęła między drzewami.

Wtedy od strony domu rozległ się huk.

Peleton w te pędy ruszył do Lichotki. Na prowadzenie od razu wysunął się Konrad, broczący krwią ze skroni i czoła, w które z całych sił wpiła się Zmora, by nie spaść. Kawałek za nimi pędził dyszący ciężko i sapiący niczym lokomotywa Szymon, a na końcu truchtało Licho, próbując nie zgubić kaloszków.

W stawie, z dubeltówką w objęciach, siedział panicz z przestrzeloną na wylot głową i kiwał się na boki. Wokół niego kłębiły się wściekłe utopce i żądały bezzwłocznej eksmisji dzikiego lokatora.

– Alleluja, Szczęsny! Wyłaź, bo się na śmierć przeziębisz! – zapiszczało Licho, któremu cudownym sposobem wróciły siły, i rzuciło się na ratunek. Zaczęło ciągnąć panicza na brzeg, utopce go wypychały i w wodzie zapanowało małe pandemonium. Posypało się pierze.

– Jestem taki nieszczęśliwyyy! – darł się z błogim uśmiechem mokry i podziurawiony Szczęsny. Sądząc po jego minie, więcej do szczęścia nie potrzebował.

Konrad stanął. Kocica, wytrzęsiona niemiłosiernie, skorzystała z nadarzającej się okazji i zwiała do domu.

– No i masz pan tę swoją miłość – wydyszał Szymon, trzymając się za serce. –Zadowolony? Zakochany Szczęsny zawsze, ale to zawsze oznacza kłopoty. Cholera, skąd on wytrzasnął dubeltówkę?

– To nie oni są dożywotnikami, prawda?

– Hę?

– Nie, oczywiście, że nie. Przecież oni nigdy się stąd nie wyniosą, bo nigdy nie umrą – mamrotał otumaniały Konrad. – Ale ja tak. Ja umrę. Na pewno. Kiedyś. Za kilkadziesiąt lat, które spędzę razem z nimi. To jest jak wyrok... dożywotni wyrok... prawdziwe dożywocie...

– No. Wreszcie żeś pan załapał. Witamy w Lichotce.

A siła wyższa spoglądała z góry i kwiczała ze śmiechu.

TAK ZWANY KONIEC

Nawiedziny

„A więc tak to wygląda", pomyślał Sokółek, po czym przeistoczył się w słup soli.

To był jego pierwszy raz, trudno się zatem dziwić, że miotały nim uczucia potężne i sprzeczne. Można by rzec – ambiwalentne, lecz słów tak długich i trudnych Sokółek nie znał ani nie używał nawet na co dzień, gdy dysponował chwilą czy dwiema na wytężenie umysłu, a co dopiero w sytuacji równie niespodziewanej i krępującej jak teraz, gdy właśnie... No, gdy właśnie... Tego...

O mamuniu.

Zimne i spocone dłonie telepały mu się straszliwie, żołądek zawiązał w podwójny supełek, a lewa brew zaczęła podrygiwać, co wprawiło chłopaka w jeszcze większe zakłopotanie. No bo jak to – tik nerwowy? W takiej chwili?! Kiedy trzeba się sprężyć, a jednocześnie odprężyć, dać ponieść chwili, nie tracąc przy tym głowy? Nie mógł się przy tym oprzeć wrażeniu, że coś tu nie gra, nie pasuje, że to się dzieje za szybko, no bo jak to tak, od razu do rzeczy? Bez żadnego „poznajmy się", porównania horoskopów, głębokich westchnień i jeszcze głębszych spojrzeń, bez choćby jednego, niewinnego pocałunku?... Dobrze, może niekoniecznie tak całkiem niewinnego, ale jednak! Pocałunek to rzecz ważna, istotna, święta wręcz, bez pocałunku to się wcale a wcale nie liczy, i już! A tymczasem okrutna rzeczywistość odarła Sokółka z marzeń i złudzeń i postawiła go przed faktem dokonanym. Oto twój pierwszy raz, baw się dobrze, tylko wiesz, nie spieprz sprawy, bo powtórki nie gwarantujemy. Próbował się zatem skupić, zmusić niesforne mięśnie do zaprzestania ćwiczeń, ale tylko się spocił i jeszcze bardziej zestresował, brew zaś radośnie podrygiwała dalej.

– No, to jak? Długo mam czekać, aż się ruszysz?

Po ciele Sokółka, zarazem zesztywniałym i roztrzęsionym, całymi tabunami przebiegły ciarki.

Wygięta przed nim dziewczyna, nie bez powodu zwana Wijką, zerknęła niecierpliwie przez ramię. Kilka pasm długich włosów, które trzymała w górze, by nie przeszkadzały, wysunęło się jej z rąk i opadło na gołe łopatki. A dokładniej – na aksamitną, lśniącą od oliwki i pachnącą słodko skórę łopatek. Całkiem nagich, nagusieńkich...

O mamuniu...

I tatuniu też.

Sokółkowi prawie odebrało zmysły i resztki rozumu, które zachomikował na lepsze czasy.

– A... a... aaaleee... – wybełkotał, spazmatycznie łapiąc oddech. Z wrażenia aż się usmarkał. – Aaale... jaaa... a... ja nigdy... ja nie-nie... nie wiem... jaaak...

Wijka westchnęła. Nie sądziła, że będzie potrzebna szczegółowa instrukcja obsługi.

– Nie tu, wyżej. Wyżej, mówię! – fuknęła, gdy niezdarnie przesuwał dłońmi po jej ciele. – O, tu, tu złap, tylko dobrze! Co się tak trzęsiesz, ugryzę cię czy jak? Widzisz tam jakieś zęby? No, trzymasz? Trzymasz czy nie?

– Ta… ta… aaak.

– To teraz ciągnij.

– A… a…

– No ciągnij!!!

Sokółek pociągnął.

– O-o…

– O-o? Jakie znowu o-o? – dopytywała Wijka, wyginając się jeszcze bardziej, choć wydawało się to już niemożliwe.

– Chy… chyba coś u… urwałem…

– Co to znaczy, urwałem? Co znowu urwałeś?

– Takie… takie metalowe… coś. Odpadło… – próbował wyjaśnić Sokółek, gdy naraz świat wokół niego pogrążył się w cieniu.

– Się spsuło? – zagrzmiało mniej więcej na wysokości sufitu. – Się naprawi.

Wielka łapa zabrała chłopakowi metalowe kółeczko, a potem jednym ruchem rozpięła gorset, w który zakuta była Wijka.

Tym sposobem, licząc lat siedemnaście i pół, Sokółek, syn węglarza, po raz pierwszy ujrzał kobiecy biust w pełnej krasie. I poprzysiągł sobie na wszelkie świętości i bezeceństwa, że zrobi wszystko, byle utrzymać tę cudowną, aczkolwiek bardzo stresującą posadę.

Wieść, że ich ukochany, choć niezbyt lotny synuś znalazł wreszcie pracę, wprawiła rodziców Sokółka w osłupienie. Choć i tak niewielkie w porównaniu z tym, w które wpadli potem, gdy się dowiedzieli, co to dokładnie była za praca.

Wizja synusia robiącego za wynieś-przynieś-pozamiataj-i-pozbieraj-przy-okazji-nasze-pończoszki w miejscowym zamtuzie trochę nimi wstrząsnęła. Nawet bardziej niż trochę. Tak po prawdzie, wstrząsnęła nimi potężnie, ale Sokółek się zaparł, że pracy nie rzuci.

I już pierwszego dnia zostało mu to po stokroć, po tysiąckroć wynagrodzone, gdyż oto wpatrywał się w może niezbyt imponujące rozmiarami, ale zachwycająco kształtne piersi Wijki i przeżywał rozkoszne katusze, o których istnieniu dotąd nie miał pojęcia. A ślinił się przy tym na potęgę, z każdą chwilą coraz bliższy groźnego dla zdrowia odwodnienia.

W końcu tubalny, lecz bardzo spokojny głos sprowadził go na ziemię.

– Się tak nie gapi, robota czeka. Ze śmiećmi trza pójść, nie? Przynieść węgla, napalić, żeby klienteli zadki nie pomarzły. I podłogę zmyć, bo błocka ktoś znowu naniósł…

Bezlitosne łapsko chwyciło chuderlawego Sokółka za kołnierz i niczym natrętnego psiaka wyniosło z sypialni Wijki.

– …a potem się tym gorsecikiem zajmiemy, coś spsuł. Trza będzie znaleźć obcęgi…

Właścicielem łapska i donośnego głosu oraz niekwestionowanym mistrzem obsługi gorsetów był Ladaco, wykidajło o aparycji i posturze dobrze wykarmionego niedźwiedzia. W miejscu pracy musiał ciągle pochylać głowę, żeby nie przydzwonić czołem o belkę stropową lub framugę, przez co cierpiał na chroniczny przykurcz karku. Sprawiał wrażenie kogoś, komu paru uderzeń uniknąć się nie udało, choć nikt nie ośmieliłby się nazwać go tępym, co najwyżej ociężałym – a i to wyłącznie szeptem. Czasem podnosił brew albo rękę, zdarzało mu się też podnosić różne meble, lecz nigdy głos. Zwykle wystarczył mu sam wygląd sugerujący potencjalne rozległe i przykre obrażenia. Nawet najbardziej rozochoceni klienci tracili zainteresowanie jakimikolwiek uciechami, kiedy Ladaco nagle pojawiał się na horyzoncie, by ostudzić nieuwzględnione w honorarium zapędy. Krążyły słuchy, że niektórzy po takim studzeniu już nigdy nie zdołali otrząsnąć się z wstydliwej męskiej niemożności.

Na swoje szczęście Sokółek, gdy się zatrudniał w zamtuzie, wciąż pozostawał na etapie wiary w bociany. Dopiero mniej więcej po miesiącu intensywnej pracy w przybytku odezwały się w nim instynkty, którym ludzkość zawdzięczała przetrwanie, i zaczął co nieco podejrzewać. Robił dalej, co do niego należało, jednocześnie obserwując poczynania dzierlatek i chłonąc wiedzę z nowej, intrygującej dziedziny interakcji damsko-męskich. Już to wystarczyło, by zyskał szacunek kompanów z zaułka, wiecznie spragnionych opowieści o wyprawianych w zamtuzie breweriach. Coraz mocniejszy w teorii Sokółek powoli popadał w pracoholizm. Nauczył się nawet rozsupływać gorsety i cerować pończoszki, choć do tej ostatniej umiejętności wolał się kompanom nie przyznawać.

To rosnące zaangażowanie nie uszło uwadze Ladacy i jego podopiecznych. Po długich naradach postanowili wspólnie, że dziwne zamiłowanie chłopaka do nadgodzin należy skrzętnie wykorzystać ku chwale przybytku. I tym sposobem Sokółek oficjalnie, choć bez śladu podwyżki, dorobił się drugiego etatu.

Rozkosznie fikuśne przedsiębiorstwo cieszyło się ogromną popularnością, liczoną w sztukach równie rozkosznego, brzęczącego srebra. Kasa pęczniała z dnia na dzień i z nocy na noc – zwłaszcza z nocy na noc. Dzierlatki dawały z siebie wszystko, wskutek czego parę pomieszczeń zostało dość nieoczekiwanie i gruntownie przemeblowanych przez Ladacę udzielającego klientom reprymend bądź objaśnień. Deficyt sprzętów pozostających w jednym kawałku, które nie groziłyby śmiercią lub kalectwem każdemu, kto spróbowałby z nich skorzystać, szybko okazał się sporym problemem.

– No ale wypnij się trochę!

– Sama się wypnij, flądro! – miauknęła żałośnie Kapciuszek, rozciągnięta na szczątkach łóżka, które się pod nią z hukiem zarwało. Zgromadzone wokół dzierlatki podziwiały melanż otarć, stłuczeń i skaleczeń na jej pośladkach. – Też wymyśliła! Ciekawe, co byś powiedziała, gdybyś tak wyrżnęła o podłogę! Szlag, jak ja się potłukłam…

– Nic dziwnego, taki kościsty tyłek można tylko potłuc… – wymamrotała pod nosem Wijka. – No nie, musisz się wypiąć chociaż trochę! – dodała głośniej. – Jak ja mam te drzazgi wydłubać? Siłą woli czy potęgą uczucia?

Kapciuszek stęknęła, zebrała się w sobie i wypięła, uroniwszy parę łez, melodramatycznych, lecz niezagrażających makijażowi. Lubiła od czasu do czasu popaść w mały patos, byle bez przesady – kolorowe mazidła kosztowały majątek.

– Tylko mnie nie uszczypnij! – zdążyła jeszcze ostrzec, nim Wijka pochyliła się nad jej pokancerowanym pośladkiem i chwyciła pincetą pierwszą z wielu drzazg.

Ladaco załapał się na finał, czyli przemywanie zranień środkiem odkażającym przy akompaniamencie jazgotliwego wrzasku wierzgającego Kapciuszka, którego z trudem przytrzymywały trzy dzierlatki. Wystarczył jeden rzut okiem na zrujnowany mebel.

– Się spsuło?

– Troszeczkę, ale na pewno da się posklejać – parsknęła śmiechem Wijka, w ostatniej chwili unikając bliskiego spotkania z łokciem koleżanki. – Czego nie można powiedzieć o pewnym kościstym tyłku, który przez pewien czas nie będzie się nadawał do użytku. No, nie rycz już, durna! Do wesela się zagoi.

Zmaltretowana i obrażeniami, i pierwszą pomocą, Kapciuszek podniosła się z resztek mebla i stanęła chwiejnie, rzucając losowi nowe wyzwanie. Jej zamiłowanie do zabójczo wysokich obcasów, od którego wzięła przydomek, bezustannie wprawiało wszystkich w zdumienie. Teraz, poturbowana, była tak bliska ciężkiego urazu ortopedycznego kończyn dolnych jak jeszcze nigdy przedtem, a mimo to z godnością i starannie skrywanym trudem opuściła towarzystwo, by zaszyć się w swoim pokoiku.

– Wołajcie Sokółka, niech sprzątnie – zarządził Ladaco, dokonawszy pobieżnych oględzin dokonanych zniszczeń. – Z tego już nic nie będzie.

– Nie, no co ty, nie żartuj! Takie dobre łóżko ma się zmarnować? Co z tego, że we fragmentach, to się poskłada...

W odpowiedzi wlepił w Wijkę spojrzenie zaspanego szczeniaka. Westchnęła ciężko.

– Ziemia do Ladacy! – Pomachała szponiastymi dłońmi. – Jeszcze trochę i wszystkie będziemy tak kuśtykać, czy na obcasach, czy bez nich. A wtedy nici z fikuśności czy różnorodności, za rozkosz też nie ręczę. Nawet ja nie dam rady się wygiąć w pałąk, jeśli będę mieć drzazgi w tyłku i deseń z siniaków na całym ciele.

Dzierlatki skinęły zgodnie na znak poparcia.

– Może się da...

– Nie, się nie da! – Wijka bez pardonu weszła mu w słowo, co wcale nie było takie trudne, zważywszy na tempo, z jakim wykidajło zwykle artykułował myśli. – Tu byle stołek stanowi pułapkę, a zgraja paralityczek raczej nie utrzyma ruchu w interesie.

– To wbrew przepisom o bezpieczeństwie i higienie pracy!

– Domagamy się inwestycji!

– Zwrotu kosztów leczenia!

– I odszkodowań za straty moralne i odzieżowe!

– O!

Ladaco był wykidajłą z doświadczeniem. Niejedno widział, niejedno słyszał, niejeden oczodół zdarzyło mu się podbić. Po latach pracy w branży zdążył się dorobić nie tylko reputacji, ale również własnej filozofii życiowej, a jedna z zawartych w niej zasad głosiła – z babami nie wygrasz. Zwłaszcza gdy zaczną pytlować, wzajemnie się przekrzykując.

Bez zbędnych ceregieli udał się więc do najwyższej instancji.

Szefowa nie namyślała się długo. Fachowym okiem oceniła stan mebli oraz panujące wśród personelu nastroje, następnie dodała i odjęła w myślach parę sum, aż wreszcie podjęła decyzję i napełniwszy odpowiednio sakiewkę, ruszyła w asyście Ladacy po sprawunki. Nie ustępowała mu ani wzrostem, ani wagą, a jej prawy sierpowy słynął jak miasto długie i szerokie, nic więc dziwnego, że wszyscy chętnie ustępowali im z drogi. Jeszcze chętniej obniżali ceny, dzięki czemu późnym popołudniem dwie zadyszane chabety przyciągnęły pod przybytek solidnie obciążony wóz. Dla ochrony przed kurzem ładunek przykryto grubą płachtą.

– To… to na pewno nasze? – Sokółek aż rozdziawił gębę, gdy razem z wykidajłą zaczęli wnosić nowe meble do środka.

Nie, nie meble. Mebelki. Kilka stoliczków, szafeczek i krzeseł, duża szafa, toaletka z obrotowym lustrem, umywalnia, parawanik, biureczko, niezbyt duże łóżeczko z baldachimem i wiele, wiele innych. Co do sztuki delikatne, wdzięczne i białe, gdzieniegdzie zdobione pąkami jasnoróżowych i błękitnych różyczek. Sama słodycz oraz iście dziewicza niewinność.

– Ano nasze. A co?

Sokółek zerknął na komódkę, którą właśnie taszczyli, potem na lewo, na prawo i znów na komódkę.

Dobra, może nie znał się na urządzaniu wnętrz, może nie potrafił dobierać kolorów, wzorów i faktur, a już z pewnością nie odróżniał dywetyny od aksamitu, ale jednego był w zasadzie pewien. Biel, błękit i jasny róż pasowały do krwistej czerwieni i pseudozłoceń jak pięść do nosa. Chociaż nie. Wymagało to drastycznej ingerencji w naturalny kształt twarzoczaszki i sporego wysiłku, ale pięść do nosa prędzej czy później dawało się jakoś dopasować. Białych, słodkich mebelków w kwiatuszki do obowiązującej w zamtuzie estetyki – nie.

– A nic, nic – wymamrotał. – Tak tylko pytam.

– No to nie pytaj. Noś.

Dzierlatki, które z powodu wymiany wyposażenia musiały zrobić sobie przerwę w pracy, szczebiotały i piszczały z radości, obserwując, jak nowe sprzęty zajmują miejsce zdewastowanych. Wobec tak licznej, urodziwej i niekompletnie odzianej widowni Sokółek prężył się i nadymał gorliwie, starając się stworzyć pozory, że jednak ma jakieś mięśnie. Niestety, już przy pierwszej, najmniejszej z komód zasapał się i opluł, dlatego do wniesienia większych i cięższych mebli Ladaco musiał zawołać na pomoc szefową. Ta zakasała rękawy i wspólnie bez trudu dźwignęli szafę.

– Sokółek! – huknęła, zerkając przez ramię na chłopaka. – A weź ty no szmatkę i te cuda raz-dwa wyglansuj. Ale z biglem, z biglem! Robota czeka, klientela pod drzwiami sterczy i marznie.

Na szczęście pączkująca męska duma Sokółka nie ucierpiała za bardzo, bo dzierlatki były zbyt pochłonięte wydawaniem okrzyków zachwytu, by zwrócić uwagę na zdegradowanie go z tragarza na szmaciarza. Myślały tylko o ustawianiu, układaniu i innych formach zagospodarowania nowych mebli.

Kilka dni później znalazły kolejny, znacznie ciekawszy obiekt zainteresowania.

Już dawno minęła północ, kiedy Pneumonia wzięła głęboki wdech i wrzasnęła. A że piersią dysponowała potężną, wrzask wyszedł jej imponujący. W okolicznych domach zapłonęły światła, psy rozszczekały się na całego, dzieci zaczęły płakać, dorośli złorzeczyć, a klientela przybytku zesztywniała, niestety, tym razem na próżno.

Pierwsza do źródła wrzasku przybiegła Wijka, pobrzękując kółeczkami, łańcuszkami i ćwiekami przymocowanymi do gorsetu – jej fascynacja skórą i metalem ostatnio się nasiliła – a zaraz za nią Ladaco, zwarty i gotowy spuścić komuś łomot. Na końcu przygalopowała reszta dzierlatek w strojach roboczych.

Zwisająca z brzegu łóżka Pneumonia darła się na całego. Oczy miała wytrzeszczone, jedną ręką trzymała się ramy, żeby nie spaść na podłogę, drugą pokazywała na leżącego w pościeli gacha, który najwyraźniej zapomniał języka w gębie, po części przytłoczony ogromem wydawanych przez dzierlatkę dźwięków, po części zaś…

– Cicho mi tam! – Jedynie szefowa była w stanie przekrzyczeć Pneumonię. Przecisnęła się między podwładnymi i stanęła tuż przy łóżku. – Środek nocy, ludzie uczciwie pracują, a ta się drze, jakby ją ze skóry obdzierali!

Pneumonia, która choć swobodnie grzeszyła myślą, mową i uczynkiem, rozumem jednak już nie za bardzo, odruchy miała prawidłowe. Słysząc pobrzmiewającą w głosie szefowej irytację, natychmiast przeszła z wrzasku w urywany szloch. Hektary jej wciśniętego w przejrzyste giezło biustu zafalowały. Przytłoczone tym widokiem dzierlatki z trudem oderwały wzrok i spojrzały na gacha.

Nie był może zbyt urodziwy. W zasadzie można by się uprzeć i nazwać go nieco szpetnym, lecz na pewno nie na tyle, żeby wywoływał u płci przeciwnej przeraźliwe wrzaski. Ani wysoki, ani niski, ani chudy, ani tęgi, należałby do rzeszy całkiem przeciętnych mężczyzn, gdyby nie nad wyraz bujne owłosienie pokrywające jego ciało od stóp do głów, z nielicznymi prześwitami na twarzy. I w tym właśnie owłosieniu, na oczach zgromadzonych, powolutku robiły się kręgi – parę większych na piersi i brzuchu, mnóstwo mniejszych na rękach i nogach, a dwa nawet na skroniach.

– Ej, jak tyś to zrobiła? – W Kapciuszku odezwała się zawodowa ciekawość. – Ja też tak chcę! A z długimi można? Tylko kółeczka czy koczek na przykład też? Albo warko… – Urwała w pół słowa, zgromiona srogim spojrzeniem szefowej, która od razu zorientowała się, że oto są świadkami zjawiska niezwykłego i nadprzyrodzonego. I nie o zaawansowaną kudłatość klienta jej chodziło.

– Wracajcie do roboty – zarządziła szefowa po chwili zastanowienia. – Ty też – dodała, zwracając się do Pneumonii. – I już się tak nie drzyj, co, włosów się boisz?

– Tylko że one jakieś… dziwne są – wyjąkała Pneumonia i zatrzepotała uczernionymi rzęsami. Z wysiłku, jaki musiała włożyć w wydobycie z siebie wrzasku, aż oblała się rumieńcem.

– Nic, czemu nie dałaby rady porcja brylantyny i porządny grzebień. Pamiętajcie, że zapewniamy klientom profesjonalną obsługę – pouczyła szefowa dzierlatki. – Rozkosz różną a fikuśną, choćby zahaczała o usługi balwierskie.

Posłusznie skinęły głowami, po czym wróciły do obowiązków, które czekały coraz niecierpliwiej, nawołując z poszczególnych pomieszczeń. Udzieliwszy Pneumonii dodatkowych instrukcji, szefowa pożegnała klienta i wyszła, ciągnąc za sobą lekko zaniepokojonego wykidajłę.

– Ani chybi trzeba będzie gusła odczynić – stwierdziła i bezzwłocznie zaczęła wydawać mu polecenia. – Ściągnij no jutro jakiegoś kapłana, maga czy innego egzorcystę. Może być nawet zamawiacz nagniotków. Niech coś wymamrocze, odstawi jakiś czarodziejski pląs, byle mi się personel uspokoił.

– Kapłan? U nas? – Ladaco poskrobał się po głowie. – No nie wiem… Od razu perswadować czy najpierw rabacikiem kusić?

– Najpierw kusić – zdecydowała. – A jak rabacik nie pomoże, to dopiero zachęcająco palnąć w łeb i przywlec do przybytku celem wykonania stosownej posługi, oczywiście w zamian za posługę natury bardziej przyziemnej. Niech czyni swoją powinność ku czci i chwale dowolnej siły nadprzyrodzonej. Aha, jeszcze jedno, zapisz sobie. Z samego rana poślesz Sokółka po sprawunki, podczas guseł zużywa się dużo wonności. Kadzidła, trociczki, zioła, świece, olejki eteryczne… – Zerknęła w notatki, które z zapałem sporządzał Ladaco. – Eteryczne, nie erotyczne – poprawiła i na wszelki wypadek przesylabizowała. Nie zawsze nadążał. – I lawenda, koniecznie dużo lawendy.

– Też do guseł?

– Nie, na mole. Zalęgły się w bieliźniarce i zżerają koronki.

Wymiana posług odmiennej natury przebiegła nad wyraz szybko i sprawnie ku obopólnej korzyści i zadowoleniu. Skuszony przez Ladacę kapłan, niepierwszej świeżości sługa bliżej nieokreślonego, za to bardzo wyrozumiałego bóstwa, krążył od pomieszczenia do pomieszczenia i ochoczo mamrotał, pląsał i kadził, jak również osobiście błogosławił zaintrygowane gusłami dzierlatki. Wszystkie z wyjątkiem Wijki, która od razu dała mu po łapach, w przypływie nie tyle cnotliwości, ile wiary w świętość płatności z góry i żelaznej zasady „najpierw obowiązek, potem przyjemność"; pod tym względem była bliska bigoterii. Skarcony kapłan dokończył zatem pośpiesznie, co miał do zrobienia, a następnie oddał się w pełni zasłużonym uciechom, personel przybytku zaś odetchnął z ulgą.

Jak to zwykle w podobnych przypadkach bywa – do czasu.

Biegnący Sokółek stanowił zwykle widok, który trudno wymazać z pamięci. Przypominał szalonego pająka w pełnym galopie. Na lodzie. I po pijaku. Patykowate odnóża majtały się na wszystkie strony, jakby lada moment miały odpaść i zacząć wieść samodzielny żywot, wiotki tułów giął się pod najróżniejszymi kątami, głowa podrygiwała cudacznie.

Tym razem jednak Sokółek się spieszył, i to bardzo. Nic dziwnego, że ludzie pierzchali w popłochu.

– Sss!... – zasyczał, wpadając z impetem do przybytku, wprost na niewzruszony mur potężnego cielska Ladacy. – Sss!... – powtórzył już z poziomu podłogi.

– To bajka o wężu? – strzelił Ladaco.

– Sss... hyyy!... – Chłopak wziął głęboki wdech. – Sss... hyyy!... mróóód!

– Shymród?

– Sssmróóód! – wydusił Sokółek, odzyskawszy wreszcie oddech. – Smród pełznie do miasta! Straszliwy, plugawy, obmierzły, okropny smród ze wschodu! Mówią, że ptactwo w locie pada, listowie żółknie, studnie i strumienie wysychają! Plaga pewnie jakaś straszliwa nadciąga! Pomrzemy, wszyscy pomrzemy! Mamuuuniuuu!...

– Aaa! – Przez niewzruszone oblicze Ladacy przemknęła błyskawica zrozumienia. – Przemarsz wojsk, znaczy!

Jego donośny głos w okamgnieniu dotarł do każdego zakamarka, do uszu każdej dzierlatki i co najważniejsze – do uszu szefowej. A ta, węsząc wzmożony ruch w interesie i potężny zastrzyk gotówki, jeszcze szybciej ogłosiła pełną mobilizację.

W przybytku natychmiast zapanował harmider godny końca świata. Oszołomiony Sokółek został zgarnięty z podłogi i zapędzony do sprzątania, Ladaco popędził po nowe mydła, pachnidła i mazidła, na wypadek gdyby ich zabrakło, dzierlatki zaś wzięły się do odświeżania garderoby i kreowania wizerunku istot ponętnych. Gorsety, pończoszki, koronki, haftowane giezła, wyrafinowana, lecz łatwa w obsłudze bielizna – wszystko to wyciągnięto na światło dzienne, otrzepano z moli, spryskano wonnościami i przywdziano. Każda dzierlatka eksponowała, co miała najlepszego. Tu i ówdzie można było podziwiać klęskę urodzaju wylewającą się z seksownych przejrzystości, jak również zwis, pozór biustu i chudość szkieletu. Zdarzały się też formy pośrednie, słowem – do wyboru, do koloru, różnorodnie i fikuśnie, a także błyszcząco, brzęcząco i bardzo, bardzo pachnąco. Mole i co słabsze gryzonie były bez szans.

– Frontem do klienta, dzierlatki, frontem do klienta! – grzmiała szefowa, osobiście pilnując, by żadna z podopiecznych nie przyniosła wstydu przybytkowi. – Ma być hożo! Ma być fikuśnie! Różnorodnie! Profesjo... jasna cholera, Ladaco! Szyld! Zapomnieliśmy o szyldzie!

– Się pamięta, się zrobi, się zdąży.

I się zdążyło. Gdy pierwsi wojacy dotarli do przedmieść, poprzedzani przez smród, od którego pękały szyby w oknach, szyld wisiał już nad wejściem, a świeża farba schła na wietrze. Na szczęście znajomość ortografii dana była zaledwie nielicznym, ci zaś zwykle nie zapuszczali się w te okolice, gdzie zdumiewająco łatwo zdobywało się magiczne zdolności i zapadało pod ziemię. Nikt więc nie zwrócił uwagi na zawarte w napisie „Tu Znajdziesz Najchorsze Dziewuszki Ku Uciesze Swej" mimowolne ostrzeżenie, a Ladaco i jego dysortografia żyli dalej w wielkiej zgodzie.

Przez następnych parę dni dzierlatki nie oszczędzały gąbek, mydła i gorącej wody, by rozprawić się ze smrodem i dostarczyć umundurowanej – no, wówczas głównie rozmundurowanej – klienteli niezapomnianych wrażeń, do których mogliby później wracać wspomnieniami na polu walki. Ruch w przybytku panował nieustanny, bezeceństwo i fikuśność zaś osiągały poziom zgoła niebotyczny.

Jedno z pomieszczeń na pięterku cieszyło się wśród wojaków szczególną popularnością. Swego czasu szefowa nakazała w nim zbudować solidny drewniany podest, z którego wychodziły pionowo trzy rury, wykute przez kowala i starannie przymocowane do sufitu tak, by bez obaw można się było ich złapać. Każdą gładko wypolerowano. Z tyłu zaś, pod ścianą, sadzano muzykantów, którzy przez całą noc przygrywali dzierlatkom uprawiającym aktywność fizyczną.

Zdania co do charakteru tejże aktywności były podzielone. Obdarzeni najbujniejszą, wręcz plugawą wyobraźnią wojacy mówili, że to chyba taniec. Skomplikowany, oryginalny, ale taniec – lub coś bardzo, bardzo podobnego. Ktoś podejrzewał uginanie się pod ciężarem rozważań na tematy ważkie, tę możliwość szybko jednak odrzucono jako całkowicie nierealną.

Zdecydowana większość skłaniała się ku wyjaśnieniu, że oplatające się z cierpiętniczą miną wokół rur albo tarzające po podeście dzierlatki cierpią na zaawansowaną lordozę, skoliozę czy inne schorzenie wymagające intensywnej rehabilitacji. Stawiano też na lumbago, pląsawicę i wyjątkowo nieznośne ataki swędzenia. Chyba tylko w przypadku Wijki nikt nie miał wątpliwości – Wijka z pewnością się wiła, pozostałe dzierlatki zaś musiały nadrabiać braki stosownie niestosownym strojem. Tak czy inaczej, widownia zawsze była pełna i w zasadzie mało kto się przejmował, że wynajęci muzykanci rzępolą i zawodzą koszmarnie, a personel płci żeńskiej niezbyt wie, co robi.

Pewnego ranka rury wygięło.

Sokółek przyszedł do przybytku, gdy prawie wszyscy jeszcze spali po pracowitej nocy, a nowa klientela bawiła się w wojsko na polach za miastem, i jako pierwszy dokonał tego odkrycia. Z miotłą w objęciach i tradycyjnie rozdziawioną gębą gapił się na skomplikowane supły i kokardy, aż nagle przypomniał sobie sztuki, jakie ostatnio z wielkim poświęceniem ćwiczyły dzierlatki, i rozszlochał się rozdzierająco.

– Ale... ale... no ale jak to? – wyjęczał. – Przecież nawet Pneumonia się na tym uwieszała i nic! Kto mógł zrobić coś tak strasznego?

– Wandal jakowyś – burknął Ladaco, po tym jak bezskutecznie usiłował wygiąć choć jedną rurę z powrotem. – Już ja mu zawiążę supełek... Na gardle.

– To pewnie któryś z wojaków!!!

– Czyś ty oczadział? Walą tu hordami, mało drzwiów nie wyłamią. Trzy schodki już nie wytrzymały... Mus je naprawić, bo sobie wojsko karki poskręca. – Szarpnął jeszcze raz za środkową rurę, zawiązaną w paragraf. – Nie, te chuchra nie dałyby rady.

Trza by porządnie pizgnąć młotem, a nocą tylko głuchy by tego nie usłyszał. No i czego kudły sobie wyrywasz, hę? Leć ty lepiej po kowala. I ani słowa dzierlatkom, bo będzie pisk, że uszy zwiędną.

Tego ranka zaaferowany Sokółek biegał w tę i z powrotem po mieście, budząc przerażenie ludności i zwierząt domowych. Najpierw sprowadził kowala, by zajął się rurami, później zaprzyjaźnionego kapłana, który sam pognał we właściwym kierunku, mało portek nie zgubił. Gdy już dochodziło południe i czas otwarcia, chłopak wrócił do przybytku, taszcząc świeży zapas olejków, kadzideł i innych kosztownych źródeł woni duszących złe siły i szkodniki. Ledwie stanął w drzwiach, zziajany i spocony, rzuciła się na niego chmara dzierlatek, co do jednej rozczochranych, bez makijażu, za to w papilotach. Początkowo nie rozumiał ani słowa z ich przeraźliwych jęków, zawodzeń i lamentów, ale wreszcie zdołał wyłowić podstawową, mrożącą krew w żyłach informację. Pod jego nieobecność odkryto, że tej nocy na przybytek spadło jeszcze jedno nieszczęście – tak wielkie, tak straszliwe, że zaparło dech nawet w bujnej piersi Pneumonii.

Ktoś zdewastował dzierlatkom narzędzia pracy.

Zamęt i harmider, które po tych słowach zapanowały w przybytku, bez reszty ogłuszyły Sokółka. Bądź co bądź chłopak w jego wieku, nawet jeśli pracuje z kobietami, tak naprawdę niewiele wie o ciuszkach czy środkach upiększających. Tymczasem dzierlatki na gwałt domagały się konsultacji, wymachując mu przed nosem różnymi elementami garderoby i flakonami.

Koronkowe wstawki oraz wszelkie kuszące rozdarcia, przetarcia i rozcięcia starannie zacerowano, spiłowano wysokie obcasy, a zamiast seksownej bielizny, bardziej odsłaniającej niż zasłaniającej cokolwiek, w komodach spoczęły cnotliwe barchany, z których z powodzeniem dałoby się zrobić kilka kompletów zasłon. Po perfumach nie został nawet cień zapachu, puder przeminął z wiatrem, szminki i pozostałe mazidła najwyraźniej zużyły się same albo coś je wyjadło ze słoiczków, coś wyjątkowo głodnego, rozsmakowanego w naturalnych barwnikach. Grzebienie i lusterka przepadły bez śladu, brokat dostał nóg, wonne olejki zaś wyparowały. Teraz na toaletkach leżały tylko kostki szarego mydła i szorstkie, toporne szczotki, w sam raz do szorowania podłóg.

– Jak my teraz mamy pracować?! – ryknęły chórem dzierlatki.

– Ra... ratunku?... – Sokółek wydusił z siebie piśnięcie, po czym wpadł w panikę.

– „Małomiejski Przybytek Rozkoszy Różnej A Fikuśnej. Tu Znajdziesz Najchorsze Dziewuszki Ku Uciesze Swej" – przeczytał Dydymus. Litery na szyldzie lśniły w świetle zawieszonej powyżej latarni. – Najchorsze?... Hmmm, sam nie wiem... Chyba nie powinniśmy tu wchodzić, jeszcze złapiemy kaszel albo co...

Gratek pokręcił głową z politowaniem. To był niemal beznadziejny przypadek – młody, dziecięco naiwny i nieświadomy, chociaż liczył już dwadzieścia jeden lat. Tacy jak on idealnie nadawali się na bohaterów, którzy z pieśnią na ustach i w stylowych getrach ratują świat przed zagładą, staruszki z płonących domów i kocięta z drzew, przed snem zaś wypijają obowiązkowy kubek ciepłego mleka.

– Wierz mi, Dydymusie – objął kompana ramieniem i pchnął zachęcająco ku drzwiom – że niczego tu nie złapiemy. A jeśli nawet... Cóż, z pewnością nie będzie to kaszel.

– Rany boskie… Grypa?!

Beznadziejny. Całkowicie beznadziejny.

Mieli spore zaległości w zwiedzaniu i zażywaniu rozrywek oferowanych przez miejscową ludność. Szyki pomieszało im parę niefortunnych wart, a upór Dydymusa również zrobił swoje. Gratek musiał się sporo nabiedzić, żeby namówić kompana na wycieczkę do przybytku, o którym z entuzjazmem i żywą gestykulacją mówili już wszyscy wojacy. Zaczął od nakreślenia wizji niespotykanych talentów oraz budzącego głęboki szacunek doświadczenia personelu, skupiając się zwłaszcza na liniach obłych, choć i prostym na swój sposób oddał cześć. Bez skutku, przeszedł zatem do zachwalania zalet kulturalno-oświatowych prezentowanych w przybytku sztuk, przy czym najwięcej uwagi poświęcił praktycznym zajęciom z anatomii oraz fizjologii. Dydymus był jednak nieugięty i odmawiał złożenia wizyty w siedlisku grzesznej rozpusty, póki Gratek nie sięgnął po ostateczny argument:

– Tam podają świetny kisiel. Żurawinowy.

Skrzętnie pominął fakt, że w owym kisielu raz w tygodniu toczono zapasy. Ot, drobiażdżek. Najważniejsze, że Dydymus wreszcie skapitulował i pewnego wieczoru, gdy obaj nie mieli nic lepszego do roboty, mogli wybrać się na poszukiwanie dwojako rozumianej rozkoszy. Z tej okazji Gratek nawet umył nogi, choć to jeszcze nie był ten kwartał.

Wewnątrz przybytku, zaraz przy wejściu, siedział na taborecie wymizerowany chłopaczek z intelektualną niemocą wypisaną na poczciwym obliczu. Pochlipując i wycierając nos w mankiet zgrzebnej koszuliny, składał w kosteczkę stos barchanowych gaci na małego niedźwiedzia. Taki widok mógł odebrać co wrażliwszym ochotę na wszelkie usługi, jakie tu proponowano, jednak Gratek był zbyt pochłonięty szacowaniem swego potencjału ekonomicznego, by zainteresował się czymkolwiek, co nie miało biustu oraz rozłożystych bioder. Chłopaczek nie miał, zatem mógł do woli chlipać nad gaciami.

Porzucony przez kompana, który szybko znalazł swój ideał i wynegocjował przyzwoitą stawkę za nieprzyzwoite wygibasy, uporczywie cnotliwy Dydymus wyruszył na poszukiwanie kisielu. Krążył niespiesznie korytarzami, wdrapywał się po schodach coraz wyżej i wyżej, na kolejne piętra, zaglądając dyskretnie do różnych pomieszczeń. Dostrzegł parę znajomych twarzy, niespodziewanie poszerzył wiedzę z zakresu akrobatyki sportowej, zaczepiło go także kilka dzierlatek, ale żadna nie dysponowała kisielem. Jedna z nich, chwiejąca się na szczycie niebosiężnych obcasów, miała na wyposażeniu mokrego pora i ubijaczkę do piany, lecz Dydymus upierał się przy kisielu, niekoniecznie żurawinowym. Mógł być nawet z jabłuszkiem. I tym sposobem zawędrował aż na poddasze, ciche i ciemne – z wyjątkiem smugi nikłego światła przemykającej się między framugą a niedomkniętymi drzwiami. W nadziei, że może tam znajdzie wreszcie swój kisiel, zajrzał ostrożnie do środka i aż zastygł z wrażenia.

Pod oknem, na białym krzesełku, siedziała młoda dziewoja. Sprawiała wrażenie istoty z zupełnie innego świata niż ten piętro czy dwa niżej. Zapewne dlatego, że jej sukienka zaczynała się na wysokości kostek i kończyła pod szyją, bez żadnych prześwitów, łańcuchów, koronek czy błyszczących pierdołek, a ciemnoblond włosy miała zaczesane gładko i upięte w koczek, z wyjątkiem jednego kosmyka przy skroni, starannie skręconego w pukiel. No i oddawała się robótkom ręcznym w tradycyjnym tych słów znaczeniu, mianowicie cerowała coś skrupulatnie przy świetle lampy.

Serce Dydymusa stanęło, po czym zaczęło walić szaleńczo, jakby chciało rozerwać jego dzielną, wojskową pierś eksplozją miłości. Jakaż ona śliczna! Jakaż łagodna! I ubrana, naprawdę ubrana, a nie owinięta w strzępy materiału! Jak cudnie manewrowała igłą, marszcząc nosek w grymasie niezadowolenia, gdy niesforna nić ośmieliła się zaplątać. Ach, co tam kisiel, choćby i żurawinowy, z bitą śmietaną – teraz istniała tylko ONA…

I wtem dziewoja uniosła głowę znad robótki i spojrzała wprost w lśniące zachwytem oczy Dydymusa.

– Tak dalej być nie może – oświadczyła Wijka, świeżo obrana przedstawicielka związku zawodowego, pierwszego w historii przybytku, biorąc łyk herbatki ziołowej. Odstawiła kubek i skrzywiła się z niesmakiem, acz nie z powodu napoju. Jej ruchom nie towarzyszył najmniejszy nawet, jakże miły dla ucha brzęk, co przyprawiało Wijkę o lekką nerwowość. Bez kółek, łańcuchów i tym podobnych metalowych utensyliów czuła się nie tylko bezwstydnie obnażona, co było dla niej zupełnie nowym przeżyciem, ale wręcz brutalnie odarta ze skóry, w której tak dobrze się czuła. Krótko mówiąc, Wijka nie czuła się już Wijką. Zamiast skórzanych gorsetów teraz musiała nosić sukienki z seledynowej żorżety, gdzieniegdzie ozdobione bufkami, marszczeniami i kokardkami. Z daleka przypominała przeterminowaną bezę, z bliska zresztą wcale nie wyglądała lepiej. Katastrofy dopełniały toporne buty, chyba ortopedyczne, które mogłyby posłużyć za narzędzie zbrodni. Wystarczyło nimi w kogoś cisnąć.

– Tak dalej być nie może – powtórzyła. Kątem oka dostrzegła swoje odbicie w lustrze i aż nią zatrzęsło. Drugi tydzień bez makijażu i papilotów… Za jakie grzechy!? – Tak… tak się po prostu nie da pracować, nie w takich warunkach. Przejściowe problemy z umeblowaniem to jedno, ale... ale... ale TO! Nie, nie, to już zdecydowanie za wiele.

Szefowa i wykidajło pokiwali głowami na znak, że w pełni się z dzierlatką zgadzają, wzięła więc głęboki wdech i mówiła dalej.

– Praca z ludźmi to nie lada wyzwanie. Aby mu sprostać, musimy mieć zapewniony chociaż minimalny komfort, odpowiednie warunki, no i narzędzia... Całkiem sporo narzędzi. Bardzo rozmaitych.

– Narzędzia to tylko narzędzia – zauważył filozoficznie Ladaco. – Raz są, raz ich nie ma, psują się, gubią, zużywają...

– No to nasze przede wszystkim opanowały sztukę gubienia się do perfekcji. – Wijka parsknęła nerwowo. – Ile byśmy ich kupiły, gdziekolwiek byśmy je schowały, następnego dnia przepadają bez śladu! Balsamy, olejki, wonności, błyszczyki, szminki – wyliczała – papiloty, grzebyki, spinki, piórka, okowy, łańcuchy, pejcze... A przecież to tylko podstawowe drobiazgi! Inwestowanie w rozwój zawodowy jest, oczywiście, koniecznością, wszystkie to rozumiemy, ale nie możemy bez końca tracić, nie zyskując nic w zamian. To nierozsądne z ekonomicznego punktu widzenia. A co gorsza... co gorsza... – głos zaczął się jej łamać – jesteśmy notorycznie odzierane także z naszych fatałaszków! Naszych... strojów służbowych!

Po chwili szefowa ze zdumieniem zdała sobie sprawę, że w ostatnich słowach Wijki pobrzmiewała subtelna nuta histerii. To było coś zupełnie nowego, niespotykanego i... dziwnego. Bardziej niepokojącego niż powstające niemal każdej nocy kręgi w owłosieniu klientów albo ginące masowo przedmioty. Gdzie się podziała ta rozsądna dzierlatka o ponadprzeciętnej gibkości? Gdzie jej równie niezwykła pewność siebie? I gdzie arcyskomplikowany gorset, do którego zawiązania potrzebny był wielostronicowy plan działania, obcęgi i kołowrót? Wyrwana z pancerza skóry i metalu, na swój sposób pozbawiona kręgosłupa, bez makijażu i odurzającego mężczyzn zapachu malin, za to owinięta w połacie seledynowej żorżety Wijka już nie była hożą dzierlatką, ale zwykłą dziewczyną. Owszem, ładną, smukłą i niezwykle giętką – lecz zaledwie zwykłą dziewczyną, jakich wiele. Zbyt wiele. Równie dobrze mogła być każdym i nikim, bo wraz z mnóstwem mniej lub bardziej istotnych rekwizytów zabrano jej własną, osobistą tożsamość.

Wijka już nie była Wijką, a dzierlatki dzierlatkami. Barchanowe gacie i szare mydło powoli, ale skutecznie obracały przybytek w perzynę. Gorzej – w przytułek dla ofiar przymusowej cnotliwości.

– Ladaco – odezwała się głucho szefowa, przytłoczona wizją rychłego bankructwa – chyba przyda nam się coś mocniejszego.

– Znaczy... perswazja ręczna?

– Procenty. Dużo procentów. I coś tak słodkiego, żeby na sam widok mdliło.

W opustoszałym, utopionym w ciszy budynku nieliczni przybysze rzucali się w oczy. Między innymi z tego powodu Ladaco, z trudem stawiający czoło pogłębiającej się bezczynności, zaczął obserwować młodego wojaka, który niemal każdego wieczoru stawał na progu przybytku. Wydawał się inny niż jego kompani, choćby dlatego, że nic się za nim nie snuło. I nigdy nie wydał ani szeląga. Przychodził zawsze pierwszy, wychodził ostatni, lecz konia z rzędem temu, kto zobaczyłby go w towarzystwie którejś z dzierlatek.

Trybiki w umyśle Ladacy ruszyły z wolna, opornie, uwalniając się z plątaniny pajęczyn i kurzu.

Ani chybi zboczeniec. A co gorsza – wyjątkowo skąpy zboczeniec, tego zaś już nie sposób wybaczyć. Należało działać.

Przeprowadziwszy wpierw rekonesans i upewniwszy się, że żadna z dzierlatek rzeczywiście nie miała pojęcia, kim był ów tajemniczy wojak i co porabiał w przybytku, Ladaco postanowił się zaczaić. Zajął strategiczną pozycję nieopodal drzwi wejściowych, po czym zastygł w pełnym napięcia wyczekiwaniu.

Słońce już dawno zakończyło przebieżkę po nieboskłonie i zapadła noc, cicha, spokojna i nudna niczym cerowanie skarpet. Gdzieś na piętrze monotonne tykanie zegara odmierzało upływające sekundy, minuty i godziny, z którejś z łazienek dobiegało mruczando moczącej odciski dzierlatki, a Ladaco dalej siedział. I czekał, nie odrywając wzroku od klamki, bodaj najbardziej hipnotycznego kawałka mosiądzu, jaki kiedykolwiek istniał.

Aż wreszcie drgnęła – pod ciężarem nie wzroku, lecz dłoni.

Niewiele brakowało, by na portkach młodego wojaka rozkwitła mokra plama, gdy ich właściciel został znienacka chwycony za fraki i uniesiony w powietrze.

– Bry. – Ladaco zawsze pamiętał o kurtuazji, a przynajmniej o jej podstawowych elementach. – Do kogo?

– Ja... ja... – wyjąkał Dydymus, którego głowa znalazła się nagle gdzieś w okolicach sufitu. – Tak tylko... po... pogawędzić... z panną...

– Imię, proszę.

– Dydymus.

– Panny imię.

Młodzieniec bezradnie zamajtał nogami w powietrzu. Nigdy nie miał pamięci do imion, cud, że w ogóle znał własne.

– A niech to – stęknął. – Teo... Teo... Teokracja? Teologia? Teozofia? – strzelał na oślep, lecz ku jego rozpaczy wykidajło tylko kręcił przecząco głową. – Panie Urwipołeć...

– Ladaco.

– O, przepraszam. Ja... ja naprawdę nie pamiętam... Taka młoda...

– Tu są same młode. Wystarczy drobna zmiana w metryce. Albo skleroza.

– I ładna...

– Tu są same ładne. Makijaż i słabe oświetlenie czyni cuda.

– I cnotliwa – dokończył dzielny wojak z wyjątkowo głupawym, maślano-rozmarzonym wyrazem twarzy.

– Tu są same cno... – zaczął z rozpędu Ladaco, lecz urwał, bo coś mu się tu nie zgadzało. – Że jak? Cnotliwa?

– O tak, bardzo! Anioł wcielony!

– Ty żeś aby drzwi nie pomylił? My są w przybytku. Rozkoszy – dodał po chwili, widząc całkowitą pustkę w oczach wojaka. – Tej, no... eterycznej.

– Chyba erotycznej?

– No jakoś tak.

– Panie Łapserdak...

– Ladaco.

– Och, najmocniej przepraszam! – Z nerwów zaczynał się pocić i coraz mocniej miętolić trzymany w dłoni bukiecik. Łagodne spojrzenie wykidajły zdawało się przewiercać go na wylot i z powrotem. – Panie Ladaco, ja naprawdę nie pamiętam imienia tej panny, bo ja w ogóle z imionami mam problem, ale chętnie pana do niej zaraz zaprowadzę i wszystko sobie wyjaśnimy, dobrze? I chciałbym z góry zapewnić, że nie robimy, nie robiliśmy i nie zamierzamy robić nic złego! Żywię dla niej wyłącznie głęboki szacunek i uwielbienie!

– Właśnie w tym problem… – westchnął Ladaco, po czym ani na moment nie rozluźniając uchwytu, postawił młodzieńca na ziemi i pociągnął za sobą w stronę schodów. – Chodź no, przejdziemy się. Pokażesz mi to dziwo palcem.

– Kategorycznie, stanowczo i z całą mocą protestuję! To nie jest żadne dziwo!

– Tak, wiem. To ciąg dalszy naszego problemu.

Wobec niewzruszonego ogromu Ladacy wojakowi pozostało jedynie dać się zawlec kolejno na każde piętro, do każdego pomieszczenia, przed oblicze każdej dzierlatki – lecz żadna z nich nie była ani cnotliwa, ani skłonna do niewinnych pogawędek z okazywanym im młodzieńcem. Większość, przytłoczona nieszczęściem, które dotknęło przybytek, nie poświęciła im więcej niż przelotnego spojrzenia. Tylko Wijka zainteresowała się dalszymi poszukiwaniami panny o zapomnianym imieniu i postanowiła im towarzyszyć.

– Teogonia? Teodycea? – zgadywał dalej Dydymus, jednak dzierlatka ciągle kręciła głową albo wzruszała ramionami. Jej sukienka szeleściła przy każdym, najlżejszym nawet ruchu.

– I to tyle – oznajmiła, zamykając za sobą drzwi do ostatniego pokoju, który odwiedzili. – Żadna z dzierlatek nie widziała naszego szanownego gościa na oczy.

Wykidajło puścił młodzieńca, ten zaś, nie spodziewając się odzyskania wolności, aż grzmotnął tyłkiem o ziemię.

– No to teraz powiedz, bratku, z kim żeś tu tak upojnie konwersował?

– Teo… Teo… Rany, naprawdę nie pamiętam!

– Więc jak się do niej zwracałeś?

– Panno Teosiu… – odparł, znów przyoblekając oblicze w minę godną cielęcia zapatrzonego w malowane wrota, i westchnął z siłą miecha kowalskiego.

– Tyle że u nas nie ma żadnej Teosi – rzekła Wijka.

– Ano nie ma – potwierdził Ladaco.

– Ale była! – zapiał wojak, a w jego głosie słychać było nadciągającą w podskokach panikę. – O tam!

– Gdzie tam?

– No tam! Jeszcze wyżej!

I nim zdążył choćby pisnąć, nie mówiąc o zaproponowaniu innej metody przemieszczania swojej osoby, już był wleczony schodami nas strych.

Trudno powiedzieć, co tak naprawdę wyrwało ze snu znajomego kapłana i pół dzielnicy, w której mieszkał – przeraźliwe łomotanie czy jeszcze straszniejsze wrzaski. Sokółek i Pneumonia stanęli na wysokości zadania, wspólnymi siłami robiąc hałas zdolny ruszyć z posad bryłę świata, a potem, nie tracąc czasu na formalności, dostarczyli na wpół przytomnego kapłana do przybytku, mało nie zgubił kapci.

– Posługi świadczę w dni powszednie między dziewiątą rano a piątą po południu, z półgodzinną przerwą obiadową... – mamrotał niewyraźnie, gdy ciągnęli go schodami coraz wyżej i wyżej.

– To nagły przypadek, proszę waszej kapłanności – z trudem wydyszała Pneumonia. – Niecierpiący zwłoki.

– O mamuniu, zwłokiii… – Sokółek zaszczękał zębami.

– Cicho bądź, przecież żadnych zwłok nie znaleźli!

– Sam już nie wiem, co gorsze…

Na strychu, na ostatnim, najwyższym stopniu siedzieli w kucki Wijka i Ladaco, oboje z całkowitą bezmyślnością i znudzeniem wyzierającymi z oczu.

– A gdzie ten tam?… Jak mu tam? – sapnęła Pneumonia. Imienna skleroza wojaka najwyraźniej była zaraźliwa.

– Próbuje ją wywabić z komody.

– Skąd?...

– Z komody. A dokładnie z górnej szuflady – wyjaśniła Wijka, po czym uśmiechnęła się i zwróciła do kapłana. – Imponująca szlafmyca, wasza pieszczotliwość.

Na wspomnienie kilku szczegółów ostatniej wizyty w jej sypialni kapłan od razu nabrał wigoru i zabrał się do pracy. Na początek zamaszystym gestem otworzył drzwi.

– Panno Teosiu, ślicznie proszę, niech panna wyjdzie, panno Teosiu – powtarzał Dydymus, klęcząc z trwożliwym szacunkiem i nabożną czcią przed białą komodą.

– Właśnie, wyłaź, zmoro jedna! – poparła go spocona Pneumonia, ale wykidajło zaraz ją uciszył.

– Panno Teosiu, doprawdy, nie ma się czego wstydzić, proszę wyjść. Przecież ma panna gości, panno Teosiu, to nieładnie się tak chować...

– Nie wyjdę! – rozległ się cichy, drżący głos. – Nie wyjdę, i już! Nikogo nie zapraszałam!

– I nic dziwnego, bo to nasz dom, nie twój, upiorzyco! Taka z ciebie gospodyni jak z koziej dupy waltornia!

– Trzymaj dziób na kłódkę! – syknęła na koleżankę Wijka. – Bo nigdy nie wylezie i do końca życia będziesz chodziła w wełnianych pantalonach!

– O, jeszcze czego! Już ja jej te pantalony...

Ignorując użerające się coraz głośniej dzierlatki, kapłan podrapał się po łysej głowie i zaczął uważnie oglądać komódkę. Przesunął dłonią po malowanym w kwiatki blacie, popukał, postukał, po czym jednym ruchem otworzył górną szufladę.

– Ha! To jest duch!

Zebrani wstrzymali oddech. Mocno wątpliwa odkrywczość tego stwierdzenia wprawiła ich w osłupienie. Tymczasem kapłan zacmokał kilkakrotnie, trochę pomruczał, przestąpił z nogi na nogę, a gdy już wszyscy myśleli, że na tym poprzestanie, wsadził rękę do szuflady aż po sam łokieć.

Jednym susem panna Teosia wyskoczyła z komody i ukryła się za oniemiałym Dydymusem, płonąc świętym oburzeniem.

– Lubieżnik! – zawołała. – Stary, obrzydliwy lubieżnik! Jak śmiesz kalać cześć mą dziewiczą! Precz z łapami!

Ladaco zdążył jeszcze ocenić fachowym okiem urodę i całkiem zgrabną, choć marnującą się pod warstwami sukni figurę panny, kiedy kapłan wycharczał:

– Na świętą Epidemię!... Teodora!... – I dramatycznym gestem złapawszy się za serce, padł zemdlony.

– Duch w komodzie? – Widelec z kawałkiem nieokreślonego, lecz zdecydowanie martwego i wypieczonego zwierzątka zatrzymał się w połowie drogi do ust. Szefowa zamarła, nie do końca ufając własnym uszom. – Duch?

– Duch. Ta duch – sprecyzowała Wijka. – Ta... ducha?

– Chrzanić gramatykę. Duch? W komodzie? W tym domu? MOIM domu?...

Wykidajło i dzierlatka przytaknęli niemrawo i jednocześnie sięgnęli po kubki z kawą.

– Chociaż jakiś porządny?...

– Nooo... bardzo porządny – odpowiedziała ostrożnie Wijka po krótkim wahaniu. – Nawet za bardzo, jak na mój gust... – dodała ciszej, lecz szefowa miała świetny słuch.

– To znaczy?

– Nieskalanie porządny.

– Wijka, ty coś kręcisz! Ja widzę, że ty kręcisz! Ona kręci? – zwróciła się do Ladacy. – Kręci! Co to za nieskalanie porządny duch?

– Dziewica – rzekł krótko.

– Że... że co?

– Dziewica. To taka dziewuszka, która nigdy...

– Ladaco, wbrew pozorom ja WIEM, co to jest dziewica. Jeszcze pamiętam.

– Ale to nie byle jaka dziewica. – Wijka uznała, że szefowa powinna poznać szczegóły. – Jedna z tych... ortodoksyjnych, co to dopiero po ślubie. A i to nie zawsze.

Szefowa zbladła jak prześcieradło. Odłożyła widelec i z widoczną odrazą odsunęła talerz daleko od siebie.

– Dom publiczny nawiedzony przez ducha zatwardziałej dziewicy?...

– Aha.

– Jasna cholera...

– Aha.

Cisza, która zapadła, miała cokolwiek grobowy charakter, jako że w tym momencie cała trójka oczyma dusz swoich oglądała w zwolnionym tempie rychłą agonię przybytku, a nawet i pogrzeb.

Szefowa czuła, jak rośnie jej ciśnienie. Zmarszczyła groźnie brwi.

– Już ja się z tą panną rozmówię. Żadna dziewica nie będzie mi rujnować interesu!

Wspinaczka na strych ani trochę nie ostudziła jej gniewu. Nie przejmując się pukaniem czy ryglem, szefowa wparowała do pokoiku i stanęła twarzą w twarz z duchem, który od świtu realizował krawieckie pasje.

– Pakuj manatki – warknęła. – Duch czy nie duch, nie będziesz mi tu cnoty szerzyć!

– Czy to nie będzie aby zbyt frywolne? – jak gdyby nigdy nic zapytała panna Teodora, oglądając uważnie ciepły podkoszulek z czymś na kształt nieśmiałej falbanki tam, gdzie zwykle był dekolt, choć w tym przypadku należało raczej mówić o krótkim golfie. – Już sama nie wiem… No, powinno się nadać. Ładne, prawda? I o wiele lepsze i praktyczniejsze od tych koszmarnych fatałaszków, które te biedne dziewczęta nosiły do tej pory. Aż dziw, że żadna nie zmarła na galopujące suchoty!

– A żebyś sczezła! Ja ci pogalopuję! Nie dość, że się gnieździ bez pozwoleństwa, darmozjad jeden, to jeszcze mi personel okrada i do histerii doprowadza! Klientelę płoszy!

– Doprawdy, nie pojmuję – oczy Teodory zrobiły się wielkie, okrągłe, a lśniła w nich najczystsza niewinność – jak można przedkładać zysk z czyjegoś poniżenia ponad moralność? Ponad czystość duchową i cielesną?

– A, właśnie! – Szefowa przypomniała sobie. – Pachnidła do ablucji na kwoty astronomiczne też gwizdnęła! Poszła mi stąd, ale już!

Teodora zerwała się na równe nogi.

– Wcale się tu nie prosiłam! – krzyknęła, wymachując podkoszulkiem. – Kto to widział, by panna o nieposzlakowanej reputacji trafiła po śmierci przedwczesnej do… do… siedliska rozpusty! Ale cóż, widać tak miało być. I prędzej sama się stoczę, niż usiedzę z założonymi rękami w obliczu takiej degeneracji i powszechnego upadku!

– Poszła stąd! – powtórzyła szefowa, zgrzytając wściekle zębami.

– Nie pójdę! Róbcie, co chcecie, ale mnie stąd nie zdołacie wypędzić! Nie, póki nie wniosę choć iskry cnoty w te plugawe progi. Wola boska mnie tu sprowadziła i jeno wola boska mnie wyprowadzi! A pani, z całym szacunkiem, do bogini bardzo daleko! – zakończyła tryumfalnie i wróciła do szycia pancernej bielizny.

W pierwszej chwili szefowa oniemiała. W drugiej nadęła się jak dwumetrowa purchawka i już, już przyjmowała pozycję bojową, już zaciskała pięść i brała zamach, gdy naraz coś zrozumiała – przypomniała sobie o pewnym szczególe, który teraz mógł okazać się bardzo pomocny, wręcz niezbędny. Pozostawiła zatem argumenty ręczne na później i wypadła na korytarz, z satysfakcją trzaskając drzwiami.

– Sokółek! – ryknęła. – Budzić mi tego starego capa, ale migiem!

– To ja! Tak, to ja! Ja jestem winien! – zawodził kapłan rozpaczliwie, wtulony tam, gdzie zgodnie z wszelkim prawdopodobieństwem Wijka powinna mieć dekolt. – Ja tę pannę znam, to ja na nią klątwę rzuciłem!...

– Polać? – Wykidajło wyciągnął z tylko sobie znanej kryjówki cudem ocaloną butelkę księżycówki oraz zestaw stosownych naczyń.

– Co?... A, tak, polać, polać... Niech cię dowolna siła wyższa błogosławi. – Duchowny wychylił kieliszek, otrząsnął się, po czym wrócił do rozpaczania. – Całymi grupami do mnie przychodzili! Kolejka się ustawiała, tak, tak, a co jeden to bardziej nieszczęśliwy. Wszystko przez nią, przez tę zołzę, sekutnicę, a żeby ją...

– Ale kto? Kto się ustawiał? – dopytywały się chórem Wijka z Pneumonią.

Szefowa słuchała w milczeniu.

– Fatyganci! Chmary fatygantów! Panna ładna, zgrabna, niegłupia, z bogatej rodziny, to się za nią uganiali. Też bym pewnie... no... ale lata już nie te, nie nadążałem, wszyscy mnie wyprzedzali. Zwłaszcza na zakrętach...

– A ta nic?

– O, żeby nic... Ale gdzie tam, ona ich pouczała! Kazania prawiła! O cnocie, moralności, wierności, umartwianiu ciała i ciepłej bieliźnie! Tak, tak... Powiadam wam, w całym mieście nie znalazłaby się panna bardziej natrętna, zarozumiała i dziewicza, że się niedobrze robiło. Dziesięć lat tego słuchałem, tak, tak, dzień w dzień, piątek świątek, aż w końcu umarła. Po prostu wzięła i umarła. – Odetchnął głęboko. – A oni przyszli, ci jej fatyganci, ten ostatni raz i poprosili, żebym dał jej nauczkę. Żebym ją przeklął. Tak, tak... Za ich krzywdę i łzy, bo jej się spokój wieczny nie należy. Bo ona, wiecie, jak w tym wierszyku: „za motylkiem, za barankiem, ale nigdy za kochankiem", tak, tak.

Personel przybytku znał się na wielu rzeczach, częstokroć niezwykle oryginalnych, a nawet kuriozalnych, lecz na poezji już niekoniecznie – prędzej na poetach – kapłan musiał więc zacytować:

– „Bo słuchajcie i zważcie u siebie, że według bożego rozkazu: kto nie dotknął ziemi ni razu, ten nigdy nie może być w niebie". Naprawdę nie słyszeliście? Przyśpiewka taka, ludowa... No cóż, trudno. Tak czy siak, jeden z fatygantów wspomniał przy okazji, że meble, które zostały po Teodorze, trafiły do zamtuza, więc tak sobie pomyślałem... Czyż może być miejsce bardziej... hmmm... przyziemne niż to? I proszę, zadziałało. – Uśmiechnął się z rozmarzeniem i odrobiną dumy. – Kto by pomyślał, że tak dobrze rzucam klątwy... Ma się jeszcze ten dryg, tak, tak! – Napiął resztki mięśni w stetryczałych rękach.

A Ladaco odruchowo napiął swoje, przez co w pokoju natychmiast zrobiło się jakby ciaśniej.

– Wola boska! – syknęła szefowa z błyskiem wściekłości w oku. – Też mi! Raczej wola niewyżytych chłoptasiów i równie niewyżytego starucha.

– Wypraszam sobie! – zaprotestował kapłan, nie odrywając się jednak od Wijki.

– Nie, to ja sobie wypraszam! Jak żeś mi tę sfiksowaną pannę wcisnął, stary lebiego, to ją teraz stąd zabieraj. I to zaraz!

– Kiedy nie mogę... – Z chudej piersi kapłana wyrwało się pełne żałości westchnienie. – Takie klątwy są dość paskudne, tak, tak, nie zostawiają zbyt wielkiego pola manewru. Albo, albo, trzeciej alternatywy nie ma. Panna albo zostanie tu na wieki wieków, albo... albo nie.

Szefowa nie miała najmniejszych wątpliwości, którą opcję wybiera.

– Skupmy się zatem na „albo nie". Co nas od niej uwolni?

– No cóż... – Kapłan wyraźnie się stropił. – Nie kombinowałem za bardzo, to standardowy model klątwy. Do wyboru albo wieczna męka, albo miłość. Ale wyłącznie miłość czysta, nieskalana, a jak wszyscy wiemy, o taką tu niełatwo, tak, tak...

– Przestrzeganie zasad bezpieczeństwa i higieny jest w tym przybytku jednym z priorytetów!

– Nie czystość cielesną mam na myśli, lecz duchową. Moralną.

I wtedy odezwał się Ladaco.

– Znaczy... znaczy... – Trybiki przyspieszyły, zbierając szczątki myśli we względnie spójną całość. – Chodzi o taką miłość, że tylko za rączki się trzymać, w oczy patrzeć i wzdychać?... Och? Ach? Takie coś? Kwiatki, laurki, smętne zawodzenie pod oknami, świergolące ptaszki i szczęśliwe misie?

– Tak, tak! Właśnie tak! – przyklasnął energicznie kapłan, a przedstawicielki płci pięknej zgodnie skrzywiły się z niesmakiem.

– Obrzydliwość...

– Ano – przytaknął wykidajło. – Wyjątkowa obrzydliwość. Da się zrobić – dodał, po czym uśmiechnął się od ucha do ucha.

Świat stanął z osłupienia.

Czegoś takiego jeszcze miasto nie widziało. Kilkanaście okutanych w żorżetę dzierlatek wymaszerowało z przybytku, szeleszcząc rozlicznymi halkami i zgrzytając uzębieniem w rytm kroków. Za nimi dreptał nieśmiało Sokółek dzierżący na wszelki wypadek zestaw pierwszej pomocy, na czele pochodu zaś...

Cóż. Wspominając po latach tamto przedpołudnie, niektórzy mieszkańcy opisywali demona z najgłębszych, najczarniejszych czeluści. Mówili o pradawnym koszmarze, widmie agonii w męczarniach, zianiu ogniem, pluciu siarką i świdrujących na wylot oczach niczym lód, jak również o całym mnóstwie potęgujących grozę seledynowych kokardek, falban i bufek. Lecz najodważniejsi ze świadków przełykali ślinę, rozglądali się strachliwie i zdławionym głosem szeptali: na czele pochodu szła Wijka!...

Na nic się zdały palisady, liczne, zdeterminowane straże i śmiercionośny oręż w rękach dzielnych wojaków – dzierlatki wzięły obóz wściekłym, żorżetowym szturmem, któremu nikt nie zdołałby się oprzeć, a następnie dorwały pierwszą lepszą ofiarę w swe niepomalowane szpony i ryknęły jej w twarz krótko i węzłowato:

– DYDYMUS!

– Prosto, potem za masztem w prawo, drugi namiot po lewej tuż przed latrynami – pisnęła ofiara, pobrzękując trwożliwie orężem. – Po-o-dążajcie za smrodem.

Podążyły zatem, siejąc po drodze strach i zniszczenie.

Poszukiwany przez dzierlatki i chętnie zdradzony przez kompanów Dydymus siedział przed namiotem i cerował spodnie tak, jak nauczyła go Teodora, pochłonięty rozmyślaniami o świetlanej przyszłości, domku z białym płotem i gromadce rozkosznych, tłuściutkich dzieciątek. Gdy wreszcie dostrzegł gnające w jego stronę dzierlatki, było już za późno.

– Twojej pannie cnota się na mózg rzuciła – wysyczała słodziutko Wijka, chwytając młodzieńca. – Obmyśliłyśmy więc dla niej małą kurację, prawda, Pneumonio?

– O, tak, obmyśliłyśmy. Z czystej dobroci serca, ma się rozumieć. Biedula się męczy niesłychanie, chcemy ją zelżyć... – stęknęła, gdy kościsty łokieć Kapciuszka wbił się jej między fałdki – to znaczy ulżyć. Jej. Au, to bolało, szkielecie jeden...

– Bolałoby bardziej, gdyby nie ochronna warstwa tłuszczu – odgryzła się Kapciuszek.

– Cicho tam, ciućmy jedne!

– Sama jesteś ciućma!

Awantura już wisiała w powietrzu, dotychczas okupowanym przez wydzielane przez wojsko wonie dalekiego zasięgu, kiedy rozległo się znaczące chrząknięcie. Dzierlatki odwróciły się w tętniącym agresją milczeniu.

– Panie raczyły wtargnąć – oznajmił dystyngowany wojak w średnim wieku, z mnóstwem odznaczeń zwisających z munduru. – Panie raczą odstawić mego podwładnego i natychmiast wytargnąć.

Mina i ton wojaka nie pozostawiały wątpliwości, kto jego zdaniem tu dowodzi. Wijka miała jednak inne zdanie na ten temat.

Po krótkiej wymianie poglądów popartych z jednej strony drżącymi w dłoniach mieczami, z drugiej zaś ogłuszającym trajkotaniem były już wojak Dydymus opuścił obóz w towarzystwie rozszalałych harpii, a kompani z ulgą machali mu na pożegnanie.

– Co mam zrobić?...

– Wyznać miłość – powtórzył kapłan. – W ten sposób zdejmiesz klątwę i panna będzie wolna.

Otoczony wianuszkiem gotowych na wszystko dzierlatek Dydymus skulił się na zydelku.

– Ale... ale ja nie mogę... – wydukał.

Pięść wykidajły nagle znalazła się tuż przed jego nosem.

– Radziłabym zrewidować światopogląd – rzekła sucho szefowa. – Cierpliwość nam się już kończy, że o pieniądzach nie wspomnę, więc sugerowałabym pośpiech.

– Kiedy ja naprawdę nie mogę!... Przecież to powinno być zupełnie inaczej! Najpierw wizyty, kwiaty, drobne upominki, potem spacery, romantyczne przejażdżki za miasto, wizyta u mamusi, oficjalne przedstawienie rodzinie... – wyliczał, nie widząc, że wciśnięty w kąt pokoju Sokółek przytakuje żwawo – ...pierwsze nieśmiałe pocałunki i dopiero wyznania! Nie na odwrót! Nie od końca! Co ona sobie o mnie pomyśli?!

– No właśnie...

– Stul dziób, Sokółek! Inaczej będziesz śpiewał, jak ci bezrobocie w oczy zajrzy. Słuchaj, sieroto. – Szefowa podeszła bliżej i pochyliła się nad młodzieńcem. – Takiś rycerski, a pozwalasz, żeby panna w zamtuzie mieszkała? Na sprośności ze zgorszeniem patrzyła? Takiś szlachetny, a cnotę panny to kto obroni, jak ją klientela nagabywać zacznie? Bo zacznie, ja ci to mogę obiecać. W tym domu darmozjadów nie było, nie ma i póki żyję – nie będzie! Przerobić ci pannę na dzierlatkę, słodziutki?

– Po moim trupie! – wrzasnął, podrywając się z zydelka, lecz zaraz znów siedział, jęcząc z bólu. – Po stokroć przepraszam, panie Nicpoń...

– Ladaco.

– Ja tam do miłości nic nie mam – ciągnęła szefowa – póki mi interesu nie psuje, personelu do rozstroju nerwowego nie doprowadza. Ta twoja Teodora to szkodnik jakich mało, a szkodniki się tępi. Więc albo zajmiesz się nią ty, albo ja, wybieraj. No, coś tak posmutniał? Zdejmiesz klątwę, zabierzesz pannę i będziesz z nią w cnocie do upojenia spacerował, kwiatki zrywał i co tam jeszcze zechcecie. Proste, nie? – Poklepała go pokrzepiająco po ramieniu. – No, dobra, Sokółek, dawaj to kwiecie! Młodzian będzie się uzewnętrzniał!

Nie minął kwadrans i Dydymus wspinał się na strych niczym na szafot, z duszą na ramieniu i sercem w gardle, a za nim po schodach tłoczyła się eskorta – szefowa, wykidajło i dzierlatki. Na szarym końcu wlókł się Sokółek, wciąż mrucząc pod nosem, że to nie tak, wszystko nie tak, na opak, od końca, wbrew obyczajom, że to inaczej być powinno. Mruczałby tak pewnie aż do ostatniego schodka, gdyby hektary rozeźlonej Pneumonii nie pochwyciły go i nie wgniotły w ścianę.

– A dzierlatki w wersji dziewiczowstydliwej to co, niby nie na opak? – wysapała. – Nie wbrew obyczajom, co? Co?

– Wbrew, wbrew! – Sokółek zgodził się z wielką gorliwością, po części zapewne dlatego, że tuż przed oczyma wątłej cielesności swojej miał teraz bujną cielesność Pneumonii.

– Więc jak to jest? My się nie liczymy? – westchnęła, wprawiając dekolt w ruch falisty i tym samym odbierając chłopakowi ostatnie, jakże mgliste wspomnienia o argumentach.

Podczas gdy Pneumonia żaliła się wbitemu w ścianę Sokółkowi na temat kryzysu tożsamości, który ją ostatnio nękał, i intensywnie domagała pocieszenia, procesja dotarła do szczytu schodów.

– No, młodzieńcze, najwyższa pora dowieść, żeś silny w gębie – powiedziała szefowa i pchnęła Dydymusa zachęcająco w stronę drzwi, prawie go ogłuszając. – My tu sobie poczekamy, a ty idź i pokaż, że nosisz portki nie dla jaj!

– Słu... słucham?...

– To już po nas... – mruknął Ladaco, na szczęście dzierlatki skutecznie go zagłuszyły trajkotaniem.

– Nie bój nic, dasz radę!

– Jesteśmy z tobą!

– No... za tobą.

– Zaraz za drzwiami!

I nim się spostrzegł, po prostu wepchnęli go do środka. Rozległ się huk zatrzaskiwanych drzwi, zduszone szepty, odgłosy jakiejś szamotaniny tuż za progiem, a potem zapadła tętniąca wyczekiwaniem cisza.

– Panno Teosiu... – wychrypiał Dydymus, rozglądając się po pustym pokoiku. – Panno Teosiu, gdzie się panna ukryła? – Sprawdził szuflady komody, zajrzał pod stolik i za szafę. – Panno Teosiu, proszę się nie lękać, proszę wyjść.

Wieczko stojącego na parapecie przybornika drgnęło leciutko.

– Przybyłeś sam, zacny Dydymusie?

– Tak, panno Teosiu. – Szybko padł na kolana i złożył kwiecie obok przybornika. Raz się żyje tudzież raz kozie śmierć, a że przyszła koza do woza, nie było co dłużej zwlekać, należało się sprężyć i wyznanie uczynić. Zwłaszcza że za drzwiami czyhała eskorta, dysząc i szeleszcząc nadmiarem stroju. – Otóż... Otóż przybyłem, gdyż chciałem powiedzieć, iż... iż... albowiem... nie, iż. Iż w chwili, gdy pannę po raz pierwszy ujrzałem, tu, przy oknie, jak panna tak ślicznie cerowała, bo panna to taka zdolna do igły, taka zręczna, ja bym tak nigdy nie potrafił, bo to trzeba umieć nici dobrać, potem nanizać, ręce wojaka takie niezgrabne, do miecza przyzwyczajone, kto tam widział nitkę na miecz nawlekać, no, wroga się zdarzało, ale wróg jak gdyby większy jest, to i trafić w niego łatwiej, zwłaszcza jak blisko stoi i się za bardzo nie rusza, prawda... Eee... Co to ja... No... no więc ja chciałem wyznać z pewną taką nieśmiałością... no... ja... ja pannę szczerze podziwiam i wiem, że nie jestem godzien, ale ja muszę to powiedzieć, no muszę, po prostu muszę, nieczuły los, przeznaczenie tak każe, a czymże prosty człowiek wobec przeznaczenia, zwłaszcza że za drzwiami czeka jeszcze pan Utrapieniec...

– Dydymusie – panna przerwała mu miękko – dobrze się czujesz?

– Co?... A, tak, tak, dobrze, bardzo dobrze, och, panno Teosiu, nigdy nie czułem się lepiej, panny w tym cała zasługa, bo ja pannę... ja pannę... – zaczął oddychać nerwowo, niemal spazmatycznie, gorący pot zrosił mu czoło – ...ja pannę czczę i wielbię, i... i... ja do panny pałam.

– Ależ Dydymusie! – zakrzyknęła. Wieczko przybornika aż podskoczyło. – Dydymusie, jak... jak możesz!

– Nie, nie, panno Teosiu, panna mnie źle zrozumiała! Ja afektem pałam, afektem! – Przejęty nieszczęśliwie dobranym sformułowaniem młodzieniec zaczął drżeć. – No... miłuję pannę, panno Teosiu. Kocham, znaczy.

Wieczko opadło na parapet, a z przybornika wyłoniła się głowa panny Teodory.

– I ty, Dydymusie? – wyszeptała z wyrzutem. – Ty też dałeś się omamić instynktom? A wydawałeś się taki zacny, taki szlachetny... Mówisz, że kochasz! Myślisz, że kochasz, lecz mylisz się, Dydymusie! Och, nieszczęsny głupcze... Nie kochasz, lecz pragniesz, mego ciała zapewne, jak wszyscy!

Słysząc ten zarzut, Dydymus lekko się stropił. Wybranka jego serca zapewne jakieś ciało posiadała, lecz od pewnego czasu spoczywało ono parę metrów pod ziemią i raczej nie było już w zbyt dobrym stanie. A jej duchowe kształty spowijała suknia, zbyt szczelnie, by ocenić, co takiego niegdyś skrywała.

– Ależ skąd! – obruszył się. – Jak panna może mnie o to posądzać!

– A zatem pieniędzy!

– Przepraszam, może się mylę, ale jako nieboszczka jest chyba panna bez grosza przy duszy? Duchu. Duszy.

– Nieważne! Mów, w tej chwili mów, za co mnie kochasz, a potem... idź precz!

– Za co? Jak to – za co? Ależ... Ależ nie można przecież kochać za coś, panno Teosiu. Ja pannę kocham tak po prostu.

– Co? Ale... ale jak to?... Jak to – kochasz? Po prostu kochasz? – wyszeptała zdumiona Teodora.

I zniknęła.

– Coś ty znowu spieprzył, niedojdo jedna?! – wrzeszczała szefowa, miotając kapłanem na wszystkie strony niczym wypchanym słomą, rozsypującym się ze starości strachem na wróble. – Ty niedorajdo zapluta, ja cię zatłukę, durny dziadygo jeden! Na strzępy rozerwę!!!

W przeciwległym kącie pokoju Sokółek i Ladaco podejmowali dość niezdarne próby uspokojenia zalewającego się łzami, poobijanego Dydymusa, a że dzierlatki pognały uzupełnić braki w wyposażeniu, by móc wreszcie odnowić *image* i uwolnić swą tożsamość ze szponów cnotliwości, kapłan był zatem zdany wyłącznie na własne, wątłe siły. Chwilowo ograniczał się do kurczowego ściskania w ramionach opasłego, zalatującego stęchlizną tomiszcza i zawodzenia na całe gardło.

– Kulasy poprzetrącam, ciamajdo zafajdany ty! Żeby ci się te klątwy rykoszetem i refluksem odbiły, żeby cię reumatyzm w paragraf skręcił! I co się drzesz?!

– Na dowolny przejaw działalności sił nadprzyrodzonych, skąd mogłem wiedzieć? – wyjęczał. – Rzucałem według podręcznika, ani słowem nie wspomnieli, że ta klątwa ma skutki uboczne! Nawet w przypisie ani bibliografii, tak, tak, o, proszę...

– Odkręć to, słyszysz? W tej chwili to odkręć!!!

– Kiedy nie mogę...

Szefowa jednym ruchem wyrwała mu tomiszcze i zaczęła go nim okładać.

– I co teraz? Co teraz? – bełkotał Dydymus, którego Ladaco dopiero co skończył poić resztką księżycówki. – Przecież to nie tak miało być. Przecież ja nie mogę tu zostać. Nie, nie, ja nie mogę, ja muszę iść! – wykrzyknął, zrywając się gwałtownie, i popędził w stronę otwartych na oścież drzwi do przybytku. Lecz gdy tylko musnął stopą próg, runął jak długi na podłogę z nowym guzem na czole.

– O, znowu. – Sokółek sprawiał wrażenie bardziej zaciekawionego niż przestraszonego obserwowanym fenomenem. Powoli zaczynał się przyzwyczajać. – Ani kroku za próg, od razu go ścina. Ciekawe, kiedy on to załapie...

– Jak ćma jakaś czy insze żyjątko. – Ladaco pokiwał głową. – Może by go kapciem spacyfikować? Myślisz, że wtedy przestanie się tak miotać?

– Ja naprawdę nie wiem, co się stało... – Zwisając z rąk szefowej, kapłan zaczął wertować tomiszcze. – To standardowa klątwa, wieczne więzienie albo prawdziwa miłość, wręcz klasyka!... Tak, tak! I nigdy nie odnotowano podobnego przypadku przejścia klątwy z przeklętej na... na... odklątwiającego. Nigdy!

– No to możesz sobie odnotować i przejść do historii, choćby zaraz. Nie, ja tego nie wytrzymam... – Szefowa wzniosła oczy ku niebu. – Czy ten dom już zawsze będzie nawiedzony?! Najpierw duch cnotki, teraz wojaka!...

– Ale... ale ja nie jestem duchem – zauważył z poziomu podłogi Dydymus. – Z całą pewnością żyję, tylko mnie trochę głowa boli...

Niewzruszony zaistniałą sytuacją wykidajło wzruszył ramionami, zahaczając o framugę.

– No, chociaż oryginalne te nawiedziny. Nudno nie będzie.

– A wiesz może – warknęła szefowa – co ja mam niby zrobić z zarażonym klątwą, z całą pewnością żywym wojakiem? W dodatku uwięzionym na wieczność w moim przybytku?!

– Pomoc się przyda, roboty tu teraz od groma. A on – skinął w stronę podnoszącego się młodzieńca – daleko przecież nie pójdzie, zawsze będzie pod ręką. Się wszystko jakoś ułoży. Szefowa nie panikuje.

Dydymusa ta rada nie dotyczyła, mógł więc bez przeszkód popadać powolutku w panikę. Wieczność? Tutaj? Z tym wielkim Urwisem czy jak mu tam było, miotającą kim popadnie babą i patyczkowatym chłopaczkiem? I z hożymi tudzież najchorszymi dzierlatkami, znów roznegliżowanymi, znów fikuśnymi bez opamiętania – za to bez Teosi? Bez słodkiej, niewinnej Teosi?...

– A co ze mną? Co z moją miłością? – bąknął i ukradkiem otarł łzę.

Szefowa, wykidajło i kapłan spojrzeli na niego z lekkim zdziwieniem i niepewnością. Tylko Sokółek uśmiechnął się przyjaźnie, pocieszająco.

– Na miłość też w końcu przyjdzie czas – stwierdził. – Najpierw naucz się rozpinać gorsety.

Przeżycie Stanisława Kozika

Czternastego sierpnia panował niewiarygodny upał. Gorące powietrze zawisło w labiryncie miejskich uliczek i drgało w promieniach słońca, niezdolne już nawet snuć się leniwie. Na wpół śnięci przechodnie, których stopy co rusz więzły w pułapce rozmiękłego asfaltu, trzepotali się między nagrzanymi murami, wyzuci z sił, tchu i woli życia.

Przykuty do krzesła Stanisław Kozik patrzył na ten rozżarzony, duszny świat z wysokości czternastego piętra szklano-betonowego wieżowca. Patrzył szeroko otwartymi oczyma, jakby z niedowierzaniem, że może być aż tak gorąco. Patrzył nieustannie, wytrwale, z niezwykłym samozaparciem, nie mrugnąwszy ani razu, co zapewne budziłoby uzasadniony niepokój, gdyby nie pewien drobiazg.

Ten mianowicie, że kilka minut wcześniej Stanisław Kozik wypuścił z dłoni ołówek na biurko upstrzone farfoclami, które sypały się z gumki do ścierania, pochylił głowę lekko na lewo i zszedł na zawał w wieku lat pięćdziesięciu trzech.

Tego dnia został w pracy po godzinach, by przebrnąć przez stos dokumentów, który podrzuciła mu koleżanka, i zamiast wywiązać się z zadania, nieoczekiwanie umarł. Ot tak, po prostu, bez ostrzeżenia, bez teatralnych gestów – żadnego łapania się za serce, wybałuszania oczu, niesmacznego charczenia czy jęków. Ani jedna kartka nie sfrunęła na podłogę, nawet porzucony niespodziewanie ołówek nie raczył się nigdzie potoczyć. Ciało Stanisława Kozika zamarło – i zmarło, po czym dalej siedziało na obrotowym krześle i spoglądało w stosownym skupieniu na dopiero co porzucony świat.

Był piątek, za siedemnaście minut siódma wieczorem.

* * *

W poniedziałek rano windy biurowca wtłoczyły pracowników z powrotem na ich piętra, a wraz z nimi pojawił się nieodłączny gwar i bieganina, z pozoru chaotyczna, w rzeczywistości jednak skrzętnie przemyślana i celowa – a przynajmniej tak głosiła legenda. Zastępy sprzątaczek z dziennej zmiany oraz gońców ruszyły w ośmiogodzinną wędrówkę korytarzami od pokoju do pokoju, od przestronnego gabinetu szefa do klitki na artykuły biurowe, w której każdego dnia oddawano się rytualnym plotkom. Wszelkiej maści specjaliści, menedżerowie, agenci, radcy, księgowi i sekretarze zasiedli na swoich miejscach i wzięli się z zapałem do marnowania czasu, papieru i prądu.

Jak się łatwo domyślić, Stanisław Kozik ani drgnął. Nadal wyglądał przez okno.

Dwanaście po ósmej przez piętro przetoczyła się kanonada. Młode dziewczę w dopasowanym żakieciku przemaszerowało korytarzem, mordując szpilkami podłogowe panele i ciągnąc za sobą duszącą woń perfum. Na jej widok ludzie milkli, klawiatury zaczynały terkotać, mało im klawisze nie powyskakiwały, a drukarki i kserokopiarki prześcigały się w pluciu kartkami na odległość. Dziewczę łaskawie skinęło głową w bliżej nieokreślonym kierunku i zniknęło za ostatnimi drzwiami po lewej.

Ktoś ośmielił się wziąć wdech.

– Dzień dobry, panie Stasiuńku! – rzuciło dziewczę machinalnie, po czym cisnęło na biurko wyjątkowo opasłą teczkę. – Tu ma pan kolejne umowy od Ediego, na *pronto*, panie Stasiuńku, wręcz *pronto subito*, na zeszłą Wielkanoc, panie Stasiuńku, no, ZUS-y już poszły, ale ZNOWU dzwonił ten Zbigniewowski i się awanturował, że jeszcze pieniędzy nie dostał, Marylcia oczywiście nie powiedziała, że to PANA wina, panie Stasiuńku, bo PAN tej umowy ostatniej do systemu nie wprowadził, ale musi pan, po prostu MUSI, panie Stasiuńku, zrobić to dzisiaj, żeby w końcu przelew wyszedł, szef pojutrze z urlopu wraca i zaraz się będzie denerwował, a wie pan, jak to jest, życzliwość życzliwością, ale panie Stasiuńku, musi się pan z robotą wyrabiać, we wrześniu mają być zwolnienia grupowe, więc sam pan rozumie, no nie, pan JESZCZE tych piątkowych nie zrobił? – Zaczerpnęła powietrza i pokręciła głową. – Panie Stasiuńku, przecież tak nie może być, MUSI pan coś zrobić z tymi zaległościami, praca całego działu od tego zależy, panie Stasiuńku, CAŁEGO działu! Oczywiście w pańskim wieku niełatwo się przestawić na pracę z komputerem, ale to nie może być usprawiedliwienie, trzydzieści lat doświadczenia już nikomu nie wystarczy, trzeba być elastycznym, panie Stasiuńku, trzeba brać przykład z młodszych kolegów, rozwijać się, korzystać z dobrodziejstw cywilizacji, no, żeby mi to wszystko na jutro było gotowe, bez dyskusji, panie Stasiuńku, do widzenia, panie Stasiuńku! – zakończyła, po czym odmaszerowała szerzyć nerwicę w następnych pomieszczeniach.

Panująca w dziale kosztów moda na familiarność i poufałość, która miała sprawić, że ludzie wszelkiego wieku i płci wszelakiej staną się sobie bliżsi i tym chętniej spędzą w pracy choćby i pół doby, siała spustoszenie wśród najstarszych pracowników. Stanisław Kozik z dnia na dzień stał się Stasiuńkiem, czy tego chciał, czy nie. Przyjął tę zmianę z pokorą, zwłaszcza że tak właśnie zwracała się do niego szanowna osobista małżonka, nie zmieniało to jednak faktu, że za każdym razem, gdy młodsza o połowę kierowniczka mówiła o nim per „Stasiuniek", Stanisław Kozik czuł się cokolwiek nieswojo.

Tym razem jednak, z przyczyn dość prostych, nie zrobiło to na nim wrażenia.

Dźwięki dochodzące z korytarza raz przybierały, raz traciły na sile, kilkakrotnie zadzwonił telefon, a świętej pamięci Stanisław Kozik dalej kontemplował świat po drugiej stronie okna. Pośpiech za drzwiami już go nie dotyczył.

Wraz z wybiciem szesnastej wszystko ucichło, pogasły światła i komputery. Umilkła klimatyzacja, gwar zaś wypłynął z biura wraz z pracownikami i zlał się z hałasami ulicy. Władzę nad budynkiem przejęli ochroniarze i sprzątaczki z popołudniowej zmiany.

Jedna z nich, niegdysiejszy postrach biurowych poranków, wysiadła z windy uzbrojona w wiadro, mopa i ścierę z gatunku tych, którym niewiele brakowało do rozwinięcia bogatego życia wewnętrznego. Przeleciała nią trzy sedesy, parę biurek i monitorów, kawałek podłogi i wreszcie doczłapała do ostatniego pokoju na samym końcu korytarza.

Na widok postaci za biurkiem zazgrzytała zębami. Pracuś, cholera jasna. Nie znosiła, gdy jakiś ignorant patrzył jej na ręce i narzędzia pracy. O, ten tam, z ósmego, kierowniczyna od siedmiu boleści, czepiał się ostatnio, że woda w wiadrze zmieniała właśnie odcień z szarego na szarobury, warstwa piasku na dnie liczyła dobre trzy centymetry, a detergent dawno wyparował! A co jemu do tego? Ona mu w papiórki nie zaglądała, więc wara od jej wiadra!

Szurnęła ostrzegawczo, chlupnęła i wzięła się do roboty, gotowa w każdej chwili stanąć w obronie autorskich metod czyszczenia i konserwowania powierzchni płaskich.

– Wszystkie już polazły, a ten co? Domu nie ma, hę? – warknęła przyjaźnie, waląc mężczyznę mopem po stopach. – Zabierze te nogi!

Stanisław Kozik, człowiek z natury wielce potulny, posłusznie nogi zabrał.

Po chwili namysłu wyjął z szafki swój piterek, wstał, ukłonił się sprzątaczce grzecznie, choć sztywno, po czym wyszedł.

„No, ten przynajmniej wie, gdzie jego miejsce", pomyślała sprzątaczka.

* * *

Tymczasem Stanisław Kozik nie miał o tym pojęcia. Stał na przystanku autobusowym i patrzył na swoje odbicie w witrynie sklepowej po drugiej stronie jezdni. Na dobrą sprawę niczym nie wyróżniał się z tłumu. Zwykły facet po pięćdziesiątce, może niezbyt szczupły, ale też nieprzesadnie gruby, w trochę wymiętych garniturowych spodniach i koszuli z krótkim rękawem. Od pewnego czasu pogłębiały mu się zakola, lata za biurkiem sprawiły, że odrobinę się garbił, a krótki nos i głęboko osadzone, matowe i boleśnie suche oczy upodobniały go do smutnego mopsa. Teraz jednak wydawał się dziwnie blady jak na tę porę roku... chorobliwie blady. Krótko mówiąc, blady jak trup. Poruszył sinymi, wyschniętymi ustami – odbicie w witrynie zrobiło to samo. Tak, to on, bez dwóch zdań. Stanisław Kozik, denat.

Jakoś zdołał się wcisnąć do zatłoczonego autobusu linii sto pięćdziesiąt sześć i stanąć pośrodku przegubowca. Mimowolnie ćwicząc skręty tułowia, spostrzegł, że siedzące obok nastolatki zerkają na dłoń, którą trzymał się barierki, i chichoczą pod nosem.

Miał granatowe paznokcie.

Rozejrzał się z pewnym trudem, jako że kark miał zesztywniały. Pół autobusu mu się przyglądało. Ci, którzy stali najbliżej, udawali, że wcale go nie dostrzegają, lecz wyraźnie marszczyli nosy. Nic dziwnego, od trzech dni nie zmieniał ubrania, a lato było wyjątkowo upalne, ale żeby aż tak się spocił?... Próbował co nieco wywęszyć, jednak dopiero po kolejnej nieudanej próbie zorientował się, że przecież już nie oddycha. Jego płuca, serce i inne narządy wewnętrzne zaprzestały działalności – i najwyraźniej zaczynały się rozkładać.

– ...mógłby się umyć.

– Cicho, jeszcze cię usłyszy – skarciła wyfiokowaną nastolatkę siedząca obok kobieta, najwyraźniej jej matka. Skubała słonecznik, a łupinki beztrosko rzucała na ziemię.

– No to co? Niech słyszy, żul jeden – prychnęła dziewczyna, wydymając pogardliwie lśniące różem usta. – Jak se chce cuchnąć, to niech między ludzi nie lezie. Boże, zaraz się uduszę... Zapomniał, że się myć trzeba, dziadyga. Pewnie jakiś burak ze wsi. Ludzie to są obrzydliwi, na mydło ich nie stać czy jak?

– A panna co, pewnie fiołkami się poci? – wtrącił mężczyzna w średnim wieku, który stał nad nią.

Nastolatka tak wybałuszyła oczy, że omal jej się grubo wytuszowane rzęsy do brwi nie przykleiły, po czym wydała z siebie ogłuszający jazgot:

– A pan czego podsłuchuje i się do prywatnej rozmowy wtrąca?! Co, może mnie jeszcze nagrywa, szpicel jeden! A jak się gapi obleśnie!

– Wtrącam się, bo widać mamunia cię nie nauczyła, że ludzi jak bydło się nie traktuje. Przecież ten człowiek słyszy, co tu się o nim mówi! – Machnął ręką w stronę wyraźnie zakłopotanego Stanisława Kozika. – Wiesz, sikso jedna, jakie to upokarzające, kiedy ktoś cię tak palcami wytyka?

– A panu co do tego, czego ja dziecko uczę, a czego nie?! Pan moją córunię zostaw, bo policję zawołam, pedofil jeden, widzieliście, ludzie, dziecko niewinne zaczepia!

– No co mi pani tym słonecznikiem w twarz pluje, już wystarczy, że całą podłogę pani uświniła!...

W ułamku sekundy w autobusie wybuchła trzecia wojna światowa. Pasażerowie przekrzykiwali się wzajemnie, wszyscy oburzeni, a każdy z innego powodu – bezczelności współczesnej młodzieży, równie bezczelnej inwigilacji oraz niedostatków higieny osobistej niektórych osób podróżujących środkami komunikacji miejskiej.

Gdyby Stanisław Kozik żył, jego twarz stanęłaby w ogniu zażenowania, jednakże z braku krążenia mógł tylko odwrócić wzrok i udawać, że fascynuje go podłoga. Zanim z trudem wysiadł na swoim przystanku, zażarta dyskusja na temat kultury i higieny osobistej pochłonęła już pierwsze ofiary – dwa złamane tipsy i oderwaną kieszonkę koszuli – a kierowca dzwonił po policję.

* * *

Stojąc na wycieraczce przed własnym mieszkaniem, Stanisław Kozik zachodził w głowę, jak wytłumaczy żonie i dzieciom trzydniową nieobecność i odmienny stan żywotności. Umiejętność kłamania jak z nut zawsze pozostawała poza jego zasięgiem, musiał jednak wymyślić coś w miarę przekonującego... Nadgodziny? Atak amnezji? Weekend w areszcie, szpitalu, izbie wytrzeźwień? Albo u kochanki! Chociaż nie, w kochankę nikt nie uwierzy... No dobrze, ale co potem? Jutro, pojutrze? Z pracy go na pewno wyrzucą, przecież nie przejdzie corocznych badań lekarskich, zaraz by się sanepid przyczepił, że nie spełnia wymogów BHP, że jakieś bakterie czy inne wirusy rozsiewa i stwarza zagrożenie dla życia i zdrowia. Nie mówiąc już o jego nagle skomplikowanej sytuacji prawnej – trup chyba nie może podpisywać dokumentów ani pracować na etacie? Chyba że jako preparat na zajęciach z anatomii. I czym ma się teraz legitymować, dowodem osobistym czy aktem zgonu? A kredyt, który mieli wziąć na nową kanapę? Teraz na pewno go nie dostaną...

Stanisław Kozik odruchowo spróbował westchnąć, a potem pokręcił głową. Niespodziewana śmierć strasznie skomplikowała mu życie.

W końcu zebrał się w sobie i wszedł do środka. Od progu ogłuszyły go dźwięki telewizoropochodne, przez które raz za razem przedzierały się odgłosy komputerowego mordobicia, dochodzące z najmniejszego pokoju.

Sądząc po hałasie, rodzina była w komplecie.

Bez pośpiechu Stanisław odłożył piterek na półkę pod wieszakiem, zmienił buty na zdeptane papucie, a po krótkim namyśle postanowił wziąć kąpiel, póki łazienka była wolna.

Kiedy napuścił już wodę do wanny, zza ściany dobiegł go zrzędliwy kobiecy głos:

– ...przed chwilą. Kefiru oczywiście nie kupił, bo i po co, mogę do śniadania wody z kranu się napić, prawda? Albo skoczyć o szóstej do supermarketu, co mi szkodzi, przelecę się. Co ja z tym twoim ojcem mam, Iwonko... – No tak, przecież to pora codziennej narady wojennej przez telefon. Znowu na śmierć zapomniał. Tym razem dosłownie. – A tak, żebyś wiedziała, dobrze mówisz, co go obchodzi moje trawienie, najwyżej brzuch mi wydmie i będę wyglądała jak ta Wilczakowa spod czternastki, ale jak jemu coś trzeba, to spróbuj nie dogodzić, zaraz się obraża! Co?... Nie, jogę mam w czwartki, dzisiaj aerobik. Co?... No oczywiście, że powinnam już wychodzić, ale jaśnie pan nie raczył wrócić prosto z pracy, a obiadu sam sobie nie poda, garnka w lodówce nie znajdzie, bo się schylić trzeba... Taaak! Nie wiem ile, nie chce się zważyć, ale tak na moje oko co najmniej dwadzieścia do zrzucenia. No ale czemu się dziwić, tyłka nie ruszy sprzed telewizora. Trzeci miesiąc proszę, rozumiesz, żeby listwę w przedpokoju przybił!

Słysząc to, Stanisław osunął się głębiej w wannie, aż woda sięgnęła mu podbródka. No tak, listwa... Nie mógł jej przybić, pod spodem były kable od internetu, telewizji i telefonu, które sam ciągnął z dużego pokoju do pokoju Tomka, a na klej się za nic trzymać nie chciała. Ot, dziesięć centymetrów drewna schowane za szafką na buty, gdzie nikt nigdy nie zaglądał, o co te awantury?

W zamyśleniu zaczął się szorować od stóp do głów, jakby usiłował zmyć z siebie pączkujący odór śmierci. Szczotka była porządna, ze sztywnym włosiem, które nieprzyjemnie drapało skórę, pozostawiając intensywnie czerwone ślady. Dopiero po chwili Stanisław spostrzegł, że tym razem niczego nie czuje.

W miarę jak głos za ścianą trajkotał coraz głośniej i coraz nachalniej przebijał się przez chlupot wody, on przyciskał szczotkę do skóry i tarł mocno, mocniej, ile sił. I nic. Żadnego bólu, żadnego pieczenia, swędzenia nawet, tylko twarde włosie szorujące skórę w dziwnym kolorze – sinym, a na dole brzucha lekko zielonkawym. Zmoczył wysuszone oczy, przez kilka minut masował zesztywniałą żuchwę równie zesztywniałymi dłońmi.

Wytarł się w końcu i w samym podkoszulku i slipkach pokuśtykał do pokoju. Cały był sztywny. Jak nieboszczyk.

– No w końcu, ile się można moczyć! – przywitała go żona, kobieta postury mumii, wysoka i zasuszona, zwieńczona burzą farbowanych na czerwono loków. Oderwała wzrok od telewizora i szybko, ze zdegustowaniem przesunęła nim po mężu, który usiłował stopić się ze wzorzystą tapetą i udawać, że go wcale tam nie ma. – Ubierz się, nie będziesz mi się tak snuł po mieszkaniu. I mógłbyś wreszcie przestawić się na bokserki, nie wyglądałbyś tak żałośnie.

Ledwie odwrócił się w stronę meblościanki, by wyjąć z szafki domowy dres, gdy ni stąd, ni zowąd ogłuszył go oburzony jazgot:

– O, i patrz, proszę, proszę, nie mówiłam, że tak będzie?! No co się tak gapisz, nie na mnie się gap, tylko na siebie, zobacz, jak ty wyglądasz!

W pierwszym odruchu Stanisław zamarł porażony słodkim głosem małżonki. Ani mrugnął, tylko stał w pół kroku, z dłonią kurczowo zaciśniętą na gałce drzwiczek. Miał wrażenie, niemalże pewność, że jeśli ją puści, runie na podłogę jak kłoda. Zwykle w podobnych okolicznościach wstrzymałby też oddech, teraz ten element mógł sobie darować. Jazgot trwał, przebijał się przez buczenie telewizora, a gdy zagłuszył nawet komputerowe mordobicie, z pokoju obok wyłonił się rachityczny, bladolicy młodzieniec o oczach czerwonych jak u niewyspanego królika.

– Matka, weź się przycisz, człowieku, bo mnie od tych wrzasków zombiaki trzy razy już zadźgały, człowieku, nigdy tego lewela nie przejdę.

– Czy ty widziałeś swojego ojca?!

– Matka, człowieku, co mnie ojciec, kojarzę gościa, to chyba wystarczy, nie? Po kij mam go jeszcze oglądać, człowieku, co to, zoo?

– No to popatrz na niego, no tylko popatrz na tego gamonia!

– Matka, weź, człowieku, zmniejsz obroty... – marudził dalej patyczak, spojrzał jednak obojętnie na Stanisława Kozika. – No, gacie ma obciachowe, jak to ojciec, nie? No i?

– Na jego tyłek patrz! I nogi, tam, z tyłu!

– Matka, człowieku, ty się puknij, co mnie ojca tyłek...

Stanisław zgiął sztywny kark, skręcił odrobinę tułów i zerknął na swoje nogi. Co prawda oczy zaczynały mu odmawiać posłuszeństwa, ale zdołał dostrzec dziwne plamy z tyłu ud i łydek, jakby go ktoś solidnie obił kijem bejsbolowym. A więc tam powędrowała krew z nieczynnego już serca, żył i tętnic.

– Widzisz, widzisz? – Zgrzytliwy głos wyrwał go z rozmyślań. – Mówiłam, że ci kiedyś tyłek do krzesła przyrośnie, ale nie, jak grochem o ścianę, a teraz proszę! Dzisiaj siniaki, a jutro co, zakrzepica? Zapalenie żył? Pewnie nawet zawał nie da ci do myślenia, leniu śmierdzący! Umrzesz tak samo głupi, jak żyjesz! Blady jesteś, jakbyś w piwnicy mieszkał, cały w sińcach, zaczynasz cuchnąć jakąś stęchlizną, ale jak mówię o zdrowym odżywianiu, jak ci dietę wprowadzam, to nosem kręcisz! Nie, ty nie będziesz chodził na jogę, nie ruszysz się, nie będziesz jadł kiełków, na tlenoterapię chodził, bo po co to, na co to wszystko, gusła same, no to masz! Masz!

– Rany, normalnie to jakaś masakra jest, ojciec... – Patyczak skrzywił się z niesmakiem. – Mógłbyś się czasem ruszyć, człowieku, zamiast gnić za życia.

– Słyszysz? Rodzony syn ci to mówi! Mnie nie posłuchałeś, to może jego posłuchasz! – Z wielką stanowczością wyłączyła telewizor. – Idę na aerobik, wracam za dwie godziny, a ty w tym czasie lepiej wszystko sobie dobrze przemyśl!

Kozik junior ożywił się nieco.

– E, matka, kup mi coś do szamania, jak będziesz wracać z tych wygibasów.

– A co, sam pójść nie możesz? Wakacje masz przecież, nie wiesz, gdzie jest sklep?

– No nie, matka, mi tu jeszcze zostało sześć lewelów do przejścia, matka, bądź człowiek, z rytmu się wybiję... – Poleciał za nią do wyjścia, marudząc nieustannie na jedną nutę.

Założenie dresu na zesztywniałe, różnobarwne ciało zajęło Stanisławowi Kozikowi blisko godzinę. Potem usiadł wyczerpany w fotelu i zamknął oczy.

W drugim pokoju patyczak toczył heroiczny bój z zombiakami, uczciwie pracując na garb i krótkowzroczność.

* * *

Przez następne dni Stanisław Kozik robił to samo co zwykle, choć znacznie wolniej, w tempie, na jakie pozwalało mu pozbawione czucia ciało. W pracy przekładał papiery z jednej kupki na drugą, wklepywał co trzeba do komputera, choć już niewiele widział, jednakże siła przyzwyczajenia robiła swoje. Kierowniczka była nawet zadowolona, natomiast sprzątaczki, którym przypadł w udziale obowiązek sprzątania z podłogi różnorakich wydzielin i strzępów gnijącego i odpadającego ciała, przeklinały Stanisława Kozika ile wlezie. W autobusie zawsze starał się stanąć blisko okna, żony i syna unikał, przesiadując na balkonie, by przy okazji się przewietrzyć. Tam też zresztą sypiał. Gdziekolwiek poszedł, ludzie wyraźnie go unikali, odsuwali się od niego coraz bardziej, mało kto się w ogóle do niego odzywał, słuchać też nikt nie chciał, za to szepty za jego plecami stawały się coraz głośniejsze. W środowe popołudnie uczucie zesztywnienia ustąpiło wzdęciu, a twarz Stanisława z sinej stała się zielona, podobnie jak całe ciało. Bez przerwy kropił wyschnięte oczy, żeby cokolwiek widzieć. W dodatku ciekło mu z nosa, zużywał więc mnóstwo chusteczek higienicznych, o co z kolei awanturowała się jego żona, zwolenniczka ekologicznych chusteczek z materiału (oraz ostatnio kadzideł, które paliła garściami w całym domu, łącznie z ubikacją). Syn rzadko odklejał się od komputera, lecz za każdym razem gdy mijał ojca, nie omieszkał wspomnieć o gniciu moralnym i fizycznym.

Wszystko to sprawiło, że Stanisław Kozik czuł się bardziej samotny niż zwykle.

Dwa tygodnie po swojej śmierci w drodze powrotnej z pracy przegapił swój przystanek i wysiadł dopiero trzy później.

Przy cmentarzu.

Odruchowo zadarł głowę i spojrzał w niebo. Czy to Opatrzność dawała mu znak? Tu było jego miejsce. Tu powinien był trafić. I pewnie by trafił, gdyby ktoś w ogóle zauważył, że umarł, gdyby spostrzegł, że w jednym z pokojów na czternastym piętrze za biurkiem siedzi trup. Stanisław Kozik, lat pięćdziesiąt trzy, mąż i ojciec, który zszedł po cichu na zawał, a teraz cuchnął i z dnia na dzień rozkładał się coraz bardziej.

Tylko że jakoś to wszystkim umknęło.

Powoli, by się nie przewrócić, dokuśtykał do uchylonej furtki i wkroczył w błogą ciszę po drugiej stronie ogrodzenia. Pośród nagrobków i rosnących między nimi strzelistych drzew o gęstych koronach, którymi kołysał popołudniowy wietrzyk, nie przemykał nawet cień człowieka. Wokół było zielono, spokojnie, wręcz sielsko. Krok za krokiem Stanisław Kozik szurał wąską ścieżką między żywopłotami, rozglądając się i napawając atmosferą cmentarza. Wreszcie dotarł do biegnącej prostopadle brukowanej alei, skręcił w nią i ruszył w stronę kapliczki, która kryła się kawałek dalej. Nawet nie zauważył, że gdzieś po drodze zgubił ucho i kawałek palca.

Tuż obok kapliczki dwaj mężczyźni walczyli z popsutym kółkiem taczki, usiłując wyprostować je młotkiem i obcęgami. Młodszy nie zauważył nadchodzącej niepewnym krokiem postaci, lecz starszy nie odrywał od niej oczu.

– O, kolejny... – mruknął wreszcie.

– Co kolejny?

– Truposzczak. O, tam idzie. – Kiwnął głową w stronę zgniłozielonego Stanisława Kozika.

Młodszy mężczyzna wyprostował się gwałtownie, wytrzeszczając oczy.

– Tru... tru... poszczak? – Z wrażenia upuścił obcęgi na ziemię i przeżegnał się kilkakrotnie. – Rany boskie... Trup! Jak żywy!

Starszy prychnął.

– A weźże przestań, grabarz jesteś czy nie grabarz? Truposzczak, wielka mi rzecz. – Wzruszył ramionami. – Niby to pierwszy? Jeszcze wielu zobaczysz, wspomnisz moje słowa. Pewnie nawet więcej niż ja.

– Ale ten trup chodzi! – zapiał histerycznie młodszy. – Trup!!! Chodzi!!!

– Nie trup, tylko truposzczak. Prawie trup. No, w zasadzie trup, ale nie do końca. A weź ty przestań wymachiwać tymi łapskami, do jasnej cholery! – warknął poirytowany. – Czego tu się bać? Zgniłego truposzczaka, co to się ledwie na nogach trzyma, póki mu nie odpadły?... Kiedyś było ich mniej. Jak się trafił jeden raz na parę lat, to się wszyscy grabarze dziwili, że znowu się jakiś snuje. A teraz... Z roku na rok truposzczaków coraz więcej. Ten tu jest już siódmy, i to licząc od Wielkanocy. Ty myślisz, że to wszystko – machnął ręką, wskazując dziesiątki grobów – te wszystkie pomniki, kwiaty, znicze, bajery, że co? Że to zmarłym jest do czegoś potrzebne? Ten cały pic to tylko dla żywych, co to sami sobie oczy mydlą. Że niby pamiętają, rozumiesz, że wdzięczni są, czuli, kochający, że niby nigdy nie zapomną.

– No a nie?

– Co nie?

– Nie pamiętają?

– A skąd by się truposzczaki brały, jakby pamiętali? Ty weź no popatrz na niego. – Trzymanym w dłoni młotkiem wskazał Stanisława Kozika, który stanął przy jednej z mogił i w skupieniu czytał napisy na nagrobku. – Wiesz, skąd się tu wziął? Umarł, tylko odejść nie może na wieczne odpoczywanie. Chciałby się załapać, więc przylazł na cmentarz. To silniejsze od nich. Prędzej czy później każdy przychodzi.

– To on pewnie jakiś straszny grzesznik musi być... – wyszeptał ze zgrozą młodszy.

– Aleś ty głupi... On by nawet nie zauważył, że umarł. Jemu by było wszystko jedno, gdyby go ludzie nie olewali. No bo sam pomyśl, komu kogo brakuje? Żywym zmarłych czy zmarłym żywych? No?

– No... no chyba żywym... zmarłych, nie?

– No właśnie! A tego biedaka nie brakuje nikomu. Niby umarł, tylko nikt na to nie zwrócił uwagi, to się snuje teraz bez celu, biedaczyna, póki jeszcze może. Ech – splunął – podły ten świat...

– No, podły – przyznał młodszy grabarz.

Niezauważony za życia, ignorowany po śmierci Stanisław Kozik powlókł się dalej alejką, gubiąc kolejne palce.

* * *

– Nie, tak nie może być, ja się na to nie zgodzę!

– A niby czemu? Co ci on przeszkadza?

– On jest... jest... jakiś dziwny. I sprzątaczki się na niego skarżą, że pluje na podłogę!

– No jeszcze tego brakowało, żeby sprzątaczki decydowały, kto ci będzie raporty robił!

Dziewczę na morderczych obcasach i wiceprezes zajrzeli do pokoju, usiłując zrobić to dyskretnie.

Za biurkiem, bokiem do drzwi, siedział szkielet w garniturze. Nagie, kościste palce przekładały kolejne papiery, przybijały pieczątki, błądziły po klawiaturze z cichym grzechotem. Na gładkiej powierzchni czaszki tańczyły refleksy odbitego światła.

– Ale... ale co powiedzą ludzie? Proszę tylko spojrzeć, jak on wygląda!

– Aha, nie jest zbyt urodziwy, więc mam go z tego powodu zwolnić? Żeby nas pozwał? Nie ma kontaktu z interesantami, co komu do tego, jak wygląda? Robi swoje, nie zrywa się na żadne przerwy, papieroski czy ploteczki, zwolnień nie bierze, z własnej woli zostaje po godzinach i ani słowa o podwyżce, po prostu ideał! I ja mam go zwolnić, bo się sprzątaczkom nie podoba? Najbardziej efektywnego pracownika w całym dziale? No jeszcze na głowę nie upadłem! Nikt ci na niego patrzeć nie każe, nie podoba ci się, to twój problem. Estetka!

Poprawił krawat, uśmiechnął się szeroko i dziarskim krokiem wkroczył do pokoju.

– Dzień dobry, panie Stasiuńku, jak pan się miewa? O, widzę, że robota się panu w koś... rękach pali, wspaniale, wspaniale! Tak trzymać, panie Stasiuńku, tak trzymać!

Szkielet Stanisława Kozika nic nie odpowiedział.

Jadeit

Na szczycie schodów ukazała się postać w sukni. Stała tam przez chwilę niczym zjawa z innego świata, nie zwracając uwagi na dobiegający z dołu gwar. Chodnik przytłumił kroki, kiedy ruszyła chwiejnie korytarzem. Wino, które tego wieczoru wypiła, szumiało jej w głowie, ale wciąż pamiętała, że gdzieś na wprost są zamknięte drzwi.

Drżała, przekraczając próg, po części z pożądania, a po części ze strachu, że zawiasy zaskrzypią albo jedna z desek nazbyt się ugnie. Lecz nie, poczuła jedynie przenikliwe zimno. To podmuch nocnego wiatru wpadał do środka przez niedomknięte okno i wprawiał w ruch kotary. Łopotały raz za razem, ciężko, leniwie. Smugi księżycowej poświaty, ni to srebrzystej, ni sinawej, pełzały po podłodze, ukazując oczom kobiety kłębowisko różnorakich plugastw z koszmarnego snu. Pozostałą część pomieszczenia litościwie spowijała ciemność.

Instynktownie przywarła plecami do drzwi. Niemal wstrzymała oddech, zasłuchana w bicie własnego serca. Krew w skroniach tętniła coraz szybciej, na granicy bólu. Kobieta poczuła naraz, że coś ją dławi, i w popłochu rozpięła wysoki kołnierz sukni. Bała się jak nigdy przedtem. Niewiele brakowało, by zawróciła, zbiegła na dół, między roześmianych ludzi, lecz jak tonący w pierwszym, zabójczym odruchu próbuje złapać oddech, tak ona rzuciła się teraz naprzód – i na powrót zamarła. Coś błysnęło raz i drugi. Dziesiątki tajemniczych oczu mrugały do niej z ciemności. Wabiły czy ostrzegały? Dawały jakiś sekretny znak? Zadziwiające, pomyślała, im większy był jej lęk, tym bardziej pragnęła ulec palącej żądzy, by iść dalej, pogrążyć się w ciszy i mroku.

Ruszyła przez pokój. Bestiarium, twór nazbyt pobudzonej imaginacji, rozstępowało się niczym Morze Czerwone, czmychało w popłochu i kryło w zakamarkach. Wtem rozległ się trzask, brzęk i chrzęst szkła pod obcasem, a potem zastygłej w pół kroku kobiecie zdało się, że słyszy przed sobą jakiś szelest... czy może westchnienie?... Ostrożniej, by już niczego więcej nie rozbić, podeszła do łóżka i niepewnie musnęła jego krawędź. Była u kresu wędrówki. Ledwo mogła złapać oddech, rozpięła więc następne guziki kołnierza. Jeden z nich zerwał się z uwięzi i potoczył prosto między węże.

Ziarno wątpliwości zaczęło z wolna kiełkować w jej duszy. Na próżno szukała wzrokiem zarysu sylwetki, wytężała słuch. Aż nagle z mroku – znikąd – wyłoniły się dłonie. Nim zdążyła krzyknąć, ujęły ją za kibić i delikatnie złożyły w chłodnej pościeli. A potem zsunęły się niżej, zabłądziły przez warstwy koronek i jedwabi w poszukiwaniu drogi, która prowadziłaby dalej. Marzyła o tym dotyku – jego dotyku, tylko jego – odkąd prowadzona tęsknotą przybyła do domu wujostwa. Z trudem powstrzymywała teraz zwycięski śmiech, bojąc się, że to wszystko pryśnie, że nagle okaże się ułudą. Mięsiste wargi wędrowały wzdłuż jej ud, coraz wyżej i śmielej. Jak przez sen słyszała trzask rozdzieranych desusów. Miały taki śliczny haft na brzegach... Jęknęła. Niebiańskie ciepło rozlało się po jej łonie, spłynęło strużkami po wnętrzu nóg. Szarpnęła konwulsyjnie materiał na piersiach i ostatnie guziki strzeliły w górę. Dziesiątki wielobarwnych plamek migotały przed oczyma kobiety, na przemian to znikały, to znów się pojawiały, drażniąc i urzekając swym widokiem. Aż nagle oślepił ją wszechobecny blask – i utonęła w rozkoszy.

Wschodzące słońce zręcznie wykorzystało szczelinę między niedbale zasuniętymi kotarami, żeby wpaść do sypialni. Kurz był wszędzie. Unosił się drobinkami w powietrzu, grubą warstwą zalegał na stojącym przy oknie lustrze. Arabeskowe wzory niegdyś wspaniałego dywanu także przybrały różne odcienie szarości. Światło dnia zajrzało śmielej do środka, by w jednym kącie odkryć zaraz na wpół spróchniałe łoże, okryte zbutwiałymi szczątkami pościeli. Twarz martwej kobiety, która wśród nich spoczywała, wykrzywiał grymas ni to radości, ni to przerażenia, a krew z jej rozerwanego podbrzusza zastygła na piasku z rozbitej klepsydry.

Nikt nie lubi zrywać się z łóżka w środku nocy, a inspektor Warde nie należał do wyjątków. Po całym dniu grzebania w służbowych dokumentach czuł, że na widok kolejnego skrawka papieru bez wątpienia dostanie konwulsji. Zaczerwienione oczy domagały się odpoczynku, głowa ciążyła bólem. Wreszcie tuż po zmierzchu dotarł do domu. Gazetę, której od rana nie zdążył przeczytać, z rezygnacją cisnął do kominka.

Wypił jeszcze filiżankę wystygłej herbaty, po czym poszedł spać ze stanowczym zamiarem, że wstanie nie wcześniej niż o szóstej. Niestety. Jeden ledwie czytelny gryzmoł zmusił go do zmiany planów i Warde zapewne byłby teraz nieludzko wściekły – gdyby ów gryzmoł postawiła inna ręka.

Zapinając pospiesznie kamizelkę, wyjrzał przez okno na ulicę. W świetle gazowych latarni zobaczył czekającą dorożkę. Podczas gdy woźnica drzemał w najlepsze na koźle, konstabl, który przyniósł list od naczelnika, przechadzał się chodnikiem. Warde machinalnie odszukał w pamięci nazwisko pasujące do tej pucułowatej, chłopięcej twarzy z marną imitacją zarostu.

– Mówcie, Brax – rzucił przez ramię, kiedy zszedł już na dół. Po krótkiej walce z zamkiem wreszcie zdołał zamknąć frontowe drzwi. – Czego sobie życzy naczelnik Fellowes o tak niezmiernie uroczej porze?

– Czy list...

– Nie, Brax, w liście nic na ten temat nie było. Jak sądzicie, dlaczego pytam?

Nie czekając na odpowiedź, klepnął woźnicę po ramieniu i wsiadł do dorożki.

– Sir, naczelnik nalegał, by to pan zajął się sprawą – rzekł konstabl, gdy pojazd ruszył ulicami Winchesteru. – Jest, jak to ujął, delikatna, sir.

– Tak delikatna, że nawet nie możecie mi zdradzić, o co chodzi?

– Nie, sir, oczywiście, że nie. Chodzi o morderstwo. W domu pana Pillingtona – dodał po chwili.

– Tego Pillingtona? – upewnił się Warde, choć całkiem niepotrzebnie. O ile wiedział, Fellowes przyjaźnił się tylko z jednym człowiekiem o tym nazwisku.

– Tak, sir. Naczelnikowi zależy na dyskrecji, zwłaszcza że to brudna sprawa.

– Morderstwo w domu człowieka wpływowego nigdy nie jest czystą sprawą, Brax! – warknął inspektor. – Nie jest również brudną sprawą, tylko najzwyklejszym bagnem! Jeden fałszywy krok i toniemy. Mówcie, co wiecie, póki jeszcze nikt nie wisi nam nad głową.

Konstabl przełknął ślinę, zbierając się na rzeczowość.

– Dziś późnym wieczorem służący znaleźli w jednym z pokojów na piętrze ciało siostrzenicy pana Pillingtona – wyrecytował. – Ponoć została zamordowana w dość… niezwyczajny sposób.

– Ponoć? – zdziwił się Warde.

– Tak, sir. Niezwłocznie posłano na posterunek, ale kiedy przybyliśmy na miejsce, pan Pillington nie wypuścił nas poza hol. Zażądał kategorycznie, by powiadomić samego naczelnika Fellowesa. A naczelnik kazał sprowadzić pana, sir. Nikt z policji jeszcze nie widział ciała.

– Kto je znalazł?

– Podczas kolacji pani Pillington poskarżyła się mężowi, że z pomieszczeń pod jej salonikiem dochodzi nieprzyjemna woń. Czuła ją wyraźnie, kiedy po południu siedziała na balkonie. Pan Pillington kazał to sprawdzić.

Dorożka zatrzęsła się na zakręcie. Woźnica nie żałował koniom bata, pędziły więc jak oszalałe po mokrym od deszczu bruku.

– Jak sądzicie, Brax – odezwał się po chwili inspektor – ile czasu ciało mogło tak leżeć, jeśli zaczęło już cuchnąć?

– Z pewnością nie dłużej niż cztery dni, sir. W sobotę państwo Pillingtonowie podejmowali gości na obiedzie. Panna Bothwick… to jest, ofiara, brała w nim udział. Kamerdyner widział, jak wymknęła się z salonu około dziewiątej i poszła schodami na piętro. Niczego nie podejrzewał, sądził, że jest po prostu zmęczona.

– Dużo wiecie jak na kogoś, kogo nie wypuszczono poza hol – zauważył z przekąsem Warde.

Brax uśmiechnął się niepewnie.

– Służąca, którą przysłano na posterunek, była o wiele bardziej rozmowna niż pan Pillington – wyjaśnił. – Niestety, nie potrafiła powiedzieć nic więcej o samej pannie Bothwick.

– Dziwne, nieprawdaż? Służba zwykle wie najwięcej.

– Owszem, sir, dziwne, ale nie najdziwniejsze. – Dorożką rzuciło na zakręcie. Konstabl nie zdążył się niczego chwycić i huknął głową o sufit. – Bo czy nie wydaje się panu co najmniej osobliwe – ciągnął, wyginając się cudacznie, by podnieść z podłogi strąconą czapkę – że przez te cztery dni nikt nie zgłosił zaginięcia panny Bothwick?

– Nie, Brax – odparł w zadumie inspektor. – Bo rozumiem, co znaczy określenie „delikatna sprawa".

Dom Pillingtonów wydawał się pogrążony we śnie, tylko w dwóch oknach na parterze paliło się słabe światło. Samotny funkcjonariusz stał przed bramą. Zasalutował ospale, gdy wysiedli z dorożki i ruszyli w stronę wejścia.

Warde wcisnął dzwonek. Rozległo się ostre, niezbyt miłe dla ucha brzęczenie, zdolne nie tylko przywołać służbę, ale zapewne również spłoszyć nietoperze w promieniu pięciu mil. Po chwili drzwi uchyliły się z cichym zgrzytem.

– Inspektor Andrew Warde z Policji Hrabstwa Hampshire – wyrecytował przed podejrzliwie spoglądającym kamerdynerem, wręczając list od naczelnika. – Jak mniemam, pan Pillington mnie oczekuje.

Kamerdyner skinął twierdząco i zaprowadził ich do biblioteki. Gospodarz nawet nie podniósł głowy znad książki. Siedział w fotelu, całkowicie i elegancko ubrany. Wydawało się, że czytając i paląc ulubione cygaro, manifestuje pogardę dla okoliczności, które sprowadziły policję do jego domu. Po dość długiej chwili wziął list z rąk kamerdynera, przeczytał i dopiero potem łaskawie zauważył gości.

– Warde, tak? – Odłożył cygaro do popielniczki. – Fellowes wspominał o was raz czy dwa. Ponoć nieźle się zapowiadacie, całkiem nieźle… A ten to kto?

– Konstabl Tilton Brax – przedstawił się funkcjonariusz.

– Tilton? A co to za imię, do diaska? Walijskie?

– Irlandzkie, proszę pana.

– Więc nie ma się czym chwalić – burknął Pillington, po czym spojrzał na Warde'a. – Tam na górze leży moja siostrzenica, inspektorze. Wszelkie znaki na niebie i ziemi wskazują, że raczej nie wstanie na śniadanie.

– Musimy ją zobaczyć i wezwać lekarza sądowego.

– Tym się nie kłopoczcie. Doktor Wallace przybędzie lada moment. – Pillington rzucił książkę na stolik i dźwignął się z fotela. – Cóż, nie ma co zwlekać, zaprowadzę was do Mabel. Służba już wystarczająco histeryzuje.

Wziął od kamerdynera lampę i poprowadził policjantów ciemnymi korytarzami aż do wschodniego skrzydła.

– Zimno tu – zauważył Warde, powoli wspinając się schodami.

– Ta część domu jest niezamieszkana już od dłuższego czasu.

– Czego zatem szukała tu panna Bothwick?

– Nie wiem, inspektorze. – Warde wychwycił nutę zniecierpliwienia w głosie mężczyzny. – Być może zgubiła się, szukając swojej sypialni, albo postanowiła zwiedzić dom.

– Wybrała zatem dziwną porę.

– I zapomniała o lampie – dodał Pillington. – Musiała iść po omacku. Cóż, była w obcym domu, podczas obiadu wypiła sporo wina... Nie dziwota, że w ciemności straciła rozeznanie.

– Nie gościła u państwa wcześniej? – ośmielił się zapytać Brax.

– Ani razu. Przyjechała z Petersfield w sobotę około południa. Zdążyła się przywitać i przebrać, zanim przyszli pierwsi goście. Aż do dziewiątej, kiedy kamerdyner widział ją na tych schodach, przebywała z nami.

– A więc nikt nie oprowadził panny Bothwick po domu?

– Nie było na to czasu.

Wreszcie dotarli na piętro. Przed nimi widniał długi, pusty korytarz, na końcu którego migotało słabe światło. Zamyślony Warde przystanął na ostatnim stopniu.

– Dlaczego jej nie zatrzymał?

– Słucham? – Pillington i Brax odwrócili się jednocześnie.

– Pański kamerdyner widział, jak oszołomiona winem panna Bothwick idzie późnym wieczorem do opuszczonego skrzydła całkiem obcego domu. Nie zapytał, czego tu szuka, ani nie odprowadził jej do sypialni, by odpoczęła. Dlaczego?

– W moim domu, inspektorze – odparł oschle gospodarz – służba nie ma w zwyczaju wtrącać się do nie swoich spraw. Tędy, proszę.

Odór zgnilizny z każdym krokiem stawał się coraz wyraźniejszy. Pillington zatrzymał się w końcu i uniósł lampę nieco wyżej. Zobaczyli strzaskaną framugę i wiszące na jednym zawiasie drzwi.

– Musieliśmy je wyważyć, żeby dostać się do środka – uprzedził pytanie. – Everett... Everett Harwood – uściślił – który niegdyś zamieszkiwał w tym pokoju, zwykł go zamykać dokładnie i zabierać ze sobą klucz, ilekroć opuszczał dom. Obojętnie, czy jechał na drugi koniec miasta, do Londynu, czy do Azji. Bardzo cenił sobie prywatność.

Nie ociągając się dłużej, Warde wszedł do środka i drgnął. Nie na widok prześcieradła, którym ktoś miłosiernie okrył zwłoki, lecz rozciągniętego od łóżka aż po okno dywanu. Finezyjne wzory, choć mocno przykurzone, zdawały się poruszać niczym kłębowisko węży. Spomiędzy wydymanych wiatrem kotar wpadały smugi zimnego, księżycowego światła, potęgując wrażenie, że w sypialni Harwooda igrają w najlepsze jakieś upiorne siły.

– Czy moglibyśmy porozmawiać również z panią Pillington? – odezwał się Warde. Czuł dziwną suchość w gardle.

– Nie, inspektorze. Żona nie czuje się najlepiej. Odpoczywa.

– Morderstwo musiało nią wstrząsnąć...

– Morderstwo? – prychnął Pillington. – Pal sześć morderstwo, spójrzcie na to!

Podążyli wzrokiem w kierunku, który im wskazał. Podłoga przed łóżkiem usiana była kawałkami rozbitego szkła, przemieszanego z szarawym piaseczkiem, na którym zastygła krew. Tu i ówdzie widniały ślady damskich butów.

– Te bezmyślne dziewuchy biegały tu jak po klepisku, wyobrażacie sobie? – Pillington schylił się z pewnym wysiłkiem i podniósł leżący pod stolikiem przedmiot. – Klepsydra Everetta ocalała, choć tyle. Widzicie? Chiński zielony jadeit.

– Wystarczy wstawić nowe cylindry i wsypać świeży piasek, a będzie jak nowa – zauważył pocieszająco konstabl. – Zapewne cenna rodzinna pamiątka?...

– Zdurnieliście, Brax?! – ryknął na to Pillington. – Piasek? Piasek?! Oczu nie macie?! To!... To – wskazywał konwulsyjnie drżącą ręką, nieomal upuszczając klepsydrę – to nie jest jakiś tam piasek!

Skonsternowany Warde przykucnął obok łóżka i przesunął dłonią po podłodze. Zmarszczył brwi.

– Jakby... z czymś wymieszany, ale z czym? – zastanawiał się głośno. Nagle uniósł głowę i spojrzał na Pillingtona. – Popiół?

– Owszem, inspektorze – odparł gospodarz nieco spokojniejszym tonem, choć wciąż wyraźnie podenerwowany. Odruchowo otarł pot z czoła mankietem surduta. – Popiół. W tej barbarzyńsko zdewastowanej klepsydrze spoczywały doczesne szczątki Everetta Harwooda, świeć, Panie, nad jego duszą.

Zapadła głęboka cisza. Warde nie takie rzeczy widywał, ale Brax, bądź co bądź młody i wiekiem, i stażem, najpierw pobladł, a potem jego twarz nabrała zielonkawej barwy. Konstabl zdławił cisnący się do gardła jęk – i nie tylko jęk.

Inspektor poprzestał na skinięciu głową.

– Oryginalna urna. Pański krewny?

– Nie, Warde, w mojej rodzinie wariatów nie było – parsknął Pillington. – Wszystkich zmarłych grzebiemy po chrześcijańsku, jak przystało, w trumnie i poświęconej ziemi. Ale cóż... Prudence się uparła, żeby wypełnić co do joty ostatnią wolę Everetta, choćby była nie wiadomo jak cudaczna!

Odetchnął głęboko. Warde odniósł wrażenie, że trzymana przez Pillingtona klepsydra jest niebywale ciężka. W świetle lampy białe rysy na pięknej, gładkiej powierzchni zielonego kamienia mieniły się nieziemskim blaskiem. Z rowków, w których do niedawna tkwiły cylindry, sterczały kawałki stłuczonego szkła.

– Boże drogi... – pokręcił głową pan domu – to już tyle lat... Czekał jeszcze, aż otworzą Muzeum Historii Naturalnej, a potem popłynął do Indii. Niespełna pół roku później przyszła do nas paczka.

– Z klepsydrą?

– Tak. I z listem, niepodpisanym. Everett zginął nie wiadomo gdzie, nie wiadomo jak. Jego ciało spopielono, a prochy wymieszano z piaskiem i wsypano do tej klepsydry.

– Niespotykana praktyka – stwierdził Warde. – A czy panna Bothwick znała Everetta?

– Nie. Nie znała w ogóle nikogo z rodziny Prudence.

– Czego zatem szukała w tym pokoju? Jak w ogóle do niego trafiła?

– Nie wiem, inspektorze. – Pillington wzruszył ramionami. – To już musicie sami ustalić. Cóż, zostawię was, żebyście... – Machnął dłonią w stronę przykrytych prześcieradłem zwłok i natychmiast wyszedł.

Ostrożnie, by ominąć rozsypane prochy i nie nastąpić na plamę zastygłej krwi, Warde nachylił się nad łóżkiem.

– Jesteście gotowi, konstablu?

– Tak... chyba tak, sir.

Wobec tego inspektor chwycił koniec prześcieradła i delikatnie je ściągnął.

Mabel Bothwick leżała na plecach, z twarzą zwróconą w stronę okna. Rozłożone szeroko ręce i miękkie loki rozsypane na szczątkach poduszki upodabniały ją do śpiącego spokojnie dziecka. Tyle że mało które dziecko ma suknię zadartą aż na pierś, poszarpaną w strzępy bieliznę oraz ziejącą dziurę zamiast podbrzusza.

Brax próbował zapanować nad żołądkiem, żeby nie ośmieszyć się przed przełożonym, nie mówiąc już o zbrukaniu miejsca zbrodni. A jednocześnie nie mógł oderwać wzroku od zwłok. Skrzepy na brzuchu, biodrach i udach kobiety układały się w upiorny ornament. Ku swemu przerażeniu konstabl poczuł, że się rumieni. Odwrócił głowę.

– Jak sądzicie, co spotkało tę nieszczęsną dziewczynę? – usłyszał głos Warde'a.

– Co lub kto, inspektorze – wydusił.

– Słuszna uwaga. Spójrzmy...

Kątem oka dostrzegł, że zaintrygowany Warde pochyla się nad ciałem i z niezmąconym spokojem bada brzegi rany, jakby ani trochę nie czuł bijącego z niej fetoru.

– Czemu tak stoicie w tym kącie, Brax? Przybliżcie się, coś wam pokażę.

– Wolałbym... sir...

– Do kroćset, jesteście policjantem czy kwiaciarką? To nie prośba, to rozkaz!

Nie mając innego wyjścia, funkcjonariusz stanął przy inspektorze i zerknął na nieprzystojnie obnażone ciało panny Bothwick. Zwłoki, zwłoki, nie ciało, powtarzał w myślach. Nadgniłe, cuchnące zwłoki. Nie ciało, Brax, nie ciało...

– No, śmiało, zajrzyjcie tutaj. Co widzicie?

– Trzewia... Jakieś strzępy... czegoś... Sir, nie znam się na anatomii – rzekł prędko i wyprostował się, by nie uczestniczyć dalej w lekcji poglądowej.

Warde z rezygnacją pokręcił głową.

– Nie każę wam robić sekcji, ale gołym okiem widać, że jakiś organ został usunięty. Wyrwany. Pytanie tylko, jaki i dlaczego.

– Cóż... – bąknął konstabl. – Jelita... jelita ra-raczej są na miejscu...

– I jeszcze jedno. – Warde zignorował tę uwagę. – Spójrzcie. No spójrzcie, tu, na łydce! – Pokazał niewielką plamkę krwi tuż nad kostką. – Drobina szkła utkwiła w ciele.

– To już wiemy, kto rozsypał pana Harwooda, sir.

– Dowcipni jesteście, Brax, ale odwagą to nie grzeszycie. Jak długo służycie w policji?

– W Hampshire od trzech miesięcy, a wcześniej rok w Londynie. Patrolowałem Kensington Gardens – dodał dla wyjaśnienia. – Tam miałem o wiele lepsze widoki, sir.

– O, nie wątpię. Ptaszki, kwiatki, rozkoszne guwernantki. Tu zaś macie pannę Mabel Bothwick, której pewien osobnik o wątpliwym morale otworzył podbrzusze i zabrał nieustalony jeszcze organ wewnętrzny, zapewne na pamiątkę spędzonych wspólnie uroczych chwil. Potrzebny nam motyw, sprawca i narzędzie zbrodni – wyliczył. – Myślcie więc, Brax, myślcie, a ja tymczasem porozmawiam z Pillingtonem.

Pillington drzemał w fotelu jak gdyby nigdy nic. Panującą w bibliotece ciszę mąciło jedynie tykanie zegara. Inspektor stanął w progu, zastanawiając się, co począć z delikatną sprawą, którą przydzielił mu naczelnik. Fellowes nie mógł wybrać lepiej. Dociekliwy, dyskretny, lecz i na tyle inteligentny, by wiedzieć, kiedy siedzieć cicho – Warde szczycił się każdą z tych cech. Dlatego został wezwany w środku nocy, dlatego przydzielono mu do pomocy niezbyt rozgarniętego żółtodzioba. Tory, którymi ruszy śledztwo, już wytyczono.

Odchrząknął głośno.

– Proszę siadać, inspektorze – odezwał się Pillington i otworzył oczy. – Ale najpierw zamknąć drzwi. Musimy w spokoju omówić to i owo.

– Ależ skąd. Ja mam do pana tylko jedno pytanie – odparował świetnie zapowiadający się policjant hrabstwa Hampshire. – Gdzie jest klucz?

– Klucz, inspektorze? – Najznamienitszy obywatel Winchesteru grzecznie udał, że nie rozumie. Atmosfera zgęstniała niczym londyńska mgła.

– Jak sam raczył pan stwierdzić, a zakładam, że były to kłamstwa – ciągnął z niezmąconym spokojem Warde – Everett Harwood zamykał pokój za każdym razem, gdy go opuszczał. Bez wątpienia postąpił tak przed swą ostatnią podróżą do Indii. Aby umieścić klepsydrę z jego prochami przy łóżku, musieliście otworzyć drzwi. Nie posiadaliście do nich klucza, a zatem byliście zmuszeni sięgnąć po rozwiązanie siłowe, jak dziś. Zapewne wstawiliście wówczas nowe, z nowym zamkiem i nowym kluczem, który zeszłej nocy znajdował się w dyspozycji panny Bothwick. Pytam zatem: gdzie jest ów klucz, panie Pillington?

– Czy to istotne?

– Owszem, nawet bardzo. Wręcz kluczowe dla prowadzonego śledztwa. Proszę wybaczyć niezamierzony dowcip.

– Całkowicie niepotrzebnego śledztwa, inspektorze. Powiem panu, co się stało. – Pillington chwycił wciąż tlące się cygaro i włożył nonszalancko w kącik ust. – Przygarnąłem pod swój dach sierotę. Z chrześcijańskiej dobroci serca. Ojciec Mabel był durniem, jakich mało, nic więc dziwnego, że po jego śmierci została z niczym. Nie mogłem pozwolić, by skończyła Bóg wie gdzie, prawda? Ulice wielkich miast pełne są kobiet, do których nikt nie wyciągnął w porę pomocnej dłoni. Puściłem zatem w niepamięć, że moja droga siostra wyszła za mąż wbrew woli rodziny i zmarnowała życie u boku rzeźnika z Petersfield… i nakazałem Mabel, by zamieszkała z nami.

– Nakazał pan, panie Pillington? – Warde powściągliwie wyraził zdziwienie.

– Owszem, nakazałem. Zamierzała pozostać w Petersfield i wyjść za jakiegoś Toma... Pracował w rzeźni razem z jej ojcem. W rzeźni, słyszycie, Warde? Uznałem, że jeden oprawca w rodzinie to aż nadto! – Zaśmiał się szyderczo. – Baker... Tak, Tom Baker. Tak się nazywał. Możecie mi wierzyć, Warde, nie był zadowolony z wyjazdu Mabel.

– Sądziłem, że nie miała żadnego majątku.

– To, co dla mnie jest niczym, dla małomiasteczkowego rzeźnika jest prawdziwą fortuną – wycedził Pillington. – Szansą jedną na milion. Pomyślcie sami, Warde. Krewki, silny mężczyzna, mieszkający w okolicach Winchesteru, któremu przeszedł koło nosa ożenek z panną z dobrego domu... Mężczyzna zawiedziony... i obeznany z nożem jak mało kto. – Rozłożył ręce. – Dwa plus dwa zawsze daje cztery. Zapytajcie Fellowesa, potwierdzi, że tego wieczoru Mabel była rozkojarzona, podekscytowana, jakby na coś czekała. Albo...

– Albo na kogoś – dokończył Warde zgodnie z życzeniem Pillingtona. Nie miał co do tego żadnych wątpliwości.

– W rzeczy samej! O ustalonej porze wymknęła się na opustoszałe piętro, do pokoju, do którego nie zaglądał nikt z domowników, a tym bardziej z gości. Musiała mieć klucz, bo choć znajdowała się w środku, to drzwi zastaliśmy zamknięte. Kochanek już na nią czekał. Sprawdźcie, a zobaczycie, jak niewiele trzeba, by wspiąć się do tego okna. Mabel niczego się nie spodziewała, nie walczyła, nie krzyczała... Zginęła w trakcie zbliżenia, a jej morderca umknął z kluczem tą samą drogą, którą dostał się do środka. *Voilà*! – zakończył tryumfalnie. – I jeszcze jedno... Jak zapewne zauważyliście, z ciała Mabel coś usunięto. Jestem zdania, że nieszczęsna Mabel zaszła w ciążę z Bakerem, a ten postanowił usunąć wraz z kochanką również ten dość trwały ślad ich romansu.

– Doprawdy, imponujące. Mógłby pan zostać policjantem, panie Pillington.

Mężczyzna skrzywił się gniewnie.

– Posłuchajcie, Warde – warknął. – Macie czas do świtu, by zakończyć zabawę w moim domu. Inaczej z samego rana udam się do naczelnika Fellowesa i sprawię, że będziecie mogli zapomnieć nie tylko o karierze, ale także o rencie po odbyciu służby. Wyraziłem się jasno? Macie podejrzanego z motywem, stosowne narzędzie zbrodni z pewnością znajdzie się w jego rzeźni. Wiem, co sobie myślicie, Warde! – Z każdym słowem coraz bardziej podnosił głos. – Ale spróbujcie tylko oskarżyć mnie albo kogokolwiek w tym domu, a jak Boga kocham, przy odrobinie szczęścia będziecie z Braxem patrolować ulice!

W siwowłosym, kościstym mężczyźnie, który bacznie oglądał zwłoki zamordowanej kobiety, Warde rozpoznał zapowiadanego doktora Wallace'a.

– Rozwijacie prywatne zainteresowania podczas służby, Brax? – zapytał konstabla, schylonego przy lampie tak, że przypominał żywy znak zapytania, i pogrążonego w lekturze opasłej, sypiącej się księgi.

– Nie, sir. Znalazłem coś ciekawego wśród książek pana Harwooda. – Przewrócił kilka zbutwiałych kart. – To o różnych kamieniach. Co prawda brakuje strony tytułowej, ilustracje trochę wyblakły…

– Do rzeczy, Brax.

– Tak, sir. Klepsydrę z panem Harwoodem wykonano z jadeitu. Nie byle jakiego, bo chińskiego Yunnan, o charakterystycznej zielonej barwie. To bardzo twardy kamień. Robiono z niego rzeźby, przedmioty codziennego użytku, nawet narzędzia i broń.

– Między innymi klepsydrę. Do rzeczy, Brax – powtórzył.

– Tak, sir. W starożytnych Chinach uważano, że jadeit zapewnia nieśmiertelność. Nawet wykonano z niego sarkofag dla... – Poruszył bezgłośnie ustami, bezskutecznie próbując je zmusić, by wymówiły egzotyczne głoski. – Dla jakiegoś cesarza, sir. Ciekawe, prawda?

– Niezwykle – przytaknął cierpliwie Warde. – A co chiński cesarz w jadeitowym sarkofagu ma wspólnego z obecną tu ciałem, lecz już nie duchem panną Bothwick?

Zmarkotniała mina konstabla mówiła sama za siebie.

– Właśnie. Odłóżcie książkę tam, gdzie ją znaleźliście, i zajmijcie się śledztwem.

Nie zamierzał wyładowywać złości na młodym konstablu. Chciał jak najszybciej zakończyć wizytę w domu Pillingtona, a czekała go jeszcze rozmowa z lekarzem.

Doktor Wallace kiwnął głową na powitanie. Znali się z Warde'em od kilkunastu lat.

– Niewiele ci mogę teraz powiedzieć, Andrew – przyznał. – Wykrwawiła się na śmierć co najmniej trzy, cztery doby temu. Ktoś rozszarpał jej brzuch.

Inspektor wyjął z kieszeni ołówek i notatnik.

– Rozszarpał? A nie rozciął?

– Z pewnością rozszarpał. Wbił, a następnie gwałtownie wyszarpnął jakieś nietypowe, zakrzywione narzędzie.

– Może hak?... – zapytał Warde tak, by nikt poza doktorem nie usłyszał.

– Rzeźnicki? Możliwe. Czyżbyś już znalazł podejrzanego?

– Nie mam pewności. Coś jeszcze? – Ołówek w dłoni Warde'a zawisł tuż nad kartką.

– A, tak – zreflektował się doktor Wallace. – Nasz morderca zapewne liznął nieco anatomii. Całkiem sprawnie usunął *uterus* panny Bothwick.

– *Uterus*?...

– Macicę.

Warde zaklął w duchu. Bardzo szpetnie.

Tymczasem Brax szarpał się z wypaczonymi drzwiczkami gabloty i nie zauważył, że za jego plecami rozwija się cicha, ale gorąca dyskusja. Słysząc niespodziewany chrzęst, spojrzał pod nogi. Wokół leżały odłamki szkła. Schylił się, by pozbierać te największe. Ostre czubki i nierówne brzegi błyszczały w świetle lampy.

– A niech to!... – syknął konstabl. Wystarczył moment nieuwagi, zbyt mocno ściśnięte szkło przecięło skórę. Ciepła krew szybko wypełniła zagłębienie wewnątrz dłoni.

– Co wy tam wyprawiacie, Brax? – W głosie inspektora słychać było irytację.

– Nic takiego, sir. – Szybko wyciągnął z kieszeni chusteczkę i zawinął nią ranę.

– Zróbcie wreszcie coś pożytecznego. – Warde nakreślił parę słów w notatniku, wyrwał kartkę i wręczył konstablowi. – Noszenie listów nie sprawia wam większych trudności. Idźcie na posterunek i nadajcie telegram o tej treści do policji w Petersfield. Macie zdążyć przed świtem, rozumiecie?

– Tak jest, sir!

Wybiegając, Brax poślizgnął się na panu Harwoodzie, cześć jego pamięci.

Jak zwykle jesienią, nim nastał świt, cały Winchester tonął we mgle. Niestrudzony Brax biegł równym tempem. Bez wątpienia był w formie – ani na chwilę nie stracił oddechu, nie przystawał po drodze, by odpocząć. A może to surowe spojrzenie i nieznoszący sprzeciwu ton inspektora Warde'a dodawały mu skrzydeł? Tak czy inaczej, Brax biegł i z braku lepszej rozrywki dumał nad prowadzonym śledztwem. Raptem wpadł na pewną myśl i stanął jak wryty pośrodku jezdni.

Młoda kobieta zabita podczas aktu miłosnego, otwarty brzuch, brakujące organy... Fragmenty makabrycznej układanki błyskawicznie wskakiwały na swoje miejsce. Co prawda Londyn i Winchester dzieliła dość spora odległość, lecz oba miasta łączyła linia kolejowa. Morderca mógł bez problemu przyjechać, pozbawić ofiarę życia, okaleczyć i wrócić na swój teren.

Do Whitechapel.

Trzeba przesłuchać zawiadowców, dowiedzieć się, kto owej nocy, kiedy zginęła panna Bothwick, kupował bilet na pociąg do stolicy... Braxowi aż zakręciło się w głowie. Nie mógł w to uwierzyć, lecz fakty mówiły same za siebie. Ani chybi do Winchesteru zawitał Kuba Rozpruwacz.

Słysząc za plecami nadjeżdżającą dorożkę, konstabl wszedł na chodnik. Pot spływał mu po karku i wsiąkał w kołnierzyk, nogi stały się nagle dziwnie miękkie i drżące. Jak zahipnotyzowany słuchał coraz głośniejszego stukotu końskich kopyt i kół podskakujących na bruku. Poczuł jakiś nagły ruch za plecami. Odwrócił się – ale był sam. Zupełnie sam. Nikt nie błądził we mgle, chociaż miało już dnieć. Czemu wcześniej nie zauważył, że ulice, którymi biegł, świeciły pustkami? Rozglądał się zdezorientowany. Nie rozumiał, co widzi, zmęczone z niewyspania oczy płatały mu figle. Żelazne okucia gasnących latarni wiły się powoli, leniwie. Masywne kamienice, których szczyty ginęły gdzieś wysoko w gęstniejącej szarości, spoglądały na Braxa dziesiątkami okien o połyskujących groźnie szybach, jakby mrugały. Napisy na szyldach zlewały się w różnobarwną masę, przelewały z lewej na prawą, z góry na dół, wirowały szaleńczo. I to nieustanne, rytmiczne stukotanie...

Poczuł dziwny, pulsujący ból. Spojrzał ze zdziwieniem na zranioną dłoń. Plama na prowizorycznym opatrunku rosła z każdą sekundą, a gdy nie mógł już więcej chłonąć, krew zaczęła cieknąć między palcami, po nadgarstku, wsiąkała w mankiet koszuli, kapała na chodnik. Była wszędzie.

Minęła dłuższa chwila, zanim Brax uprzytomnił sobie, że zrobiło się cicho jak makiem zasiał. Podniósł głowę i ujrzał przed sobą dorożkę. Czarną, nieruchomą, lśniącą tysiącami kropel wody. Ogarnęła go fala obezwładniającego ciepła. Ani drgnął, gdy drzwiczki pojazdu uchyliły się bez szmeru i smukłe dłonie o zielonkawych, szklistych paznokciach wciągnęły bezwolnego konstabla w mrok.

Warde się mylił. Coś jednak łączyło jadeitowy sarkofag ze zmarłą Mabel Bothwick. Jak również z konstablem Tiltonem Braxem, którego okaleczone ciało znaleziono nad ranem ledwie dziesięć jardów od posterunku.

Miasto motyli i mgły

Motyle były trzy, uwięzione w pułapce bezbarwnego szkła. Ich rozpostarte szeroko, znieruchomiałe skrzydła tkwiły między nitami, zroszone wiosennym deszczem, który padał nieprzerwanie od paru dni. Strugi wody spływały po kopule witrażowego świetlika, zbierając się u jego nasady, a potem niespiesznie przelewały się i wsiąkały w mokrą ziemię. Ponad nimi kołysały się korony drzew, wciąż bezwstydnie nagie, lecz tak gęste, że ledwo przepuszczały światło dnia. Poniżej zaś, głęboko w ciemnościach, oczy jasne niczym lód płonęły żywym ogniem.

– Nie wychodził z domu od roztopów – wyszeptała kobieta, ostrożnie podkręcając płomień w lampie, by oświetliła wąski, lecz wysoki pokój. – Wpierw marudził, że mu nudno, i psocił, jakby złe w niego wstąpiło, a potem przygasł raptem...

Szpakowaty mężczyzna gestem nakazał jej, by umilkła. Przysiadłszy na skraju łóżka, rozsunął poły chłopięcej koszuli, odsłaniając wątłą pierś, która unosiła się i opadała spazmatycznie, z trudem, jakby przygnieciona niewidzialnym ciężarem.

– Rzęzi nieco, musi być już zaflegmiony... – wymruczał pod wąsem, z uwagą osłuchując chłopca. – Rozpalony cały, potami zlany... od dawna? – zwrócił się do kobiety.

– Od rana zaledwie – odparła pospiesznie, na poły usprawiedliwiająco.

– Kaszlał wtedy?

– Mało się nie udusił.

Rzut oka na rysujące się pod skórą żebra i lekko zapadnięte policzki wystarczył, by stwierdzić, że wraz z nadejściem choroby chłopiec stracił nie tylko zapał do psot.

– Pije chociaż?

Ponownie skinęła potakująco.

– No, choć tyle dobrego. – Okrył chłopca pierzyną. – Nic tu teraz po mnie, pani Corbeau. Zostawmy go, niech śpi dalej. – Zabrawszy lampę, opuścili pokój i wrócili wąskim korytarzem do salonu.

Siedzący przy kominku mężczyzna w czarnym surducie niespiesznie odłożył książkę i spojrzał na nich znad binokli. Przy każdym ruchu w okrągłych szkłach odbijał się blask ognia.

– I cóż pan powie, mistrzu Déchu? – zapytał, wskazując wolny fotel. – Jakaż to niemoc dosięgła go tym razem? – Dwa ostatnie słowa zawisły w powietrzu, napęczniałe pogardą.

Adalhard Déchu usiadł. Zmarszczywszy brwi, długo zastanawiał się nad odpowiedzią. Od przeszło roku bywał stałym gościem w domu państwa Corbeau. Nie było miesiąca, czasem nawet tygodnia, by ich starszy syn, szesnastoletni już Nathaniel, choć raz nie zjawił się w aptece z polecenia matki –

czy to po medykamenty dla młodszego brata, czy to z prośbą o wizytę. Mały Davyn co rusz zapadał na zdrowiu, raz lżej, raz ciężej, więcej czasu spędzając w pościeli niż na dziecięcych psotach, na które z wyraźną tęsknotą w głosie skarżyła się pani Corbeau. Kaszel i gorączka, która wyciskała siódme poty z wątłego ciała, męczyły go już wielokrotnie. Teraz jednak Déchu usłyszał w rwącym się oddechu chłopca coś więcej. Coś, czego nie powinno tam być.

Tymczasem pani Corbeau odstawiła lampę i zajęła miejsce tuż za mężem, w pokornym geście składając dłonie na wezgłowiu jego fotela. W milczeniu spoglądała na pogrążonego w myślach aptekarza. Czekała.

Pan Corbeau miał znacznie mniej cierpliwości.

– No? Cóż takiego sprawił sobie tym razem? Katar duszący? Piersiowy? Czy może dychawicę kurczową dla odmiany?

– W piersiach... – Déchu odchrząknął, bo nagła chrypka nie pozwalała mu mówić dalej. – W piersiach da się słyszeć szmery.

Delikatne dłonie pani Corbeau wpierw drgnęły, a potem wpiły się smukłymi palcami w wezgłowie. Nawet w panującym w salonie półmroku było widać, jak bardzo pobladła.

– Szmery? – powtórzyła. – Czy aby na pewno?...

– Niestety tak. – Nabrał powietrza, po czym wyrzucił z siebie jednym tchem: – Obawiam się, że to suchoty.

Pan Corbeau pokiwał głową, jakby właśnie tego się spodziewał. Jego żona zachwiała się i byłaby upadła, gdyby nie mężowski fotel, którego się trzymała.

– Czy on... czy... kiedy... – Nie była w stanie wydusić z siebie tego pytania, lecz Déchu zrozumiał. Wszyscy zawsze chcieli wiedzieć to samo.

– Bóg jeden wie, ile czasu mu zostało. Suchoty bywają okrutne, ale i miłosierne. Przy odpowiedniej diecie, medykamentach i środkach ostrożności Davyn może mieć przed sobą równie dobrze rok, jak i nawet dwadzieścia lat życia. Bez wątpienia czekają go dni raz lepsze, raz gorsze, obawiam się jednak, że w ostatecznym rozrachunku... – Pokręcił z rezygnacją głową. – W ostatecznym rozrachunku niewiele będę mógł dla niego zrobić. Nieść ulgę w najcięższych chwilach, nic ponadto.

– W ostatecznym rozrachunku, mistrzu Déchu – odparł chłodno pan Corbeau, sięgając z powrotem po książkę – wszyscy prędzej czy później staniemy u bram Miasta. Nic ponadto.

Aptekarz zdrętwiał, gdy po chwili dotarło do niego, co te słowa mogły oznaczać dla chorego chłopca. Zerknął na pobladłą panią Corbeau. Nie rzekła nawet słowa, tylko niemal niezauważenie pokręciła głową.

– Davyn ma dopiero pięć lat – odpowiedział, choć czuł, że niewiele tu wskóra. – Pan chyba nie zamierza tak po prostu...

– Bóg dał, to i Bóg zabierze – przerwał mu nadspodziewanie ostro pan Corbeau. – Nie nam to roztrząsać. Niech pan robi, co do pana należy, lecz nic ponadto. Niech ręka boska, mistrzu Déchu, ręka boska płomienista niech pana broni przed bluźnierstwem.

Po tych słowach otworzył książkę i jak gdyby nigdy nic na powrót zagłębił się w lekturze. Rozmowę uznał za zakończoną.

– Proszę wybaczyć mężowi – wyszeptała pani Corbeau, gdy wspinała się stromymi schodami, odprowadzając aptekarza do wyjścia. – Jest... – zawahała się, niezdolna znaleźć słowa pozbawionego wyrzutu, łagodniejszego niż to, które samo cisnęło się na usta.

Zelotą.

Nie musiała niczego wyjaśniać. Z racji swego zawodu mistrz Déchu znał aż za dobrze ludzi takich jak pan Corbeau – ortodoksyjnych wyznawców jedynego Boga, geniusza śmierci, czczonego ogniem i krwią. Niektórzy zeloci odmawiali przyjmowania jakichkolwiek medykamentów, przeświadczeni, że nawet zwykłe zioła na niestrawność albo dobry sen zamkną im przed nosem bramy Miasta, odbiorą nadzieję na życie wieczne. Nic dla ciała, bez względu na to, czy dręczył je zwykły katar, czy toczyła ciężka choroba. Wszystko z ducha, dla ducha i przez ducha. Zdarzali się i tacy, którzy z boskim imieniem na ustach próbowali podpalać apteki, samych aptekarzy oskarżając o bluźnierstwo i domagając się dla nich kary ostatecznej. Na szczęście pan Corbeau, choć otwarcie i z dumą głosił się zelotą, nigdy nie posunął się tak daleko. Poprzestał na oschłej obojętności wpierw wobec nieustających chorób, teraz zaś wobec groźby śmierci, która zawisła nad jego synem. Śmierci zbyt rychłej – i zbyt powolnej zarazem. Jakby był pewien, że warto, że tym cierpieniem Davyn zapewni sobie wieczność u boku samego Boga.

Déchu poczuł, że bezwiednie zaciska zęby. Wszystko w swoim czasie – tak przecież powinno być. Nie nazbyt wcześnie, nie nazbyt późno. Nigdy, przenigdy, a pracował jako aptekarz już blisko trzydzieści lat, nie wystąpił przeciwko woli Boga. W obliczu nieuchronnej śmierci zawsze się wycofywał, poprzestając na niesieniu ulgi, by dać umierającemu szansę na godne wkroczenie w wieczność.

Ale Davyn miał tylko pięć lat.

A jego ojciec był...

– Człowiekiem głębokiej wiary? – W końcu zlitował się nad panią Corbeau, a ona z ulgą mu przytaknęła. Starała się zachować lojalność wobec męża, może ze strachu, a może z poczucia, że tak trzeba, nie inaczej.

– I bardzo zasadniczym – dodała. – Kocha chłopców, lecz ponad dbałość o ich ciała przedkłada troskę o ich wieczne dusze. Cóż, w ostatecznym rozrachunku...

Otworzyła ciężkie, wysokie skrzydło drzwi wejściowych, wpuszczając do kruchty blade światło dnia i zapach deszczu, który padał ustawicznie. Wiodąca do bramy ścieżka zdążyła się przerodzić w labirynt kałuż i zdradziecko śliskiego bruku. Po drugiej stronie żeliwnego ogrodzenia, które otaczało kwaterę rodziny Corbeau, stanowczo odcinając ją od ulicy, wciąż czekała dorożka. Adalhard Déchu założył kapelusz, po czym spojrzał z troską na kobietę.

– Mimo wszystko proszę być dobrej myśli, pani Corbeau. Davyn musi teraz spać, odpoczywać jak najwięcej. Cisza, spokój, ciepło... tego mu trzeba. Na miazmaty najlepszy będzie dym jałowcowy, na kaszel zaś napar z pierwiosnka. Jeszcze dziś, przed zmierzchem, proszę przysłać do mnie Nathaniela, przygotuję co trzeba. Nie karmić na siłę, lecz poić, pani Corbeau, proszę poić Davyna jak najczęściej. Im bardziej będzie się pocił, tym szybciej dojdzie do siebie. Za dzień, dwa gorączka spadnie, apetyt powróci – aptekarz uniósł palec – a wtedy karmić mało, acz sycąco. I proszę się nie zamartwiać na zapas, pani Corbeau. Nasz mały Davyn wróci do pełni sił.

Uśmiechnęła się blado.

– Tym razem.

Zawahał się. Jakże inaczej te słowa brzmiały w jej ustach, bez ciężaru bezgranicznej pogardy, której nie potrafił sobie odmówić pan Corbeau.

– Tak. Tym razem. I oby na tym jednym razie nie poprzestał.

Uchylił kapelusza na pożegnanie i szybko wsiadł do dorożki, kryjąc się przed deszczem, ta zaś natychmiast ruszyła. Drżąc z zimna, pani Corbeau patrzyła, jak mistrz Déchu odjeżdża w stronę odległej trzynastej dzielnicy, gdzie mieściła się jego apteka.

Trzy sążnie niżej, głęboko w ciemnościach podziemnej kwatery, przygnieciony ciężarem pierzyny Davyn dygotał, nie mogąc oderwać wzroku od świetlika zdobionego witrażem z motylami. Przejmujący krzyk dusił go i dławił, nie zdołał jednak przedrzeć się przez ściśnięte śmiertelnym strachem gardło.

Motyle były trzy, uwięzione w pułapce bezbarwnego szkła. Ich znieruchomiałe między nitami witraża skrzydła trzepotały, rozpaczliwie usiłując się uwolnić.

Pręty żeliwnego ogrodzenia wciąż były mokre od porannej rosy. Davyn bez zastanowienia wytarł najpierw jedną, a potem drugą dłoń o spodnie. Niewiele brakowało, by ześlizgnął się przy tym z murku, na którym stał, balansując na czubkach palców.

– Uważaj, bo spadniesz i rozkwasisz sobie kinol. – W głosie Nathaniela nie było ani cienia troski o fizjonomię młodszego brata, jedynie znudzenie przedłużającym się czekaniem.

– Nie spadnę. I sam jesteś kinol – dodał chłopiec wyzywająco.

Nathaniel wzruszył ramionami i już nic więcej nie powiedział.

Zadowolony z rezultatów własnej śmiałości Davyn na wszelki wypadek chwycił się mocniej prętów, po czym spojrzał za siebie.

Mgła była wszędzie – rozpływała się po trawniku, dopiero co przystrzyżonym po raz pierwszy tej wiosny, wiła wężowymi splotami wokół pni dwóch potężnych buków, które rosły po obu stronach ścieżki, muskała chłodne, tu i ówdzie nieco omszałe mury naziemnej krypty. Strzelista, choć wysoka na zaledwie dwa sążnie budowla wydawała się w niej zapadać, rozpuszczać od nasady. Ścianę frontową, która wychodziła na cichą miejską aleję, niemal w całości zajmowały ostrołukowe drzwi, zwieńczone płaskorzeźbionymi rozetami nad każdym z ciężkich skrzydeł oraz prostą inskrypcją. Davyn nie umiał jeszcze czytać, wiedział jednak, że wdzięczne litery układają się w nazwisko jego rodziny – CORBEAU.

Na trzech niskich, śliskich stopniach prowadzących do wejścia przysiadł Nathaniel. Mgła to podpełzała do jego stóp, to odpływała leniwie, bez pośpiechu, lecz nieustępliwie, jak gdyby czyhała na właściwy moment, by minąć zamyślonego chłopca i wsunąć wężowe pasma aż do samego serca domu. Nathaniel zdawał się tego nie zauważać, pochłonięty coraz bardziej nerwowym obracaniem czapki w dłoniach. Chłodny wiatr mógł do woli mierzwić jego gęste, czarne włosy.

Davyn zerknął w dół. Języki mgły lizały murek, na którym stał, niewiele brakowało, ażeby go dosięgły... zakosztowały. To mu się nie podobało, wcale a wcale. Poczuł, że chłodny pot perli mu się na karku, tuż nad linią wykrochmalonego kołnierzyka.

– Idź sobie, głupia – mruknął i spróbował się wspiąć jeszcze wyżej na palce. Fragmenty ukruszonej krawędzi murku zachrzęściły mu pod podeszwami.

W odpowiedzi mgła drgnęła, posykując niecierpliwie.

Zacisnął kurczowo palce na żeliwnych prętach, aż z wysiłku pobielały mu knykcie. Krople wody z ogrodzenia w okamgnieniu wsiąkły w materiał chłopięcego surducika.

Nathaniel wymownie przewrócił oczyma.

– Złaź stamtąd, słyszysz? – fuknął, zatroskany raczej o własną skórę niż Davyna. Nie miał żadnych wątpliwości, kto dostanie po uszach, jeśli ten szczeniak spadnie i choćby obetrze sobie kolano, nie mówiąc już o podartych portkach. – Po coś w ogóle tam właził? No złaź, ale już! Bo cię sam ściągnę, a wtedy zobaczysz! – I jakby na dowód, że mówi zupełnie poważnie, wstał i buńczucznym gestem wcisnął czapkę na głowę.

Niewiele robiąc sobie z gróźb starszego brata, Davyn pokazał mu język, po czym jak gdyby nigdy nic wrócił do obserwowania mgły. Miał wrażenie, że lada chwila ta miękka, bezszelestna biel otuli go wężowymi splotami i pochłonie, wciągnie w równie miękką, bezszelestną toń. Wystarczyło puścić pręty i się pochylić, tylko trochę, troszeczkę, zaledwie musnąć stopą falującą łagodnie powierzchnię…

Jakby czytając w rozgorączkowanych myślach chłopca, mgła zawirowała, wydając z siebie ni to przeciągły syk, ni to przejmujący szept.

Czekała.

Już tak niewiele brakowało.

– …czy nie? Ej, mały! Słyszysz, co do ciebie mówię?

Davyn ze świstem wypuścił powietrze.

– Czy… czy we mgle można się utopić? – zapytał brata, wciąż balansując na czubkach palców.

– Nie, nie można. Zleziesz stamtąd wreszcie?

– A co można?

– Nic! – odwarknął Nathaniel. Zajrzał do wnętrza krypty i przez chwilę nasłuchiwał. Powinni byli wyruszyć między mury dobrą godzinę temu, jednak wyszykowanie tego wiecznie zasmarkanego chuchra, które z konieczności nazywał bratem, do pierwszego od miesiąca wyjścia z domu przedłużało się w nieskończoność. Najpierw matka namyślała się długo nad każdym elementem garderoby młodszego syna, począwszy od skarpet, a na czapce skończywszy. Sam wybór odpowiednich bucików – cieplejszych, z cholewką, lub lżejszych, lecz łatwiejszych do przemoczenia – sprawił jej nie lada kłopot. Gdy już w końcu się z nim uporała, stanęła przed kolejnym dylematem. Czy Davyn był gotów na pieszą wędrówkę przez całą dzielnicę, czy może powinni jednak zawezwać dorożkę? I jaką? Otwartą czy krytą, żeby go przypadkiem nie zawiało?

Matka biła się z myślami, minuty mijały jedna za drugą i przeciągały się w kwadranse, a Nathaniel ledwo mógł usiedzieć w miejscu. W końcu, gotując się w środku ze złości, wybiegł przed kwaterę i zdjąwszy czapkę, usiadł na schodach, by wiatr ochłodził mu nieco gorącą głowę. To niesprawiedliwe. Niesprawiedliwe i już. Powinien był wyjść rano z ojcem i przez cały dzień pracować, jak zawsze, a nie robić za dzielnego pomocnika mamusi i pilnować smarkatego maminsynka. Tyle że dziś pan Corbeau zamiast do warsztatu udał się do Katedry na spotkanie z eloe – sam, gdyż uznał, że starszy syn będzie mu tylko przeszkadzał w rozmowie z najwyższą kapłanką. Na nic się zdały protesty i błagania Nathaniela, który oddałby wszystko, by choć raz stanąć przed jej obliczem. Miał zostać z matką, bez dyskusji.

To niesprawiedliwe.

– A jak się robi nic we mgle? – dopytywał dalej Davyn.

– Uszami.

Davyn roześmiał się w głos.

– Ale z ciebie głupek!

Naburmuszoną twarz Nathaniela wykrzywił złośliwy uśmieszek.

– A z ciebie pomyleniec.

– Wcale że nie.

– Wcale że tak.

– Wcale że nie! – krzyknął histerycznie malec.

– Davyn!

W drzwiach stanęła matka, trzymając w dłoni złożoną parasolkę. Zmarszczyła brwi i spojrzała najpierw na młodszego, potem na starszego syna.

– Kto to widział tak się przekrzykiwać? Nie wstyd wam? – skarciła ich łagodnie. – Davyn, dziecko, zejdź stamtąd. Gdzie masz czapkę? – Zamknąwszy drzwi na klucz, nakazała Nathanielowi, by zawołał dorożkę, sama zaś podniosła porzuconą u stóp murku czapkę i otrzepała z kurzu. Skryte pod jej ciemnozieloną suknią halki szeleściły cicho przy każdym ruchu. Pieszczotliwie wygładziła czarne kędziory Davyna. – Czapka ma być na głowie, nie na ziemi. A ty, młody człowieku, masz słuchać brata pod nieobecność ojca i moją.

– Kiedy on się przezywa! – zaprotestował malec, wciąż kurczowo uwieszony ogrodzenia. Jego wielkie oczy lśniły, a bladą, delikatną twarzyczkę zrosił lekko pot.

– Nie masz ty aby gorączki?... – Pani Corbeau szybko ściągnęła rękawiczkę i przytknęła wierzch dłoni do chłopięcego czoła. Poczuła uspokajający chłód, nałożyła więc Davynowi czapkę i z łagodnym uśmiechem spojrzała prosto w jego jasnoniebieskie oczy. – Na głowie, młody człowieku. Na głowie. Żeby ci umysł nie zwietrzał przedwcześnie. – Naciągnęła z powrotem rękawiczkę i rozkładając parasolkę, statecznym krokiem ruszyła w stronę bramy. – A teraz chodźmy, mamy wiele sprawunków do załatwienia.

– Ale... ale Nathaniel powiedział, że się robi nic – bąknął Davyn pod nosem.

– Jakie znowu nic? – Przystanęła.

– No uszami. We mgle! – wyjaśnił chłopiec z pełną powagą swoich pięciu lat, widząc, że matka nic a nic nie rozumie.

Pani Corbeau zdołała się nie roześmiać.

– W takim razie nie masz się czym niepokoić. O tej godzinie mgły już nigdzie w całym mieście nie uświadczysz, twoje bezcenne uszy są zatem bezpieczne. A teraz chodźmy. Nathaniel sprowadził już dorożkę – dodała i obejrzała się przez ramię, czy Davyn posłusznie podąża za nią.

Chciał zawołać, by go nie zostawiała, lecz słowa uwięzły mu w gardle, spojrzał więc tylko bezradnie na bezszelestną, żarłoczną biel, która rozciągała się u jego stóp, tak przeraźliwie prawdziwa. Spokojna do tej pory mgła zawirowała nagle, uciekając w popłochu przed szelestem sukien pani Corbeau i odsłaniając wiosenną zieleń trawnika. Zanim zdążyła przypełznąć z powrotem i wysunąć łapczywie macki, Davyn był już bezpieczny po drugiej stronie ogrodzenia, a żeliwna brama zamknęła się za nim z cichym, mokrym zgrzytem.

– Nie ma dnia, mistrzu Déchu, choćby jednego dnia bez niepokoju. – W głosie pani Corbeau znać było spokojną rezygnację. – Bezustannie śledzę go wzrokiem, co chwila sprawdzam jak opętana, czy się aby nie zgrzał, nie zadyszał, czy mu nie zimno, nie duszno... Każdy rumieniec na jego policzkach zaraz napawa mnie lękiem. Zamiast zwyczajnie cieszyć, jak każdą matkę, nasuwa tę natrętną, nieznośną myśl o chorobie. I tak dzień za dniem, mistrzu Déchu, bez chwili wytchnienia. – Zaśmiała się perlistym półgłosem. – Mistrzu, czy to już obłęd?

– Skądże znowu. Zwyczajnie troszczy się pani o niego.

– Nadmiernie.

Déchu miał już na końcu języka pytanie, czy to jej własne słowa, czy też wielce szanownego pana Corbeau. Nie musiał go jednak zadawać. Odpowiedź, bardziej niż jasną, odczytał z bezbarwnych oczu kobiety.

– Ale też nie bez powodu, szanowna pani Corbeau. – Aptekarz wprawnym ruchem napełnił karmelkami leżącą na jednej szali papierową tutkę, na drugiej zaś ustawił odważniki. Języczek wagi pomknął wpierw w lewo, następnie w prawo, by po chwili wahania przystanąć wreszcie. – Pani troska, choć istotnie mogłaby się z pozoru wydawać przesadna, jest całkowicie zrozumiała... w tych okolicznościach. – Zawinął koniec tutki i odłożył ją na stół ekspedycyjny, gdzie już spoczywały pozostałe sprawunki pani Corbeau – rozmaite trociczki, emetyk w proszku i najlepsza w mieście tynktura do płukania zębów, z której słynęła apteka Adalharda Déchu. – Proszę bardzo, świeży zapas karmelków dla panicza Davyna, na wypadek kaszlu.

– Na wypadek kaszlu – powtórzyła z uśmiechem, rozdartym gdzieś między smutkiem a łagodnością. Wyciągnęła sakiewkę i odliczyła należność. – Nie takie łakocie powinnam mu kupować. – Jedna z drobniejszych monet wypadła jej z dłoni i potoczyła się po lśniącym blacie. Zakończyła wędrówkę, z brzękiem uderzając o drewniany pulpit, na którym spoczywała otwarta księga recepturowa. – Proszę nie brać tego do siebie, mistrzu Déchu – podjęła pani Corbeau – ale czasami patrzę na niego i daję się zwieść ułudzie, że to wszystko nieprawda, że pan... że pan się pomylił. Kiedy tu jechaliśmy, wprost nie mógł usiedzieć w miejscu. Wiercił się, bez przerwy pokazywał coś palcem i zadawał kolejne pytanie, zanim jeszcze zdążyłam odpowiedzieć na poprzednie. A ja patrzyłam na to roześmiane, pełne życia i ciekawości świata dziecko... i w głębi ducha przeklinałam pana, mistrzu Déchu. Pana, te pańskie napary, bańki, pigułki. I pana prawdę. Pewnego dnia ona mi go odbierze, mojego małego Davyna. Tak po prostu, na zawsze, kiedy tylko zechce, choćbym nie wiem jak bardzo ją przeklinała... – Odetchnęła głęboko, po czym dodała ciszej, lecz z większą goryczą: – Ją i Boga, który nas nią pokarał.

Déchu spojrzał za siebie. Kawałek dalej, w głębi apteki, przy stole recepturowym szczupły młodzieniec w fartuchu rozlewał kordiał do mniejszych szklanych flaszeczek. Był daleko, zbyt daleko, by słyszeć rozmowę, jaka toczyła się nieopodal wejścia.

Zbyt daleko, z pewnością, lecz Déchu wolał nie ryzykować.

– Gillet!

Młodzieniec uniósł głowę, niespiesznie, jakby nie do końca przekonany, czy aby na pewno musi.

– Przynieś z drogerii nieco sygnaturek, ale migiem!

– Powinny być jeszcze w szufladzie, mistrzu Déchu – odparł beznamiętnie pomocnik aptekarza, nie przerywając pracy.

– Chyba wyraziłem się jasno, czyż nie, Gillet?

– Tak, mistrzu.

Gdy młodzieniec zniknął za drzwiami, które wiodły do pomieszczeń na tyłach apteki, Adalhard Déchu odwrócił się z powrotem do kobiety.

– Proszę dobrze ważyć słowa, pani Corbeau – ostrzegł, patrząc na nią znad szkieł okularów. – Mój pomocnik ma zadatki na świetnego aptekarza, ale poglądy w pewnych kwestiach dalekie od moich. Za to bardzo bliskie pani mężowi.

Dopiero po chwili dotarło do niej, co miał na myśli.

– Zelota? – zdziwiła się. – Tutaj, w aptece?

Skinął powoli głową.

– Wbrew temu, co może się pani wydawać, nie jest to aż tak niespotykane i niedorzeczne. Wśród zelotów znajdą się tacy, którzy na widok aptekarza przechodzą na drugą stronę ulicy... w najlepszym razie, rzecz jasna... ale też i tacy, dość nieliczni, to prawda, którzy bezustanne patrzenie nam na ręce uważają za swój moralny obowiązek. Choćby sami mieli przy tym ubrudzić własne aż po łokcie. A Gillet... cóż. Muszę przyznać, że nigdy nie trafił mi się równie dobry pomocnik, a przez tę aptekę przewinęło ich się naprawdę wielu. Inteligentny, wprost pedantycznie dokładny... – Pokiwał głową. – Choć, przyznaję, ze światopoglądem nie do końca właściwym dla aptekarza. Jak dotąd nie zawiódł mnie jednak ani razu. Nigdy niczego nie zaniedbał, nikomu nie odmówił pomocy. Nie dał mi żadnych powodów, bym go odprawił, uczciwie, bez wyrzutów sumienia.

Ponad ramieniem zamyślonej pani Corbeau spojrzał na ulicę za oknem. Budynki w trzynastej dzielnicy, która ciągnęła się między zewnętrznym a wewnętrznym murem, jako jedyne w całym mieście, zamiast kryć się w głębi ziemi, wyrastały ponad jej powierzchnię. Niewiele, bo zaledwie na wysokość piętra, z rzadka zwieńczonego niewysokim stryszkiem. Wąskie okna z przydymionego szkła wpuszczały do środka światło na tyle słabe, by nie raziło i nie zniechęcało przyzwyczajonych do cienia i ciemności mieszkańców miasta, którzy załatwiali tu swoje sprawunki, lecz i na tyle mocne, by w rozmaitych składach i warsztatach, jakie się tu mieściły, można było pracować bez zapalania codziennie dziesiątek świec i lamp. Pod ziemią ciągnęły się wyłącznie magazyny. Fasady budynków, nie licząc okien, do złudzenia przypominały naziemne krypty, jakimi usiane było całe miasto – strzeliste, zdobione płaskorzeźbami, rozetami, kwiatonami i wimpergami, pięknymi w swej prostocie i lekkości. Brakowało tu jedynie drzew, bezradnych wobec wszechobecnego kamienia i bruku. Z tej przyczyny niemal wszyscy, którzy tu przybywali, musieli kryć się w zbawiennym cieniu własnych parasoli.

Niemal wszyscy – z wyjątkiem obojętnych na jego promienie wiecznych. Takich jak ten, który właśnie wyładowywał towar przed składem po drugiej stronie ulicy, obserwowany przez wyraźnie przejętego Davyna i jeszcze wyraźniej znudzonego Nathaniela.

Gdy pani Corbeau przyprowadziła synów do apteki, Adalhard Déchu najpierw zabrał młodszego na zaplecze i uważnie osłuchał. Skończywszy, zaraz wręczył mu słodki marcepan, by choć na chwilę przerwać potok pytań, jaki wprost się wylewał z zafascynowanego nowym miejscem dziecka, i móc spokojnie porozmawiać z jego matką.

– Wygląda na to, że szmery przycichły, a gorączka ustąpiła na dobre – oznajmił z zadowoleniem. – Najgorsze mamy za sobą.

Na drobnej twarzy pani Corbeau pojawił się blady rumieniec.

– Na pewien czas.

– Na pewien czas – przytaknął aptekarz.

– Mamo! Mamo, patrz! Mamo! – zapiszczał Davyn z nosem przyklejonym do szyby. – Patrz, jaki dziwny pan!

Przed składem naprzeciwko apteki zatrzymał się wóz wyładowany płóciennymi workami. Zsiadł z niego krępy mężczyzna w obwisłych spodniach i krótkiej kurtce, tu połatanej, tam przetartej, przyprószonej pyłem. Uchyliwszy czapki przed stojącym w drzwiach właścicielem składu, bez słowa zabrał się do rozładunku.

– Mamo, czemu ten pan jest taki brudny na buzi? – koniecznie chciał wiedzieć Davyn. – Mamo? Czy on się nie myje?

– Nie jest brudny, tylko ogorzały od słońca. To wieczny, paniczu Corbeau – wyjaśnił mistrz Déchu, podchodząc do okna. – Człowiek, który żyje za murami miasta.

– Morderca – rozległ się suchy, dotąd milczący głos. – Morderca, który żyje za murami miasta.

– Nathanielu! – Pani Corbeau spojrzała na syna z niemym wyrzutem.

Wzruszył ramionami.

– Przecież to prawda. – Wyzywająco uniósł podbródek.

– Prawda, na którą pięcioletni chłopiec nie jest jeszcze gotów. I jak widzę, jego szesnastoletni brat również!

Nathaniel otworzył usta, by zaprotestować, lecz ból i dziwna stanowczość w oczach matki na powrót mu je zamknęły. Zacisnął pięści i pokornie spuścił głowę.

Zaciekawiony wiecznym Davyn nie zauważył nawet ich krótkiego spięcia. Nie odrywając wzroku od dźwigającego worki mężczyzny, jadł słodki aptekarski marcepan, gdy przyszła mu do głowy pewna nieśmiała myśl.

– Mamo, mogę wyjść popatrzeć? Mamo?

W pierwszej chwili pani Corbeau chciała odmówić prośbie syna, zaraz jednak zmieniła zdanie. Skinęła na Nathaniela. Ten przewrócił oczyma, lecz w milczeniu wyszedł z malcem na ulicę, by matka i aptekarz mogli zamienić jeszcze kilka słów.

Siedzieli już na tym murku od kwadransa, przyglądając się wiecznemu – Davyn coraz bardziej rozpromieniony, a Nathaniel rozeźlony; aptekarz widział to jak na dłoni nawet z odległości dziesięciu sążni. Co chwilę rzucał kilka słów, wyraźnie ostrych, wymierzonych raczej w cały świat niż brata, choć może…

– Mistrzu Déchu?

– Tak?

– Sygnaturki, mistrzu Déchu – powtórzył cierpliwie pomocnik, podsuwając mu pudełko. – Te, o które mistrz prosił.

– A, tak. Dziękuję. Co to ja… – Odłożył sygnaturki na stół, po czym odruchowo przesunął dłońmi po kieszeniach surduta. Zerknął w stronę Gilleta, który wrócił do przelewania kordiału. – Szmery ucichły, gorączka ustąpiła, tak. Naprawdę, nie widzę żadnych powodów do niepokoju, szanowna pani Corbeau.

– Jest jeszcze coś, co mnie niepokoi. – Zmarszczyła lekko brwi, odnajdując właściwe wspomnienia. – Nie wiem, co się z nim dzieje, coś dziwnego w każdym razie. W jednej chwili zachowuje się normalnie, jak gdyby nigdy nic i… i nagle to nie jest to samo dziecko. Stoi jak zaklęty, blady, roztrzęsiony, nie piśnie nawet, tylko patrzy nie wiadomo na co tymi wielkimi, przerażonymi oczyma. A potem… potem po prostu ucieka.

Adalhard Déchu, pokiwawszy kilkakrotnie głową, podszedł do regału i wysunął jedną z rozlicznych szuflad, z której następnie wyjął butelkę z ciemnego szkła.

– Suchoty to choroba szczególna, pani Corbeau. – Wyciągnął szklaną zatyczkę. –Wywierają głęboki wpływ nie tylko na ciało, ale również na ducha. Na zachowanie, charakter… ba, po pewnym czasie potrafią wręcz całkowicie zmienić osobowość człowieka. – Starannie odlał nieco zawartości dużej butelki do mniejszej, po czym sięgnął po czystą sygnaturkę, bez przerwy mówiąc. – Wyostrzają zmysły do granic wytrzymałości, potęgują wrażliwość, zaburzają wewnętrzną równowagę. Proszę to sobie wyobrazić: niepokój na przemian z obezwładniającym spokojem, napady gniewu przeplatane stanem błogiej łagodności... – Wsunął węższą końcówkę zapisanej starannie sygnaturki do szyjki, po czym zatkał napełnioną butelkę korkiem. – I urojenia, szanowna pani Corbeau. Urojenia zrodzone w trawionym gorączką, rozszalałym umyśle.

– Czy to znaczy...

– To znaczy zaledwie tyle – aptekarz wszedł jej szybko w słowo – że trzeba mu pomóc ową równowagę odzyskać. – Przesunął zakorkowaną butelkę w stronę kobiety. – Dwadzieścia kropli, wyłącznie gdy zajdzie taka potrzeba. Nie więcej. Nie częściej. Mówię poważnie, pani Corbeau. Śmiertelnie poważnie – zdążył jeszcze powiedzieć.

Wtedy z ulicy dobiegł ich krzyk Nathaniela.

Trzęsło. To poczuł najpierw. A potem przejmujący, wszechogarniający chłód.

Zanim otworzył oczy, by ujrzeć nad sobą nieprzeniknioną ciemność, poczuł jeszcze, że coś kanciastego wbija mu się w bok. Bolało. Ostrożnie napiął mięśnie zdrętwiałych nóg, poruszył skostniałymi stopami, rozprostował zgrabiałe palce. Przesunął językiem po spierzchniętych wargach, lecz w ustach miał zbyt sucho, by to cokolwiek dało.

Wraz z powietrzem wciągał do nosa dziwne, nieznane zapachy. Nie mógł zebrać myśli. Ze wszystkich stron atakował go ogłuszający, przyprawiający o ból głowy turkot, rumor, przez który z ledwością przebijał się głos – to cichszy, to głośniejszy, to wyższy, to niższy.

Głos najwyraźniej śpiewał, Davyn nie potrafił jednak rozróżnić słów.

Mimo otępienia udało mu się namacać czapkę, leżała tuż obok. Zwinął ją i podłożył sobie pod głowę, kuląc się na szorstkich, gołych deskach.

Trzęsło. Nie zauważył nawet, gdy na powrót osunął się prosto w głębiny nieświadomości.

Obudził się w tym samym chłodzie – lecz już w bezruchu i ciszy. Jakiś nieznośny ciężar nie pozwalał mu głębiej odetchnąć, mącił myśli.

Pamiętał ulicę. Lekkie podmuchy wiatru na twarzy. Szelest rozlicznych sukni, rytmiczny turkot kół na bruku i głosy, wszędobylskie, nieznajome głosy, a wśród nich cichy, znajomy głos Nathaniela. I tego dziwnego pana, który w milczeniu nosił worek za workiem, jakby ważyły tyle co nic. Miał takie duże dłonie, całe w białych, połyskujących bliznach, Davyn specjalnie im się przyglądał, kiedy czekali na mamę. Były dużo większe od jego własnych i takie śmieszne, zbrązowiałe. Pan Déchu mówił, że to nie od brudu, tylko od słońca, choć Davyn nigdy takiego słońca, co by brązowiło, nie widział. A Nathaniel gadał i gadał bez przerwy, jakby go ktoś nakręcił.

I głowa. Głowę też pamiętał. Wystawała z muru, tuż nad wejściem, na jednym policzku śmiesznie porośnięta mchem, i wydawało się, że patrzy prosto na ulicę między apteką a składem, choć tak naprawdę nie mogła nic widzieć. Przecież nie miała oczu, tylko takie dwa gładkie, białawe kamyczki. Śmieszna. Jakby ktoś próbował wyleźć przez zbyt małą dziurę i utknął w niej na zawsze, nie mogąc się już wydostać w żadną stronę.

Zobaczył przez okno, że mama i pan Déchu rozmawiają z drugim aptekarzem, tym młodszym. Był chyba bardziej naburmuszony niż Nathaniel, tylko miał dużo jaśniejsze włosy. I taki ciemny fartuch, cały w plamach.

Potem znów spojrzał na człowieka z workami.

A potem jeszcze raz na głowę.

Niewidzące oczy patrzyły wprost na niego.

Nie, nie patrzyły. Nie mogły, przecież nie były prawdziwe. To tylko dwa gładkie kamyczki. Zwykłe kamyczki. Jak paciorki w maminym naszyjniku, ale większe i bez dziurki.

Znieruchomiałe usta drgnęły i wykrzywiły się w grymasie, obnażając dwa rzędy ostrych, lśniących kłów, po czym rozwarły się szeroko w niemym wrzasku.

Davyn usłyszał go doskonale.

Słyszał go cały czas, choć biegł ile sił w nogach, potrącając ludzi, którzy spokojnie szli ulicą. I chyba słyszał też jakieś inne krzyki, tyle że coraz cichsze, coraz dalsze. Ale wrzask nie milknął, dlatego Davyn wciąż biegł i biegł.

Schował się w końcu – to też pamiętał. Skręcił na oślep w jakiś zaułek i zobaczył załadowany wóz. Wspiął się na niego, wczołgał pod plandekę i ukrył w błogosławionym mroku między skrzynkami, gdzie dygotał z przerażenia i dyszał ciężko. Właśnie tu teraz leżał, zziębnięty i rozpalony jednocześnie.

I wciąż słyszał ten śpiewający głos. Gdzieś blisko.

Coraz bliżej.

Łopot zrywanej plandeki eksplodował tętniącym, oślepiającym bólem w głowie Davyna, zanim ten zdążył zakryć uszy. Chłopiec załkał i zacisnął powieki. Na nic więcej nie starczyło mu sił.

Głos gwizdnął przeciągle.

– I cóż ja tu widzę? No, no. Mieszczuszek, no proszę, proszę...

Zaszurały odsuwane skrzynki i wozem lekko zakołysało, gdy nieznajomy wspiął się po szczeblach i przyklęknął przy zwiniętym w kłębek chłopcu.

– A skądżeś ty się tu wziął, robaczku, co? – Szorstka dłoń niezdarnie pogładziła go po czole. – Oj, jakiś ty rozpalony, chudziaczku... jaki bledziuchny...

Trzęsąc się z zimna i strachu, Davyn rozchylił powieki. Tuż nad sobą ujrzał brzydką twarz łysiejącego mężczyzny o haczykowatym nosie, na którym chwiały się krzywe okulary. Zza szkieł spoglądały na chłopca przekrwione oczy. Obwisłe, niezdrowo żółtawe policzki były upstrzone mnóstwem drobnych, brązowawych plam, czoło zaś znaczyły głębokie bruzdy.

– Już, robaczku, już – wymruczał obcy, jedną rękę wsuwając pod łopatki chłopca, drugą zaś pod kolana. Podniósł go bez większego wysiłku. – Chudzina taka, biedny, biedny, rozpalony robaczek...

Tętniąca bólem głowa ciążyła, więc Davyn pozwolił jej opaść do tyłu, tym samym wystawiając zroszone potem czoło na powiew chłodnego wiatru.

I westchnął.

Wysoko, setki sążni ponad nim, rozciągał się bezkres nocnego nieba, usiany nieprzebranym mrowiem srebrzystych iskier. Gwiazdy. Davyn nigdy nie widział gwiazd, znał je wyłącznie z opowieści, którą czasem czytała mu mama, opowieści o wiecznym Mieście nad obłokami, Mieście od zmierzchu do świtu. Lecz oto były – tak prawdziwe i piękne. Wydawało się, że wystarczy dobrze wyciągnąć rękę, by pochwycić ich pełną garść, a potem patrzeć, jak migocą na otwartej dłoni, skrzą się jak ogień, jak lód. Wystarczy wyciągnąć rękę... Tylko że ręka Davyna nie chciała się wyciągnąć, choćby nie wiadomo jak się wytężał. Zamiast tego zwisała bezwładnie, cięższa niż ołów, cięższa niż powieki, które nieuchronnie zamykało zmęczenie, choć Davyn chciał jeszcze patrzeć, patrzeć i chłonąć ten oszałamiający, nieznany dotąd cud. Bo nad nim nie było nic, jedynie ciemny nieboskłon i gwiazdy. I nigdzie ani śladu potężnych drzew, które przesłoniłyby ten widok, by zachować go tylko dla siebie.

A potem wszystko zadrgało spazmatycznie i zniknęło.

Mężczyzna pewnie zeskoczył z wozu z Davynem w objęciach.

– Już, już, robaczku, spokojnie – powtarzał, kołysząc ciałem chłopca w takt własnych pospiesznych kroków. – Stary wujcio Trouchet zaraz się tobą zajmie, dobrze zajmie, tak, zajmie jak najlepiej...

Wóz stał w wąskim zaułku między niskimi naziemnymi kryptami, których zarys majaczył na tle nieba. Było w nich coś dziwnego, lecz Davyn nie zdążył im się lepiej przyjrzeć, gdyż mężczyzna, pchnąwszy barkiem drzwi, prędko wniósł go do jednej z nich.

W środku migotała lampa, rzucając krąg słabego światła na zagracony stół i parę zdezelowanych krzeseł. Trouchet, jak o sobie mówił, usadził tam chłopca.

– Już, robaczku, poczekaj no chwilę, zaraz coś poradzimy na tę rozpaloną głowę – wymruczał, po czym z cichym stęknięciem uniósł klapę w podłodze. Chwycił lampę i zawiesił nad prowadzącymi w dół stopniami. Następnie z powrotem wziął półprzytomnego dzieciaka na ręce i powoli, patrząc pod nogi, zniósł go pod ziemię.

– Tu ci będzie dobrze, robaczku. – Davyn poczuł, że silne ręce kładą go na łóżku, nie tak miękkim i pachnącym jak jego własne, lecz przyjemnie ciepłym, zdejmują mu czapkę, surducik i buty i wreszcie okrywają szorstkim kocem. Po chwili zapłonęła druga lampa, lecz nawet jej światło nie rozproszyło wszędobylskich cieni. – Daleko cię poniosło, daleko od domu, co? Pewnikiem mamunia się teraz niepokoi o swojego robaczka, tak, tak... – Położył dłoń na jego czole, potem przytknął ucho do piersi i przez chwilę nasłuchiwał. Mruknął coś pod nosem, odchrząknął. – Niepokoi się, tak... I cóż by tu z tobą począć? – Zniknął gdzieś za granicą światła i cienia. Coś brzęknęło raz czy drugi w dalekim kącie. – Nie, to nie to, nie to... O, to się nada, tak... No, jak tam, robaczku? – Znów pochylił się nad chłopcem, bacznie przyglądając się mokrej od potu twarzyczce i płonącym niebieskim oczom, jasnym niczym lód, a następnie odchylił brzeg koca i chwycił drobną dłoń, zbyt drobną nawet jak na pięciolatka. – Nie bój nic, zaraz coś poradzimy na to całe zło, nie bój, nie bój się nic a nic.

Całkowicie obezwładniony tętniącym bólem Davyn nie poczuł drobnego ukłucia po wewnętrznej stronie nadgarstka. Patrzył tylko błagalnie w uśmiechnięte oczy Troucheta, usiłując wydobyć głos z wyschniętego na wiór gardła.

– Tak, właśnie tak. – Mężczyzna bezustannie kiwał głową jak nakręcony. – Spokojnie, robaczku, wszystko będzie dobrze...

Powoli po ciele Davyna zaczęło rozlewać się ciepło – nie znana mu dobrze, otumaniająca gorączka, lecz zupełnie obce, błogie, kojące ciepło. Duszący ciężar w piersi zelżał nieco. Chłopiec westchnął z ulgą.

– Tak, właśnie tak... – usłyszał jeszcze cichnący szept.

Oddech za oddechem osuwał się prosto w kojącą nieświadomość, rozluźniony, spokojny, bezpieczny.

A tam czekała już śmierć. I gwiazdy. Mrowie srebrzystych gwiazd.

– O świcie zaczęliśmy przeszukiwać każdą dzielnicę, kwatera po kwaterze. Jak dotąd nigdzie nie znaleźliśmy ciała, pani Corbeau. W tych okolicznościach należy to uznać za dobrą wiadomość.

– Ciała?... Jak... jak to – ciała?... – Przez chwilę patrzyła w niewzruszone oczy Kruka. Dopiero po chwili pojęła, co miał na myśli, choć wcale tego nie chciała.

Jeśli Davyn błąkał się nocą po mieście, nie miał prawa przeżyć. Lemury – dusze zmarłych, którym nie było dane przekroczyć bram Miasta – nie znały litości dla żywych. Nawet dla dziecka.

Przytłoczona tą myślą, opadła na fotel, w którym spędziła bezsenną noc, czekając na pierwsze promienie słońca i przybycie Kruków z Davynem – lub przynajmniej wieścią o nim. Jej ciemne włosy, zwykle starannie zaczesane i upięte w gładki kok, potarganymi pasmami wymykały się teraz spomiędzy niewidocznych szpilek.

Kruk, odziany w matową czerń, zdawał się stapiać z panującym w pomieszczeniu półmrokiem, górować nad państwem Corbeau, jak gdyby rozpościerał ponad ich głowami prawdziwe krucze skrzydła. Odczekał chwilę, po czym mówił dalej.

– Niestety, nikt nie przyprowadził go ani do państwa, ani do nas, do Katedry, choć dochodzi już południe...

– On jest chory – weszła mu w słowo, a jej zmęczone oczy zalśniły nagle, jakby dostrzegła w oddali światełko nadziei. – Przecież wiecie, że mój syn jest... poważnie... śmiertelnie chory. Może leży w łóżku jakiegoś dobrego człowieka, nieprzytomny z gorączki? Może najzwyczajniej w świecie nie jest w stanie powiedzieć, że się zgubił!?

– Pani Corbeau, pani syn zaginął wczoraj w południe, po dwakroć dwanaście godzin temu. Wieści o nim zdążyły się rozejść po całym mieście – odrzekł Kruk wyzutym z emocji głosem. – Mimo to, rzecz jasna, wciąż liczymy, że ktoś się do nas zgłosi. Ktoś, kto go widział lub udzielił mu schronienia. Biorąc jednak pod uwagę, w której dzielnicy zniknął chłopiec, musimy przyjąć też drugą wersję wydarzeń, przynajmniej na pewien czas.

– Jaką?

– Że jakimś sposobem pani syn znalazł się poza murami.

– A czy to coś zmienia?

– Niestety tak.

Znów nie rozumiała. Spojrzała z rozpaczą na męża.

Pan Corbeau, dotąd milczący, uśmiechnął się z goryczą.

– Zewnętrzny mur miasta wyznaczał do tej pory granicę poszukiwań – wyjaśnił sucho. – Jeśli Davyn ją przekroczył, teraz może być wszędzie. Cały i zdrowy albo... No cóż. Bóg dał, to i Bóg weźmie.

Kruk skinął nieznacznie głową.

– Bóg dał, Bóg weźmie – powtórzył za panem Corbeau. Stłumiony jęk jego żony puścił mimo uszu.

– Tam byli wieczni.

W wiodącym w głąb kwatery korytarzu stanął Nathaniel, zaciskając mocno pobladłe usta. Wciąż miał na sobie to samo ubranie co wczoraj, teraz już niemiłosiernie wymięte.

– Tam byli wieczni – powtórzył. – Jeden przed apteką mistrza Déchu i jeszcze paru przed innymi składami, kawałek dalej. Davyn chciał na niego popatrzeć. Nigdy wcześniej nie widział wiecznego.

Kruk delikatnie przechylił głowę i nie zdejmując wysokich rękawic, pod którymi skrywał łzy Boga, z leniwym zainteresowaniem spojrzał chłopakowi prosto w oczy.

Czytał go.

Nathaniel poczuł, że lodowata dłoń ściska go za serce, owija sobie duszę wokół palca, przebiera w jego myślach. Nie odwrócił jednak wzroku. Zresztą i tak nie byłby w stanie, nawet gdyby bardzo chciał.

A chciał. I to jeszcze bardziej.

– Wieczni, powiadasz. – Głos Kruka był głęboki, przyjemnie chłodny i nieznośnie zimny zarazem. Nie wiedzieć czemu, nasuwał Nathanielowi na myśl aksamit, z którego uszyto odświętną suknię jego matki.

Tę żegnalną.

– Davyn chciał popatrzeć – powtórzył. – Pani matka się zgodziła, więc wyszliśmy przed aptekę, do tego wiecznego…

– Słucham? – Twarz ojca wykrzywiła wzbierająca złość, gdy spojrzał wpierw na starszego syna, a potem na żonę, powoli podnosząc się z fotela. – Coś ty powiedział? – wycedził. – Matka pozwoliła moim synom zadawać się z wiecznymi? Z tymi… z tymi…

– Nie, ojcze, to nie tak…

– Milcz, Nathanielu!

– Panie Corbeau, proszę spocząć. – W głosie Kruka cicho zadźwięczała stal. Spod trójgraniastego kapelusza spoglądały roziskrzone, zielone oczy. Po pełnej napięcia chwili przesunęły się z ojca na syna, choć tym razem nie zamknęły go w lodowatym potrzasku. – Powiedz, paniczu Nathanielu, naprawdę w to wierzysz? Chcesz w to wierzyć?

Chłopak przełknął dławiący go strach. Wciąż czuł w sobie lód wewnętrznego wzroku Kruka.

– Oni... oni tam byli, oni na pewno... – wyrzucił szybko z siebie, lecz mężczyzna w czerni nie pozwolił mu dokończyć.

– Zastanów się dobrze, Nathanielu. Wieczny, który odważył się porwać dziecko z miasta, z pewnością na tym nie poprzestanie. Będzie szukał pomsty za to, co on uważa za własną krzywdę, my zaś za sprawiedliwą, zasłużoną karę. Wykorzysta pierwszą okazję, która się nadarzy. Pierwszą ofiarę. – Zdawał się nie słyszeć zdławionego płaczu pani Corbeau. – Naprawdę chcesz wierzyć, że właśnie taki los spotkał twojego pięcioletniego brata?

Przez chwilę Nathaniel bił się z myślami, aż wreszcie pokręcił głową.

Poprosiwszy ojca o pozwolenie, opuścił rodziców i gościa, by doprowadzić się do porządku. Poprzedniego dnia obiecał panu Déchu, że zajdzie przed zmierzchem do apteki, powiedzieć, jak się sprawy mają. Obmył twarz i szyję, zmienił koszulę, poskromił jak zawsze niesforne włosy.

Kiedy wrócił do salonu, Kruka już nie było, a matka siedziała w fotelu, milcząca, zapatrzona w ogień, trzymając się za palący upokorzeniem policzek.

Davyn wył, póki ból nie wydusił z niego ostatniego tchu i nie strącił w otchłań bez snów.

Obudził się mokry od potu i jeszcze czegoś, czegoś krzepnącego sztywnymi plamami na skórze i koszuli, cały roztrzęsiony, wyzuty z sił. Czuł tylko ból, ból i strach przed bólem. Jak przez gęstą mgłę zobaczył nad sobą zatroskaną twarz Troucheta.

– Oj, robaczku, robaczku... – Mężczyzna zacmokał kilkakrotnie, po czym otarł czoło chłopca czymś mokrym i chłodnym. – A już myślałem, że mi tu ducha wyzioniesz. Masz, chudziaczku ty, pij. – Przytknął mu do ust obtłuczony kubek i przechylił, zmuszając w ten sposób Davyna, by zaczął przełykać letni, słodkawy płyn. – Tak, tak, pij, robaczku, pij do dna. Musisz nabrać sił, żeby to wszystko mężnie znieść, musisz być dzielnym robaczkiem, tak, chudziutkim, bledziutkim robaczkiem...

Niekończący się szept Troucheta przetaczał się grzmotami w głowie Davyna.

– Ma... mamo... – pisnął żałościwie, kiedy z powrotem opadł na poduszkę.

– No proszę, proszę, robaczek już piszczy za mamunią. Dobrze, bardzo dobrze. – Trouchet zdjął krzywe okulary i przetarłszy je rąbkiem niezbyt czystej koszuli, z powrotem wcisnął na haczykowaty nos. Raz po raz zanosząc się krótkim, urywanym chichotem, sięgnął po dziwny, podłużny przedmiot z metalu, zakończony szpikulcem. Coś zachlupotało cichutko. – A mówiłem, mówiłem, że wujcio Trouchet dobrze się tobą zajmie. Mówiłem? No! Nim się obejrzysz, będzie już po wszystkim.

– Ja... ja chcę do mamy...

– A któż by nie chciał, robaczku? – Poklepał go po dłoni. – Któż by nie chciał? Nie ma jak u mamuni, tak... Sęk w tym, że prędzej czy później każdą mamunię szlag trafia, robaczku. A to przyplącze się choróbsko, a to jakieś inne nieszczęście, ot, chociażby taki pęknięty schodek u szczytu schodów. Wystarczy jedno nieostrożne stąpnięcie... Ale wtedy zlatują się te ptaszyska, przeklęte czarne ptaszyska, i nic nie mówią, tylko patrzą, świdrują cię tym lodowatym wzrokiem i dziobią, dziobią, aż wyciągną z ciebie caluteńką prawdę, ziarnko do ziarnka, robaczku, ziarnko do ziarnka... I nagle nie masz już mamuni, robaczku, już nie, bo mamunia skręciła kark, spadając z połamanego schodka, a te przeklęte ptaszyska zaciskają na tobie szpony i wloką jak ścierwo prosto do Katedry, do jej samiuśkiego serca, serduszka, gdzie nikt niczego nie zobaczy, niczego nie usłyszy i oddają tym… tym potworom, tym bezokim, niemym trupom na stracenie… – Drgnął, a przez jego pożółkłą twarz przemknął paroksyzm nieprzebranej rozpaczy. – Widziałeś kiedyś jednego z nich? Widziałeś kiedyś czerńca, robaczku? Nie, pewnie nie, niby czemu miałbyś widzieć… Już one potrafią zadbać, by nie została w tobie choćby iskierka człowieczeństwa, robaczku, o, tak, potrafią jak mało kto… – Spuścił wzrok i uśmiechnął się szeroko, tryumfalnie. – Ale to… – potrząsnął trzymanym w dłoni metalowym przedmiotem – to, robaczku, uratuje cię przed złymi czerńcami, wiesz? Ciebie i wszystkie małe robaczki z waszego pięknego miasta motyli i mgieł. I ich mamunie, rzecz jasna, zwłaszcza ich dobre, kochające mamunie. Ostatnim razem… Kiedy to było? Już ze trzy lata temu, patrz, robaczku, jak ten czas szybko leci… Ostatnim razem musiałem poprzestać na siódmej dawce, ale już wiem, że ty wytrzymasz więcej, znacznie więcej. Jest w tobie tyle śmierci… – Potrząsnął z niedowierzaniem głową, jakby właśnie otrzymał od losu piękny prezent, którego za nic się nie spodziewał. – Twoje chudziutkie, bledziuchne ciałko nie walczy, zwyczajnie się poddaje, to wprost cudowne! Na przemian płynna śmierć i płynne życie, śmierć i życie, a ono przyjmuje wszystko. Wszystko! Po czwartej dawce, robaczku, otóż po czwartej dawce zaczniemy zmieniać proporcje, najpierw życia, potem śmierci, naprzemiennie, aż w końcu… w końcu… – Uśmiechnął się szeroko, jeszcze raz klepiąc dłoń Davyna. – W końcu, robaczku, twoje chudziutkie, bledziuchne ciałko zapomni, co to śmierć. Uodporni się na nią jak skóra na promienie słońca, gdy zazna ich wystarczająco wiele.

No, to sobie pogadaliśmy tak od serca! – Trouchet przyjacielsko poklepał chłopca po ramieniu, po czym odwrócił jego przedramię, odsłaniając naznaczoną pierwszym ukłuciem wewnętrzną stronę nadgarstka, i uniósł tajemniczy przedmiot ze szpikulcem. – A teraz pora działać. Czuję, że tym razem się uda!

Do skołowaciałego umysłu Davyna z całej tej przemowy dotarło tylko jedno – to Trouchet zadał mu ten straszliwy ból. Nie dziwna choroba, o której mama tak często szeptała z mistrzem Déchu, tylko stary wujcio Trouchet, jego wybawca o pożółkłej twarzy w brązowe plamki i nosie jak haczyk. On mu go zadał. Tym czymś.

I zamierzał zadać raz jeszcze.

I jeszcze.

I jeszcze.

Szeroko rozwarte, lodowate oczy chłopca zapłonęły przerażeniem.

– Nie, proszę!

A potem odnalazły spojrzenie przekrwionych oczu Troucheta.

– Ja nie chcę!

Szpikulec zastygł tuż nad sinawą żyłą.

– C-c-co?...

– Ja nie chcę tego czegoś, ja... ja chcę do mamy! – zaskomlał Davyn. Wciąż patrzył mężczyźnie prosto w oczy, nie mogąc wydusić z siebie nic więcej, choć w głębi ducha darł się jak oszalały. – Do mamy!

Nieróbmitegonieróbmitegonieróbmitegonieróbmitegonieróbmitegonieróbmitego...

– C-c-co t-t-ty...

– Do mamy! Proszę, ja chcę do mamy!

Trouchet usiłował się poruszyć, wbić w końcu tę przeklętą kaniulę, powolutku wcisnąć tłok i patrzeć, jak płynna śmierć rozlewa się bólem po wymizerowanym, toczonym chorobą ciele, lecz ani drgnął pod hipnotycznym spojrzeniem lodowatych oczu, podczas gdy jego umysł nagle zapłonął wrzaskiem.

...nieróbmitegojachcędomamynieróbmidomamydomamydo-MAMYDOMAMY!!!

Upuścił metalową strzykawkę, gdy palce odmówiły mu posłuszeństwa, z nozdrzy zaś chlusnęła gorąca krew.

Nie, nie, nie, nie wierzył, że to robi, nie mógł tego robić, przecież nie mógł brać dzieciaka na ręce, nie mógł krok za krokiem wspinać się po stromych schodach, nie mógł podnosić klapy, nie mógł mamrotać nieustannie, krztusząc się własną krwią, własną krwią, własną, gorącą krwią:

– Nie, to się nie dzieje, to się nie dzieje, przecież to się nie może dziać...

DOMAMYDOMAMYDOMAMYDOMAMYDOMAMY-DOMAMYDOMAMYDOMAMY!!!

Nie, to się nie działo, to się nie działo, przecież to się nie mogło dziać.

A wrzask w jego głowie płonął i płonął, doprowadzał krew do wrzenia i ogarniał całe ciało, obracając w popiół każdą myśl, każdy oddech, każde uderzenie serca, aż nie wiedział już, co go oślepiło, światło dnia czy ten wrzask, bezlitosny, płomienisty wrzask. Nie widział chłopca, którego niósł, nie widział wiecznych, którzy za nim wołali, kiedy szedł przed siebie, ale rozpoznawał głosy.

Rozbawione. Zaniepokojone.

Przerażone.

– Co tam, Trouchet, od kogo tym razem dostałeś po mordzie?

– A co ty tam znowu taszczysz?

– Na Boga, czy to… czy to dziecko?
– Żywe dziecko!?
– Czyś ty rozum stracił, Trouchet!?
– Ściągniesz nam na głowy te przeklęte ptaszyska!
Przekrzykiwali się wzajemnie, na wszelki wypadek trzymając się od niego daleko, ciskając coraz cięższe oskarżenia, coraz bardziej przerażeni, choć żadne z nich nie czuło wrzasku, który go trawił, on jednak szedł dalej i miał dla nich tylko jedną odpowiedź:
– N-n-nie wiem, Boże, nie wiem, nie rozumiem, Boże, B-b-boże, n-n-nieee…
I wtedy płomienie ucichły, ciało w jego ramionach zwiotczało nieprzytomnie, a zakrwawiony, obłąkany z bólu Trouchet usłyszał to jedno, jedyne słowo, którego za nic w świecie nie chciał usłyszeć już nigdy więcej.
– Krukowie! Krukowie jadą!
Zawył.

„Miałem szczerą nadzieję, że ten dzieciak się mylił", pomyślał Garland, powolnym, wystudiowanym ruchem ściągając czarne rękawiczki, by odsłonić łzy Boga. Zatopione w skórze jego dłoni krople świętego ognia zalśniły w promieniach słońca.
„Naprawdę miałem".
Mimo to, gdy tylko opuścił kwaterę rodziny Corbeau, bezzwłocznie rozesłał ludzi, by przeszukali najbliższe wioski wiecznych. Po krótkim wahaniu sam stanął na czele jednej z grup. Dobrze wiedział, że nie usiedzi w miejscu, czekając na ich powrót. Nie znosił bezczynności i tego swędzącego uczucia, że rwący nurt wydarzeń przepływa gdzieś obok, a on słyszy jedynie niewyraźny huk wody w oddali. Musiał działać.

Pozostali Krukowie również wysiedli ze swych powozów. Żaden z nich nie spuszczał wzroku z zakrwawionego wiecznego z rozbitym nosem, w ogóle nie zwracając uwagi na pozostałych. Nie musieli. Nikt nie ośmieliłby się wystąpić przeciwko Krukom, nieważne, ilu ich było, dwóch czy dwunastu. A oni czekali cierpliwie.

– Trouchet, zgadza się?

Głos Garlanda był spokojny, niemalże przyjacielski.

– Popraw mnie, jeśli się mylę, Trouchet, ale ten chłopiec, którego z taką troską tulisz do piersi, plując na niego krwią, nie jest chyba wiecznym, prawda?

Czarny płaszcz powiewał lekko, gdy Garland nieśpiesznie zbliżał się do mężczyzny, nonszalanckim gestem uderzając rękawiczkami o wnętrze dłoni. W świetle słońca łzy Boga zapłonęły żywiej.

– Widzisz, tak sobie myślę, że to nie może być wieczny, bo przecież wśród was nie ma nawet jednego dziecka. Nie ma i nigdy nie było. Dobrze myślę, Trouchet? – Przystanął niespełna sążeń przed nim. – Tak, chyba dobrze. A zatem powiedz mi, jeśli łaska, co w twoich wiecznych ramionach robi, mam nadzieję wciąż żywe, śmiertelne dziecko z miasta? Co w nich robi zaginiony Davyn Corbeau?

Nie czekając na odpowiedź, której wcale nie potrzebował, wdarł się do rozszalałego umysłu Troucheta. Czytał go tak długo, wertując myśl za myślą niczym wolumin, aż w końcu poznał każdy, najmniejszy nawet szczegół minionych godzin.

– No proszę, proszę. Płynna śmierć, tak? Ciekawe. Bardzo. Bardzo ciekawe.

Ciepła strużka moczu spłynęła po nodze Troucheta, wielką plamą rozlewając się po spodniach.

– Jakże trafnie – skwitował sucho Garland. Wiedział już wszystko, poznał każde wspomnienie wiecznego. Widział przerażenie udręczonego dziecka, słyszał jego skomlenie, nieprzytomne błagania...

I dostrzegł tam jeszcze coś. Coś, czego – podobnie jak sparaliżowany strachem Trouchet – nie potrafił zrozumieć.

Garland nieznacznie zmarszczył brwi. Delikatnie wziął malca na ręce, oparł jego rozpaloną głowę na ramieniu i okrył go połą płaszcza, po czym zmrużył powieki.

– Masz moje słowo, Trouchet, że będziesz tego żałował do końca życia... – Uśmiechnął się zjadliwie. – Och, wybacz, gdzie ja mam głowę! Przecież ty jesteś wiecznym. Ty nie możesz umrzeć. – Zniżył głos do gardłowego, pulsującego wściekłością szeptu. – A zatem będziesz tego żałował bardzo, bardzo długo.

W pogrążonej we śnie kwaterze panowała głęboka, dzwoniąca w uszach cisza, którą przerywało jedynie stłumione, miarowe tykanie zegara w salonie. Przyjemnie chłodna pościel pachniała świeżością i goryczką ziół.

Davyn był w domu.

Przez dłuższą chwilę leżał w bezruchu, otulony kołdrą aż po same uszy, czekając, aż jego wzrok przyzwyczai się do wszechobecnej ciemności i zacznie z niej wyławiać znajome kontury. W końcu dostrzegł zarys górujących nad nim trzech regałów, między którymi stało łóżko, oraz lekko uchylonych drzwi na drugim końcu niewielkiego pokoju.

Tik-tak, tik-tak.

Pościel pachniała świeżością i goryczką ziół, a ciężki płaszcz Kruka – słodkawym dymem. Kiedy pędzili krytym powozem w stronę miasta, mężczyzna w czerni nie puścił chłopca ani na moment. Chyba nad czymś dumał w milczeniu, bo tak śmiesznie marszczył czoło i zagryzał dolną wargę, ciągle wyglądając przez okno. Ale Davyn, który od czasu do czasu zerkał na niego spod półprzymkniętych powiek, był przekonany, że Kruk, choć na coś patrzył, tak naprawdę niczego nie widział.

Na ich widok mama zaczęła płakać. Jeszcze długo nie mogła przestać, nawet gdy go kąpała i przebierała w czystą, bielusieńką koszulę, a potem później, kiedy pan Déchu przyszedł do Davyna, by go osłuchać, i dziwnie skrzeczącym głosem powiedział mu, że jest bardzo dzielnym młodzieńcem i to nic złego, że nic a nic nie pamięta, bo przecież nic się nie stało, to zwykła gorączka. Nathaniel, jak to Nathaniel, zajrzał do pokoiku, burknął coś pod nosem, nieporadnie zmierzwił wciąż mokre włosy brata i tyle go widzieli. A ojciec... ojca bez reszty pochłonęła cicha rozmowa z Krukiem, w ciemnym kącie, gdzie nikt ich nie mógł usłyszeć.

Syrop, którym napoiła go matka, był cudownie słodki i gęsty. Nim Davyn się spostrzegł, już odpływał do krainy spokojnych snów, czując na czole dotyk czułej dłoni i słysząc łagodny głos, nucący jego ulubioną kołysankę.

Gdy się obudził, był sam w ciemności swojego pokoju. Trochę dokuczała mu głowa, poza tym jednak czuł się całkiem dobrze. Tylko bardzo, ale to bardzo chciało mu się pić. Wygrzebał się spod ciężkiej kołdry i boso wyszedł na korytarz. Minął zamknięte drzwi pokoju Nathaniela, który przylegał do jego własnego, i sypialni rodziców naprzeciwko. Z każdym krokiem coraz wyraźniej słyszał tykanie zegara. Żar w kominku jeszcze nie wygasł i w salonie wciąż było przyjemnie ciepło. Trąc zaspane oczy, Davyn poczłapał dalej, do kuchni. Dzbanek z chłodnym kompotem stał tam gdzie zawsze, na kredensie, otoczony wianuszkiem cynowych kubków.

Wciąż mając w ustach mdławy smak jabłek, chłopiec powędrował z powrotem do łóżka. Lecz gdy szedł przez salon, wyraźnie poczuł na gołych łydkach powiew zimnego powietrza. Przystanąwszy, przez chwilę rozglądał się niepewnie, aż w końcu dostrzegł jego źródło. Drzwi wyjściowe były otwarte.

Wyjrzał ostrożnie na klatkę schodową. Z góry dobiegało smętne zawodzenie wiatru, ostatnie zaś widoczne z dołu stopnie muskało blade światło księżyca. A to oznaczało, że tamte drugie drzwi również nie zostały zamknięte. Niewiele myśląc, Davyn zaczął drapać się po krętych, stromych schodach. Serce dudniło mu miłym podnieceniem.

Świat na zewnątrz wyglądał zupełnie tak samo jak za dnia, a jednocześnie zupełnie inaczej. Wszystko było na swoim miejscu – ogrodzenie i aleja po jego drugiej stronie, rozłożyste drzewa, krypty sąsiadów – lecz całkowicie odmienione przez noc, która wyssała z nich wszelkie kolory aż do ostatniej kropli. Z rozdziawioną buzią chłopiec przystanął tuż przed progiem. Chłonąc nieznane widoki, namacał klamkę i zaczął ciągnąć ku sobie otwarte skrzydło drzwi. I wtedy usłyszał szelest.

Za bramą stała kobieta w budce i prostej sukni, zupełnie takiej, jaką na co dzień nosiła mama, i patrzyła z uśmiechem na bosego malca w białej koszulinie. Pomachała mu, a potem położyła palec na ustach.

– Lepiej wracaj do łóżka, szkrabie – usłyszał jej szept. – Noc nie jest dla żywych.

A gdy Davyn mrugnął, już jej nie było. Stropił się nieco, że nie zdążył odmachać, zaraz pomyślał jednak, że z samego rana zapyta mamę, gdzie ta pani mieszka. Mama na pewno to wiedziała.

Zaczął siąpić deszcz.

Przekręciwszy dwukrotnie klucz w zamku, Davyn wrócił na dół, po czym przymknął drugie drzwi, ostrożnie, by przypadkiem nie trzasnęły.

Za jego plecami coś zasyczało.

Odwrócił się w samą porę, by ujrzeć, jak zwinny, smukły cień przemyka po boazerii i wślizguje się przez uchylone drzwi prosto do sypialni rodziców.

Uchylone. Nie zamknięte, jak jeszcze przed paroma minutami. Przez szczelinę między odrzwiami a framugą na korytarz wymykała się struga nikłego światła.

– Ma... mamo? – Zadrżał ni to z zimna, ni to ze strachu. Do oczu napłynęły mu łzy. – Mamo? – zawołał, lecz i tym razem jego wołanie nie zmąciło nocnej ciszy. Nikt nie odpowiedział.

Postąpił krok, potem drugi, aż w końcu podszedł na tyle blisko, by rozchylić szerzej drzwi i zajrzeć do środka. W pierwszej chwili oślepił go blask pozostawionej na sekretarzyku lampy. Obok niej jak zawsze leżały kartki jasnożółtego papieru – zapisane, poskładane lub wciąż czyste i gładkie, przyciśnięte smukłym nożem o długim ostrzu, którym mama podważała pieczęci i rozcinała koperty. Davyn mrugał, póki mroczki nie ustąpiły, i spojrzał jeszcze raz.

Stwór przycupnął na wezgłowiu wielkiego łoża rodziców i patrzył na chłopca, jak gdyby czekał, aż ten do nich dołączy. Jego wężowate ciało wydawało się całkowicie nierealne, stworzone z cienia lub dymu. Kołysało się delikatnie, powoli rozkładając błoniaste skrzydła. Perłowe oczy zalśniły, gdy z paszczy wysunął się wąski, zwinny język.

Leżąca w łożu na wznak matka oddychała miarowo, spokojnie. Odwrócony do niej plecami ojciec chrapnął i dalej spał kamiennym, nieświadomym snem.

Cień syknął wyzywająco i nim oniemiały, bosonogi świadek jego śmiałości zdążył się spostrzec, on już zsunął się z wezgłowia, przemknął po pościeli i jednym zwinnym ruchem wślizgnął między wargi pani Corbeau.

Kobieta wierzgnęła i przebudziła się nagle. Chwyciła się za gardło, prostując i usiłując złapać oddech. Szarpała, drapała własne ciało i nocną koszulę, która je okrywała, charczała przeraźliwie, lecz cień bezlitośnie brnął dalej przed siebie. Davyn widział jak na dłoni każdy jego ruch, jego kontur przebijający się przez ciało i jasną skórę matki. A ojciec wciąż spał snem sprawiedliwego, jakby tuż obok niego, zaledwie na wyciągnięcie ręki, nic się nie działo, jakby jego żona nie walczyła o życie z wężowym stworem. W jej szeroko rozwartych oczach błysnęło śmiertelne przerażenie, kiedy cień dotarł aż do piersi.

Niewiele myśląc, Davyn chwycił z sekretarzyka smukły nóż i wbił go prosto w wijącego się stwora.

Mocno, aż po samą rękojeść.

W zamku tej nocy…

Noc zapadała powoli, lecz konsekwentnie, drocząc się z mieszczanami, którzy usiłowali przedłużyć agonię dnia mizernym światłem własnej produkcji. Początkowo nawet nieźle im szło i z okien kamienic spływał na ulice blask – tu mocniejszy, tam słabszy, ciepły lub zimny. Jednak z każdą godziną ogień w kominkach przemijał z dymem, knoty świec tonęły w stopionym wosku, a pozbawione paliwa lampy gasły. Światło, czy to dnia, czy to stworzone ludzką ręką, było bez szans, bo noc nie lubiła konkurencji.

Miała za to wielbicieli – może niezbyt licznych, może niezbyt rozmownych, za to wiernych aż po grób, czyli zwykle dość krótko. Pod jej osłoną przemykali mrocznymi zaułkami, czaili się po kątach, zakradali, śledzili wzajemnie, uciekali, chowali, gonili, cudem nie wpadając jeden na drugiego i od czasu do czasu wywijając piruety na niespodziankach natury fizjologicznej. Tylko noc wiedziała, jak tłoczno było po zmroku na stołecznych ulicach, często o wiele bardziej niż za dnia, choć z pewnością zdecydowanie ciszej, jeśli nie liczyć co poniektórych sypialni; wiedziała też, kto ma pieprzyk na udzie, a kto na pośladku, kto chrapie, a kto gada przez sen, kto znowu przepił wypłatę, a kto snuje się po domu, licząc setki baranów i innej rogacizny w nadziei, że to pomoże mu zasnąć. Noc była wszędzie i wszystko widziała – pijaczków, opryszków, morderców i kochanków.

Zwłaszcza kochanków – noc miała w sobie coś z podglądacza.

Jej uwadze nie umknął też pewien chmurny młodzieniec, który w strugach deszczu usiłował przeleźć przez trzecie ogrodzenie, nie robiąc przy tym za dużo hałasu. Trochę mu w tym przeszkadzała peleryna, gustowna i powiewająca niezwykle efektownie, acz w najmniej odpowiednich momentach, jak również oficerki, których podeszwy podkuto lepiej niż niejednego rumaka. W rezultacie jego walce z odzieniem, śliskim podłożem i ogólnie wrażą przestrzenią towarzyszyło nieustanne sapanie, trzask dartego materiału i huk obcasów na mokrym bruku. Element zaskoczenia już dawno wszyscy diabli wzięli, młodzieniec szedł jednak w zaparte. Peleryna poszła w strzępy, ubłocone oficerki straciły blask, lecz on gramolił się dalej, wiedziony ideą świątłą i wzniosłą, by wraz z wybiciem pełnej godziny stanąć u stóp murów – wysokich, posępnych i ani chybi zamkowych.

Idea nie lubiła sterczeć bezczynnie na deszczu, młodzieniec zaczął się więc wspinać, dygocząc z zimna, zmęczenia i zdenerwowania. Na szczęście, sądząc po liczbie płaskorzeźb przypadających na metr kwadratowy, architekt zrobił wszystko, by jak najbardziej ułatwić mu zadanie. W zasadzie wystarczyło chwycić się paru dogodnie rozmieszczonych kamiennych pnączy oraz kariatyd, zaokrąglonych tu i ówdzie w sam raz do wspinaczki, by wleźć na upragniony gzyms na pierwszym piętrze.

– Jam jest posąg człowieka na posągu świata – młodzieniec wyszeptał dramatycznie, na wpół zwisając z balustrady, po czym nieopatrznie zerknął w dół. – Ożeż ty, jak tu wysoko...

Drzwi balkonowe były równie otwarte na współpracę z intruzem jak elewacja. Niezauważony przez nikogo młodzieniec wślizgnął się do zamku, od stóp do głów odziany w czerń najczarniejszą z czarnych, choć nieco ubłoconą i potarganą. Miał też duszę na ramieniu oraz lśniący złowrogo nóż w garści.

Krok za krokiem, na paluszkach, jak na spiskowca przystało, przeszedł przez utopione w półmroku pomieszczenie, za jedyny drogowskaz mając wąskie pasmo światła, które wślizgiwało się do środka z korytarza przez szczelinę pod drzwiami. Zanim wyciągnął dłoń w stronę klamki, wstrzymał oddech i nasłuchiwał, czy nikt nie nadchodzi, póki płuca znów nie zaczęły domagać się powietrza, teraz, zaraz.

Korytarz ciągnął się w nieskończoność po lewej i nieskończoność po prawej, niczym w lustrzanym odbiciu. W nielicznych kinkietach dopalały się świece, tu i tam rzucające skąpe światło. Nigdzie ani śladu żywego ducha, nie mówiąc już o strażnikach uzbrojonych w pałasze czy insze halabardy. Uznawszy te okoliczności za wielce sprzyjające, niczym cień w cieniu, cieniem poganiany, młodzieniec i jego peleryna pomknęli rączo na spotkanie przeznaczenia. Droga była cokolwiek kręta, w końcu jednak doprowadziła go do ostatniego zaułka bez odwrotu. Po obu stronach wyrastał szpaler smukłych kolumn z marmuru, po ścianach wiły się złote arabeski. Światło prowadziło prosto do zamkniętych drzwi na końcu korytarza.

Zamkowy zegar zaczął bić pełną godzinę.

– To z nieba wołanie!... – Z płomieniem w oczach młodzieniec zdarł z siebie strzępy peleryny, po czym wyciągnął dzierżącą nóż rękę wysoko w górę. – Nim kur zapieje, ten miecz ognisty ręką pewną dzierżony sprawiedliwość tyranowi wymierzy!

– *Słuchaj*...

W odpowiedzi na niespodziewany szept nóż cicho brzęknął o posadzkę. Młodzian odruchowo przywarł plecami do ściany. Po krótkiej walce z własnym ciałem, które uznało całkowity bezruch za stan najbardziej pożądany w tych okolicznościach, zdołał przyklęknąć i nie spuszczając wzroku, wymacał upuszczony oręż.

– *Słuchaj*... – rozległo się ponownie, nieco bliżej.

– Nikogo nie ma, ktoś gada... – wymamrotał, rozglądając się gorączkowo. – Kto tu? Pokaż się, kimkolwiek jesteś!

– *Słuchaj... ja mówię oczyma*...

– *Słuchaj*... – odezwał się drugi głos – *mówię biciem serca*...

Szepty krążyły wokół chmurnego młodzieńca jak natrętne pszczoły, to cichnąc, to przybierając na sile. Światło zamigotało, przygasło...

– *Spójrz!* – przejmująco zawołał szept. – Ściana gadem się rusza... Każdy wąż złota ogniem nalany pierścieniami rozwija się z muru. Węże jak wiatr świszczą. Nie nastąp na nie... patrz... wiją się i błyszczą...

Z trudem dławiąc krzyk, młodzieniec oderwał się od ściany.

– Gdzie? Gdzie podłe gadziny, gdzie?! – zapiał histerycznie, jako że nigdy za pełzającym plugastwem nie przepadał.

– *Nie patrz na mnie, lecz tam, gdzie ja palcem wskażę* – odparł pierwszy szept. Cichszy od drugiego, wydawał się należeć do kobiety.

Nie widząc nigdzie żadnego palca, na wszelki wypadek przesunął wzrokiem po wszystkich okolicznych ścianach.

– To arabeski, ścienne malowidła!

– *To węże spełzły z marmuru...*

– Nie, to arabeski. – Młodzieniec, odrobinę spokojniejszy, twardo stał przy swoim. – Taki ornament. Stylizowane łodygi, pędy, gałązki... Żadnych węży nie widzę.

– *O*... Przerwa techniczna!

Na te słowa ciemność zapadła, trafiając młodzieńca w łeb.

Przebudzenie przyszło już w znacznie wolniejszym tempie i nie wywołało żadnych obrażeń. Młodzieniec, oszołomiony, otworzył oczy i ujrzał nieprzeniknioną ciemność. Nic, żadnej smugi szarości, nie mówiąc już o jakimkolwiek, najsłabszym nawet świetle.

Słyszał za to głosy, co w obliczu ostatnich wydarzeń stanowiło całkiem niezły powód do niepokoju. Tyle dobrego, że były przytłumione i dobiegały z pewnej odległości, jakby z góry.

– ...zatrzymali na granicy – tłumaczył obcy głos, niewątpliwie przynależny do mężczyzny. – Kontrabanda. Ponoć egzotycznych węży wwozić nie wolno.

– Też mi, czarna mamba egzotyczna. A tak pięknie by wyglądała na posadzce... – znajomy, kobiecy głos westchnął tęsknie. – Nic to, weźmie się żmije i zaskrońce, przynajmniej swojsko będzie, aczkolwiek ciut siermiężnie. Jak można w takich warunkach pracować? Bez ekwipunku, nocą niczym zbójcy na drodze...

– Mogliby wreszcie wartowników sobie sprawić...

– I bardziej robotne pokojówki – dodał kobiecy głos. – Dość mam latania z wiadrem. Do tej pory nie doszorowałam posadzki po tym z zeszłego tygodnia. Wiecie, tym, któremu z emocji krew z nosa poszła. Trzeba wstydu nie mieć, żeby włoski marmur tak zapaskudzić.

Głosy zachichotały.

– A pamiętacie tego, co pobłądził? Musieliśmy go z piwnicy wyciągać, za workami z cebulą się chował.

– Nie, najlepszy był ten, co zapomniał noża i musiał się przez cały zamek wracać – wtrącił znajomy męski głos, lekko drżący. – Chociaż dzisiejszy spiskowczyk, ten ostatni, też niczego sobie. Przynajmniej przyszedł przygotowany, z nożem, fachową peleryną. Nawet z własnymi urojeniami.

– Uhm, miecz ognisty… – mruknął głos męski, a kobiecy zawtórował mu śmiechem.

– Tyle lat już tu jestem, a jednego ciągle pojąć nie mogę. Czemu na wymierzanie sprawiedliwości, zmienianie historii i inne bohaterskie, całkowicie nierealne czyny porywają się zawsze znerwicowane niedojdy z głowami pełnymi banialuk?

– Ba… ba… banialuk? Banialuk?! – Porwany falą świętego oburzenia młodzieniec zerwał się na równe nogi, gotów własną piersią bronić idei, która mu się w sercu kłębiła, skoczyć tajemniczym głosom choćby… choćby… o, do gardła, właśnie! Wszak każdy głos z jakiegoś gardła musi się wydobywać, logiczne, choć myśl, że gardło nie może ot tak w powietrzu wisieć, w głowie mu już nie postała, miał w niej coś ciekawszego. – Na jedną kartę przyszłość postawiłem całą, ja kraj!… Kraj ocalę! Ja… ja się w chwili ofiarnej jak kadzidło spalę!

Głosy nad jego głową umilkły, jednak ciszy ponownie nie było dane zapaść na długo.

– Kolega rym… rym… rymywywuje – zabełkotało niedaleko, na wyciągnięcie ręki. W ślad za słowami podążył smród na wpół przetrawionego alkoholu. – Może by tak wierszydełko jakieś dla ogólnego rozweselenia?

– Nie czas i miejsce na krotochwile, gdy się losy ojczyzny ważą – dobiegło z przeciwległego, najmroczniejszego kąta.

– Kto tu? Kto?! – zakrzyknął młodzieniec, przetrząsając fałdy ubrania w poszukiwaniu oręża, jednak na próżno. Nóż gdzieś wcięło.

– Wallenrod! A imię moje czterdzieści i cztery! – odparł dumnie mrok. – A tyś kto?

– Winkelried! Carów morderca! – młodzieniec zakrzyknął zapalczywie.

– Www... Www... eee... Wawrzyniec. Znaczy, na chrzcie mi dali – dodał po chwili zastanowienia bełkot. – A się tłok w celi robiii... Gdyby nie damy, hyyy... Panie proszą panów!

– W celi? Jak to? – Młodzian po omacku zaczął badać nieznaną przestrzeń, przesuwając dłońmi po murach z kamienia... i gębie szczeciną porośniętej, czym obudził zdecydowany sprzeciw Wawrzyńca.

– Te, Winko... coś tam, coś tam, bez pieszczot mi tu! Tyle to ja nie wypiłem!

– Widać wartownicy podstępem diabelskim nas wzięli – wyjaśnił pochmurny Wallenrod – bośmy się tu, w mroku, jeden za drugim budzili, bez oręża, bez nadziei...

– ...i napitku. Was też czerepy rubaszne tak napiertentego?...

– A car? Na Boga, co z carem?

– Żyw.

Po tym słowie wszystkie głosy, te w celi i te nad nią, umilkły i w końcu zapanowała cisza, głęboka i wielce wymowna. Nie na długo, jako że Wawrzyniec czuł nieprzemożną potrzebę zaintonowania stosownej, jego zdaniem, na tę okoliczność pieśni, która cisnęła mu się na usta.

– Był sobie caaar, był sobie paaaź i była teeeż careeewnaaa...
– Milczże, człowieku! Nie widzisz, że tu się tragedia narodu rozgrywa?!
– Widzę... że nic nie widzę – odrzekł zgodnie z prawdą Wawrzyniec, lecz Winkelried puścił jego słowa mimo uszu, za to rwąc całymi garściami włosy z głowy.
– Poległem... poległem!... Ja, szlachcic, syn polskiej ziemi krwią polską zroszonej, poległem! Nie w boju, lecz na progu niemalże, diabelskimi głosami omamiony... Boże, ty patrzysz i nie grzmisz! Gore!!!

Przeraźliwy zgrzyt nad ich głowami sprawił, że cała trójka jęknęła zgodnie, chwytając się za szczęki. W suficie uniosła się klapa, wpuszczając do celi światło, jak również wyłaniając z mroku oblicza spiskowców, dwa pochmurne i jedno zdecydowanie rozanielone.

Nad otworem przykucnęła młoda, długowłosa kobieta w szarawej sukienczynie, chuda, dość urodziwa z oblicza i tak blada, że niemal przezroczysta. Jej widok podsuwał sugestię galopujących suchot, badylków, baranków i motylków.

– Ktoś ty, dziewczę smętnie nadobne? – zapytał Winkelried, mrużąc odzwyczajone od światła oczy.

– Imaginacja.

– Czyja? Chyba nie moja?...

Wzruszyła kościstymi ramionami.

– Twoja, jego, wasza, jeden pies.

– Niezbyt żeś bogata jak na imaginację – skrzywił się Wallenrod. – O słownictwie nie wspominając.

– Jaki pan, taki kram – prychnęła. – Nie do mnie z pretensjami, że natura poskąpiła tego i owego.

Do środka zajrzała głowa o wielkich, wyłupiastych oczach, zwieńczona strzechą szpakowatych włosów.

– Panowie wybaczą, Strach jestem, do usług szanownych panów – wydukał. – Najmocniej przepraszamy za te niespodziewane komplikacje, nie byliśmy przygotowani na aż trzech skrytobójców jednej nocy. Co prawda to żadne usprawiedliwienie, gdyż szczycimy się mianem widm profesjonalnych, jednakowoż paru kolegów nam zachorowało niespodzianie, węże na granicy zatrzymano, więc i rąk do pracy, i akcesoriów nam brakuje, a nie chcielibyśmy panom szanownym byle czym w głowach mieszać. Ot, trudna zmiana, na szczęście już za kwadransik, góra dwa powinniśmy mieć już kilka gadzin, a kolega zaraz skończy układać trumny pod oknem. – Zamrugał kilkakrotnie, jakby mu jakiś paproch wpadł do oka. – Pozostaje jeszcze pewna, hm, dość delikatna kwestia... – Odchrząknął. – Sami panowie rozumiecie, trzech skrytobójców na jednego tyrana... to jak dwa grzyby w barszcz.

– Za dużo was do jednego koryta – Imaginacja ujęła to prościej. – Płacą nam za indywidualną obsługę, nie masową, a trzech, jak wiadomo, to już tłum. Tłumiątko. Tłumoczek.

– Z tej przyczyny, jak również wskutek niespodziewanych braków kadrowych – ciągnął Strach – musimy zdecydować, którego z szanownych panów dzisiejszej nocy nastraszymy, budząc głęboko uśpione wyrzuty sumienia, dylematy i lęki.

– To chyba oczywiste – pochmurny Wallenrod wyłonił się z mrocznego kąta, po czym stanął w plamie światła. – Byłem tu pierwszy.

– Gwoli ścisłości, pierwszy w celi – poprawił Strach. – Wzięliście panowie zamek szturmem, że tak powiem, co prawda każdy z innej strony i innym sposobem, lecz... jednocześnie. Tak więc to kryterium odpada.

– A czemuż to mielibyśmy was słuchać? Brać udział w tej farsie? – zapytał Winkelried buńczucznie. – My, nieustraszeni przedstawiciele narodu?

Imaginacja uśmiechnęła się, oczywiście blado.

– Bo siedzicie zamknięci na cztery spusty w celi i to my mamy klucze. Jedyny komplet w całym zamku.

– Charakterna panna – zabulgotał wesoło Wawrzyniec. – To może mała przebieżka po dziedzińcu? Kto pierwszy, temu cielę w malowane wrota... czy jakoś tak...

– Teraz już wiesz, czemu wolałam trzymać się od niego z daleka – mruknęła Imaginacja do trzeciego widma, które właśnie zajrzało do celi. Upiór był to straszliwy, sinozielony na pomarszczonej gębie, z siwym włosem zmierzwionym na głowie i ogniem piekielnym w oczach. Na ten widok spiskowcy aż się wzdrygnęli. Upiór wyszczerzył pożółkłe kły w grymasie, prawdopodobnie radości.

– Jeszcze minutka, panowie, mi-nut-ka! Trumienki już prawie gotowe, alem gdzieś gromnicę zapodział, a bez gromnicy efektu nie będzie, więc muszę po drugą do magazynu skoczyć. To jak, którego delikwenta bierzemy? – zwrócił się do współpracowników.

Widma pokręciły głowami.

– O, tamten może? – kościsty paluch Upiora wskazał na Wawrzyńca. – Wesolutki jegomość.

– Na ciężkiej bani raczej – mruknęła Imaginacja. – Z nietrzeźwym pracować nie będę, wybijcie to sobie z głowy.

Widma zaczęły się spierać, przekrzykując wzajemnie i młócąc powietrze kościstymi rękoma. Imaginacja uparcie odmawiała współpracy z osobnikiem trzeźwym odmiennie. Z kolei Strach uważał, że własne urojenia dyskwalifikują kandydata na carobójcę na równi ze stanem upojenia, podczas gdy Upiór był zdania wręcz przeciwnego. Czas płynął bezlitośnie, uwięzieni spiskowcy zaś stali bezczynnie z zadartymi głowami.

W końcu Wallenrod nie wytrzymał i odezwał się stanowczym głosem, stworzonym do kruszenia marmurów:

– Upraszam o wybaczenie, ośmielę się jednak stwierdzić, że zaszczyt ten mnie winien przypaść jako najbardziej godnemu.

– A niby czemu? – zdziwił się Winkelried.

– Albowiem to mnie bracia w niedoli wybrali w tajnym głosowaniu, które się w podziemiach starego klasztoru odbyło, bym czynu bohaterskiego dokonał i z wrażych kajdan niewoli uwolnił naród, carskiego czorta ukatrupiwszy! Cierpieć będę za miliony!

– Duby smalone pleciesz – parsknął pogardliwie Winkelried. – Jam to, nie chwaląc się, zaszczytu tego dostąpił! Ja cierpieć będę! Namaszczony zostałem pośród królewskiego truchła w kościelnych podziemiach, jam jest carów morderca słuszny jedyny!

– Jam jest! Jam! – Wallenrod zakrzyknął, plując patosem. – Polska Chrystusem narodów!

– Jeszcze czego! Polska Winkelriedem narodów!

– Teraz Polska! – czknął Wawrzyniec i zatoczył się na pozostałych spiskowców. – Mnie tam niczym nie smarowali... A, chyba że namaszczanie od wewnętrzności też się liczy? Bośmy z kolegami nieco trunków nadużyli...

Wallenrod i Winkelried rzucili mu spojrzenia z gatunku piorunujących, jednak niezbyt się tym przejął.

– ...aaale w podziemiach, a co! My nie gorsi! Miecio w gorzelni pracuje, to nas wpuścił, Miecio dobra dusza, dobra, kolegom nie pożałował, chlip, nie, nie Miecio... Wypijmy, powiedział, wypijmy za błędy, za błędy na góóórzeee...

– Jam szlachcic, nie byle kmiot! – warknął Wallenrod.

– Takoż i ja! – Winkelried zadarł nosa.
– Ja kocham cały naród!
– Mnie zapał rozrywa!
– ...a co mi tam, mówię, raz się żyje! I po strzemiennym strzeliliśmy, no i dla kurażu, na lewą nóżkę, żeby mi się nie plątała, i prawą, bo przecież chromać nie wypada w obliczu cara...
– Jam się twórcą urodził!
– Ja słowem zdołam cielce złote giąć i kruszyć!
– ...bo mówiła matula, że ze mnie pożyteczności żadnej nie będzie, mówiła, chlip, matula, poczciwa matula, Wawrzek, mówiła, tyś tępy jak but z lewej nogi, tak, tak właśnie mówiła, chlip, moczymordo zatracona, Wawrzek, nie chlej tyle, Wawrzek...
– Ja zginę!
– Ja bardziej!
– No i mamy pojedynek na głupotę, bezdenna przeciw bezbrzeżnej – skwitowała to Imaginacja, wraz z pozostałymi widmami przysłuchując się spiskowcom. – Chciałabym zauważyć, że śmierć przed dwudziestym rokiem życia nie jest elementem obowiązkowym.
Spiskowcy spojrzeli na nią jak jeden mąż.
– Oczywiście, że jest. – Wallenrod uśmiechnął się pogardliwie. – Bez poświęcenia najwyższej miary nie ma bohaterstwa prawdziwego.
– A po nas choćby i potop? Ech, ta dzisiejsza młodzież, zero wyobraźni... – Imaginacja pokręciła głową. – Nie mówiąc już o krztynie oleju w głowie. Gdzież są niegdysiejsze śniegi...
– Ano, gdzież, gdzież... – westchnął Strach. – Teraz noc w noc jakiś napaleniec wałęsa się po zamku z nożem albo pistoletem w garści, gotowy cara mordować.

– A potem szyję pod katowski topór położyć – dodał Upiór – bo się po podziemiach różnorakich za długo plątał i mu rozum odebrało. Choć nawalonego jak stodoła do tej pory nie gościliśmy, to w istocie nowość pewna.

– Tak czy siak, gdyby zamiast nas nocą zamku strzegli żywi wartownicy, już by pół tego pokolenia gardło dało, bezmyślnie i po próżnicy! A matką staruszką kto się potem zaopiekuje, co?! – huknęła Imaginacja w stronę uwięzionych śmiałków.

– Cóż, nie tak całkiem po próżnicy – wtrącił Upiór rozsądnie. – Można by rzec, że to odsiew ziaren od plew.

– Bo młodzież się nudzi – zauważył Strach. – Pożytku z nich nie ma żadnego, do uczciwej pracy się nie garną, poza cytowaniem poezji i brzdąkaniem na instrumentach nic nie potrafią. Nie dziwota, że im byle co do łbów łatwo strzela, wpierw idea wzniosła... a potem kula.

– To nasz obowiązek, tyrana zgładzić! – zakrzyknął Wallenrod, z gniewu aż blady. – Uzurpatora! Choćby za cenę własnego życia!

– Krew obca na polskim tronie zasiadła! – zawtórował mu Winkelried, dla odmiany poczerwieniały. – Hańba to, hańba nam na wieki!

– A Jagiełło to co, Polak z dziada pradziada? O Jadwini z Andegawenów nie wspominając – zaśmiał się Upiór. – Ze względów zawodowych z pocztem królów polskich jestem na bieżąco. Marzy mi się seria realistycznych obrazów, taka bitwa pod Grunwaldem, na ten przykład...

– I jeszcze ci, no... – Wawrzyniec ochoczo włączył się do dyskusji. – Jak im było... O, królowie e... e... erekcyjni!

– Szkoda gadać, czas tracić – stwierdziła Imaginacja. – Panom się widzi cześć i chwała, choćby za cenę życia. Widać niczego lepszego zaproponować nie mogą.

Trzej spiskowcy spojrzeli po sobie badawczo.

– Ja narodowi zapisuję, co mogę: krew moją i życie! – oznajmił czym prędzej Winkelried. – I tron do rozporządzenia próżny!

Widma spojrzały po sobie.

– Może być.

Uprzednio starannie zawiązawszy mu oczy, widma zawiodły szczęśliwego zwycięzcę konkursu na spiskowca nocy w jeden z zamkowych korytarzy, od którego zaczął wędrówkę. Tam go porzuciły, oddając miecz ognisty i życząc połamania kończyn, a same czym prędzej pognały zająć posterunki.

Winkelried poprawił czerń, po czym krokiem godnym bohatera ruszył do zamkniętych drzwi, na spotkanie z przeznaczeniem.

Wpierw jednak, dwa zakręty i pięć stopni od celu, natknął się na Upiora, który łypał na niego przez okno płomienistymi oczyma. Owinięty wyjątkowo znoszonym całunem wielokrotnego użytku, w lewej dłoni trzymał zapaloną gromnicę, w prawej zaś szwajcarski krowi dzwonek i balansując ciałem, na przekór grawitacji usiłował utrzymać się na szczycie chybotliwych schodów zbudowanych z trumien. Zapukał w szybę sękatym paluchem.

– *Nie, nie zaglądaj przez okna na ciemną ulicę!* – ostrzegł cicho Strach. – *Tam wiele trupów... jeden, drugi, tysiąc tysięcy...*

Słysząc to, młodzieniec postąpił krok.

– *Wracaj, tu czarta dom!* – Upiór wyszeptał przeraźliwym głosem, a potem potrząsnął dzwonkiem w celu zwiększenia napięcia. – *Słyszysz dzwonów jęk żałobny...*

Młodzieniec zmarszczył brwi.

– A tyś kto, poczwaro?

Upiór westchnął z posępną rezygnacją.

– Za grosz pomyślunku... Symbolizuję prawowitych władców, którzy zeszli z tego świata, popierających lub potępiających twoje działania, w zależności od interpretacji. Wybacz, lecz tu musisz się już sam wykazać, młodzieńcze. Wolałbym niczego nie sugerować, jako że wszystko tak naprawdę od ciebie zależy, ja zaś jeno stoję i wyglądam. Sugestywnie – dodał na wszelki wypadek, gdyby ten szczegół również umknął wytężonej uwadze młodzieńca.

– Jak to tak, sam jeden wszystkich władców? A gdzież te tysiące tysięcy? – dopytywał Winkelried z wyraźnymi wyrzutem.

– Koledzy przesadzili nieco z życiem pozagrobowym, więc dzisiaj sam jeden pracuję – mruknął Upiór z pewnym zawstydzeniem. – Musiałem przytaszczyć te wszystkie trumny, lite drewno, żadna tam sklejka tandetna, ciężkie niczym czort. Nie żebym narzekał, ale byłoby miło, gdybyś to docenił. – Ponownie potrząsnął dzwonkiem. – A więc słyszysz czy nie słyszysz *dzwonów jęk żałobny*? – powtórzył, nagląco potrząsając głową we właściwym kierunku. – *Po całym mieście i na wszystkie strony?* Świt coraz bliżej, jeśli nie zauważyłeś, mamy już spore opóźnienie. *Dzwony...* No i co tak sterczysz, pędźże, do krośset!

Młodzieniec pognał więc, ścigany przez dźwięk dzwonka. Ostatni zakręt na swej drodze uczcił pięknym orłem. Wyłożył się jak długi na posadzce, czując, że coś pod nim pęka z cichym mlaśnięciem, nóż zaś z brzękiem wylądował przy jednej z kolumn.

– *Rozgniotłeś węża pod sobą* – usłyszał zgorszony szept Imaginacji. – *Pękła żmija.* Gatunek pod ochroną!

– Przynajmniej tym razem nie mam żadnych wątpliwości, że ściany i podłogi gadem się ruszają – warknął, gramoląc się z podłogi. Chyba jednak wolał zwykłe arabeski, były mniej kontuzjotwórcze.

Dopiero gdy podniósł oręż, uświadomił sobie, jak bardzo jest zdenerwowany. Drżał cały, od czubków czarnych butów po końcówki czarnych włosów – był bowiem urodzony do roli czającego się nocą spiskowca – w ustach czuł suchość pustyni, a na dłoniach wilgoć, z której wciąż wyślizgiwał się nóż. Próbował zrobić krok w stronę drzwi, TYCH drzwi, za którymi spał, niczego się nie spodziewając, car z piekła rodem, młodzieniec nie mógł jednak oderwać stóp od posadzki, ruszyć się nawet na krok. Pobladł raptownie, a czoło troską o losy ojczyzny zmarszczone zrosił mu lodowaty pot.

– Ktoś... ktoś mię za włosy trzyma... – stwierdził ze zdumieniem, tracąc animusz.

Strach przewrócił oczyma.

– I co, może jeszcze warkocze zaplata?...

– Bądźże cicho – syknęła Imaginacja. – Nie widzisz, że nasz bohater już jest na etapie mężnych zmagań?

– Z własnymi urojeniami chyba... – wymamrotał Strach. – Patrzcie go, kozik ognisty mu nie wystarczył, teraz go jeszcze widmo jakoweś za kudły szarpie. A nas to ma w nosie, nawet żmiją się nie przejął. I weź tu się spełniaj zawodowo, jak ci się taki egzemplarz trafi...

– Niech się zmaga z czym chce, byle mi zabytkowej posadzki obcasem nie zarysował.

– A długo tak jeszcze będzie? – Strach zerknął nerwowo na zegar. – Wkrótce kończymy zmianę, a jeszcze musimy raport sporządzić, resztę spiskowców pożegnać. Ten, jak mu tam, Wawrzek na pewno sam do domu nie trafi, trzeba by go odprowadzić...

– No jeszcze tego brakowało, żebym pijaczynę zatraconego po nocy eskortowała. Wypraszam sobie!

Głuchy na ich wzburzone poszeptywania Winkelried bęcnął z powrotem na posadzkę i stłukł sobie kolano, odnosząc tym samym pierwszą ranę tudzież pierwszego sińca w imię wyższej sprawy.

– Puśćcie mnie! – Niczym Rejtan dramatycznym gestem jął szarpać koszulinę na piersi, zawodząc przy tym rozpaczliwie, jakby go kto kołem łamał. – Boska ciąży na mnie kara!... Tyś to, Szatanie! Przyszedłeś tu zabijać duszy mojej duszę! Precz, mówię, precz ode mnie! Jam kadzidło na ojczyzny świętym ołtarzu... Jam jest wielki, mocny! Tak! Jam Winkelried, carów morderca! Dzieje będą mi dłużne!

– No to czego tak sterczysz i gębę drzesz po próżnicy? Ruszże się w końcu, trąbo jerychońska, samo się przecież nie zrobi! – fuknęła Imaginacja, a następnie rzekła znacznie stosowniejszym do sytuacji głosem, Strach zaś jej wtórował: – *Spójrz! Ciemno... Twój nóż błysnął... Czuć krew...*

– Pójdę! – zakrzyknął młodzieniec, zrywając się na równe nogi. – Tak! Pójdę mimo diabłów głosy!...

Na te słowa Strach od razu się ożywił.

– O, gdybyś był tak miły.

– Pójdę czym prędzej, abym się we krwi ochłodził!

Jak we śnie, otumaniony, podszedł Winkelried do drzwi i położył dłoń na klamce, w drugiej ściskając miecz ognisty w formie noża.

Chóry anielskie ryknęły mu prosto w bębenki gromkim a ogłuszającym ALLELUJA. Oto nadeszła wiekopomna chwila. Chwila, w której z chłopca stanie się mężczyzną, z nikogo – kimś, z pierdoły – bohaterem! A imię jego naród czcić będzie po wsze czasy! Jego! Zbawcy! Jego! Wyzwoliciela!

Drżącą z emocji ręką nacisnął klamkę...

Chcąc nie chcąc, noc w końcu zwinęła manatki, by ustąpić miejsca szarówce, która już czekała u progu nowego dnia i niecierpliwie przebierała hipotetycznymi odnóżami. Mrok pierzchnął gdzie pieprz rośnie wraz z ulewnym deszczem, a ostatnie cienie skryły się głęboko po kątach przed pierwszymi promieniami słońca. Te zaś coraz żwawiej deptały po piętach zbłąkanym mężom, którzy nadużywszy tego i owego, niepewnym krokiem wracali do domów, oraz kochankom, którzy z mężowskiej nieobecności wskutek nadużycia ochoczo przez noc korzystali.

Gdzieś na tyłach zamku skrzypnęły ostrożnie otwierane drzwi i na światło dzienne wychynął ponury Wallenrod. Zmrużył podkrążone oczy tak pogardliwie, jak tylko zdołał, by wyrazić głęboką niechęć do pogody innej niż deszczowa, jego duszy najmilsza. Zerknął wpierw na lewo, a potem na prawo i jeszcze raz na lewo, tak dla pewności. Wyciągnąwszy z kieszeni kawałek węgla, przemknął pod oknami i pospiesznie nabazgrał na elewacji:

HIPOLITUS
OBIIT M.D.CCC. XXIX
CALENDIS NOVEMBRIS

HIC NATUS EST
CONRADUS VALLENRODUS
IPSE VIRUS VERUS ET SOLUS!

Dokończywszy dzieła, cisnął narzędzie zbrodni na ziemię, owinął się peleryną i czmychnął uchyloną furtką, nim ktokolwiek go spostrzegł.

Chwilę później, czyniąc więcej hałasu, lecz zdumiewająco mało szkód materialnych, zamek opuścił wciąż radośnie podchmielony Wawrzek. Ujrzawszy bazgroły, przystanął i podrapał się po głowie w geście głębokiego namysłu. W końcu doznał olśnienia. Dodał coś od siebie porzuconym węgielkiem i w poczuciu spełnionego obywatelskiego obowiązku potoczył się w stronę wschodzącego słońca, czyli mniej więcej we właściwym kierunku, by czym prędzej utrwalić błogi stan upojenia i uczcić z Mieciem wydarzenia dopiero co minionej nocy.

Dzień tymczasem z wolna rozwijał skrzydła, wyciągając ludzi z łóżek. Tuż przed tym, jak zegary w całym mieście wybiły szóstą, wspomniane drzwi skrzypnęły raz jeszcze.

– No dalej, na co czekasz! – rozległ się zadyszany kobiecy głos. – Złapże go wreszcie za ten pasek!

– Kiedy się wije niczym piskorz, to jakże go mam utrzymać! – zaprotestował głos drugi, zaś trzeci dodał:

– A może by go tak z lekka ogłuszyć?...

Dysząc i posapując, Imaginacja, Strach i Upiór już drugą godzinę wyprowadzali czy raczej wywlekali z zamku zwycięskiego spiskowca. Ten jednak ani myślał wracać, skąd przybył. Najpierw usiłował im zbiec, by w jakimś ciemnym zakamarku, z dala od zamkowych straży, doczekać kolejnej nocy i ponownie spróbować swych sił w trudnej sztuce skrytobójstwa. Widma dopadły go jednak, wyciągnęły ze schowka pod jakimiś zapomnianymi schodami i po krótkiej szamotaninie, zakończonej zarekwirowaniem miecza ognistego, bez większych ceregieli zaczęły odprowadzać do wyjścia. Wleczony po podłodze bohater, carów prawie morderca i zgasłe kadzidło narodu, wił się i miotał, czepiając rozpaczliwie każdej futryny, byle nie dać się z zamku wyeksmitować. Co rusz wydobywał z siebie przeraźliwe:

– Opraaawcyyy!...

– Ogłuchnąć idzie przez to jego wycie – wysapał Upiór, ciągnąc szamoczącego się młodzieńca za portki przez dziedziniec. – Zaraz nie zdzierżę i jak palnę w ten zapalony łeb...

– Już, już, bez nerwów, do furtki niedaleko – pocieszał go Strach, któremu przypadło w udziale trzymanie Winkelrieda za nadgarstki, a czasem też i za włosy.

– No i masz, znów nam jakiś bohater od siedmiu boleści na murach zmartwychwstał – westchnęła ciężko Imaginacja, kiwając głową w kierunku czarnych bazgrołów. – Ciekawam, kto to teraz zmyje. Niechże on w końcu przestanie wierzgać!

– Puszczaaajcieee!...

– Nie dość że wandal, to jeszcze z gramatyką na bakier. Już mu ktoś komentarz pod ostatnim wersem sporządził – dodał Strach i zmrużywszy krótkowzroczne oczy, przesylabizował: – LIN-GUA LA-TI-NA DIF-FI-CI-LIS EST... eee... JEŁOPO.

Upiór z dezaprobatą pokręcił głową.

– Ech, ta dzisiejsza młodzież... I jak oni chcą zostać bohaterami, kiedy nawet z gramatyką w deklaracjach ideowych sobie nie radzą? No trzymaj go mocniej, bo mi zaraz oko wybije!

– Opraaawcyyy... – rozległo się u ich stóp, jakby z nieco mniejszym przekonaniem, za to większą żałością. – Na cóż me poświęcenie? Na cóż chwile grozy i noce nieprzespane, na spiskowaniu spędzone? Żywy... żywy z zamku wychodzę! Lecz zostanę dla mej ojczyzny umarły...

Dotarłszy w końcu do furtki, upiory uwolniły młodzieńca, lecz zaraz przygniotły go ciężarem znaczących spojrzeń.

– Przecież... przecież jam carów morderca – wyjęczał, z trudem przełykając gorycz porażki. – Miałem się spalić...

– Chyba ze wstydu...

– Tłum jakiś drogę mi zagrodził, do cara nie dopuścił... – ciągnął młodzieniec. – Na nic spiski! Na nic odwaga! Mocą czarcią zwiedziony, poległem...

Słysząc te słowa, Imaginacja zmarszczyła blade czoło, a potem przykucnęła i spojrzała Winkelriedowi prosto w oczy.

– Wierz mi, złota rybko w kryształowej bani – rzekła spokojnie – do tego nie trzeba było ingerencji sił nadprzyrodzonych. Sam sobie doskonale poradziłeś. A przecież wystarczyło poświęcić nie od razu całe życie, lecz choć odrobinę tych wzniosłych mrzonek na ołtarzu zdrowego rozsądku, i przemyśleć to i owo. A teraz na wielkie improwizacje i jazdę konną z elementami akrobatyki szans już nie masz... – Rozpromieniła się nagle. – Ale zawsze możesz przekwalifikować się z kadzidła na pirata i poświęcić konsumpcji laudanum. A potem wysadzić się wraz ze statkiem w akcie bohaterstwa czy innej desperacji.

– Nie każdemu jest pisane szczęśliwe skrytobójstwo. – Upiór wzruszył ramionami, wraz z pozostałymi upiorami odprowadzając wzrokiem chmurnego, potarganego i przykurzonego młodzieńca.

– A już z pewnością nie jemu – mruknęła Imaginacja – skoro nawet przez moment nie przyszło mu do głowy, że drzwi carskiej sypialni mogą być zamknięte na klucz.

Szaławiła

Rankiem w dniu pogrzebu Oda Kręciszewska stanęła przed lustrem i ujrzała w nim wąsik swojej matki. Wyciągnęła rękę do pstryczka, włączyła dodatkowe oświetlenie nad umywalką i mrużąc oczy, przyjrzała się uważniej. Zimny blask ledowych żaróweczek nie pozostawił jej żadnych złudzeń. Wąsik jak malowany. Co prawda w stadium zalążkowym, ot, zaledwie kilka ciemnych włosków nad każdym kącikiem ust, niby nic, jednakże – jak podpowiadała bezlitosna genetyka – było to nic z nieuchronnymi tendencjami do ekspansji.

Kiedy nadeszła pora, Oda z westchnieniem porzuciła lustro, wyciągnęła z szafy stary płaszcz ojca i pojechała na cmentarz, gdzie krewni i znajomi rodziny, w przeważającej mierze raczej dalsi niż bliżsi, ściągnęli już gromadnie niczym hatifnatowie złaknieni burzy. Po kaplicy rozchodził się bekliwy głos księdza, który co prawda nie znał świętej pamięci nieboszczki, lecz i tak miał całkiem sporo do powiedzenia na jej temat.

Zgromadzeni z wprawą wstrzeliwali się w odpowiednie momenty i mamrotali okolicznościowe formułki, a przy okazji ze współczuciem i rewolucyjną czujnością lustrowali to urnę, to Odę. Urna ledwo wystawała ponad stertę wieńców, połyskiem czarnego marmuru i złotych rączek dając wszem wobec świadectwo, że nieboszczka została wyposażona w karnet na wieczność w wersji all inclusive. Oda zaś, jak na nieutuloną w żalu córkę przystało, siedziała w pierwszym rzędzie, cała w bezkształtnej czerni, obecna ciałem, choć nie myślami. A gdy prosto z cmentarza powędrowali do restauracji po przeciwnej stronie ulicy i na stół wjechał rosół z kołdunami oraz schabowe, hatifnatowie zgodnie orzekli, że rytuałom stało się zadość.

I co z tego, że rosół był zaledwie letni, kołduny rozgotowane, schabowe niewiele grubsze od przywiędłej sałaty, na której spoczywały, a Oda w rzeczywistości przez cały ten czas myślała tylko o przeklętym wąsiku nad swoją górną wargą.

Owszem, spodziewała się spadku, ale z pewnością nie takiego! Zupełnie jak gdyby duch jej matki, ujrzawszy kiczowatą urnę, którą przez dwie godziny wybierała wiecznie szarogęsząca się praciotka o guście sroki i niewiele większym móżdżku, postanowił ją opuścić w trybie natychmiastowym, wstąpić w jedyną córkę i z braku warunków do klasycznego rozdwojenia jaźni wykiełkować w postaci zaczątków wąsika. Tego samego wąsika, którego przez ostatnich trzydzieści lat matka konsekwentnie pozbywała się za pomocą pincety, kiedy nikt nie widział, a ojciec i Oda równie konsekwentnie udawali, że istotnie nie widzieli nic a nic. A teraz wrócił – niczym klątwa faraona.

Przez cały dzień, czy to przyjmując machinalnie kolejne kondolencje, czy to grzebiąc łyżką w stygnącym rosole, czy to wracając w końcu przez zaśnieżone miasto do pustego mieszkania rodziców, nie potrafiła myśleć o niczym innym. Aż naraz jej wzrok całkowitym przypadkiem padł na jedną ze sklepowych wystaw, które właśnie mijała, i tam już utknął na dobre, sama Oda zaś stanęła jak wryta.

I coś w niej drgnęło.

Lecz nie był to ani wielki żal, ani nawet mały smutek, tylko coś zupełnie innego.

Tak. Czterdzieści dwa lata to zdecydowanie za wcześnie na pierwszy zarost.

* * *

Po długim milczeniu, które z każdą minutą zyskiwało na wymowności, Agnieszka odwróciła się i spojrzała na Odę.

– Powiedz, że nie zamierzasz tego kupić.

– Nie zamierzam – odparła Oda zgodnie z prawdą, osłaniając oczy dłonią przed słońcem i spoglądając w górę, na soczyście zielone korony drzew.

Słysząc to, jej kuzynka odetchnęła z ulgą, której nie dałaby rady ukryć, nawet gdyby próbowała. Była gotowa posądzić Odę o znacznie większe wariactwa, jakie normalnemu człowiekowi nawet nie zaświtałyby w głowie, z pewnością nie na trzeźwo. I nie byłyby to posądzenia całkowicie pozbawione podstaw.

– O matko. Bo już myślałam, że ty na serio za...

– Kupiłam przed miesiącem.

Była druga połowa marca. Sobota. Zaledwie pięć minut po szóstej Agnieszkę nagle obudził telefon. Mimo dobiegających spod kołdry niemrawych protestów męża godzinę później, bez makijażu i średnio przytomna, zajechała pod kamienicę, w której od pół wieku mieszkali Kręciszewscy. Oda już na nią czekała. W plecaku miała termos czarnej kawy i stertę tradycyjnych kanapek z jajkiem na twardo.

Agnieszka o nic nie pytała, tylko raz po raz łypała zza kierownicy na kuzynkę, czekając cierpliwie na słowo wyjaśnienia. Wiedziała, że przy najmniejszej próbie nacisku Oda zamknie się w sobie, dlatego nie nagabywała jej, tylko skupiała się na prowadzeniu. Znały się przecież całe życie – i to dosłownie, gdyż zostały sobie oficjalnie przedstawione, z wszelkimi szykanami, kiedy Oda miała sześć miesięcy, Agnieszka zaś trzy i pół. I choć z biegiem lat każda wybrała zupełnie inną drogę, a nawet inną półkulę, przez co od dekady widywały się prawie wyłącznie za pośrednictwem internetowej kamerki, to zawsze mogły na sobie polegać w chwilach trudnych i trudniejszych. Na przykład wtedy, kiedy Halszkę, jedyną córkę Agnieszki, potrącił samochód. Kiedy jej mąż z dnia na dzień stracił pracę. Kiedy ni stąd, ni zowąd zmarł wujcio Kręciszewski, ojciec Ody. I teraz, kiedy po długiej chorobie zmarła jej matka. Oraz za każdym, nie wiadomo już którym razem – dodała w duchu Agnieszka, po dwóch godzinach skręcając na rozstajach z głównej szosy w piaszczystą ścieżkę przez las – kiedy Oda, rodzinna szaławiła, wpadała na kolejny szalony pomysł, w pięć minut pakowała manatki i leciała tam, gdzie akurat zawiał wiatr, hen, za góry, za morze, za ocean. Cała familia na wyścigi załamywała wtedy ręce, wyrzekając na jej lekkomyślność i składając hołdy ciotce Kręciszewskiej, która z godnością oddawała się okolicznościowej migrenie. Natomiast Agnieszka i Halszka nie mogły się doczekać pierwszego sążnistego, chaotycznego e-maila albo przerywanego połączenia z coraz to innego krańca świata.

A teraz obydwie kuzynki przywiało nieco bliżej, na polanę pośród starego, gęstego lasu. Spomiędzy wysokich traw przezierały pozostałości po niemal doszczętnie strawionym przez ogień budynku, który tu stał może rok, a może pięć lat temu. Kawałek dalej, nad zarośniętym, zamulonym stawem pochylał się kikut samotnego, osmalonego drzewa o bezlistnych gałęziach i pękniętym pniu.

Cóż, przemknęło Agnieszce przez myśl, przynajmniej tym razem nikt nie będzie wyrzucał Odzie, że wpędzi matkę do grobu...

Odetchnęła powoli, głęboko.

– Kupiłaś to? *To*? – Tak na wszelki wypadek zatoczyła ręką wielkie koło, żeby nie było wątpliwości, o które *to* jej chodziło. – Ten kawałek zarośniętej chwastami polany w samym środku lasu? Z jakąś spaloną praktycznie do samych fundamentów ruderą i udającym oczko wodne zzieleniałym bagnem, w którym zapewne czai się rzęsistek i mocznik, i czort wie co jeszcze? Oda, przecież to jest zadupie. Kompletne zadupie! Żadnych sąsiadów – wyliczała – żadnych sklepów, knajp, urzędów, banków, przychodni, kina, nic! Ani żywej duszy w promieniu kilkunastu kilometrów!

– No właśnie!

Spojrzawszy w szczerze roześmiane oczy kuzynki, Agnieszka nagle coś sobie uświadomiła. Ona, matka dziecku, żona mężowi, kierowniczka budowom, choć filigranowa, z natury była kobietą obrotną i energiczną. W godzinach pracy brodziła niestrudzenie w błocie po kolana, rozstawiając wszystkich po kątach, za to w wolnym czasie zamieniała kalosze na szpilki za ciężkie pieniądze, polar na kaszmirowy sweter i łaknęła wyłącznie zasłużonego komfortu. Nie wyobrażała sobie życia na co dzień z dala od miejskich wygód i atrakcji, a co dopiero w leśnej głuszy, bez dostępu do bieżącej wody i prądu.

Tymczasem Oda przybyła tu z zupełnie innej bajki. Takiej, w której nagrodą za harówkę od świtu do nocy było kilka godzin kamiennego snu bez snów na czymś, co od biedy mogło akurat posłużyć za łóżko. Wyższa od kuzynki o dobrą głowę i mocniejszej budowy, wyróżniała się w tłumie absurdalną burzą długich, orzechowych loków, których żadna klamra ani gumka nie potrafiła okiełznać na dłużej niż kwadrans. Na domiar złego pod wpływem choćby krztyny wilgoci z miejsca wypowiadały posłuszeństwo i zwijały się w sprężynki. Tuż przy nasadzie upstrzonego piegami nosa miała ciemnoczerwone znamię, jak gdyby ktoś dotknął ją koniuszkiem unurzanego w farbie palca. Nie malowała się, poza mydłem używała jedynie szamponu z czarnej rzepy i nieśmiertelnego kremu Nivea, a cały jej dobytek mieścił się w wysłużonym plecaku ze stelażem, który przez te ostatnie miesiące matka kazała jej trzymać na balkonie ze względu na „robactwo", jakie z pewnością przywlokła „z tej dziczy". Między innymi dlatego Oda, o czym kuzynka wiedziała jako jedyna w rodzinie, nigdy nie nazywała mieszkania rodziców inaczej niż właśnie mieszkaniem, a odkąd wyprowadziła się i ruszyła w świat, przestępowała jego próg dopiero wtedy, gdy śmierć nie pozostawiała jej innego wyjścia.

Czyli aż dwukrotnie.

Cóż, dla Agnieszki leśna głusza bez dostępu do mediów była miejscem zsyłki. Dla Ody – bezpieczną przystanią.

– Więc na to poszedł spadek po ciotce?

– Tak jest, na rzęsistek i mocznik – przytaknęła Oda spokojnie. Z błogim uśmiechem na twarzy toczyła wzrokiem po polanie i otaczającym ją lesie. – Ale ruszyłam tylko niewielką część, na szczęście wystarczyło mi własnych oszczędności. Nie uwierzysz, jak mało chcieli za tę działkę. Chyba dość długo nie mogli znaleźć na nią kupca.

– Och, nie, w to akurat uwierzę. Nikt przy zdrowych zmysłach by się na nią nie rzucił, a już na pewno nie zapłaciłby więcej niż... niż... – Machnęła w końcu ręką, bo w zasadzie każda kwota, z zerem włącznie, wydawała jej się stanowczo zawyżona, a Oda i tak nie sprawiała wrażenia zainteresowanej wyceną. – Skąd ty ją w ogóle wytrzasnęłaś?

– Trzy dni przed pogrzebem zjawiła się u mnie praciotka, cała w pretensjach i żałobie, i oznajmiła, że trzeba jeszcze zamówić klepsydrę. Uwinęłam się z tym raz-dwa i ją spławiłam, ale potem ugrzęzłam na amen w tym całym internecie. Łaziłam od strony do strony, aż tu nagle, na kogo wypadło, na tego bęc. Zobaczyłam ogłoszenie ze zdjęciem i zakochałam się od pierwszego wejrzenia. Decyzja w zasadzie zapadła sama, kiedy wracałam z cmentarza i... – Urwała, a na jej ustach zaigrał tajemniczy uśmiech. Szybko jednak odzyskała łączność z rzeczywistością. – W mieszkaniu od razu usiadłam do komputera i wysłałam maila do agencji nieruchomości. No i jakoś tak... Słuchaj, Aguś, wybacz, że musiałaś tłuc się taki kawał drogi, ale chciałam cię prosić, żebyś rzuciła fachowym okiem na te fundamenty. Co prawda agencja twierdziła, że pożar ich nie naruszył i spokojnie można na nich postawić kolejny dom, ale wiesz, jak jest.

Owszem, Agnieszka wiedziała i już otwierała usta, żeby przytoczyć kilka branżowych anegdot, kiedy do jej świadomości w końcu przebiła się kluczowa informacja.

– Czekaj, czekaj, co? Dom? Chcesz tu stawiać dom?

– No gdzieś przecież muszę, skoro go kupiłam, prawda?

– Kupiłaś dom? Jak to – kupiłaś?

– Normalnie, przez „kup teraz". Weszłam na Allegro, wpisałam „dom całoroczny" i wybrałam ten, który spodobał mi się najbardziej. Bardzo ładny, przytulny, drewniany...

– Na Allegro?! – Zamieszkująca metr i pięćdziesiąt dwa centymetry Agnieszki dusza budowlańca zadygotała i umarła.

– Och, Aguś, przecież to tylko dom. Z tego się nie strzela.

Dusza budowlańca umarła trochę bardziej.

– Nie, ja naprawdę z tobą oszaleję... Przyznaj się, Oda, przywiozłaś mnie tutaj i teraz próbujesz wykończyć, bo do pełni szczęścia brakuje ci jeszcze kameralnego cmentarzyka w ogródku?

– Cmentarz podobno jest niedaleko stąd w lesie, chyba gdzieś w tę stronę. Czy może w tamtą?...

– Matko i córko, Oda... Mam nadzieję, że działka jest chociaż uzbrojona.

– A tak, gdzieś tam powinna być stara studnia. Chyba. O ile dobrze pamiętam.

– Nie, ja z tobą oszaleję... – jęknęła Agnieszka, łapiąc się za głowę. – Czyli na dzień dobry nie ma tu ani bieżącej wody, ani kanalizacji, a ty chcesz stawiać dom. A prąd? Gaz?

– Gaz najwyżej będzie z butli. Albo i nie, da się żyć bez gazu. A prąd się dociągnie. Kiedyś. Może. Zobaczymy. Teraz uprzątnę te pozostałości po zgliszczach, załatwię ostatnie papiery i tak dalej. Chłopaki przyjeżdżają z początkiem maja, do końca wakacji powinni się ze wszystkim uwinąć i na jesieni będę się mogła wprowadzać.

– Znaczy... znaczy, ty zamierzasz tutaj zamieszkać? Tak całkiem? Na stałe?

– No tak. Chyba najwyższa pora osiąść gdzieś na dobre. Albo i złe, ale to się dopiero okaże. To co? – Sięgnęła na przednie siedzenie samochodu po swój plecak i wyjęła z niego kserokopię specyfikacji. – Zerkniesz na te fundamenty i powiesz, czy to utrzymają? – Zamachała kusząco kartkami pełnymi rzutów i liczb.

– Nie wolałabyś zostać w mieszkaniu? – zapytała Agnieszka, choć dobrze wiedziała, jaką usłyszy odpowiedź. Nie przeliczyła się.

– Nie. Spędziłam w nim ostatnie pół roku i wystarczy. Kiedy dom będzie gotowy, przeniosę się tutaj. Później poszukam najemcy na mieszkanie. Nie chcę go sprzedawać, za parę lat będzie jak znalazł dla Halszki.

– Oda, no co ty...

– Postanowione – ucięła. – Dzieci nie mam i mieć już raczej nie będę, niechże dziewczyna choć raz w życiu dostanie od ciotki szaławiły coś więcej niż kilka dolców w wymiętej kopercie i życzenia spóźnione o strefę czasową lub dwie. W końcu to moja chrześnica – dodała i uśmiechnęła się ciepło do kuzynki, a ta odpowiedziała tym samym, bo też trudno im było się nie uśmiechać na wspomnienie Halszki.

– Cóż, dwie godziny jazdy to zawsze ciut bliżej niż do Afryki czy za Ural – stwierdziła Agnieszka w nagłym przypływie optymizmu. – Ale w zasadzie... dlaczego przywiało cię właśnie tu?

Oda wzruszyła ramionami.

– Sama nie wiem. W tym miejscu jest coś... coś takiego... Nawet nie umiem tego nazwać, ale mam wrażenie, że mnie przyzywa, odkąd agencja przysłała mi dokładniejsze zdjęcia i adres.

– Przyzywa, tak? – Agnieszka uniosła sceptycznie brew.

– Co, myślisz, że to niepokojący objaw?

– Sama powiedz, w końcu to ty jesteś lekarzem. Ja mogę zbadać co najwyżej fundamenty. No dobrze, daj mi to – rzekła, wyciągając rękę po specyfikację. – Niech no najpierw zobaczę, coś ty w ogóle kupiła na tym całym Allegro...

* * *

Stara studnia, istotnie, gdzieś tam była. Znalazła się wśród gęstych chaszczy, dwadzieścia, może trzydzieści metrów za pozostałościami spalonego domu. Niestety, była też zarośnięta aż po sam skraj cembrowiny i od co najmniej dekady sucha jak pieprz. Dlatego Oda, nie zastanawiając się zbytnio, poszła za radą kuzynki, napoczęła spadek nieco bardziej i sprowadziła miłych fachowców, żeby jeszcze przed rozpoczęciem budowy wykopali jej studnię głębinową. Z cmentarzykiem w lesie sprawa okazała się o wiele prostsza. Choć starszy niż studnia i chyba nawet jeszcze bardziej zapuszczony, nadawał się do podziwiania bez żadnych dodatkowych wykopków.

Dzień przed długim majowym weekendem kuzynki wróciły razem na polanę, ciągnąc za samochodem Agnieszki niewielką przyczepę kempingową, którą wynajęła Oda. Zgodnie z zasadą, że pańskie oko konia tuczy, miała zamiar zamieszkać w niej aż do zakończenia robót budowlanych. Z tej okazji wyposażyła się w bardzo profesjonalny osprzęt turystyczny, w tym łom, solidną siekierę i sekator, a także hamak i rower z sakwami, żeby zyskać nieco mobilności.

Nie pomyślała tylko o jednym.

– Zabrałaś może kosiarkę? – zapytała Agnieszka spomiędzy łanów traw i chabazi, które od marca zdążyły nieco urosnąć i teraz sięgały jej aż po pachy.

– Hm. Nie, w tych warunkach kosiarka wyzionęłaby ducha po pierwszym metrze. – Oda drapała się przez chwilę w zamyśleniu po kędzierzawej głowie, po czym orzekła stanowczo: – Tu trzeba porządnej, staroświeckiej kosy.

– A znamy jakiegoś kosyniera?…

– Nie znamy, ale poznamy. Chodź.

Wbrew obawom Agnieszki nie było to całkowite zadupie. Kilkanaście kilometrów dalej leżało miasteczko, którego istnienie Oda odkryła tydzień wcześniej, studiując najbliższą okolicę na internetowej mapie. Nie imponowało architekturą ani rozmiarami, ale miało ryneczek, supermarket, sklep z chińskim badziewiem po pięć złotych, przychodnię, pizzerię i bankomat, a także to, czego potrzebowała teraz najbardziej – całodobowy monopolowy, a przed nim skwerek permanentnie oblężony przez miejscowych koneserów szato, rocznik siedemnasta piętnaście, oraz głównych nurtów filozofii współczesnej, ze szczególnym uwzględnieniem surowego pragmatyzmu. Po kwadransie swobodnej rozmowy z tubylcami Oda dostała nazwisko, numer komórki i dwie propozycje małżeństwa. Za wszystko grzecznie podziękowała.

Po powrocie na polanę Agnieszka rozpoczęła telefoniczne łowy na zasięg i kosyniera, Oda tymczasem wyciągnęła z przyczepy sekator i wzięła się do ogołacania całkiem sporego skrawka ziemi pod ognisko. Była w połowie, kiedy wyrosła przed nią kuzynka i pomachała komórką.

– Załatwione. Swoją drogą, dziwny facet.

– Czemu dziwny?

– Bo ja wiem? Po prostu jakiś taki... no, dziwny. Dziwnie się z nim gada. Ale zgodził się przyjechać jutro z samego rana.

– Bardzo rana?

– Oby nie, w naszym wieku blady świt zaczyna szkodzić na cerę.

– A ziemniaczki z ogniska? – Oda skinęła głową na wielki wór, który wraz z innymi zakupami przy okazji przywiozły z miasteczka.

– Ziemniaczki z ogniska, moja droga Odo, są bezcennym źródłem potasu, szczęścia i powierzchownych oparzeń podniebienia miękkiego.

– No to siadasz i zawijasz je w te sreberka.

Było grubo po północy, kiedy uznały wreszcie, że reszta zaległości w pogaduchach musi zaczekać do rana, aż odzyskają nieco rozsądku. Zagasiły więc ognisko i poszły spać – czy też raczej przewróciły się, tak jak stały, aż po kokardę pełne ziemniaczków z ogniska i nie tylko.

Ze snu wyrwał je nieziemski łomot.

Oda drgnęła nieco zbyt raptownie i runęła na podłogę, utykając na dobrą minutę między wąskim łóżkiem a stolikiem. Za to Agnieszka obrała kierunek wprost przeciwny, gdyż poderwała się i huknęła czołem o szafkę z takim impetem, że aż zadrżała cała przyczepa.

Ich kosynier wcale nie wyglądał tak dziwnie, jak zapowiadało się przez telefon. Miał ze trzydzieści, może trzydzieści parę lat, kilkudniowy zarost i szpakowate włosy, które uderzająco kontrastowały z młodą twarzą. Całkiem przystojną, o ile ktoś lubił u faceta mocno zarysowaną szczękę, wydatne kości policzkowe i brwi z własnym charakterem. Na szczęście Oda nie była szczególną fanką tego wzorca zadziornej męskiej urody, a resztki próżności już dawno temu zostawiła gdzieś za zwrotnikiem Raka, dlatego bez skrępowania stała przed nim w wymiętoszonych, woniejących dymem ciuchach, rozczochrana jeszcze bardziej niż zwykle, z wzorem obicia odciśniętym na jednej stronie bladosinej twarzy.

– Dzień dobry. To pan łomotał?

Kosynier nie zdążył nawet odpowiedzieć, bo z głębi przyczepy dobiegł straszliwy rumor i brzęk.

– Chyba mam wstrząs mózgu… – wymamrotała za jej plecami Agnieszka, łapiąc się jedną ręką za czoło, drugą zaś framugi. Diabli wzięli cały jej paryski szyk.

– Raczej wstrząs kaca, pani magister inżynier – odparła Oda z przekąsem, lecz z zawodowego przyzwyczajenia szybko skontrolowała sytuację.

Chwilę potem, zostawiwszy kuzynkę z zimnym okładem na czole, wyjrzała na polanę. Kosynier czekał na turystycznym krzesełku, grzebiąc patykiem w zimnym popiele ogniska.

– Roch – przedstawił się krótko.

– Oda – odwzajemniła się jeszcze krócej. – Długo ci to zajmie?

Potoczył niespiesznie wzrokiem po bujnych trawach.

– Do wieczora powinienem się wyrobić.

– O ile nie będzie dziś padać. Zapowiadali chyba jakieś deszcze.

– Nie będzie.

Trochę zaskoczyła ją pewność, z jaką to powiedział, ale z zasady nie wdawała się w bezproduktywne dyskusje. Obmyła się szybko przy studni, po czym wróciła do przyczepy, gdzie od progu powitało ją donośne chrapanie kuzynki. Woda z okładu kapała miarowo na podłogę. Oda przebrała się w wygodne portki, do nich założyła T-shirt, narzuciła flanelową koszulę i podwinęła rękawy, za pomocą trzech grubych frotek mniej więcej okiełznała włosy. Już nieco podobniejsza do siebie wyłoniła się na światło dzienne.

Tymczasem kosa w rękach Rocha śmigała rytmicznie na lewo i prawo, rzucając zajączki po całej polanie. Obok samochodu Agnieszki stał wysłużony biały dostawczak z otwartą paką, na której leżały między innymi przeróżne szpadle, motyki, widły i druga kosa.

– Nie rusz... – Roch rzucił ostrzegawczo, w pół słowa zmienił jednak zdanie, widząc, z jaką wprawą Oda chwyciła narzędzie.

Przez następne dwie godziny uporali się ze sporą połacią terenu od wylotu ścieżki aż do pozostałości domu, wycinając coś w rodzaju szerokiego podjazdu. Podczas gdy Roch ruszył dalej, Oda zamieniła kosę na sekator i na kolanach zaczęła walczyć z trawskami i chwastami, które rosły przy samych fundamentach. Tu i tam jej wzrok wyłowił ciemniejsze smugi na kamieniu.

– To musiał być naprawdę wielki pożar... – mruknęła do siebie.

– Owszem. Cud, że nie zapalił się las.

– Gdyby nie brak prądu, obstawiałabym zwarcie?... – Zawiesiła pytająco głos, oglądając się na Rocha, który przystanął tuż za nią i drobnymi łyczkami pociągał wodę z butelki. Zabawne, przemknęło jej przez myśl, pił tak samo, jak mówił.

– Podpalenie.

– Żartujesz?

– Nie. W samym środku nocy.

– Komuś coś się stało?

– Nie. Tylko domu żal. Piękny był, bardzo stary. Z wieżyczką.

– Sporo o nim wiesz.

– Mój ojciec tu pracował – wyjaśnił Roch.

– Długo?

– Całe życie.

– Też jako ogrodnik?

– Ogrodnik, dekarz, malarz, kafelkarz, kominiarz, dostawca... Do wyboru, do koloru. Kochał ten dom nad życie.

Oda wstała z klęczek.

– Cóż, wieżyczki nie planuję, ale jeśli chce, to może tu śmiało zaglądać.

– Ojciec zmarł jesienią.

– Och. Przykro mi.

– Mnie również. – Wsunął butelkę z powrotem do kieszeni na nogawce luźnych bojówek i złapał za kosę. – A ty?

– Co ja?

– Nie jesteś stąd. Nie żal ci zostawiać rodziców?

– Cóż, od grudnia już oficjalnie jestem sierotą. Choć tak naprawdę czuję się nią, odkąd zmarł mój ojciec, czyli od dobrych kilkunastu lat.

– Ukochana córeczka tatusia?

– Wielkie rozczarowanie mamusi.

– Aż tak źle?

– Ciężki przypadek wiecznego niezadowolenia. Mój ojciec umarł, żeby w końcu mieć święty spokój, zawsze będę to powtarzać.

– A ty? Wzięłaś ją na przeczekanie?

– A ja... Cóż, długo by... – Popatrzyła w dół, na swoje buty na tle przydeptanej trawy. Ciemnoróżowe, nowiusieńkie glany, które ujrzała na wystawie tamtego dnia, wracając piechotą z pogrzebu. I tak jak wtedy poczuła, że jeśli nie przestanie uciekać i nie zacznie wyciskać swojej matki z siebie, pomału, do cna, to pewnego dnia ta matka wyjdzie z niej nie tylko wąsem. – Kiedy miałam jakieś pięć lat, pojechałyśmy na wakacje na wieś. We dwie. Do rodziny. Może to był pierwszy raz, a może nie, może po prostu tych poprzednich nie pamiętam, ale tamtego lata nie zapomnę chyba nigdy. Miejskie dziecko na wsi, wiadomo, pełnia szczęścia. Krówka robi „muuu", kurka robi „ko-ko-ko", traktor robi „brummm", matka robi „uważaj, bo". Uważaj, bo się ubrudzisz. Uważaj, bo spadniesz. Uważaj, bo się zgubisz, potkniesz, spocisz, zmęczysz, przeziębisz. Aż któregoś dnia ciotka postanowiła ubić kurczaki.

Wyniosła na podwórze taką wielką miskę z żółtego plastiku, do dziś mam ją przed oczami, postawiła przy pieńku, wzięła siekierę, złapała kurczaka i bach! Krew sikała, kurzy łeb lądował w misce, a korpus jak głupi jeszcze przez chwilę biegał po podwórzu, jakby próbował uciec przed śmiercią. A zaraz po nim drugi, trzeci i tak dalej. Patrzyłam i nie rozumiałam, na co patrzę. Miałam pięć lat, nic dziwnego. Czemu ten kurczak wciąż żył, skoro nie żył? No bo przecież musiał żyć, skoro biegał, ale też nie mógł żyć, skoro jego łeb leżał w misce. To było straszne, naprawdę straszne, ale też na swój sposób fascynujące, po raz pierwszy doświadczyłam czegoś tak... tak pierwotnego. Ostatecznego. Aż nagle z domu wypadła moja matka i zrobiła ciotce awanturę nie z tej ziemi. Poniekąd słusznie, dziś to wiem, w końcu żadne dziecko nie powinno na coś takiego patrzeć, ale... Od tamtej pory wszystkie wakacje spędzałam w mieście. Z matką. Ciągała mnie z jednej ostoi kultury do drugiej, a potem maglowała z tego, co zapamiętałam. Jako piętnastolatka rozpoznawałam wszystkie opery Verdiego po pierwszych taktach, za to nigdy nie jechałam pociągiem. Grzecznie skończyłam liceum, grzecznie poszłam na medycynę i zdobyłam powszechnie szanowany zawód, grzecznie pochowałam ojca, a potem spakowałam się do jednego plecaka i bardzo niegrzecznie zwiałam z domu, żeby się brudzić, gubić, pocić, męczyć i choć trochę schamieć za te wszystkie potulne, kulturalne lata spędzone pod kloszem. Zaczęłam od wolontariatu, potem była misja, jedna, druga, dziesiąta, wreszcie Lekarze bez Granic. Dziesięć lat harówki z paszportem w zębach i dobytkiem na plecach. W gruncie rzeczy i tak miałam szczęście. W ramach buntu szczepiłam ludzi na całym świecie, a mogłam przecież skończyć w melinie, z trójką dzieci i czwartym w drodze, każdym z innego ojca. – Podniosła wzrok na Rocha, który przez cały ten czas słuchał w milczeniu. – A teraz ty mi powiedz, czemu ja ci to wszystko mówię.

Roch uśmiechnął się półgębkiem, jak gdyby doskonale znał odpowiedź na jej pytanie, tylko nie zamierzał się nią dzielić, przynajmniej jeszcze nie teraz. Wziął kolejny zamach kosą, a Oda znów przyklękła i wróciła do czyszczenia fundamentów.

Z przyczepy wysunęła się rozczochrana blond głowa. Mrużąc oczy, Agnieszka wpierw rozejrzała się po polanie, po czym łypnęła na niebo.

– Chmurzy się – zauważyła, przejechała językiem po zębach, wzdrygnęła się i ze szczoteczką w garści poczłapała do studni.

– Mówiłam – rzuciła Oda znad sekatora. Roch jak gdyby nigdy nic robił swoje.

– Przejdzie bokiem.

A ten znów to samo. Zaśmiała się, słysząc tę jego granitową pewność, gdy wtem zachwiała się i byłaby upadła, gdyby w ostatniej chwili nie oparła się dłonią o odsłonięty fundament.

I zamarła.

Kamień pod jej dłonią drżał – ledwo, ledwo zauważalnie.

* * *

W połowie sierpnia drewniany dom był praktycznie gotowy i po trzech miesiącach ekipa budowlana odjechała w siną dal. I to nie bez pewnej ulgi.

Brak ciepłej wody, saperka i krzaki zamiast uczciwego wychodka, jak również brak prądu i idący za tym szereg drobnych niedogodności, z którymi musieli się mierzyć każdego dnia – od tęsknoty za rytmicznym podkładem muzycznym aż po konieczność paranoicznego oszczędzania baterii w telefonach – dość szybko okazały się niezbyt istotnymi szczegółami w zderzeniu z Odą i jej charakterem.

A było to zderzenie czołowe.

Otóż Oda z jakiegoś powodu w ogóle nie gotowała im obiadów. Ani nawet wody na herbatę. Nie prała im gaci. Nie sprzątała w ich przyczepie. Nie była też „szefową", „kierowniczką", „złociutką" ani „panią kochaną", a już z pewnością nie jeździła po piwo i fajki. W przypływie dobroci mogła co najwyżej podać otwieracz, przypływu złości woleli nie ryzykować. Ognisko rozpalała chyba samym spojrzeniem, bo zanim się obejrzeli, płomienie już trzaskały, siekierą zaś posługiwała się lepiej niż sam majster, który pamiętał jeszcze czasy krzesiwa i hubki. Była też silna, stanowcza, goniła ich z papierosami jak najdalej od drzew i miała fioła na punkcie BHP. O tym ostatnim przekonali się, kiedy własnoręcznie ściągnęła z dachu najmłodszego łebka, któremu szkoda było czasu na zakładanie zabezpieczeń. Dopóty truła mu o otwartych złamaniach z przemieszczeniem, pęknięciach czaszki i tym podobnych przyjemnościach, barwnie i ze szczegółami, dopóki się nie popłakał. Raz na jakiś czas wpadała do nich bez zapowiedzi Agnieszka w niedorzecznie drogich czerwonych kaloszach i wytykała bezlitośnie każdą niedoróbkę, jaką wychwyciła czujnym okiem fachowca, przyprawiając zgodnie całą ekipę o zbiorową traumę. A jakby było im mało nieszczęść, co wieczór zewsząd zlatywały się hordy komarów, odpornych na wszystkie aerozole świata i bezustannie spragnionych bufetu w postaci pięciu chłopa z Podkarpacia.

Trzeba jednak oddać rozbawionej tym stanem rzeczy Odzie, że zamiast byczyć się na leżaku, uczciwie odwalała swoją część brudnej roboty. Zdarzało się, że kiedy ładowała kolejną taczkę albo taszczyła dachówki, nachodziło ją naraz jakieś wspomnienie i wtedy opowiadała ze swadą to i owo o swoich wyprawach. Budowlańcy słuchali z zaciekawieniem, a z czasem nawet zaczęli się dopraszać o ciąg dalszy, zawsze skutecznie. Ale przepierki nie doprosili się nigdy.

W dniu ich odjazdu Agnieszka dobijała cztery piąte ekipy drobiazgowym odbiorem i toną dokumentacji, natomiast stary majster raz jeszcze próbował przekonać Odę, żeby pozbyła się spalonego drzewa nad stawem, które bolało go w estetykę.

– Pani Odeńko, to jebnie – tłumaczył ze znawstwem.

– Nie jebnie, panie majster.

– Jebnie.

– To będzie jebnięte.

Na ten argument majster nie znalazł odpowiedzi innej niż chichot. Chłopakom pewnie śniła się już po nocach, lecz on sam polubił tę wiecznie rozczochraną, charakterną kobietę o piegowatym nosie i zielonych oczach, wielkich i okrągłych jak pięciozłotówki. Była szalona i trudna w obsłudze, za to uczciwsza niż większość ludzi, jakich spotkał przez całe swoje życie.

– No, zostało jeszcze trochę upierdliwej papierologii, ale w zasadzie możesz się nieoficjalnie wprowadzać – rzekła z satysfakcją Agnieszka, kiedy ekipa popruła wąską ścieżką, aż się za nią kurzyło, i kuzynki rozsiadły się z herbatą na drewnianym tarasie z widokiem na las. – Raczej nic ci na ten szalony łeb nie spadnie. I co teraz? Szukasz ludzi do wykończenia?

– Wystarczy, że wykończyłam tamtych – zaśmiała się Oda znad swojego kubka. – Nie, sama sobie poradzę.

– Na pewno? Nie lepiej zatrudnić jakąś złotą rączkę?

– Aguś, lepiłam w Afryce domy z krowiego łajna, naprawdę, poradzę sobie z pomalowaniem ścian i przyklejeniem paru kafli. A potem bierzemy się z Rochem za ogród.

– Z Rochem? – Agnieszka ułożyła usta w bardzo zaskoczone o, po czym gwizdnęła przeciągle. – Z Rooo…

– Och, a dajże spokój! No i co mi tu gałami przewracasz, Roch to Roch! Przyjeżdża raz na dwa tygodnie, żeby skosić trawę, i tyle.

– Jasne, jasne… Dzisiaj „Roch to Roch", a zanim się obejrzysz, będziesz mu czule piszczeć do uszka: „Och, Rochu, bierz mnie po trochu…".

– Zdurniałaś? Co to niby ma być, *Miłość nad pogorzeliskiem*?

– Wersja dla ubogich, ale zawsze coś. Nooo? – po chwili ponagliła kuzynkę, gdy ta milczała zbyt długo i najwyraźniej ani myślała wracać do interesującego Agnieszkę tematu.

– Co „nooo"?

– No co z tym Rochem?

– Nic, a co ma być?

– Nic a nic?

– Nic a nic. Lubię go, i tyle. Zero chemii.

– Bez szans na odrobinę fizyki? Gimnastykę artystyczną? Albo chociaż robót…

– Żadnych i na tym zakończmy temat, zanim skończą ci się żenujące aluzje.

– Szkoda… Ale wiesz co? Od następnego tygodnia mam urlop, a Halszka ciągle mnie męczy, żebyśmy do ciebie przyjechały chociaż na parę dni, póki jeszcze są wakacje. Z łajna nigdy nie lepiłyśmy, ale chyba damy radę trochę ci pomóc z tym malowaniem. Co ty na to?

– Jeszcze pytasz?! Przyjeżdżajcie choćby i na miesiąc!

Dopiwszy herbatę, wspólnymi siłami opróżniły i wysprzątały przyczepę kempingową, którą Agnieszka miała odholować z powrotem do miasta. W międzyczasie dogadały szczegóły wizyty. Kiedy późnym popołudniem Oda machała odjeżdżającej kuzynce na pożegnanie, z jednej strony nie mogła się już doczekać, kiedy znów zobaczy ją i Halszkę, ale z drugiej…

Cóż. Z drugiej wiedziała, że wtedy w okamgnieniu wyjdzie na jaw, jak bardzo jej dziś nałgała. Bo z Rochem łączyło ją więcej chemii niż węgiel i fluor w teflonowej patelni. Tyle że była to chemia zupełnie innej natury niż ta, o którą posądzała ich Agnieszka. Tak niecodzienna, że nawet sama Oda nie do końca potrafiła określić, o co właściwie jej chodzi. Ale czuła to i na dziewięćdziesiąt dziewięć procent była przekonana, że Roch także. Każdą komórką. Nieustannie. Dostrzegała to w sposobie, w jaki czasem długo krążył po polanie, zanim odpalił kosiarkę. Albo stał całymi minutami jak posąg z zadartą głową i wpatrywał się w niebo. Albo siadał na trawie, rozpościerał szeroko palce i przyciskał dłonie mocno do ziemi.

Musiał coś wiedzieć. W końcu jego ojciec spędził tu całe życie.

Ale wciąż pozostawał ten jeden procent niepewności, dlatego Oda nadal się zastanawiała, jak ugryźć temat. I to najlepiej tak, żeby w razie czego nie zrobić z siebie wariatki kwalifikującej się do leczenia.

Otworzyła drzwi na oścież i przestąpiła próg. Oto był. Dom. Pierwszy, który mogła nazwać swoim. Co prawda niespełna pięćdziesiąt metrów raczej nie było oszałamiającym metrażem, ale Oda nie potrzebowała więcej. Lata pomieszkiwania w przeróżnych namiotach, barakach i lepiankach nauczyły ją, że dach nad głową, dostęp do czystej wody i źródło ciepła w zasadzie wystarczą jej do szczęścia, cała reszta zaś to miły dodatek. A po trzech miesiącach w przyczepie czuła się wręcz oszołomiona tą przestrzenią. Zaciszna, jasna sypialnia mieściła się na tyłach, od frontu rozciągał się duży wielofunkcyjny pokój oraz łazienka, przytulona do niego tak, aby po rozpaleniu ognia w wielkiej kaflowej kuchni grzały się obydwa pomieszczenia. Tu i tam przezorny majster wcisnął nawet przeróżne półki i schowki na rzeczy, które po opróżnieniu przyczepy walały się wszędzie.

I mogły się tak walać do woli, pomyślała Oda, uśmiechając się promiennie, ponieważ po raz pierwszy od czterdziestu dwóch lat zamieszkała gdzieś sama. Tak całkiem, naprawdę sama, bez żadnego rodzica czy współlokatora, który wróciłby w najmniej odpowiednim momencie i zrobił awanturę o krzywo odstawiony garnek. Nawet w przyczepie, z pięcioma budowlańcami pod bokiem, nie miała wystarczającej swobody. A teraz mogła żyć tak, jak chciała. Nie zamykać drzwi albo zamykać je obsesyjnie. Wychodzić z łazienki w samych majtkach albo i bez majtek. Snuć się od rana do nocy w piżamie. Tarzać się w trawie przed domem. Albo za. Śpiewać na całe gardło najgłupsze piosenki, jakie znała, i bez wyrzutów sumienia składować brudne naczynia w zlewie, dopóki nie najdzie ją na zmywanie. W razie gdyby uprzykrzyło jej się czyjeś towarzystwo, mogła też wyciągnąć rękę i wypowiedzieć trzy magiczne słowa: „Tam są drzwi". A już na pewno nie musiała się rzucać do sprzątania, jeśli nie miała na to ani sił, ani szczególnej ochoty.

Za oknem pomału zmierzchało. Chłodny wiatr buszował w koronach drzew, kołysząc do snu las i jego mieszkańców, więc i Oda postanowiła skorzystać. Zasłuchana w ten kojący, obiecujący szum rozstawiła w sypialni polówkę, rzuciła na nią śpiwór i jasiek i usiadła, żeby rozwiązać glany.

Ledwo dotknęła bosą stopą drewnianej podłogi, znów to poczuła.

Drżenie.

Siedziała tak przez chwilę w zamyśleniu. Może to było złudzenie? A może kwestia krążeniowa? Może za mocno zaciągnęła sznurowadła i po całym dniu w wysokiej cholewce naczynia krwionośne i mięśnie płatały jej teraz figle? Podniosła nogę o kilka centymetrów.

Drżenie momentalnie ustało.

Ostrożnie przytknęła stopę z powrotem do podłogi.

Znowu to samo.

Nie, to nie mogło być złudzenie. Ani też prawidłowe krążenie powracające do kończyny po długim ucisku. Z pomocą logiki wykluczyła też z miejsca parestezje i parę innych schorzeń, zwłaszcza że nigdy nie miała skłonności do hipochondrii. Przyczyna tego drżenia musiała kryć się gdzieś głębiej, i to niekoniecznie w niej samej. Szybko wciągnęła but z powrotem i przeszła do drugiego pomieszczenia. Podniosła klapę w podłodze nieopodal kuchni, odsłaniając nieprzeniknioną czeluść w dole. Włoski na całym ciele stanęły jej dęba w atawistycznym odruchu. Zapaliła lampę naftową i oświetliła szerokie stopnie, wiodące prosto do serca domu – starej piwnicy, która z powodzeniem mogła zastąpić lodówkę, a w razie nagłej potrzeby nawet i loch. Z enigmatycznych wzmianek Rocha wynikało, że poprzednim mieszkańcom służyła za spiżarnię.

Między innymi za spiżarnię, przypomniała sobie, stawiając ostrożnie stopę na pierwszym stopniu. Właśnie tak to ujął. Sęk w tym, że Roch, jak to Roch, mówił tylko tyle, ile chciał i kiedy chciał, i mimo jej nagabywań nigdy nie doprecyzował, co dokładnie zaliczało się do tych „innych".

Z lampą wyciągniętą daleko przed siebie schodziła po szerokich stopniach, jednocześnie rozglądając się po pustej piwnicy. Naraz zmarszczyła brwi. I majster, i Agnieszka zaręczali, że wszystko w porządku, że jest sucho, nie musi się bać żadnego grzyba. Zresztą Oda przekonała się o tym osobiście, kiedy przed rozpoczęciem budowy wyłamały deski, które od czasów pożaru zasłaniały ziejący otwór, żeby nikt tu nie wpadł, i zgramoliły się na dół. Jedyne, co wtedy wisiało w powietrzu, to pajęczyny. Skąd więc nagle wzięła się tu wilgoć? I to nie świeża, co najwyżej parodniowa, lecz stara, zatęchła, zastała, lodowata wilgoć, z gatunku tych, które przeszywają człowieka aż do kości, za nic mając warstwy ubrania.

Oda odstawiła lampę na jeden z wyższych stopni, podeszła do kamiennej ściany i przytknęła do niej dłoń.

– Co jest?... – szepnęła do siebie, teraz jeszcze bardziej skołowana niż przed momentem.

Nic. Sucho. Żadnego zimna, żadnej wilgoci, choć i jedno, i drugie wisiało przecież w powietrzu, co najwyżej przyjemny chłód – i to samo uparte drżenie, które wyczuwała na górze, tyle że jeszcze wyraźniejsze.

* * *

Z samego rana Oda wsiadła na rower i popedałowała do miasteczka. Kiedy dotarła do celu, przypieczone sierpniowym słońcem ramiona paliły ją żywym ogniem, pot ciurkiem spływał po plecach, ale w głowie szumiało od szczęścia. Nadała listy na poczcie, zahaczyła o aptekę i spożywczy, by ugrzęznąć na dłużej w sklepie wielobranżowym, skąd wyszła bogatsza o pięć kłębków jutowego sznurka, dwadzieścia metrów stalowej linki, ostrzałkę, dwie lampy sztormowe, zapas oleju naftowego i zapałek na następny miesiąc, klamerki, koc z zielonego polaru, zamykany wiklinowy kosz, komplet bawełnianych powłoczek w kwiatki, szczypce, drewnianą łyżkę, czajnik z gwizdkiem oraz wielki wok, na szczęście bez pokrywki.

Wykombinowanie, jak wcisnąć te zdobycze do dwóch rowerowych sakw, a potem ruszyć z miejsca i się przy tym nie zabić na pierwszym wyboju, zajęło jej więcej czasu niż wszystkie sprawunki razem wzięte. Nie na darmo jednak zdobyła przed sześcioma laty tytuł mistrzyni namiotu w tetrisa. W końcu został jej tylko wok, który za diabła nigdzie nie pasował. Zastanawiała się poważnie, czy po prostu nie wsadzić go sobie na głowę, kiedy usłyszała zdawkowe:

– Cześć.

Za nią stał Roch z torbą pieczywa w ręce.

– O, cześć.

– Jak pierwsza noc w nowym domu?

– A wiesz co, miło, że pytasz.

Ledwo powstrzymał uśmiech, widząc, jak Oda bierze się pod boki.

– Tak?

– A tak. I jeszcze milej, że mam coś ciężkiego pod ręką. – Dla pewności zakołysała mu wokiem przed nosem. – Mów w tej chwili jak na spowiedzi, co wiesz o tym miejscu, albo złamię przysięgę lekarską i cię skrzywdzę. Fachowo. A potem cię posklejam, też fachowo, i skrzywdzę ponownie. Co tam stało? Sierociniec? Przytułek dla obłąkanych? Motel rodzimego Normana Batesa?

– Dom.

– Jaki dom. Konkretnie.

– Stary. Piętrowy. Z wie…

– Tak, tak, z wieżyczką. Wiem, że z wieżyczką.

– Gotycką.

– Mam w dupie wieżyczkę, a ty zaraz będziesz miał w dupie ten wok, jeśli nie przestaniesz strzykać słownictwem i nie wydusisz z siebie czegoś więcej! Szlag!… – prychnęła, gdyż nieoczekiwany podmuch wiatru obudził jej kędzierzawą czuprynę do samodzielnego życia. Zanim zdołała mniej więcej nad nią zapanować, jeszcze dwa razy palnęła się wokiem i diabli wzięli cały efekt. Łypnęła na Rocha, zawstydzona i zła. – Twój ojciec podobno tam pracował całe życie, na pewno wszystko wiesz. Musisz wiedzieć.

Marszcząc lekko brwi, Roch wpatrywał się w chmury przemykające nad miasteczkiem.

– Przykro mi. Obiecałem ojcu, że dochowam tajemnicy.

Okej, to akurat była w stanie zrozumieć. Niestety. O ile z matką nie potrafiła się porozumieć, o tyle z ojcem zawsze trzymali sztamę. Nigdy nie złamałaby danego mu słowa.

– Powiedz mi tyle, ile możesz. Cokolwiek. Kto tam mieszkał?

– Najpierw pewien starszy pan – odparł po dłuższym milczeniu. – Samotny, ale dość majętny. To on postawił dom. I wie…

– Tak, tak, i wieżyczkę. A potem?

– Inny starszy pan. Też samotny. Ciut mniej majętny.

– A potem?

– Pan po trzydziestce. Samotny. Goły i wesoły.

– Okej, zaczynam dostrzegać pewien wzorzec. A potem?

– Potem był pożar. – Widząc znów groźny błysk w jej zielonych oczach, wziął głęboki wdech. – No dobrze. Przed pożarem parę osób zdążyło tam umrzeć.

– Brawo, robisz postępy! Śmiercią naturalną?
– Cóż. W zasadzie to naturalne, kiedy człowiek umiera od kuli w czaszce. Albo nadziany na widły.
– Czyli parę trupów, w tym co najmniej jeden samobójca.
– Seryjny.
– Słucham?
– Seryjny samobójca.
– To niemożliwe. Nie da się zabić… się więcej niż raz.
– A jednak.
Oda naraz dodała dwa do dwóch.
– Och, niech zgadnę. I te wszystkie trupy, z samobójcą włącznie, spoczywają…
– …na cmentarzu w lesie.
– Oczywiście, no bo czemu nie. Nie ma to jak kilka trupów pod ręką. Fantastycznie. Jeszcze jakieś anomalie, o których zapomniała mi wspomnieć agencja, sprzedając tę uroczą, tfu, działkę? Dusze potępieńcze topiące ludzi w stawie? Drzewo krwawiące z dziupli? Morderczy klaun, którego powinnam nerwowo wypatrywać pod łóżkiem?
– A masz już łóżko?
– Nie.
– To dobrze.
– Kiedyś cię zaduszę.
– Do usług. Ach, właśnie. – Z kieszonki na piersi wyjął złożoną na pół karteczkę. – Tu masz namiary na człowieka od oczyszczalni ścieków. Drenażowej, jak chciałaś. A po weekendzie wpadnę z kosiarką. Przy okazji wezmę się za staw.
– To nie przyjedziesz w piątek?
– Nie. W piątek nie ma sensu.
– Czemu?
– Bo będzie padać.

– Skąd… – Nie dokończyła jednak, bo ją olśniło. Wyciągnęła z plecaka scyzoryk, odcięła długi kawał sznurka i przywiązała mocno do uchwytów woka. – Ha! Potrzeba matką wynalazku! Dobra, no to mi jeszcze wyjaśnij, o ile ci ojciec pozwolił, dlaczego cały fundament telepie się, jakby miał gorączkę. Spazmatyczny szloch targa potępioną duszą seryjnego samobójcy, a ja odbieram wstrząsy wtórne? A potem co, tsunami?

– Nie wiem, Odo. To zawsze było dziwne miejsce. Ojciec mówił, że od stuleci przyciągało różne siły. Zazwyczaj dobre. A czasem też i złe.

– Cóż, tym razem przyciągnęło mnie – stwierdziła buńczucznie, zarzucając sobie wok na plecy niczym stalową skorupę. Razem ze szczypcami i łyżką sterczącymi zadziornie z sakw upodabniała ją do wyjątkowo wojowniczego żółwia ninja. – Gorzej już raczej nie będzie.

– Może cię podwieźć? – Roch zawołał jeszcze za nią, gdy się pożegnali i Oda, chybocząc się na boki, ruszyła w drogę powrotną. – Zbiera się na deszcz.

– Dzięki, dam sobie radę! – odkrzyknęła i na dowód, że wcale nie nadrabia miną, raźniej nacisnęła na pedały.

Jazda na obciążonym i przez to niestabilnym rowerze, z wiklinowym koszem na kierownicy i wokiem na plecach okazała się nieco trudniejsza niż bez tych wszystkich maneli. Po trzydziestu minutach Oda, zamiast zbliżać się do swojego rozstaju, wciąż była w lesie – tym razem nie tylko dosłownie.

Po trzydziestu dwóch lunęło.

Po kolejnych trzech minutach Oda musiała zwolnić, bo ledwo widziała przez siną ścianę deszczu. Była przemoczona aż do samych majtek, w glanach radośnie chlupotała jej woda, a pukle, już i tak wystarczająco niesforne, najpierw poskręcały się w lśniące sprężynki, lecz wkrótce potem całkiem oklapły pod ciężarem wody, która ciurkiem leciała Odzie za kołnierz.

A ona się śmiała, duszą i ciałem, ustami i oczami, mokra i szczęśliwa. Do momentu, kiedy wjechała w ostry zakręt i zobaczyła samochód stojący z włączonymi światłami na przeciwległym pasie.

Wszystko stało się tak szybko, że nie zdążyła nic zrobić. Samochód ruszył z ogłuszającym piskiem opon, a Oda poczuła falę obryzgującej ją wody i pęd powietrza zarzucił rowerem. Gruchnęła ciężko o żwirowe pobocze, kalecząc sobie prawą dłoń. Brzeg wielkiego woka wbił jej się w bok, od pachy aż po biodro.

Leżała chwilę, czując w ustach znajomy żelazisty posmak. No tak, przy upadku przygryzła sobie język. Potem dźwignęła się ostrożnie na łokieć i uwolniła prawą nogę, wyczekując bólu. Ale nie, nic z tych rzeczy. Była poturbowana, poobcierana i ubłocona, to wszystko. Odetchnęła.

Wtedy jej uszu dobiegł płacz, cienki i rozpaczliwy. W mgnieniu oka zerwała się na równe nogi w poszukiwaniu źródła dźwięku.

Po drugiej stronie szosy, tam, gdzie przed momentem stał samochód, na skraju lasu coś się miotało. Oda bez namysłu skoczyła w mokre chaszcze i zaklęła jak rzadko kiedy, widząc, z jaką starannością ktoś obkleił worek po cemencie grubą taśmą pakową. Jak nic zeszła mu na to cała rolka... Bała się wbić scyzoryk, bo zwierzę w środku zawodziło i rzucało się nieustannie, ale musiała to zrobić, zanim biedne stworzenie się udusi. Unieruchomiła je więc między udami, aż zaskowytało, choć bardziej ze strachu niż fizycznego cierpienia, i ostrożnie zrobiła pierwsze nacięcie.

Z dziury natychmiast wysunął się maleńki, czarny nos i zafurczał, wciągając łapczywie powietrze.

Kawałek po kawałku Oda rozcinała grubą warstwę papieru i taśmy i w końcu uwolniła więźnia – drżącego, niewielkiego pieska, całego szarego od resztek cementu, który w strugach deszczu szybko zmieniał się w maź i sklejał długą sierść. Oczy jak dwa paciorki patrzyły na nią z nadzieją, podkulony ogon wyraźnie nie mógł się zdecydować, czy merdać resztkami sił, czy też nie.

Niewiele myśląc, Oda przytuliła psinę do piersi.

Merdać. Zdecydowanie.

* * *

– Ciocia O!

Halszka! W pierwszej chwili Oda oniemiała. Od dziesięciu lat oglądała ją w zasadzie wyłącznie z perspektywy kamerki internetowej, czyli od pasa w górę, nic zatem dziwnego, że nie ogarniała całości.

A tu z samochodu wysiadło już nie dziecko, ale wciąż nie kobieta – patykowata, cudowna istota, na pierwszy rzut oka składająca się głównie z długich kończyn i szerokiego uśmiechu, który odziedziczyła po matce, podobnie jak długie, jasne włosy, związane w kucyk. Ale już wzrostem zdecydowanie wdała się w ojca, bo tak jak on bez większego trudu górowała nad obiema kuzynkami, choć miała dopiero piętnaście lat. W tenisówkach, krótkich dżinsowych spodenkach i czarnym T-shircie emanowała taką świeżością i bezpretensjonalnością, na jaką stać tylko nastolatki, kiedy akurat przez chwilę nie praktykują współczesnej odmiany weltszmercu.

– Rany boskie, dziecko, jak tyś wyrosła! – powiedziała Oda odwiecznym zwyczajem starych ciotek i zachłannie przytuliła Halszkę, która przywarła do niej ze wszystkich sił.

– Je jak koń, to trudno, żeby nie wyrosła! – zaśmiała się Agnieszka, otwierając bagażnik. – A stopy ma jak kajaki. Trzydzieści dziewięć i pół, uwierzysz? I wciąż rośnie!

– Mamo! No w e ź!

– Pięć kanapek na samo śniadanie, moja droga. Codziennie! A po drodze wsunęłaś jeszcze dwie drożdżówki, nie myśl, że nie widziałam. Ty się ciesz, że ci jeszcze nie idzie w biodra! – Nie bez trudu wywlokła z bagażnika wielkie, nieporęczne pudło, zapakowane w ozdobny papier, i postawiła przed Odą na tarasie. – Proszę bardzo, prezent na nowy dom!

– Co to takiego?

– Przenośny kibelek! – odparła z dumą Halszka. – Model Ekselens!

– Ekseląs! – poprawiła ją matka. – A do kompletu proszę bardzo! Dwanaście rolek papieru toaletowego. Trzywarstwowego! Będziesz miała co robić w tej twojej pustawej łazieneczce – dodała i puściła oko do kuzynki.

– O, przepraszam, już nie takiej pustawej! Od wczoraj jestem dumną posiadaczką balii kąpielowej. Z piecykiem na drewno!

– No, to jeszcze tylko prąd i kanalizacja i będziesz mogła żyć prawie jak człowiek.

– Życie jak człowiek jest stanowczo przereklamowane, moja droga. Osobiście wolę żyć jak zwierzę.

– Och, mamo, patrz! – zawołała z entuzjazmem Halszka. – Jaki słodki!

Zza uchylonych drzwi wysunął się drobny psi łebek i łypał na nich czujnie.

– No pięknie. Kilka dni się nie widziałyśmy, a ty zdążyłaś już przygarnąć psa?

– To jest Kuleczka – Oda przedstawiła im psiaka. – Chodź, Kuleczko, nie bój się. To są całkiem oswojone wariatki.

Słysząc słowa zachęty z ust swojej pani, Kuleczka przykuśtykała na taras. Zdaniem weterynarza nie miała jeszcze nawet pół roku i nie zanosiło się, by rozmiarami kiedykolwiek doścignęła kota. I to nawet takiego drobnego. Bez warstwy cementu, zlepiającej jej długą, delikatnie kręconą sierść, była prawie czarna, jedynie z białą apaszką i brązowym podwoziem. Lecz nie to najbardziej rzucało się u niej w oczy.

– Mamo, zobacz! Ona nie ma łapki!

Rzeczywiście, zamiast jednej tylnej łapy nad ziemią unosił się kikut. Na tle pomału odrastającej w tym miejscu sierści wciąż dało się dostrzec niedawno zagojoną bliznę.

– Oda? – Kuzynka rzuciła jej nieufne spojrzenie. – Coś ty znowu wykombinowała, szaławiło? – zapytała półgłosem.

– Nic. Serio, nic – powtórzyła Oda z naciskiem. – Zwykły przypadek. Ktoś ją porzucił na poboczu, w zasadzie na moich oczach. Miałam ją tam zostawić?

– O rany! Biedna, biedna Kuleczka... – Halszka przykucnęła przy psinie i podsunęła jej dłoń do powąchania.

– I to w worku po cemencie – ciągnęła Oda. – Oklejonym taśmą. Jak o tym pomyślę... Żałuję, że nie dojrzałam numeru rejestracji. Popamiętałby mnie, gnój jeden...

– Oda!

– No, gnój.

– Halszko!

– No co? A ty jak byś go nazwała, mamo? Bardzo niemiłym człowiekiem?

– To... to nieistotne!

– Och, wprost przeciwnie, to bardzo istotne – odparła Oda. – Trzeba nazywać rzeczy po imieniu. Brzydka rzecz to i brzydkie imię. A ty lepiej uważaj, Halszko, bo jak się do ciebie przylepi, to będziesz ją do północy głaskała.

– Żaden problem, mogę głaskać! – zaśmiała się Halszka, bo Kuleczka już leżała trzema kołami do góry, nadstawiając ochoczo brzuszek, wciąż lekko wydęty po opróżnieniu porannej miski.

Agnieszka pokręciła głową.

– Ech, ty i ten twój niewyparzony język – zwróciła się do Ody. – Możesz jej nie podsuwać wyrazów?

– Jeżeli naprawdę sądzisz, że piętnastolatka nie zna choć paru, to wiesz o dzieciach jeszcze mniej niż ja.

Agnieszka nic na to nie odpowiedziała, ale szybko znalazła sobie nowy powód do niepokoju.

– A czy ten pies jest chociaż szczepiony?

– Och, no co ty. Walczyłam z cholerą w Afryce, ale nigdy nie pomyślałabym o zaszczepieniu psa. Nic tylko patrzeć, jak Halszka złapie pchły, robaki i zacznie toczyć pianę z pyska. Na litość boską, Aguś! – zakrzyknęła, widząc, że kuzynka wciąż jest nie do końca przekonana, czy rozumieć to dosłownie, czy też nie. – Mam ci pokazać książeczkę?

– Nie, no co ty...

Wzięły się do rozpakowywania bagażnika, podczas gdy Halszka bawiła się z Kuleczką wokół domu. Dzień był piękny, słoneczny, ale przyjemnie wietrzny, dzięki czemu upał nie dawał się tak we znaki.

Wtem wszelkie formy życia na polanie zastygły, ogłuszone gromkim okrzykiem:

– Odo Elżbieto Chojnacka, w tej chwili wstawaj z ziemi!

Halszka przewróciła oczami, ale podniosła się, ku wielkiemu niezadowoleniu Kuleczki, z którą się radośnie tarzała po trawie.

– Czyś ty oszalała!? – grzmiała dalej Agnieszka. – Przeziębisz sobie pęcherz!

A Odą aż szarpnęło. Czy to przez dziwnie znajomą histerię w głosie kuzynki? Czy też przez to, jak zwróciła się do Halszki?

Nigdy nie przyznała się do tego głośno. Nikomu. Nie zająknęła się choćby półsłówkiem, jak bardzo ją ubodło, kiedy Agnieszka uległa naciskom i zgodnie z tradycją nadała córce imię Oda. Sama szczęśliwie uniknęła tego losu, ponieważ była drugim dzieckiem swojej matki, również drugiego dziecka, mogła więc nie zrozumieć pretensji niewiele starszej kuzynki.

Za to Oda wciąż pamiętała, jak w szóstej czy siódmej klasie na języku polskim każdy miał krótko opowiedzieć o swoim imieniu. Podwójna lekcja trwała łącznie dziewięćdziesiąt minut, dzieci w klasie było zaś dwadzieścioro siedmioro, co dawało średnio trzy minuty dla każdego. Oda mówiła przez kwadrans. Na początek przez ściśnięte gardło wydukała to, co samodzielnie znalazła w leksykonie imion:

– Oda, imię pochodzenia germańskiego. Oznacza własność, dziedzictwo, majątek.

Po czym słowo w słowo powtórzyła już dawno wyryte na pamięć rodzinne podanie o prapraprababce, Odzie Franciszce z Majewskich Bernardowiczowej, która pod warstwami spódnic szmuglowała literaturę patriotyczną i broń podczas powstania styczniowego, a po jego upadku, przepasana wszytym w gorset złotem, poszła za mężem aż na Sybir. Tam, cudem ozdrowiawszy z zarazy, gołymi rękami pochowała i samego

Bernardowicza, i dwóch z trzech ich synów i aż do śmierci prowadziła ochronkę dla polskich dzieci, gdzie uczyła je potajemnie ojczystej mowy. Takie stężenie nieszczęść i patriotyzmu w jednej osobie wymagało stosownego uczczenia. Od tamtej pory żadna pierworodna córka w ich rodzinie nie mogła nosić innego imienia niż Oda. Nie mogła, nie i już, świat by się skończył, gdyby mając w żyłach choć krztynę Tej Świętej Krwi, dziewczynka została zwykłą Joanną, Katarzyną czy Weroniką.

Nauczycielka polskiego ocierała chusteczką łzy wzruszenia, koleżanki i koledzy słuchali z rozdziawionymi ustami, a Oda czuła się jak kopia. Jak nieudolne świadectwo cudzej wspaniałości.

Dostała wtedy piątkę z plusem.

Przez długi czas w najbliższej rodzinie jako pierwsi regularnie na świat przychodzili chłopcy i w rezultacie Ody były tylko dwie: Oda Stefania, jej matka, i Oda Karolina, czyli ona sama. Dopiero po dwudziestu trzech latach urodziła się Oda Elżbieta, którą od pierwszych dni ciotka uparcie nazywała Halszką, rzucając ciche wyzwanie rodzinnemu piętnu. Ku jej wielkiej, skrywanej radości – przyjęło się, do tego stopnia, że mało kto pamiętał, jak naprawdę Halszka miała na imię.

Dobra, odetchnęła w duchu, spokojnie. To tylko twój fioł, nie przenoś go na dziecko, nie przenoś go na dziecko…

Lecz Agnieszka jak nic wzięła sobie za punkt honoru, żeby jeszcze przed zmierzchem doprowadzić ją do ostateczności.

– Halszko! – pokrzykiwała co chwilę, przerywając w pół słowa rozmowę z kuzynką. – Halszko, uważaj! Halszko, gdzie ty tam włazisz? Halszko, chodź się napić! Halszko, nie siadaj tam! Halszko, uważaj, kleszcze!!!

Przy kleszczach Oda nie wytrzymała.

– Dość tego.

Agnieszka zastygła nad pierwszą walizką, którą miała właśnie rozbebeszyć.

– Słucham?

– Dość tego. W tej chwili wracasz do miasta i aż do końca urlopu możesz robić, co tylko chcesz. Biegać po sklepach, wziąć się za zaległe porządki, pindrzyć się u kosmetyczki, ciągać Tomka po galeriach albo całymi dniami leżeć w pościeli, wpieprzać chipsy i oglądać seriale. Ale jeśli tu zostaniesz, to przysięgam, jeszcze jedno histeryczne „Halszko, uważaj, życie!!!" i urwę ci łeb. A wiem, że się nie powstrzymasz! – ubiegła kuzynkę. – I żeby nie było, ja to wszystko rozumiem – dodała już nieco spokojniej. – Naprawdę rozumiem. Ale dłużej tego nie zniosę.

Agnieszka spojrzała na nią jak zbity pies.

– Nie chcesz mnie tu?...

– Chcę. Nawet nie wiesz, jak bardzo chcę. Zostawisz Halszkę z Tomkiem i przyjedziesz do mnie we wrześniu na cały weekend. Albo na wszystkie weekendy. Będziemy pić wino i gadać do rana. Albo pić piwo i milczeć. Albo pić wódkę i biegać nago po łące, gorsząc kleszcze i wiewiórki. Ale nie pozwolę, żebyś spieprzyła swojemu dziecku ostatnie dni wakacji. I mnie przy okazji.

– No a... a Halszka? Tak strasznie się cieszyła, że w końcu spędzi z tobą trochę czasu.

– Och, to akurat proste. Halszkę zostawiasz. Będziemy się świetnie bawić z Kuleczką.

– Nie, Oda, no co ty! To jest zbyt wielka odpowiedzialność, ciężar, tyle rzeczy przecież... przecież... przecież ty nie wiesz nic o dzieciach!

– Są ludźmi, jak ty czy ja, u góry mają wlot, u dołu wylot, cóż tu więcej wiedzieć?

– Ale jej trzeba pilnować! Musi dużo pić, ale nie za dużo, wysypiać się, uważać na sól, nie może siadać na zimnym ani mokrym, bo jeszcze złapie wilka i...

– Aguś, Halszka ma piętnaście lat. Nie pięć. A ja, przypominam, jestem lekarzem. Wiem, co jej dolega i co trzeba robić.

Przekonanie kuzynki do tego pomysłu wcale nie przyszło jej z łatwością, lecz Oda nie zwykła się szybko poddawać. Na dodatek i Halszka, usłyszawszy, jaka jest stawka tego starcia, przypuściła szturm z drugiej flanki i pospieszyła z zapewnieniami, że oczywiście, będzie na siebie uważać, będzie grzeczna, będzie rozważna, będzie posłuszna i w ogóle będzie, jakby jej w c a l e nie było. A u jej nogi siedziała Kuleczka i merdała raźno, jak gdyby na znak, że tak, ona też.

Ostatecznie, skuszona upojną wizją czy to sam na sam z mężem, czy to sam na sam z chipsami, Agnieszka ustąpiła. Wcisnęła córce swój powerbank, żeby mogła naładować telefon, wysłuchała powtórki z solennych obietnic, że odzyska dziecko w takim samym stanie, w jakim je zostawia, a kto wie, może nawet lepszym, i ruszyła do domu.

Ciotka wraz z chrześnicą poszły zdjąć pranie ze sznurka. Polegało to mniej więcej na tym, że Oda ściągała i składała ubrania w koszu, a Halszka brała od niej klamerki i paplała jak najęta.

– ...no i wtedy postanowiłam, że s a m a odłożę tę kasę i za rok zapiszę się na ten kurs, czy się to matce podoba, czy nie. No. To jakie mamy plany na ten tydzień?

– Niech no pomyślę... Ach, tak. W poniedziałek Roch przyjedzie skosić trawę i zająć się stawem. A jeśli pożyczy nam drugi rower, to w środę pojedziemy do miasteczka po zakupy. I to tyle.

– Roch? T e n Roch? Roch tak boski, że olaboga?

– Nie, zastrzelę tę twoją matkę... Tak, t e n Roch – Oda powtórzyła z tą samą emfazą, która jednakże w ustach Halszki miała o wiele więcej uroku, za to mniej sarkazmu. – I tylko proszę mnie z nim nie swatać, dobrze?

– Nie no, ciociu O, co ty, przecież nikt ci nie każe od razu wlec go przed ołtarz. No wiesz, dziś już się raczej nie piętnuje się ludzi rozżarzonym żelazem za seks pozamałżeński.

– Halszko, czy ty przypadkiem nie jesteś za młoda na takie rozmowy?

– Nie, raczej nie, za teorię w moim wieku nic chyba nie grozi. A ty, ciociu, kiedy zaczęłaś się interesować seksem?

– Hm. Zdaniem mojej matki zdecydowanie za wcześnie.

– A twoim?

– Zdecydowanie za późno... No i co, nie będziesz się tu ze mną nudziła? Tyle czasu bez prądu i internetu? Z Rochem i jego kosiarką jako jedyną atrakcją?

– Bez prądu, za to z Ekseląsem! – Halszka mrugnęła łobuzersko. – Uwierz, ciociu O, nic nie przebije trzech tygodni u babci. Normalnie myślałam, że o s z a l e j ę. Nie dość, że codziennie musiałam jeść kaszę mannę na śniadanie, to jeszcze jak babcia strzeliła w grudniu focha, że nie przyszłam na pogrzeb jej siostry, znaczy, twojej mamy, to do tej pory ją trzyma. Jakbym s p e c j a l n i e wylądowała wtedy w szpitalu z grypą, żeby mieć wygodną wymówkę, co nie?

– A znajomi? Na babci się chyba świat nie kończy?

– Wszyscy całe lato w rozjazdach. Serio, c a ł e. Z naszej paczki na miejscu została Dominika, ale z nią to się już w ogóle nie da wytrzymać, odkąd ma chłopaka. W kółko „a Maciek to", „a Maciek tamto", normalnie wszystko już wiem o tym jej Maćku, chociaż nie widziałam gościa na oczy. Jest gorsza niż te wszystkie praciotki, które uważają, że ja się składam tylko ze szkoły, bo o nic innego mnie nigdy nie pytają. Ja do nich „hej, byłam z rodzicami w Wenecji i nurkowałam w Adriatyku, a w weekend tata zabiera mnie na krótki wypad do Londynu, w końcu zobaczę Muzeum Historii Naturalnej, no wiecie, siedemdziesiąt milionów eksponatów, te sprawy", a one brzęczą w kółko „a od września do szkoły, a od września do szkoły...". Dobrze, że nie pytają, czy lekcje odrobiłam, bo normalnie bym oszalała. A mama to wcale nie jest lepsza.

– Nie?

– No co ty, ciociu. Pytam ją „a co u cioci O?", a ona nic tylko „Roch, Roch, Roch". Coś mi się nie wydaje, żebyś zdurniała tak jak Dominika i nie widziała świata poza tym całym Rochem, no ale weź coś z matki wyciągnij, jak już się zapętli... Niby taka nowoczesna, wykształcona, a jak przychodzi co do czego, to nie widzi nic oprócz portek, no nie? – Pokręciła głową z całą powagą swoich piętnastu lat. – O co zakład, że będzie dzwoniła do mnie trzy razy dziennie i wypytywała o wszystko?

Oda odpowiedziała jej szerokim uśmiechem.

– Och, zapewniam cię, że nie będzie.

– Nie?

– Nie. Zapomniała, że tu nie ma zasięgu.

* * *

Oda otworzyła oczy i usiadła na materacu. Wokół panowała ciemność i cisza. I spokój, jak to w środku nocy. Ale coś było nie tak.

Bardzo, bardzo nie tak.

Było jej zimno. Tak zimno, że aż szczękała zębami, a całym jej ciałem raz po raz wstrząsały gwałtowne dreszcze. Ledwo zdołała wymacać na podłodze latarkę i zacisnąć na niej zgrabiałe palce. W drgającym snopie światła zobaczyła, że niespełna dwa metry obok Halszka jak gdyby nigdy nic śpi głęboko na polówce, na wpół odkryta, a przy niej Kuleczka, obie tak samo nieruchome i beztroskie. Nie sprawiały wrażenia zmarzniętych, wprost przeciwnie. Oda spojrzała na okno. Było otwarte, lecz tylko cichy, jednostajny szelest listowia świadczył o jakichkolwiek podmuchach wiatru – zbyt słabych, by wprawić nagrzane powietrze wewnątrz domu w ruch, a co dopiero przyprawić kogoś o spazmatyczne dreszcze. Ten przeraźliwy chłód zdawał się mieć źródło w niej samej, tkwić gdzieś głęboko, aż w kościach, i stamtąd rozchodził się nieregularnymi falami.

Dotknęła czoła, a potem karku. Żadnej gorączki. Więc co…

Co?

Położyła dłoń z powrotem na karku. Dotknęła policzka. Ręki. Nogi. Wszędzie skóra pod palcami była suchuteńka. Mimo to Oda całą sobą czuła nie tylko zimno.

Czuła też wilgoć.

Zatęchłą, lodowatą wilgoć.

– …ciu O? Co się stało? – Halszka mrużyła oczy przed światłem.

– N-n-nic, śp-p-pij – wydukała.

Ale w ten sposób tylko całkiem rozbudziła dziewczynę, zamiast ją uspokoić. Halszka wyskoczyła spod kołdry i usiadła obok ciotki. Delikatnie wyjęła latarkę z jej dłoni.

– Dobrze się czujesz, ciociu?

– N-n-nie. N-n-nic mi n-n-nie jest-t-t, a-a-ale n-n-nie…

– Ciociu, czy ty masz udar albo co? Mam zadzwonić po pogotowie? Albo do mamy?

– N-n-n-n...

Naraz Kuleczka podniosła łebek i szczeknęła.

Gdzieś od frontu rozległ się stłumiony huk.

I szuranie.

Ktoś tam był.

– Ciociu! – pisnęła Halszka i uchwyciła się kurczowo jej ramienia.

Niech to szlag. Nie mogła tak po prostu siedzieć i się telepać, miała pod opieką dziecko! I psa! A to był jej dom, do cholery! Jej! Dom! Wiatr na zewnątrz nagle zawył wojowniczo, dodając jej sił. Nadludzkim wysiłkiem woli Oda przywołała swoje ciało do porządku. Podniosła się, wyrwała latarkę Halszce, a drugą ręką sięgnęła po siekierę, którą wieczorem ostrzyła i zapomniała odnieść na miejsce.

– Cio! Co ty!? – wysyczała Halszka.

– Cicho! Zostań t-tutaj!

Nie zważając na nieme protesty dziewczyny, uchyliła drzwi i ledwo zdusiła przekleństwo, kiedy Kuleczka przemknęła jej między nogami. Psina pokuśtykała prosto do klapy w podłodze, przytknęła nos do szpary i fuknęła.

I jakby w odpowiedzi rozległ się kolejny huk.

Oda znieruchomiała.

Wyraźnie dobiegł z dołu. Z piwnicy.

Szybko zebrała myśli – piwnica znajdowała się w całości pod ziemią. Nie miała okien ani kominów wentylacyjnych, nic nie mogłoby się tam dostać inaczej niż górą. A wtedy by coś zauważyły, prawda? No dobrze, a co tam stało? Skrzynka z ziemniakami, zgrzewka wody mineralnej, dwa regały naprzeciwko schodów... Właśnie, regały. Zbiła je z desek pozostałych z budowy, własnoręcznie, może za słabo? Może gwoździe puściły, półki runęły na ziemię wraz z zawartością, narobiły hałasu? W środku nocy wszystko było słychać wyraźniej niż za dnia, a już zwłaszcza w takiej głuszy...

Tak, to miało sens. Tyle że wcale nie tłumaczyło, dlaczego było jej tak koszmarnie, koszmarnie zimno.

Wtedy Kuleczka pisnęła i wcisnęła się pod kuchnię, do wnęki na drewno. Znieruchomiała Oda, choć dałaby sobie rękę uciąć, że to niemożliwe, znieruchomiała jeszcze bardziej.

Bo na ich oczach klapa zaczęła się pomału unosić i z piwnicy wylazło coś.

Małe.

Kudłate.

I... i... rogate?...

W całkowicie bezmyślnym odruchu Oda podniosła latarkę, żeby lepiej się przyjrzeć, a wtedy owo coś odwróciło się w jej stronę.

– Co do czorta!? – wrzasnęła i uniosła siekierę.

– Ne!!! Ne do czorta, tylko ne do czorta!!!

Klapa huknęła, pies zaskowyczał, Halszka wrzasnęła, a kudłate, rogate coś rzuciło się do ucieczki.

Sęk w tym, że nie za bardzo wiedziało, którędy uciekać. W związku z tym zrobiło jedyną rzecz, na jaką wpadło.

Z siekierą uniesioną nad głową i rozdziawionymi ustami Oda Kręciszewska patrzyła, jak coś bardzo podobnego do Koziołka Matołka, na przemian to sapiąc niczym lokomotywa, to jojcząc jak opętane, przez chwilę w panice dreptało w kółeczko, tupiąc przy tym straszliwie, aż drżała cała podłoga. Wreszcie zatrzymało się, kwiknęło i zemdlało z wrażenia prosto do kosza z praniem.

I nagle Odzie jakoś tak od razu zrobiło się cieplej.

* * *

– Ciociu O? Co to… co to jest?…

– Czort – odparła Oda tak po prostu. – Czyli diabeł.

Jakkolwiek to brzmiało.

A sama musiała przyznać, że brzmiało absurdalnie.

Siedziały we trzy na podłodze pod ścianą i w świetle lampy naftowej wpatrywały się w kosz z praniem – zwyczajnym praniem, które nie tak dawno wspólnie ściągały ze sznurka, gadając i śmiejąc się jak tysiące, miliony normalnych ludzi na całym świecie. Kilka godzin później sterczały z niego dwie pękate, owłosione nóżki, zakończone klasycznymi kopytkami.

– Okeeej… I co teraz?

– Nie wiem.

Kuleczka chyba wyczuła, że jej pani ugrzęzła na amen w obawach i wątpliwościach, gdyż postanowiła przejąć inicjatywę. Klucząc tylko nieznacznie, przeszła na drugi koniec pomieszczenia, przednimi łapkami wspięła się na kosz i przystąpiła do obwąchiwania zemdlonego diabła.

Oda i Halszka jak jeden mąż instynktownie wstrzymały oddech.

– Kuleczko, nie! – pisnęła dziewczyna, bo psina, zacząwszy od kopytek, wędrowała nosem metodycznie wzdłuż diabła, by ostatecznie dotrzeć do rogatej głowy. I wtedy jak gdyby nigdy nic polizała go w kosmaty pysk. – Tego się nie je!!!

Ale jej ciotkę ten widok nieoczekiwanie uspokoił. Podniosła się z podłogi i otrzepała tyłek.

– No, dobra, Halszko, wracaj do łóżka, raz-dwa.

– Ale… ale ciociu, d i a b e ł!!!

– Fakt. Może zmarznąć, tu pewnie jest chłodniej niż w piekle. Dam mu kocyk.

– Kocyk? Ciociu, no wiesz co? Z twojej piwnicy wylazł diabeł, a ty chcesz mu dać k o c y k!?

– Halszko, spójrz na Kuleczkę i pomyśl przez chwilę. Naprawdę sądzisz, że zachowywałaby się w ten sposób, gdyby cokolwiek nam z jego strony groziło?

Istotnie, psina umościła się wygodnie w koszu i położywszy łebek na diabelskim brzuchu, westchnęła i spokojnie zapadła w sen.

– No właśnie. – Oda wyciągnęła ze schowka ostatni koc i narzuciła na diabła. – Naturą naszego gościa zajmiemy się rano. A teraz do łóżka, w podskokach! Środek nocy, a ty na nogach, twoja matka mnie ze skóry obedrze, jak się dowie...

Chociaż z drugiej strony... to mogło być nawet zabawne. „Hej, Aguś, no więc wiesz, Halszka pół nocy ganiała boso po domu, ale nie martw się, diabeł na szczęście nie zmarzł!". Wyobraziła sobie minę kuzynki i zachichotała pod nosem.

Mimo niespodziewanych nocnych atrakcji jak zwykle obudziła się punkt szósta. Na zewnątrz wciąż świeciło słońce, dom też jak stał, tak stał nadal, a Halszka spała jak kamień. Nawet teraz podobieństwo do matki wyłaziło z niej na wszystkie strony – chrapała naprawdę niewiele ciszej.

Diabeł siedział w koszu z praniem i kurczowo trzymał się kocyka.

– Dzień dobry. Mam na imię Oda – przedstawiła się i wskazała psa, który chłeptał wodę z miseczki. – A to jest Kuleczka.

– Och. Och, dżen topry. Ja jesztem Baszyl.

– Baszyl?

– Ne, Baszyl! Pszesz szszszsz! – zaszeleścił straszliwie i uśmiechnął się, prezentując uzębienie.

Wyglądał, jakby buchnął szczękę Freddiemu Mercury'emu. Tylko bardziej. Dużo, dużo bardziej. Widząc to, Oda szybko wzięła poprawkę na wadę zgryzu.

– Ach, Bazyl! – domyśliła się w końcu, ku wielkiej radości diabła. – Cóż, Bazylu, masz może ochotę na jajecznicę? Zaraz rozpalę w piecu...

– A czy ten pjecz jeszt aby sztary? Bo jeszli tak, to czuje sze szobofjonszany!

Teraz, w świetle dnia, kiedy wygramolił się z kosza i mogła mu się lepiej przyjrzeć, nie wydawał się ani trochę straszny. Raczej pocieszny, zwłaszcza z tą torebałką przewieszoną na ukos przez wątłą, kosmatą pierś. Bazyl był kudłaty, jasnobrązowy i niezbyt wielki, bo sięgał Odzie niewiele ponad pas, a i to głównie dzięki sterczącym różkom. Przypominał drepczącego na tylnych nóżkach koziołka z wydatnym kuperkiem, z którego zwisał ogon zakończony puchatą, starannie wyczesaną kitą. Pyszczek miał jak lama, tylko krótszy, kłapciate uszy, a dłuższą sierść na czubku głowy – tu Oda naprawdę musiała zebrać się w sobie, żeby nie wybuchnąć śmiechem – upiętą w malutki, acz nad wyraz kształtny koczek.

Stukot kopytek na drewnianej podłodze oraz upojna woń jedzenia szybko zwabiły Halszkę. Łypnęła podejrzliwie na ciotkę, a potem na diabła, który grzecznie podał jej talerz z jajecznicą. Z braku trzeciego turystycznego krzesła usiadła na parapecie i zaczęła dźgać swoje śniadanie widelcem.

– No więc, Bazylu... – zagaiła Oda, gdy już zaspokoiła pierwszy głód. – No więc jesteś diabłem, tak?

– Och, ne, ne, jesztem szfykłym czortem. Na djabła nesztety ne mam farunków. Ne to czo tatusz... Bo mój tatusz to jeszt djabeł, że hoho!

– A mamusia? – zapytała, węsząc mezalians.

– Mamusza ma feszt farunki. Tak mafja tatusz. Dwanaszcze raży z rzendu żdobyła tytuł mysz… myszszsz… myszczofffszky f kategorji fjekofej.

– A jakiej?

– No… fjekofej. Pszeczesz mófję.

– A… Okej. Znaczy, jesteś czortem po rodzicach czempionach.

– Więc co poszło nie tak? – palnęła Halszka znad swojego talerza.

– Halszko!

– Ej no, ciociu, przecież on wygląda jak krzyżówka kozy z bakłażanem!…

– Halszko!

– Czósz, fszyszczy sze szafsze szmjali, kjedy babcza naszyfała neszfjentej pamjenczi dżadka sztarym czapem. A tu ledfo dfa tyszoncze czysta lat póżnej – neszpodżanka! Genóf ne oszukasz… – Czort westchnął ciężko. – Tatusz kszyczy, że sze fogle ne sztaram. Że nafet sz mojim brakem farunkóf fiżycznych mógbym sznaleszcz jakomsz nysze. Na pszykłat sztraszycz dżeczi. Takje malutkje. Naprafffde, naprafffde malutkje. Albo choczasz koty. – Westchnął i zwiesił głowę nad jajecznicą, wyraźnie stropiony. – Tyle sze ja lubje koty. I dżeczi. A najbardżej to lubje robicz na drutach. I gracz na czymbałkach. No, ale szame popaczcze. – Odstawił talerz i z głębin swej torebałki wyciągnął nieco przykurzony instrument. – Fidżicze? Czymbałki fogle ne szo sztraszne!

– Hm, mów za siebie… – mruknęła Oda. – Mnie od cymbałków zawsze boli głowa.

– A próbowałasz gracz pałeczkami? – zapytał Bazyl ze szczerym zaciekawieniem.

I w ogóle nie mógł zrozumieć, dlaczego Oda, zamiast udzielić odpowiedzi, skryła twarz w dłoniach i zaczęła się dziwnie trząść, a Halszka śmiała się tak bardzo, że w końcu spadła z parapetu.

– No dobrze – podjęła Oda, gdy odzyskała panowanie nad sobą i chociaż odrobinę powagi, jakiej wymagała rozmowa z małym czortem. – Czyli chciałbyś być diabłem, jak oczekuje twój tatuś, ale nie za bardzo cię do tego ciągnie, tak?

– Ano. I jesztem terasz jak ta rosztarta moszna… Mamusza ża młodu kuszyła Szeromszkjego – Bazyl pospieszył z wyjaśnieniami. – Ne chcze sze chwalycz, ale sz lyteraturom jesztem na bjeżonczo.

– Ku… kurzyła?…

– No wjesz, ten tego… – Bazyl zakręcił zalotnie ogonem, po czym wprawił swe brwi w sugestywny pląs. – Kuszyła!

– Ach, kusiła! Dobra, to ma większy sens.

– No tak, ale czemu mosz… – zaczęła Halszka, bo coś jej się ewidentnie nie zgadzało, lecz tym razem ugryzła się w język, zgromiona przez ciotkę wzrokiem.

– Czekaj, podsumujmy. Jesteś rozdarty między oczekiwaniami tatusia a własną naturą i nie za bardzo wiesz, co ze sobą począć. I z tej okazji przybyłeś na naszą stronę, tak? – Bazyl przytaknął energicznie. – Przez moją piwnicę?

– Pszesz szczeline mendżyfymjarowom f tfojej pifniczy – uściślił. – Jeszt aktywna od fjekóf, ale dotychczasz czymaliszmy sze od nej ż daleka, bo sztrasznje szmerdżała dobrem. I maczkami. No wjecze, takimi ble.

– Znaczy, mackami? A macki z zaświatów przypadkiem nie są złe?

– Och, ne fszysztkje. A te tutaj to jusz fogle. Tatusz próbofał tu rasz szczenszcza i jak doształ maczkom w pyszk, to do tej pory ma szlady.

– Czekaj – przerwała mu Halszka. – Mówisz, że dotychczas trzymaliście się z daleka, tak? Ale teraz już się nie trzymacie?

– Bo f końcu pszeształo tak szmerdżecz. Dlatego tu jeszteszmy, prafda? – dodał, uśmiechając się do Ody.

– My? Jacy my?

– Ty i ja.

– Czo... znaczy, co ja?

– No... no fjesz? Eee... Ne fjesz?

Halszka pierwsza skojarzyła, o co mogło chodzić czortowi.

– Och, nie, Bazylku, ciocia O jest strasznie kudłata, ale nie jest czortem. Jest... czekaj, jak to zawsze mówiła ciotka Kręciszewska?

Oda najchętniej zbyłaby to pytanie milczeniem, lecz jej pamięć miała inne plany.

„Jesteś za gruba", mówiła matka, kiedy Oda obejrzała film o Isadorze Duncan i wspomniała, że chciałaby zostać tancerką tak jak ona. „Jesteś nieznośna", kiedy poszły do filharmonii, a ona nie mogła usiedzieć w miejscu. „Jesteś obrzydliwa", kiedy miała pięć lat, jadła barszcz na Wigilii i poplamiła odświętny obrus. „Jesteś głupia", kiedy płakała, bo tak bardzo starała się sama rozwiązać zadanie dla chętnych, ale nie umiała, nie umiała i już. „Jesteś niewdzięczna", kiedy wszystkie jej koleżanki chodziły do szkoły w getrach i flanelowych koszulach w kratę, a ona musiała nosić nieśmiertelne sukienki z żorżety.

„Jesteś niepoprawna", kiedy rzuciła wszystko i wróciła zza oceanu, żeby ją dźwigać, karmić, przewijać i po prostu, po ludzku przy niej być, kiedy umierała.

Tych słów było wiele, a każde z nich i tak bolało mniej niż wyniosłe milczenie, którym matka karała ją za występek najgorszy z możliwych – urażenie jej godności. Ale potem, kiedy Oda uciekła przed nimi daleko w świat, kiedy gnała z miejsca na miejsce, gdzie akurat przywiał ją wiatr, zmienny jak ona sama, wówczas matka znalazła to jedno jedyne słowo, w które wtłoczyła całe swoje niezadowolenie, rozczarowanie i pogardę dla życiowych wyborów córki, a które ochoczo podchwyciła cała rodzina, nieświadoma jego ciężaru.

– Mówiła o mnie „ta szaławiła". Jestem szaławiłą.

* * *

W środę Bazyl, który ochoczo przyjął zaproszenie i zamieszkał na kuchni, został z Kuleczką, a Oda i Halszka wsiadły na rowery i pojechały do miasteczka po zakupy.

Kiedy wróciły po trzech godzinach, zmęczone, głodne i niemal ochrypłe od nieustannej gadaniny, na tarasie nieoczekiwanie ujrzały Agnieszkę. Widząc, jak wyłaniają się z lasu, wstała i czekała tak w milczeniu, aż zatrzymają się pod samym domem.

– Mamo? Coś się stało?

– Przysięgam, Aguś, ja też na śmierć zapomniałam o tym całym zasięgu...

Agnieszka uniosła dłoń, dając jej znać, żeby zamilkła.

– Musimy porozmawiać.

Ciotka i chrześnica spojrzały po sobie.

– Halszko, idź i zajmij się... no wiesz.

Skinęła głową, oparła rower o balustradę i pospiesznie schowała się w domu, nawet nie zabierając zakupów z koszyka.

Oda również odstawiła swój rower i stanęła przed kuzynką.

– Co się stało?

– Wczoraj po południu zadzwoniła do mnie matka. Poszła do mieszkania wujostwa, zabrać ostatnie pamiątki i...

– No tak, wiem. Przed wyjazdem sama dałam jej klucze, żeby to zrobiła, zanim opróżnię szafki i zacznę szukać najemcy. Wszystko w porządku?

– Mówiła, że szukała jakichś starych zdjęć i dokumentów w papierach i przez przypadek... przez... przez przypadek... Znalazła to. – Wręczyła Odzie poszarzałą teczkę. – Pójdę do Halszki.

Zaskoczona Oda nawet nie zwróciła uwagi na jej ostatnie słowa. Ostrożnie pociągnęła za stare tasiemki i zajrzała do środka.

Stare listy, niektóre z rozmazanymi pieczęciami, inne bez, pisane na maszynie. Pożółkłe, naddarte druki, dziesiątki druków, przeróżnych, a na nich – omiotła spojrzeniem zapisane odręcznie rubryki – chyba wyniki jakichś badań. Tak, chyba tak. Ale niektóre skróty nic jej nie mówiły, innych zaś nie zdołała odczytać, atrament za bardzo już wyblakł. Wszędzie widniało nazwisko „Kręciszewska, Oda", numer PESEL... To matki. Ale po co matka, całe życie wręcz obsesyjnie hołdująca minimalizmowi, w myśl zasady, że ład zewnętrzny świadczy niezbicie o ładzie wewnętrznym, trzymała w mieszkaniu wyniki sprzed czterdziestu lat?

Na samym dnie Oda znalazła kopertę. Wyjęła ją, a samą teczkę wraz z resztą papierów odłożyła na deski tarasu. W środku był dokument. Odpis zupełny aktu urodzenia. Urząd Stanu Cywilnego... dane dotyczące dziecka... dane dotyczące rodziców... Nie znała tych nazwisk, nic jej nie mówiły.

Wiatr zatrzepotał kopertą w jej dłoni, kiedy odwracała dokument. Zwróciła uwagę na zwarty akapit maszynowego tekstu.

Wzmianki dodatkowe: Sąd Rejonowy w... postanowieniem z dnia... sygn. akt... orzekł, że dziecko, którego dotyczy niniejszy akt, zostało przysposobione przez Tadeusza Leopolda Kręciszewskiego, urodzonego dnia..., i jego żonę

Odę Stefanię Kręciszewską z d. Bernardowicz, urodzoną dnia... Dziecko nosi nazwisko Kręciszewska. W odpisach skróconych wymienia się przysposabiających jako rodziców dziecka.

Jako rodziców dziecka.

Jako rodziców dziecka.

Jako.

Rodziców.

Dziecka.

Puściła. Koperta i dokument załopotały na wietrze.

Wiej, szumiał do niej. Wiej, wiej, wiej, jak najdalej wiej, tam, tam, tam, jak najdalej stąd... Naraz cały świat zawirował i szaławiła, ta szaławiła, wyciągnęła ręce, żeby uchwycić się wiatru.

– Halszka, szybko, łap dokumenty! – usłyszała jeszcze gdzieś, skądś, kiedyś, kogoś. – Oda! Rany boskie, Oda! Oda!!!

– Przepraszam, Aguś – wymamrotała, leżąc na trawie na plecach i patrząc w bezkres nieba. – Nie zdążyłam zaszczepić czorta.

* * *

– ...a jeśli to był zawał?

– To nie był zawał. Ani zawał, ani wylew, zwyczajne zasłabnięcie.

– A skąd ty to możesz wiedzieć? Nie jesteś lekarzem!

– Halszko, uwierz mi, przez ostatnich dziewięć lat z tobą zdążyłam się nieźle dokształcić w kilku dziedzinach. Medycyna jest tylko jedną z nich.

Cisza.

– Wierzę. Ciocia mi mówiła.

– O czym?

– No... o wypadku.

– Tak?...

– Trochę jej marudziłam. No wiesz. Że czasem ci odbija, że tak nade mną gdaczesz jak kwoka, no i tak jakoś... się zgadało. Sama niezbyt wiele pamiętam, więc...

Znowu cisza.

– Ja... ja wiem, że czasem przesadzam. Jesteś fajną, mądrą dziewczyną, nie robisz głupstw... no, a przynajmniej nie takich, których nie da się już cofnąć. I to wcale nie jest tak, że ja ci nie ufam, bo ufam, tylko... tylko to do mnie wraca. Patrzę na ciebie i widzę te wszystkie rurki, wenflony, słyszę pikanie tamtych maszyn. Przez dwa tygodnie leżałaś bez ruchu, a ja się zastanawiałam, czy kiedykolwiek się obudzisz, czy będziesz normalnie żyła bez tej nerki, czy będziesz mogła mieć dzieci. I czemu mnie tam nie było, no bo przecież gdybym była, to na pewno, na pewno zdążyłabym cię złapać za rękę, zanim wybiegłaś pod ten samochód, przecież jestem twoją matką, a od tego są matki, żeby zdążyć, zawsze, więc... więc teraz robię wszystko, żeby nigdy więcej... żeby tym razem...

Gorące łzy spłynęły Odzie po policzkach.

Była wtedy na drugim końcu świata, gdzieś w azjatyckiej dżungli pełnej robactwa, kiedy dotarła do niej wiadomość, że sześcioletnią Halszkę potrącił samochód. I nie mogła nic zrobić. Nic. Nawet niesienie pocieszenia kiepsko jej wychodziło, bo przez tę przeklętą różnicę czasową ciągle się z Agnieszką rozmijały, udawało im się porozmawiać zaledwie raz na dwa, trzy dni. Ryczały zgodnie do słuchawki, jedna tu, druga tam. Tamta rozpacz i koszmarna bezsilność wciąż tkwiły Odzie w sercu jak cierń, a co dopiero Agnieszce, która nadal nie mogła uwolnić się od lęku, że wystarczy moment jej nieuwagi, by koszmar z Halszką w roli głównej się powtórzył. Dlatego wciąż patrzyła na córkę przez pryzmat wypadku.

A co widziała matka, patrząc na Odę? Na dziecko, które miało zapełnić pustkę, a okazało się tak bardzo obce, tak odmienne? Osobistą porażkę?

Nie, do cholery.

Satysfakcję.

Oda przypomniała sobie, jak podczas licznych rodzinnych spędów krewni zawsze nadskakiwali matce, podsuwali najsmaczniejsze kąski, a ona za każdym razem dziękowała, wymawiając się zdrowiem, i przez następną godzinę, z ustami ściągniętymi w ciup, ostentacyjnie skubała gotowanego kurczaka z marchewką i ryżem. Z tą samą miną, wiecznie zbolałą, skarżyła się potem latami na „tę szaławiłę" – niewdzięczną, nieuchwytną – delektując się każdą zawiedzioną nadzieją. A wszak przez kilkanaście lat próżnych starań nagromadziła ich tak wiele i rozdmuchała je do takich rozmiarów, że koniec końców nikt nie zdołałby im sprostać.

Nikt. Nie tylko Oda.

A wszystko przez to, że jej matka musiała być nieszczęśliwa, bo tylko wtedy cały świat tańczył tak, jak ona mu zagrała. Szczęście miało kiepską melodię.

Naraz Oda poczuła delikatny ruch w okolicach kostki. Kochana Kuleczka obudziła się i teraz gramoliła się bliżej, zapamiętale merdając ogonem, mało jej nie odpadł razem z zadkiem. Rzeczywiście, przyznała Oda, trochę śmiesznie to wyszło, jak gdyby specjalnie się tak dobrali. Kuleczka nie miała łapki, Halszka nie miała nerki, Bazyl nie miał warunków, za to ona miała wąsik. Same nieszczęścia – a co jedno, to cudniejsze.

Jeszcze przez długą chwilę leżała na materacu, tuląc do piersi psa, i rozmyślała, podczas gdy zza niedomkniętych drzwi dobiegał coraz bardziej zduszony głos Agnieszki i ciche pochlipywanie Halszki. Dobrze, niech płaczą. Płakała razem z nimi, po cichu, w poduszkę. Były to jednak dobre łzy.

* * *

Bez problemu przekonały Agnieszkę, żeby została na tę jedną noc, chociaż nie miała ze sobą ani szczoteczki do zębów, ani czystych majtek na zmianę. Z rozpędu zgodziła się nawet, żeby Halszka nazbierała w lesie chrust na ognisko – i nawet nie zająknęła się o kleszczach.

Długo siedziały pod gołym niebem, krzyczały, szeptały, płakały, wygłupiały się i objadały pieczonymi ziemniakami. W pewnym momencie Oda, sama już nie do końca trzeźwa, postanowiła pójść za ciosem i przedstawiła kuzynce Bazyla.

Po trzecim szczodrym drinku Agnieszka zareagowała bezbrzeżnym zachwytem.

– Jaki śliszszszny! Psześliszszszny! – szeleściła, tuląc czorta na kolanach. – A jaki mię... mię... o, pszprszm... ciusi! Wyprany w perwolu?

Oda chichotała opętańczo, krztusząc się własnym drinkiem, Halszka śmiała się jak nigdy w życiu, a i czort nie narzekał. Korzystał z okazji, nadstawiał plecki do drapania i kromka po kromce chrupał spalony chleb z kijaszka.

Po długiej i burzliwej nocy pobudka o stałej porze okazała się nie lada wyzwaniem, ale nawyk zrobił swoje i nie pozwolił Odzie zmrużyć oka na dłużej. A może to nie tyle nawyk, ile grzmoty, które wydobywały się na przemian z gardeł jej towarzyszek? Pogodziwszy się ze swym smutnym losem, Oda wypuściła Kuleczkę i boso, w samej koszuli nocnej, wyszła przed dom.

Na spalonym drzewie siedział Bazyl i z zapałem pucował swoje ukochane cymbałki.

– Dżen topry! – zawołał, machając do niej szmatką. – Szobacz, jak sze błyszczom!

Spojrzawszy w błękitne, bezchmurne niebo, Oda nabrała głęboko powietrza, rozpostarła ramiona i przeciągnęła się, aż zatrzeszczało jej w plecach. Słońce jeszcze nie rozgrzało się na dobre i trawa pod stopami wciąż była rozkosznie wilgotna od rosy, miękka, jedwabista. Dziwne, pomyślała, to zaciskając, to rozluźniając palce, przecież Roch dopiero co ją kosił, nie powinna tak szybko odrosnąć… Ale jakie to miało znaczenie? Wyciągnęła ręce wysoko nad głowę, aż koszula podjechała jej pod same pośladki. Zaśmiała się cicho, czując na skórze delikatne igranie wiatru.

Wysoko na spalonym drzewie mały czort chwycił pałeczki i brzęknął.

Oda zrobiła krok.

Brzdęk.

A potem drugi.

Brzdęk.

Trzeci.

I nim się spostrzegła, zaczęła tańczyć. Z początku niespiesznie, jak gdyby impuls, który zrodził się głęboko w jej duszy, dopiero rozchodził się po całym ciele. Zaigrał w czubkach palców, przeszył dłonie, przeszył stopy i wreszcie pomknął wyżej, dalej, głębiej.

Tańcz. Tańcz. Tańcz. Tak jak zawsze chciałaś.

Brzękliwa, radosna melodia tryskała z cymbałków, a wiatr porywał ją i nuta po nucie niósł przez polanę, składając u stóp Ody.

A Oda tańczyła.

Tańczyła z wiatrem i pod wiatr, to ścigając go, to uciekając ze śmiechem przed jego dotykiem, a wiatr odpowiadał na te zabawy łagodną pieszczotą.

Och, jakże jej było dobrze! Jak lekko! Krew tętniła coraz szybciej i szybciej, melodia wibrowała w słońcu i puściły ostatnie hamulce, i nie było już smutku ani żalu, strachu ani niespełnionych nadziei, została tylko czysta radość. Tańczę, krzyczało jej ciało. Żyję, śmiała się jej dusza. Jestem, śpiewało serce.

Aż wtem wstrząsnął nią znajomy dreszcz i znieruchomiała w pół kroku – głęboko pod polaną rozlała się lodowata wilgoć, od której włosy stanęły jej dęba.

Gdzieś tam czaiło się wielkie zło.

I zamierzało wyjść na powierzchnię.

Agnieszka i Halszka spały w domu jak zabite, nieświadome niebezpieczeństwa. Na skraju lasu Kuleczka, posapując z zadowoleniem, wygrzewała się w słońcu. Mały czort grał, grał nieustannie, jak gdyby świata poza swoimi cymbałkami nie widział. Jak gdyby nic złego się nie działo. A ona czuła żar gorejących oczu, smród kosmatego cielska i ostre, bezlitosne pazury, drapiące, szukające zachłannie – którędy? Którędy?

Tędy!

I już drzwi domu rozwierały się szeroko, już poczwara wysuwała swój rogaty łeb z przeciętym blizną pyskiem, po nim zaś resztę olbrzymiego, cuchnącego cielska, już stawała na tylnych łapach i zaczynała węszyć.

Ach, tu jesteś, wiło, mała wiło-szaławiło – obce myśli, choć bez słów, to doskonale zrozumiałe, oblepiły jej umysł niczym gorąca smoła. – *No, dalej, zróbże mi tu trochę miejsca. Pókim dobry.*

– Nie! – szepnęła Oda, chociaż wszystko w niej krzyczało i wyło. Nie. Nie. N i e!

W odpowiedzi z potwornej gardzieli stwora dobiegł warkot. Kopyta zagłębiły się w trawę, kiedy pomału zstąpił z tarasu.

Jesteś sama, wiło.

Nie jest.

Ponad lasem przetoczył się potężny grzmot, od którego zadrżała ziemia.

Oda zadarła głowę i tam, gdzie jeszcze przed momentem rozpościerał się błękit porannego nieba, ujrzała kłębowisko czarnych, ciężkich chmur. Wzbierały deszczem – błyskawicami – szałem.

A za nią, na skraju lasu, stał Roch i z pochyloną zadziornie głową mierzył poczwarę roziskrzonym wzrokiem. Burza czekała na jego znak.

Nie jest sama. I nigdy nie będzie.

W odpowiedzi poczwara kłapnęła paszczą i wyprężyła cielsko.

Nie igraj ze mną, płanetniku! Nie boję się twoich chmur.

Boś głupi.

Stwór ryknął przeciągle i skoczył w stronę Rocha.

Odę ogarnęła furia.

Zalśniły zielone oczy, stopy same ruszyły z miejsca. Wiatr już nie szumiał, nie pieścił, nie igrał, tylko wył niczym wściekłe zwierzę, gotów kąsać i miażdżyć w szalonym tańcu wiły.

Tańcu bez końca.

Bez litości.

A gdzieś wśród grzmotu błyskawic i huku wiatru, wśród wycia rozwścieczonej poczwary, wciąż dźwięczały srebrzyste cymbałki.

Przemierzyłam cały świat. Płakałam ze strachu i szczęścia. Poznałam, co to samotność i miłość. Bezsilność i moc. Pochowałam ojca. Pochowałam matkę. Pochowałam siebie. I wstałam.

Nie przestraszysz mnie.
Jestem wiłą.
Wiłą-szaławiłą.
A to jest mój las.
Mój dom.
Moja rodzina.
Mój czort.
Mój przyjaciel.
Precz stąd.
Precz, precz, precz.

TAM.
SĄ.
DRZWI.

* * *

Melodia urwała się niespodziewanie. Mały czort kwiknął i upuścił cymbałki.

– Szłotki jeżu ż malinami!

Rozejrzał się dookoła, zdezorientowany, jak gdyby coś go wyrwało z głębokiego snu. Nic z tego nie rozumiał, co tu się stało? Czemu był cały mokry? Skąd te wielkie kałuże na całej polanie? Czemu Oda siedziała na ziemi, z włosami w nieładzie, jakby w nią piorun strzelił, w przemoczonej na wylot koszuli nocnej? I skąd tu się nagle wziął ten miły facet od kosiarki, który stał teraz nieopodal, zgięty wpół, i sapał ciężko, jak gdyby dopiero co ukończył maraton?

I czemu – Bazyl raz jeszcze pociągnął nosem, nie mogąc uwierzyć w to, co mu podpowiadał – powietrze pachniało tatusiem?...

Drżącą z wysiłku dłonią Oda odgarnęła włosy z twarzy. Obejrzała się na Rocha, który rzucił jej zmęczony uśmiech, a potem na dom.

– Won mi stąd, dupku – wydyszała z satysfakcją. – Teraz ja tu jestem.

* * *

Minęło lato, Halszka wróciła do miasta, szkoły i znajomych, a Oda i jesień rozgościły się na leśnej polanie na dobre.

Każdego ranka spoglądała w lustro i uśmiechała się do swoich piegów, znamienia i wąsika nad górną wargą. Nauczyła się go widzieć i kochać. W końcu gdyby nie on, wciąż słuchałaby podszeptów płochego wiatru. Teraz, jeden po drugim, bez pośpiechu, przesuwała w głowie stare klocki, układając je w nową, stabilniejszą całość. Matkę, ojca, siebie, wspomnienia, te złe i te dobre, wszystkie żale i nadzieje, przeszłość i przyszłość. Z radosną Kuleczką i gadatliwym Bazylem u boku w końcu czuła, że stworzyła prawdziwy dom. Doczekała się oczyszczalni, heroicznie załatwiła całą papierologię, w najbardziej nasłonecznionym miejscu postawiła niewielką szklarnię i planowała, co w niej posadzi na wiosnę, a naciskana przez Halszkę, która chciała mieć kontakt z ciotką nie tylko w co drugi weekend, nawet pogodziła się z myślą o nieuchronnym dociągnięciu prądu. Dla odrobiny urozmaicenia podjęła też pracę na pół etatu w niewielkiej przychodni w miasteczku. Raz na tydzień lub dwa przyjeżdżał Roch i aż do wieczora snuł się po coraz bujniejszych zaczątkach ogrodu, od czasu do czasu, jak to on, rzucając zdanie albo pół.

– Twój ojciec wiedział, że jesteś płanetnikiem? – zapytała go Oda, kiedy pewnego razu został chwilę dłużej i popijając herbatę, wspólnie podziwiali zachód słońca nad lasem.

– Domyślał się. Choć nigdy nie zapytał wprost. Ale zawsze dostrzegał więcej niż inni.

– Miał w tym wprawę.

– Owszem.

– A teraz ty idziesz w jego ślady.

Spojrzał na nią, jak gdyby dopiero teraz to do niego dotarło.

– Właściwie... Tak.

– W zasadzie nigdy ci nie podziękowałam za... za tamto. Nie wiem, czy poradziłabym sobie sama. No więc... dzięki.

Więcej do tego nie wracali. A Oda już zawsze mu wierzyła, kiedy Roch mówił, że zanosi się na deszcz.

Pewnej soboty wróciła z grzybobrania i wręczywszy pełen koszyk Bazylowi, poszła jeszcze spłukać podeszwy różowych glanów pod szlauchem. Uwielbiała takie poranki, kiedy las mienił się kolorami, w rześkim powietrzu unosił się wyraźny, błogi zapach wilgotnej ziemi, a ona mogła w końcu chodzić w ukochanym norweskim swetrze i bez wyrzutów sumienia zaczynać dzień od kubka gorącego, gorzkiego kakao.

W pewnym momencie usłyszała trzask pękającej gałązki, a zaraz potem szelest. Zakręciła wodę i zaczęła wpatrywać się w las.

Coś wyraźnie przedzierało się w jej stronę.

No nie, w pierwszej chwili jęknęła w duszy, kolejny diabeł? Lecz sekundę później zorientowała się, że nie, nie tym razem.

Mężczyzna, czarnowłosy, szczupły i intrygująco blady, rzeczywiście prezentował dość diaboliczną urodę, choć złagodzoną już wyraźnymi pasmami siwizny. Na widok Ody uśmiechnął się i otworzył usta, żeby coś powiedzieć, kiedy jego wzrok przemknął dalej, za kobietę, i padł na dom.

– Przepraszam najmocniej, byliśmy na... na... – Wpatrując się w dom jak zahipnotyzowany, machnął ręką gdzieś tam za siebie i Oda od razu skojarzyła, że wyszedł z lasu od strony cmentarza. – Chciałem, no, chciałem tylko... Rany boskie, od jak dawna pani tu mieszka?!

W pierwszej chwili zaśmiała się, widząc to jego zmieszanie. Roch też to zauważył. Odkąd Oda się przebudziła i wspólnie stawili czoło piekielnej poczwarze, naturalna aura wiły, spleciona z mocą płanetnika, sprawiła, że ogród rozrastał się jak szalony, a sam dom zaczął starzeć się w nadnaturalnym tempie i wyglądał teraz, jak gdyby stał tu od dziesięcioleci, a nie zaledwie półrocza.

Ale... ale skąd obcy człowiek mógł o tym wiedzieć?

Przyjrzała mu się trochę uważniej.

– A... a pan to...?

– Mieszkałem tu kiedyś, krótko... zdecydowanie za krótko, ale cóż. Wyszło inaczej. A co tu przeżyłem, to moje. Zaraz, zaraz... To pani kupiła ode mnie tę działkę, prawda? Przez agencję?

– Od pa... Ach! – Pan po trzydziestce! Ostatni właściciel domu, o którym mówił Roch. – Tak! Oda Kręciszewska. – Wyciągnęła rękę. – Miło mi poznać poprzednika.

– Mnie również miło, Konrad Romańczuk. Widzę, że zdążyła już pani, hm... zapuścić korzenie w tym niezwykłym miejscu – rzekł i mrużąc nieco powieki, obrzucił Odę dziwnie przenikliwym spojrzeniem.

A potem uśmiechnął się półgębkiem.

– Ach, no tak... Wszystko jasne.

– Słu... słucham?...

– Takie miejsce potrafi nieoczekiwanie odmienić życie, prawda? – ciągnął, z wciąż tym samym, osobliwie diabolicznym uśmiechem patrząc jej prosto w oczy. – Z początku człowiek nic z tego nie rozumie, wydaje mu się, że oszalał, że wszystko stanęło na głowie, ale potem… potem odkrywa, że po prostu wskoczyło na swoje miejsce.

Och! Chciała go wypytać, o wszystko – o pożar, o szczelinę, o śmierdzące dobro i macki, zwłaszcza o te macki, o których Roch z uporem maniaka wciąż nie chciał jej nic opowiedzieć – ale wtedy znów coś zaszeleściło i z chaszczy wykolebało się małe dziecko.

– Ojoj, alleluja… – bąknęło, ledwo łapiąc równowagę w wysokich kaloszach. Z rozłożonymi dla pewności rękami, w zdecydowanie za dużym płaszczu przeciwdeszczowym wyglądało trochę jak mała gumowa paralotnia.

– Ja ci dam alleluja – fuknął cicho Romańczuk i pomógł mu wygramolić się na trawę. – Jeszcze raz przepraszam panią za to najście, odwiedzaliśmy… no, rodzinę. Już się zmywamy.

– Ależ nie, jakie znowu najście! Zapraszam, może wejdziecie na chwilę, usiądziecie? Zaraz zrobię kakao.

– Nie, nie, nie będziemy pani zawracać głowy. Ale miło wiedzieć, że znów zamieszkał tu ktoś… właściwy. Do widzenia! Życzę szczęścia!

– Do… do widzenia! – krzyknęła za nim, bo na wszelki wypadek, gdyby Oda zamierzała nalegać, mężczyzna już maszerował w stronę ścieżki ku szosie, ciągnąc za sobą dziecko.

– Pa, pa, alleluja! – zawołało i uśmiechnęło się do Ody, szeroko i promiennie, od koniuszków ust aż po kąciki oczu.

Wielkich i niebieskich jak dwa chabry.

Cały świat Dawida

Panierka na kupnych krokietach kruszyła się jak tania, pomarańczowa ciastolina i mniej więcej tak samo smakowała. Dawid miał to gdzieś. Podłe żarcie, ale żarcie. Do przeżycia. Zapił ostatni kęs zimnym czerwonym barszczem i poszedł wrzucić naczynia do zlewu. Przy każdym kroku zawartość litrowego kartonu chlupotała mu w żołądku.

Przechodząc przez kuchnię, zahaczył głową o zwisający z żyrandola lep. Czarne, martwe muchy posypały się na linoleum, zachrupotały Dawidowi pod podeszwą. Nie chciało mu się schylać po zmiotkę, więc szurnął kapciem na oślep. Truchła zniknęły pod szafką.

Matka płukała w zlewie stertę kurzych skrzydeł i jedno po drugim wrzucała do gara z oskrobanymi warzywami na byle jaki rosół. Na blacie walały się siatki z resztą zakupów.

– A fajki gdzie? – zapytał Dawid, z rękami założonymi na piersi zaglądając do środka. Mowa ciała, wiadomo. Żeby nikomu przypadkiem nie przyszło do głowy, że on to będzie rozpakowywał.

– Nie było. – Nawet nie podniosła wzroku znad zlewu, tak ją te skrzydła wciągnęły.

– Ta, nie było... – burknął pod nosem. No bo co. Więcej nie mógł zrobić. Przecież wiedział.

Poszedł do przedpokoju, gdzie wisiała jego bluza. Przetrząsnął kieszenie w poszukiwaniu drobnych. Coś tam się uzbierało, ale wciąż za mało na paczkę. Mogliby sprzedawać fajki na sztuki, pomyślał, gapiąc się na garść monet. Jak w tej, no. Aptece. Jak nie masz kasy na całe opakowanie, to ci sprzedadzą listek czy dwa, a na pudełku kreślą długopisem wielkiego iksa. Wiadomo, bez tabsa czasem nie ma życia. Bez fajki też. No. Powinni tak sprzedawać, jak się człowiekowi budżet nie klei. Dawidowi się nie kleił.

Kiedyś było inaczej. Kiedyś robota sama znajdowała człowieka. Szło się przed siódmą za supersam, siadało na murku i czekało. Przyjechał jeden z drugim i brał – do łopaty, do siekiery, do pędzla. Albo do truskawek. Robota ciężka w cholerę, forsa marna, ale Dawid szedł i tak. Do jagód miał za duże łapska, niezgrabne, a na grzybach się nie znał, bał się, że ludzi potruje. Ale czasem, o, posterczał przy szosie z wiadrem walentynkowych róż albo wielkanocnych żonkili. Tu dzień, tam dwa czy siedem, gdzie indziej nawet kilka miesięcy, jak się dobrze trafiło. Wiosną zasuwał z taczkami w miejscowej szkółce, zimą pakował ludziom choinki na święta. Wszystko na czarno – robota, ręce. Wracał tak wykończony, że nawet nie miał siły siadać na kanapie i kląć do telewizora, ale przez chwilę czuł się jak człowiek. I jakoś to szło. Wtedy, bo teraz już nie. Teraz mógł tylko jeść krokiety w ciastolinowej panierce, żeby przyoszczędzić na żarciu.

Matka i ojciec, no, ci to się mieli. Od lat pracowali w szpitalu, matka w pralni, ojciec jako konserwator. Matka urabiała się po łokcie w zasranych prześcieradłach, ojciec dłubał w zepsutych maszyneriach, żeby choć przez chwilę były mniej zepsute. W czasie protestu rezydentów czy sędziów, czy tam diabli wiedzą kogo, siedzieli na kanapie przed telewizorem i klęli, że złodzieje. Że mało im, kurwa, wiecznie mało. Że pierdolony kraj.

Nawet chcieli mu załatwić robotę u siebie, ale Dawid się brzydził, że jeszcze jakiegoś syfa tam złapie. Więc siedział razem z nimi i razem z nimi klął. Chociaż może trochę ciszej.

– Ale dupą do kanapy przyrosnąć to się nie brzydzisz – prychała Monika, ilekroć jej to powtarzał. Kiwał wtedy głową, no bo co. Tylko tyle mógł zrobić.

Kiedy się poznali, on miał trzydzieści jeden lat, a Monika dwadzieścia, kolorowy tatuaż na prawej łopatce, którym chętnie się chwaliła, i tyłek, którym chwaliła się jeszcze chętniej. Dawid nie mógł oderwać od niego rąk. No i się skończyło, jak się skończyło.

– Ożenić się z tobą? – wydusił, kiedy mu powiedziała. A ona zaczęła się śmiać, że chyba go pojebało. No to się nie ożenił, chociaż matka truła, że jak to tak, że sąsiedzi będą gadać.

Teraz miała tych lat dwadzieścia siedem, wciąż niezły tyłek i pomysł na życie. Bez Dawida – Dawid jej się nie komponował, dlatego mieszkali osobno, on u swoich, ona u swoich, z Kaliną. Dwa światy. On siwiał, ona przestała się farbować na żółtko. On hodował brzuch, ona ćwiczyła z Chodakowską. On siedział w domu, ona od poniedziałku do piątku robiła akryle (osiem dych za komplet), skubała brwi (piętnaście zeta) albo smażyła klientkom cellulit na solarce (dwa zeta za minutę). Sama zmieniła brokatowe tipsy na delikatnego frencza i przestała się tak mocno malować, jak gdyby przejadła jej się sztukowana uroda.

Co któryś tam tydzień zostawiała mu Kalinę na cały weekend, po czym wsiadała w pierwszy poranny bus do Krakowa (czternaście zeta w jedną stronę) i jechała na te swoje kursy wizażu. Żeby do czegoś dojść, tłumaczyła Dawidowi, żeby tu bez reszty nie zdziadzieć na tym zadupiu. Jak ty. Matka kupowała wtedy w Biedrze makaron kokardki (czterdzieści cztery grosze za sto gramów) i sos słodko-kwaśny (sześćdziesiąt siedem groszy za sto gramów). Na deser rodzynki w czekoladzie, osiemnaście zeta za kilogram, ale rodzynki są zdrowe, a od czekolady jeszcze nikt nie umarł, chociaż Monika się wkurzała, że dziecko pasą. Jak nie padało, Dawid zamieniał kanapę na ławeczkę z chłopakami, żeby Kalina pobawiła się na kolorowym placyku. Jak padało, to też. Dziecko się dotleniało, łapało słońce, a Dawid podtrzymywał więzi społeczne (za darmo).

– Rośnie ci dzieciak.

– No.

– Do przedszkola chodzi?

– No.

– Nasz się znowu nie dostał. Ale wy nie macie ślubu, to Monika się łapie na samotną matkę, nie?

– No.

– Takiej to, kurwa, dobrze. Nic nie robi, a ma, nie? Przedszkole, pińcetplusa. Alimenty. A ty się, człowieku, zajebiesz, a nie pojebiesz.

– No. Nie pojebiesz.

No.

Dzieciak rósł, a wszystko inne się kurczyło, jak gdyby robiło miejsce we wszechświecie na coraz więcej Kaliny. Buty.

Spodnie. Kurtki. W przerwach między klientkami Monika wyciągała smartfona (trzy i pół stówy, bo to starszy model), wchodziła na Aliexpress i ściągała dla córeczki stylowe ciuchy od majfrendów. Jedno pranie, dwa i woń gumy znikała, toksyczne barwniki spływały do ścieku. Można się było stroić w chińskie szmatki za grosze. Tylko buty kupowała porządniejsze, w Krakowie, no bo but to but. Na butach oszczędzać nie wolno. Na butach i na edukacji. Monika wierzyła w edukację, modliła się do niej rano i wieczorem, i przed każdym posiłkiem też.

– To się nazywa kapitał społeczny, debilu – warczała, kiedy pytał, po co kilkulatce angielski za cztery stówy miesięcznie albo kolejna książeczka o literkach, albo koncerty dla dzieci w krakowskiej filharmonii, skoro wszystko jest na YouTubie, i te koncerty, i Świnka Peppa, i jej mały brat Dżordż, po polsku i po angielsku, i po hiszpańsku nawet. – Tego nie kupisz u majfrenda, matka z ojcem na to zapierdalają. Ja zapierdalam podwójnie.

Więc kiedy przychodziła jego kolej, Dawid znowu szedł z Kaliną na ten plac zabaw, budować kapitał społeczny z piasku i patyczków, i kapsli po piwie. Nigdy nie trzymał się długo.

A przecież Dawid też by zapierdalał, gdyby mógł. No ale się nie kleiło, już trzeci rok. Budżet. Życie. Wszystko.

Westchnął raz jeszcze nad garścią drobnych i zamknął się w pokoju. Jego prawie własne cztery ściany. Po prawej stało łóżko ze skłębioną pstrokatą pościelą (z promocji, dwadzieścia dziewięć dziewięćdziesiąt dziewięć). W upalne letnie noce kora drażniła spoconą skórę, szału od tego dostawał. Całą szyję miał potem podrapaną do krwi. Ale matka mówiła, że kora najlepsza, bo tania i nie trzeba prasować, a jakżeś taki delikatny, to se kup jedwabie i se je rozściełaj. Byle za swoje.

Ścianę po lewej zajmowało okno. Na zaciągniętych żaluzjach zalegała gruba warstwa kurzu. Pod oknem było biurko z kręconym krzesłem, na biurku kubek z resztkami wczorajszej herbaty i pecet, w pececie internet, w internecie – Świnka Peppa, pornosy, gole, kiksy, piosenki dla dzieci, trejlery i gejmpleje. Cały świat Dawida. Cztery dychy miesięcznie, w pakiecie z kablówką.

Dawid usiadł przy biurku, włączył komputer, drobne położył na blacie. Przez chwilę patrzył na stos monet. Liczył w myślach. Siedem złotych i czterdzieści sześć groszy, jak przed momentem, w przedpokoju. Nie chciało być inaczej. Westchnął. Fajki fajkami, coś by się skołowało, jak zawsze, na tę jedną paczkę, tyle że Kalinie ruszał się pierwszy ząb. Siedem czterdzieści sześć. Dozbiera jeszcze tych parę zeta i będzie dycha na Wróżkę Zębuszkę. W tym pierdolonym kraju nawet dziecięca fantazja miała konkretną cenę.

Wciąż zamyślony spojrzał w górę. Na wąskim pasku ściany obok okna wisiał wyblakły plakat z Ronaldo. Jego fantazja, choć już nie dziecięca, ale nastoletnia, dorosła prawie. Francja, dziewięćdziesiąty ósmy rok, kiedy to było, wieki temu, a Dawid wciąż pamiętał tamten półfinał z Holandią. Karne oglądał na klęczkach, metr od telewizora, albo i nie, klęli z ojcem jeden przez drugiego, rany boskie, co za mecz, rany boskie, kurwa, rany boskie... Ronaldo, jeszcze szczupły i bez grzywki, potem de Boer, Rivaldo, Bergkamp, Emerson, Cocu i pudło, Dunga i znów de Boer, tyle że Ronald, nie Frank, i drugie pudło. Po finale Dawid poszedł do swojego pokoju i płakał. Trzy do jaja, kurwa, rany boskie. Do tej pory nie mógł patrzeć na Zidane'a i tę jego łysą pałę.

Dziewięćdziesiąty ósmy rok... Tuż przed tamtym mundialem obchodził urodziny. Siedemnaste. Dostał od rodziców koszulkę Ronaldo, we wściekłych brazylijskich barwach. Co tam, że nie oryginał, tylko tanią podróbę z bazaru, ważne, że z wymarzoną dziewiątką na plecach. Wiedział już wtedy, że świata nie zawojuje, nie miał ani w głowie, ani w nogach, ale jeszcze wierzył, że się stąd wyrwie, dojdzie do czegoś. Pracą i w ogóle. Teraz dobiegał czterdziestki, życie rozchodziło mu się w szwach jak gacie, które miał na dupie, a jego córce ruszał się pierwszy ząb. Ząb za siedem czterdzieści sześć – dokładnie tyle mu zostało po tym, jak wczoraj wyskoczył z alimentów.

– Wziąłbyś się w końcu w garść – mruknęła wtedy Monika, jeden po drugim prostując wymiętoszone banknoty, żeby zmieściły się jej do portfela. Poprzednia klientka już wyszła, następna zadzwoniła, że się spóźni kwadrans, mogli pogadać. – Za rok Kalina idzie do szkoły, ty wiesz, jakie to są wydatki? Myślisz, że sama wszystko uciągnę?

W zasadzie to nic nie myślał. Myślenie nie zmieniało za wiele. Wzruszył ramionami.

– A co ja mogę? Roboty nie ma, to nie ma. Nie urodzę.

– Juz de gugl, Luk.

– Co?

– G-O-O-G-L-E – przeliterowała. – Czyli internet, chyba masz, co? Stawiam, że tak, w pornosach jesteś na bieżąco. Tam się teraz szuka roboty, nie za jakimś zapyziałym supersamem.

– Okej. Poszukam – obiecał po długim milczeniu.

W końcu rozprostowała ostatni banknot, po czym wcisnęła cały plik do portfela ze sztucznego krokodyla. Ledwo się dopiął, taki był teraz wypchany. Robił wrażenie, a robiłby jeszcze lepsze, gdyby w środku kryło się coś więcej niż dziesiątki i dwudziestki, i może jedna samotna pięćdziesiątka. Z niej Dawid był szczególnie dumny.

– Ona może mieć lepiej, wiesz? – rzuciła Monika, zapatrzona w opasłe krokodylowe cielsko. – Lepiej niż ja, a na pewno lepiej niż ty. Nie spieprzmy tego.

Dawid chciał jej coś odpowiedzieć, że jasne, damy radę, ale wtedy do salonu wpadła spóźniona klientka i od progu zaczęła paplać.

– Jasne – mruknął więc teraz sam do siebie, gdy tak siedział przed komputerem, skąpany w glorii i chwale szczupłego Ronaldo sprzed dwudziestu lat. – Damy radę.

Ikona przeglądarki ginęła na zaśmieconym ekranie, ale nawet nie musiał jej szukać, żeby znaleźć, ręka sama wędrowała gdzie trzeba. W pasku wyszukiwarki wpisał krótko: „praca". Enter.

Oferty pracy z całej Polski. Najnowsze oferty pracy. Praca za granicą. Praca od zaraz. Dziesięć tysięcy aktualnych ofert pracy. Dwadzieścia. Pięćdziesiąt. Praca dla ciebie. Dla ciebie, Dawidzie, wystarczy kliknąć, wejść, zarejestrować się i wyspowiadać, a będzie ci dane, Dawidzie, będzie ci dane. Więc przez cały dzień klikał, wchodził, rejestrował się i spowiadał przed kolejnymi formularzami z życiowych sukcesów i porażek, ze zrządzeń losu i własnej nieudolności, i wątłego kapitału społecznego ze szpitalnych prześcieradeł, smaru i doszczętnie wysiedzianej kanapy przed telewizorem. Ciastolinowa panierka coraz ciężej zalegała mu na żołądku. Założył nawet konto na LinkedInie, ale nie miał tam żadnych znajomych, którzy by mu potwierdzili te, jak to się mówi, kompetencje. W zasadzie to nie miał nawet żadnych kompetencji do potwierdzenia. Tylko to konto.

Za pierwszym razem obskoczył tylko największe portale, a i tak mu dupa ścierpła od tego siedzenia. Nie nawykł.

Za drugim najpierw przez godzinę czyścił skrzynkę. Żadnych konkretów, tylko spam, a w nim poszukiwani sami deweloperzy, specjaliści, liderzy. Dawid nie czuł się liderem. Czuł się coraz cięższy, duszą i ciałem. Z żołądkiem boleśnie pełnym ziemniaczanych pyz (złoty trzydzieści dziewięć za kilogram) wziął się za te mniejsze, regionalne portale, z dalszych stron wyszukiwania. Może tam. Mały portal, w sam raz na małe oczekiwania, co nie?

Za trzecim razem długo gapił się w ciemny ekran, zanim w ogóle uruchomił komputer. Wymęczony byle jakim żarciem żołądek odmawiał posłuszeństwa. Rano Dawid obszedł wszystkie apteki w miasteczku, szukając ranigastu w jakiejś ludzkiej promocji. Znalazł, kupił, łyknął od razu, na miejscu, popijając tabletkę wodą ze szklanej karafki. Garść moniaków skurczyła się do mizernych czterdziestu czterech groszy, tymczasem na skrzynkę przychodził tylko spam. A Wróżka Zębuszka wciąż nie dawała na zeszyt.

Czwarty raz nastąpił dopiero późną nocą, gdy wszyscy już dawno posnęli, zamarli, zastygli – matka z ojcem na kanapie za ścianą, wypięci do siebie tyłkami, Kalina na polówce, tuż obok, w chińskiej piżamce w chińskie kucyponki, a Monika znowu gdzieś w obcym krakowskim łóżku, może z obcym krakowskim facetem. A może nie? Może już nie takim obcym?

Więc była noc i wszyscy spali, i tylko Dawid siedział przed komputerem, i płakał bezgłośnie, bezradnie nad spamem, nad sobą i nad zębem, który trzymał się już na takim ostatnim pasemku mięska, tatusiu, widzisz, ostatnim, najostatniejszym i zaraz wypadnie, jutro na pewno wypadnie, prawda, tatusiu, prawda?

Czterdzieści cztery grosze. Czterdzieści cztery grosze za pierwszy ząb jego księżniczki.

Świat Dawida spał, a on godzina za godziną brnął przez obietnice i pokusy – stabilne zatrudnienie, atrakcyjne pakiety, bogate świadczenia, szerokie wachlarze, ach, spójrz, Dawidzie, spójrz, jakie to ładne, jak się błyszczy – aż dotarł do końca, ostatniego linka na ostatniej stronie wyszukiwania po haśle „praca".

Link był niebieski, nie fioletowy, jak każdy poprzedni. A to oznaczało, że Dawid nigdy dotąd go nie otwierał. Nie patrząc na adres, kliknął.

Przed nim rozpostarła się pustka, choć pewnie jakiś lider, pełen kompetencji i co najmniej trzech lat doświadczenia, poprawiłby go, że to szlachetny minimalizm. Ale Dawid nie ufał wielkim słowom, których znaczenia do końca nie rozumiał.

„Podaj swój adres e-mail", poleciła pustka.

No to podał.

„Podaj swoje imię."

Okej.

Potem pustka kazała mu wybrać, czy szuka pracy, czy też chce ją dać, zapytała o rok urodzenia i miejsce zamieszkania – kraj, województwo, powiat, gmina, miejscowość. Wpisując kolejne nazwy, niemal czuł, jak spojrzenie wielkiego pustkowego oka z każdą odpowiedzią coraz bardziej i bardziej ogniskuje się na nim, jak patrzy. I widzi. Wszystko. Widzi blok Dawida, jego mieszkanie, jego pokój, jego córkę na polówce, a nawet plakat nad komputerem i czterdzieści cztery grosze na biurku.

Przez chwilę pustka milczała.

„Czego zatem pragniesz?" – zapytała wreszcie.

– Co?

Komunikat zniknął, a w jego miejsce wyświetlił się nowy: „Czego pragniesz?".

„O czym marzysz, Dawid, rocznik 1981, zamieszkały w Polska, województwo małopolskie, powiat...".

Dawid poderwał się z krzesła.
– Co jest, kurwa?...
„Marzysz o pracy?" – dopytywała pustka kolejnymi komunikatami, które wyskakiwały na ekranie, by zniknąć natychmiast, gdy tylko Dawid skończył czytać.
„Czy o pieniądzach?".
„O szacunku?".
„Godności?".
– Ej, kurwa, weź... weź przestań! – warknął Dawid, nagle już nie zaniepokojony, tylko zwyczajnie rozjuszony natrętną interaktywnością formularza. Złapał za myszkę i najechał kursorem na iksa, żeby zamknąć dziwną stronę. Tyle że ani myślała się zamknąć. Coś się zawiesiło, myślał Dawid, klikając raz po raz, coś się zawiesiło, ale zaraz się odwiesi. Zaraz będzie dobrze.
„No więc?" – zapytała pustka, niezrażona, i oto na ekranie, po lewej, wyświetliło się PRACA, po prawej zaś PIENIĄDZE.
Pustka czekała na odpowiedź.
A co za różnica? – cisnęło mu się na usta. Co za różnica, skoro człowiek właśnie po to pracuje, haruje, zapierdala, żeby mieć pieniądze? Wtedy przed oczami stanęła mu Monika. Nie ta stara, choć przecież młoda, młodsza niż teraz, z tatuażem na wierzchu i tyłkiem, od którego nie mógł oderwać rąk, tylko ta teraz. Mniej kolorowa, mniej głośna, jakby ją tych siedem lat życia uciszyło, a jednak... Nijak nie wyglądała jak ktoś, kto boi się rano otworzyć oczy i spojrzeć własnej klęsce w twarz. Jak on.
Kliknął.
„Doskonały wybór, Dawid, rocznik 1981".
„Informujemy, że opłatę wstępną szacujemy indywidualnie dla każdego klienta".

„Trwa szacowanie opłaty wstępnej”.

„Proszę czekać”.

– Jaką znowu opłatę? – burknął Dawid, wiercąc się niespokojnie na krześle. – Co to za opłata, za co? Kim wy w ogóle jesteście?

„Proszę czekać”.

– Kim, kurwa, jesteście?!

„Przecież wiesz”.

No. Wiedział.

„Proszę czekać”.

„Pierwszy ząb – wyświetliło się chwilę później. – Pierwszy ząb twojej księżniczki”.

„To niewiele, prawda?”.

Dawid próbował przełknąć ślinę. Nic z tego, w ustach miał Saharę.

„To tylko symbol, Dawid, rocznik 1981 – dodała uspokajająco pustka. – Opłata końcowa za usługę, którą świadczymy, wynosi standardowo jedną duszę ludzką i wnoszona jest po zakończeniu trwania umowy”.

– Moją duszę czy… – Nie dokończył, nie mógł. Wpatrywał się w ekran, starając się nie patrzeć w bok, w stronę łóżka, przy którym na skrzypiącej polówce spała Kalina. Z niedomytą buzią, jak zawsze. Przecież kazałeś mi wyszorować przed snem zęęębyyy, a nie buzię, co nie? Tak mówiłeś, tatusiu. No, tak mówił. I gdyby się teraz nachylił, poczułby słodki zapach rodzynek w czekoladzie.

„Zgodnie z artykułem dwunastym kodeksu cywilnego – odpowiedziała pustka – nie mają zdolności do czynności prawnych osoby, które nie ukończyły lat trzynastu, oraz osoby ubezwłasnowolnione całkowicie”.

„Zatem twoją i tylko twoją, Dawid, rocznik 1981”.

Zacisnął powieki. Zastanawiał się. Dlaczego? Dlaczego się w ogóle zastanawiał?

Pustka wiedziała dlaczego.

„Będziesz miał pracę".

„Będziesz miał godność".

„Będziesz miał rodzinę".

– Jezu.

„Będziesz miał dychę od Wróżki Zębuszki".

Aż podskoczył, gdy w ciszy uśpionego mieszkania naraz rozległ się zgrzyt. Drukarka ożyła, mrugając na przemian to zielonym, to pomarańczowym światełkiem, i wciągnęła kilka zakurzonych kartek z podajnika, żeby zaraz je wypluć, jedna po drugiej, gęsto usiane wersami. Dawid pewnie by uznał, że to jakieś hakerskie sztuczki, jak w amerykańskich filmach, że ktoś mu się włamał do komputera i teraz sobie z nim pogrywa, gdyby nie pewien drobiazg.

Gdyby tusz do drukarki nie skończył się w zeszłym roku.

Ręka mu drżała, kiedy sięgał po kartki.

– To... to ten, no. – Przez chwilę szukał w skołowanej głowie właściwego słowa. – Cyrograf?

„Och, po co od razu takie brzydkie słowa – odparła pustka. – Standardowa umowa o świadczenie usług, na czas oznaczony".

– Oznaczony? Niby czym?

„Twoim zgonem, Dawid, rocznik 1981. Przewidywany termin to poniedziałek, 16.03.2048, godzina 13.48".

Aż zadrżał. Rzeczywiście, taka data widniała na pierwszej stronie – data zakończenia umowy. Wtedy umrze. Ale jak, gdzie? Na co? Czy naprawdę chciał wiedzieć?

„Oferujemy również program lojalnościowy, pakiet assistance oraz całodobową, bezpłatną infolinię – ciągnęła pustka. – Jesteśmy nowoczesną firmą".

– Jesteście piekłem.
„Spółką z o.o.".
– To chyba nawet gorzej.
„Czyżby?".
„Wyobraź sobie".
„Rano odbierzesz pocztę i znajdziesz ofertę pracy. Którą przyjmiesz. Będziesz pracował ciężko, ale uczciwie. Tak, jak zawsze chciałeś, prawda? Kupisz sobie nową bieliznę, buty, pościel. Zaczniesz się lepiej odżywiać. Będziesz miał ubezpieczenie, więc pójdziesz do lekarza jak człowiek, wyleczysz żołądek. Potem do dentysty, zrobić wreszcie porządek z tą górną piątką. Za jakiś czas znajdziesz sobie mieszkanie i wyniesiesz się od rodziców. Rzucisz palenie. Monika, przyprowadzając ci dziecko na weekend, zauważy, że się ogarniasz, że masz ambicje, stajesz na nogi. Idziesz do przodu".
„Zobaczy w tobie mężczyznę, który podoła".
„Staniecie się prawdziwą rodziną. Mama, tata i córka. Może weźmiecie psa".
„Lubisz psy, Dawidzie?".
– No. Nawet. Mogą być.
„Och. My wolimy koty".
„Niech zatem będzie pies. Uroczy kundelek ze schroniska. Potem Monika się zorientuje, że lada moment zamiast dwójki będzie miała z przodu trójkę, więc zrobicie sobie drugie dziecko. Syn. Będziesz z nim oglądał mecze".
„Pokażesz mu karne z Holandią".
„Będzie płakał tak jak ty".
Wzrok Dawida powędrował posłusznie ku szczupłemu Ronaldo, jak gdyby to on był drogą i prawdą, i życiem. Strzeż mnie ode złego, strzeż, strzeż... Lecz była ciemna noc i cały świat Dawida spał, i tylko zło nie spało, kusząc

całodobowo, interaktywnie, paragrafami, od których bolały go oczy.

„Wszystko za jeden mleczny ząb, z którym twoja córka już i tak się przecież pożegnała. Rano, kiedy się obudzi, poczuje pod językiem, że wypadł. Za to pod poduszką znajdzie dziesięć złotych od Wróżki Zębuszki. Po śniadaniu pójdziecie razem do kiosku, kupi sobie gazetkę o kucyponkach".

„Będzie dumna".

„I ty też będziesz dumny, Dawid, rocznik 1981, kiedy kupisz jej pierwszy szkolny tornister, nawet nie patrząc na cenę".

Znowu zacisnął powieki, mocno, jak najmocniej, ale łzy i tak się przecisnęły. Kiedy otworzył wreszcie oczy, pustka rzekła pocieszająco:

„Przecież nie prosisz o nic złego".

„No".

„Podpisz".

Podpisał więc. No bo co.

„Dziękujemy za wybór naszej oferty. Informujemy, że zgodnie z ustawą o ochronie niektórych praw konsumentów oraz o odpowiedzialności za szkodę wyrządzoną przez produkt niebezpieczny w przypadku umowy dotyczącej 1) świadczeń o właściwościach określonych przez konsumenta w złożonym przez niego zamówieniu lub ściśle związanych z jego osobą, 2) świadczeń, które z uwagi na ich charakter nie mogą zostać zwrócone lub których przedmiot ulega szybkiemu zepsuciu oraz 3) usług w zakresie gier hazardowych konsumentowi nie przysługuje prawo odstąpienia od umowy zawartej na odległość".

„Wdrożenie usługi nastąpi w ciągu 12 godzin".

Strona zgasła.

Kilka godzin później za oknem zaczęło się przejaśniać, a Dawid wciąż siedział przy biurku, przed wygaszonym ekranem komputera i patrzył na umowę z piekłem, spółką z o.o., i na podpis, którym przypieczętował swój los.

Naraz dobiegło go ciche westchnienie i skrzypienie polówki. Kalina obróciła się z boku na plecy, rozrzucając ramiona nad głową.

Ostrożnie, żeby jej przypadkiem nie obudzić, nie wystraszyć, Dawid zsunął się z krzesła na podłogę i na klęczkach, szorując gołymi kolanami o wykładzinę, zbliżył się do córki. Po ostatnim przeziębieniu znów miała powiększone migdały, dlatego pochrapywała cicho przez rozchylone usta. Przyświecając sobie telefonem, Dawid zajrzał do środka. Ręka mu drżała jak nigdy.

Z miejsca, w którym jeszcze wieczorem chybotała się dolna jedynka, teraz pomału spływała strużka krwi, a spod poduszki wystawał nowiuteńki, dziesięciozłotowy banknot.

Pierwsze słowo

Pamiętam, że był maj i że było gorąco. Na ten dzień zapowiadali trzydzieści jeden stopni na plusie, w słońcu pewnie jeszcze więcej. Uznałam, że zamiast się wylegiwać w pościeli, lepiej wyjść z domu jak najwcześniej, załatwić, co trzeba, i wrócić przed najgorszym upałem.

Ogromne pustkowie placu Strzegomskiego nawet nie zdążyło oddać przez noc wczorajszej porcji ciepła, a już chłonęło następną. Poranny korek rósł niczym morderczy tętniak na arterii, obejmując wszystkie pasy w kierunku centrum. Pamiętam ciepło bijące od pracujących silników i rozmiękły asfalt pod podeszwami koturnów, kiedy czekałam na zielone światło. Z westchnieniem ulgi schowałam się w cieniu przejścia podziemnego, chociaż zapach spalin mieszał się tu z wonią moczu. Popękaną posadzkę co krok znaczyły zaschnięte plamy niewiadomego pochodzenia. Omijałam je odruchowo, starając się za bardzo nie wnikać, czy to komuś skapnął jogurt, czy też niekoniecznie. Z powrotem na powierzchnię wyszłam dopiero na przeciwległym końcu placu, w cieniu bunkra z szarego betonu. Ostatnią prostą musiałam jednak pokonać w pełnym słońcu. Gdy parę minut później dotarłam do przychodni, bluzka lepiła mi się do ciała.

Mimo że zabiegowy otwierali dopiero za pół godziny, pod drzwiami zdążyła się już ustawić spora kolejka. Pierwsi szczęśliwcy zajmowali krzesła, reszta zaś trzymała się z boku, żeby nie tarasować przejścia. A może wcale nie dlatego? Pamiętam dobrze błogi chłód, który bił od pociągniętych farbą olejną ścian. Aż chciało się przywrzeć do nich plecami.

Stanęłam na końcu kolejki, wyjęłam książkę z torebki i zaczęłam czytać. Miałam czas.

– Kto ostatni do zabiegowego? – usłyszałam za plecami dwa akapity później.

– Tak – odparłam całkowicie bez sensu, odrywając się od książki i zerkając przez ramię. Jakiś facet z wąsem. – Znaczy, ja. Ja jestem ostatnia.

Pokiwał głową i stanął za mną. Wróciłam do czytania.

Początkowo nie zwróciłam uwagi na coraz głośniejszy hurgot, który nadciągał w naszą stronę. Gdy pchany przez kobietę wysoki wózek ze stali zrównał się z ogonem kolejki, krzywe kółka naraz skręciły nie w tę stronę i wózkiem zarzuciło.

Ludzie odskoczyli, ktoś trącił mnie łokciem, ktoś krzyknął za kobietą, żeby lepiej uważała z tym złomem, bo jeszcze kogoś zabije. Pamiętam błysk złości w jej oczach – na siebie, na wózek, na ludzi, jak gdyby sama nie wiedziała, co powinna robić. Szarpnęła, kółka obróciły się posłusznie i wózek z hurgotem pojechał dalej.

– Pani to ma chyba pierwszeństwo – rozległo się tuż przy moim uchu.

– Słucham?…

Facet z wąsem, ten sam co przed chwilą.

– Pani ma pierwszeństwo – powtórzył, unosząc przy tym wymownie brwi, i skinął głową na moją lewą dłoń. Nawet nie zauważyłam, kiedy zasłoniłam nią podbrzusze.

Nawet nie zauważyłam, kiedy zaczął się u mnie ten odruch.

– Ach, to… – Cofnęłam dłoń i uśmiechnęłam się przepraszająco. Jakby było za co przepraszać. – Nie, nie trzeba. Postoję.

Kątem oka dostrzegłam jeszcze, jak pokiwał głową, uśmiechając się pod wąsem. Wróciłam wzrokiem do książki, próbując znaleźć miejsce, w którym skończyłam czytać, kiedy facet znowu mnie zaczepił:

– Który tydzień?

– Siódmy – odparłam, zanim w ogóle przeszło mi przez myśl, że przecież to nie jego sprawa, że nie muszę się spowiadać przed pierwszym lepszym kolejkowym gadułą. Ale przyglądał mi się z taką życzliwą ciekawością, że nie umiałam się przed tym bronić. – Nawet jeszcze nie wiadomo, czy coś z tego będzie – dodałam.

– A tam, nie wiadomo – żachnął się. – Głowa to tak, głowa może jeszcze nie wie. A rączka już tak. Natura nie jest głupia, proszę pani. Hormony! Rozumie pani? Pani jeszcze nie wie, czy będzie ten dzidziuś, czy nie, ale hormony od pierwszych minut robią swoje. I w razie czego ta niepozorna rączka sama wędruje tam, gdzie trzeba. W głowie też się zaraz samo poprzestawia. Bo macierzyństwo, proszę pani, to jest odmienny stan. Ale umysłu!

– Ta. Chyba u pana – prychnął ktoś za nami.

– A co, nie? – odparował, chociaż z jakiegoś powodu przez cały czas zwracał się do mnie. – Przed ciążą taka o, młoda dama jak pani biega sobie po sklepach, kupuje to, tamto, na taką okazję, na śmaką, a nawet i bez okazji. Aż zostaje matką i nagle inny człowiek! Nagle nic dla siebie, wszystko dla dziecka. – Zaśmiał się. – Dziecku się portki z szafy wysypują, chociaż jeszcze nie chodzi, ale matka będzie w jednych latać, póki jej na tyłku nie pękną, bo prędzej dziecku piętnaste kupi niż sobie drugie. I te pęknięte to też najpierw spróbuje załatać. Na siebie to złamanego grosza nie wyda, zanim go pięć razy nie obejrzy, ale na dziecko przepuści każde pieniądze. Hormony mieszają we wszystkim, w ciele, w głowie, w priorytetach. Hormony… i ludzie – dodał nieoczekiwanie. – I to się zaczyna właśnie teraz! Zanim się pani obejrzy, matkę staruszkę z papieroskiem wygoni pani na balkon, bo dziecko, wiernego psa z łóżka, wiernego męża też, tak na wszelki wypadek. Bo dziecko. A nie? A nie?

– Panie, weź pan już skończ z tymi kocopołami! – rozległo się gdzieś spod drzwi zabiegowego.

– A nie? – powtórzył ciszej, prawie szeptem, i przechyliwszy głowę, zmierzył mnie zaciekawionym spojrzeniem. – Może sprawdzimy? Ot, taki mały eksperyment dla zabicia czasu. Przed nami jeszcze kilka osób, zdąży się pani zastanowić.

– Nad czym?

– Gdyby mogła pani mieć jedno życzenie. Tylko jedno, bez żadnych wyjątków, za to ze stuprocentową gwarancją, że się spełni. To czego by sobie pani zażyczyła?

Och, przecież to proste, cisnęło mi się na usta. Tyle razy się nad tym zastanawiałam, jak chyba zresztą każdy. Leżąc wieczorem w łóżku i czekając na sen, który jest tuż-tuż. W trakcie nudnego wykładu, kiedy odpływałam gdzieś myślami, a ręka sama kreśliła długopisem bazgroły na marginesie zeszytu. Albo na spotkaniu rodzinnym, przy herbacie i placku niebo, gdy rozmowa znowu zeszła na choroby, pieniądze i ten pierdolony kraj. Czarodziejska złota rybko, spełnij me życzenie szybko. Chcę…

Być.

Mieć.

Moja dłoń mimowolnie zsunęła się na podbrzusze, wzrok przemknął po twarzach ludzi w kolejce. Patrzyli. Słuchali. Oczekiwali. Pamiętam wstyd, który mnie wtedy ogarnął.

Facet z wąsem przyglądał mi się uważnie.

– Co, nagle wstyd już tak myśleć o sobie? – zapytał, jak gdyby czytał mi w myślach. – I na dodatek powiedzieć to na głos, kiedy wszyscy nadstawiają uszu, już, już gotowi oceniać. Co to za matka, co myśli o sobie, nie o dziecku? I żeby tylko matka. Co to za córka. Co to za żona! Kto to widział, tak zmarnować bezcenne życzenie jakąś banalną prośbą o pieniądze, karierę czy zgrabniejsze nogi, kiedy można naprawić całe zło tego świata… Więc?

– Więc co?

– Czego by sobie pani życzyła?

Zastanawiałam się, czując na sobie zaciekawione spojrzenia, w niewytłumaczalnej panice szukając uczciwego kompromisu między tym, czego pragnęłam naprawdę, a tym, czego nie musiałabym się wstydzić przed ludźmi.

– Żeby wszyscy, których kocham, dożyli późnej starości.

Ktoś pokiwał głową z uznaniem. Zasłużyłam sobie. A facet z wąsem uśmiechnął się, mrużąc przy tym oczy.

– Jak szlachetnie.

– No i, oczywiście, żeby dożyli jej w zdrowiu – dodałam szybko. – Ale to się chyba rozumie samo...

– O, nie, nie! – przerwał mi ze śmiechem i żartobliwie pogroził palcem. – To tak nie działa, proszę pani. Pierwsze słowo do dziennika, drugie słowo do śmietnika.

Pamiętam, że właśnie wtedy odsunęłam się od chłodnej ściany. Nagle już nie było mi wcale tak przyjemnie.

A potem kolejka znów się ruszyła i między mną a drzwiami zabiegowego nie został nikt więcej. Korzystając z pretekstu, odwróciłam się do faceta plecami, schowałam książkę z powrotem do torebki i wyciągnęłam skierowanie, żeby go potem nie szukać. Szybko przebiegłam wzrokiem listę badań – morfologia, OB, TSH, cukier na czczo. Okej. Jedno wkłucie i po krzyku. Będę dzielna i w nagrodę wrócę naokoło, obok fontanny z łabędziami, a potem może zajdę jeszcze do warzywniaka? Pogoda w sam raz na młode ziemniaki z koperkiem i mizerię, najlepiej taką prosto z lodówki.

Pamiętam jeszcze, że kiedy w końcu wyszłam z zabiegowego, ściskając wacik w zgięciu łokcia i myśląc, czy wbrew tradycji dodać do mizerii pomidory, czy poprzestać na samych ogórkach, faceta z wąsem na korytarzu już nie było.

Stoję teraz na balkonie i patrzę. Na ten sam plac, ten sam bunkier i charakterystyczny budynek Dolmedu, w którym go wtedy spotkałam.

Wciąż pamiętam tyle szczegółów z tamtego dnia. Na przykład jego koszulę – pomarańczową, w delikatną kratkę. Ogólnie to nie przepadam za tym kolorem, ale wyjątkowo pasował mu do opalenizny. Zbrązowiała skóra miała ten charakterystyczny odcień, jaki widuje się u ludzi przebywających dużo na świeżym powietrzu. No i te wąsy, atrybut pokolenia naszych ojców, tych wszystkich Zbyszków, Januszów, Sławomirów i Mirosławów. Ciekawe, jak wołała za nim żona? Mirosławie? Mirku? Mireczku? A może jeszcze czulej, Mirasku? Tak, trochę wyglądał na Miraska. Miał pełne usta, jakich pozazdrościłaby mu niejedna kobieta, ładne, zadbane zęby, siateczkę drobnych zmarszczek w zewnętrznych kącikach brązowych oczu – często się śmiał? Czy raczej mrużył powieki, udając przed samym sobą, że jeszcze nie potrzebuje okularów? – oraz śmieszne brwi, takie rogate, jakby odrysowane od ekierki. Kiedyś był pewnie przystojnym facetem. W zasadzie i teraz, mimo lekkiej nadwagi i łysiny maskowanej strzyżeniem na zapałkę, niczego mu nie brakowało. Efekt psuły tylko kieszenie krótkich spodni – jedna wypchana portfelem, druga pękiem kluczy. Je też dobrze pamiętam.

Tak samo jak dwa ceramiczne łabędzie w wyschniętej fontannie, zaraz za przychodnią. W dzieciństwie, ilekroć przyjeżdżaliśmy do dziadków z wizytą, próbowałam kogoś wyciągnąć na spacer, choćby króciutki, byle do łabędzi. Czasem ktoś dał się uprosić, czasem nie. Zazwyczaj nie. Później, kiedy zamieszkałam u dziadków i nie musiałam nikogo pytać o zgodę, już mnie aż tak do nich nie ciągnęło. Tamtego ranka, kiedy do nich zaszłam, z tężejącym pomału strupkiem w zgięciu łokcia, stały tam jak zawsze – brudne i popękane, ale wciąż całe. Wtedy nikt nie przypuszczał, że wkrótce obali je ręka wandala. Moja jedynie pogłaskała czule ich ceramiczne łebki.

A mizerię w końcu zrobiłam z pomidorami. To również pamiętam.

Mieszkanie na siódmym piętrze bloku przy Poznańskiej należało do moich dziadków. Nic szczególnego. Pokój duży tylko z nazwy, kuchnia kształtem i rozmiarami przypominająca kolejowy przedział, do tego mikroskopijna klitka niewiele szersza od drzwi, które do niej prowadziły, i ciasna, ślepa łazienka – bez umywalki, bo się już nie mieściła, dlatego ręce czy zęby trzeba było myć nad starą wanną. W dzieciństwie budziła mój zachwyt, dopóki w dziewięćdziesiątym siódmym podczas powodzi stulecia z odpływu nie wyszedł szczur. Wielki i wystraszony. Babcia, którą do łazienki zwabił dziwny łomot, w pierwszym odruchu po prostu usiadła na podskakującej desce sedesowej i wydarła się wniebogłosy. Od tamtej pory panicznie bałam się sikać u dziadków, więc starałam się tego w ogóle nie robić. Nawet mi to wychodziło, ale potem wprowadziłam się do nich na czas studiów. Nie chciałam codziennie dojeżdżać na zajęcia aż spod Brzegu, a że wstrzymywanie moczu przez pięć lat wykracza poza możliwości jakiegokolwiek człowieka, siłą rzeczy musiałam zmienić taktykę. Załatwiałam się więc w pozycji na narciarza, z mocno pochyloną głową, przez szparę między udami wypatrując nieproszonego gościa, który mógłby mnie ugryźć.

Pamiętam też dobrze, jak dziadek postanowił zabudować balkon, na którym teraz stoję. Białymi oknami z PCV – wszyscy wtedy chcieli takie mieć. Drewniane, nieszczelne okna nagle stały się czymś obciachowym. A że zamiast metalowej balustrady, jak w nowszych blokach, na balkonie dziadków był szeroki murek z betonu, idealny pod zabudowę, dziadek wcielił swój plan w życie, chociaż babcia nie była tym zachwycona. Ja miałam wtedy chyba dziesięć czy dwanaście lat i strasznie się cieszyłam z dodatkowego pomieszczenia. Podczas rodzinnych spędów wymykałam się na balkon, siadałam sobie w kącie na stołeczku i spoglądałam z góry na poniemiecki bunkier. Za to teraz już rozumiem, co miała na myśli babcia, kiedy kręciła głową na te dziadkowe pomysły i mruczała coś o życiu w plastikowym akwarium. W słoneczne dni na balkonie można się udusić.

Potem dziadek umarł. Skończyłam studia. Umarła babcia. A ja wciąż żyję w ich mieszkaniu i wciąż trochę się boję usiąść na desce jak człowiek.

Później, oprócz naszego, zabudowano jeszcze trzy balkony i moda na wszechobecne PCV minęła. Mijają też starzy, znajomi sąsiedzi. Czasem ktoś się wyprowadza, zwykle jednak po prostu umierają i wtedy na ich miejsce pojawiają się nowi. Ci nowi nie mają o niczym pojęcia, a mnie brak sił, żeby chodzić i tłumaczyć. Prędzej czy później alarmują policję, straż miejską, czasem też Towarzystwo Opieki nad Zwierzętami, zaniepokojeni monotonnym skowytem, który dobiega z narożnego mieszkania na siódmym piętrze. A może nie tyle zaniepokojeni, ile zmęczeni? Rozdrażnieni? Nie umiem powiedzieć.

No więc dzwonią i mówią, że skowyt, że ile można, że proszę interweniować.

– Poznańska ile? Jeden? – upewnia się dyspozytor.

– Tak, tak, zgadza się, Poznańska jeden!

Wtedy słyszą westchnienie. Albo ciszę.

– To nie pies, proszę pana – odpowiada wreszcie dyspozytor. – To dziecko.

Moje dziecko.

Michała poznałam pod koniec studiów, kiedy balkon był zabudowany, dziadek nieżywy, a babcia wciąż dziarska, choć coraz krótszymi, coraz rzadszymi zrywami. Umarła miesiąc później, spokojnie, we śnie. Zimą. Michał się wprowadził, wyremontował łazienkę. Deskę z granatowego plastiku zastąpił cięższą, ceramiczną. Śmiał się, że tego nawet największy szczur nie dźwignie. Na szczęście nie mieliśmy okazji sprawdzić. Wiosną odkryłam, że jestem w ciąży. Michał się cieszył, chociaż widziałam po nim, że się nie spodziewał, że to pójdzie tak szybko. I chyba trochę się bał.

Do dziś uważa, że to wszystko przeze mnie. Że to ja ściągnęłam na nasze dziecko nieszczęście. W zasadzie to ma rację. Ściągnęłam. Tyle że dużo, dużo wcześniej, niż mu się wydaje.

Pamiętam, że była słoneczna, wrześniowa sobota. Kubuś miał wtedy cztery lata. Michał z samego rana pojechał z ojcem na działkę, żeby zerwać starą papę z dachu altanki i przybić nową. Po południu wybieraliśmy się razem do teściowej na imieniny – był osiemnasty, Ireny – dlatego poszłam z Kubusiem do kwiaciarni po jakąś wiązankę.

– Mamo, mamo, zobacz! – zawołał naraz z jakiegoś kąta, po którym buszował. – Jakie to piękne, kupisz mi? Kupisz, mamo?

Ledwo powstrzymałyśmy ze sprzedawczynią śmiech. Przedmiotem, który tak zachwycił mojego malca, był biały, gipsowy znicz w kształcie serduszka.

Kupiłam, bo dziecko. A nie?

Po powrocie z działki Michał zrobił awanturę, że co mi strzeliło do głowy, że nieszczęście, że gdzie znicz w domu, znicz to na cmentarz! Tłumaczyłam, że dla dziecka to tylko śliczna świeczka, ale nie docierało, darł się i darł. Dotarły dopiero Kubusiowe łzy jak grochy. Michał odpuścił, ale dąsał się na mnie jeszcze cały następny dzień.

A potem wszystko poszło nie tak.

Telefon z przedszkola, jeden, drugi, piąty. Żeby odebrać dziecko, bo coś się dzieje. Ale co? Coś. Nie wiadomo. Ale boli. Więc – pediatra. Badania z krwi wyszły złe. Powtórzone po miesiącu – jeszcze gorsze. Płacz. Szloch. Ból, coraz więcej bólu. Pół roku biegania po przychodniach i szpitalach, pół roku kłucia, pytania, słuchania, wysiadywania w kolejnych poczekalniach, wędrowania labiryntami korytarzy. Wreszcie diagnoza.

Pamiętam tamtą martwą ciszę, która prędzej czy później zapadała w każdym gabinecie.

– To nie potrwa długo – wszyscy lekarze na koniec dodawali ze współczuciem... a może pocieszająco?

I tylko ja wiedziałam, jak bardzo się mylą.

„Wszyscy, których kocham".

Tego uczepiłam się najpierw, po tym, jak medycyna bezradnie rozłożyła ręce. Tych trzech słów.

Zaczęłam hodować złość. Rosła wspaniale na pożywce z nieprzespanych nocy, smrodu odchodów, zmęczenia i bezsilności. Ogrzewana krzykiem, podlewana wzajemnym żalem, wypuszczała nowe liście, rozwijała pąk za pąkiem. Karmiłam się nią do syta, aż mnie mdliło. Podchodziła mi do gardła, kiedy nachylałam się, żeby zmienić kolejną pieluchę czy wytrzeć ślinę. Skapywała z moich ust gorzkimi słowami, zaciskała palce odrobinę za mocno, gdy chwytałam coraz bardziej bezwładniejącą kończynę.

Lecz i tak nie umiałam przestać kochać. Nie mojego Kubusia. Bo Michała to już tak. Nawet szybko poszło.

„Cóż", pomyślałam z obojętnością, gdy po dwóch latach pękła ostatnia tama, gdy wykrzyczeliśmy sobie wszystko, co było do wykrzyczenia, i zostawił mnie na balkonie, skąd patrzyłam przez łzy na plac, na bunkier, na przychodnię, a sam poszedł spakować walizkę, „cóż, przynajmniej on będzie teraz bezpieczny".

Pamiętam, że wtedy był piątek i był maj, i było gorąco.

Dziś też jest piątek. Tak jak wtedy. Jak tydzień temu. I dwa. I trzy. I trzysta trzydzieści trzy.

Dlatego jak co piątek o tej samej godzinie wychodzę na balkon i najpierw długo patrzę w dół, na plac, na bunkier, na budynek Dolmedu. I na lokomotywę. Stanęła na placu Strzegomskim, kiedy Kubuś już leżał. Od tamtej pory mija osiem lat. Od pięciu moi rodzice nie żyją, od dwóch Michał pracuje w Holandii. Nie pisze, nie dzwoni, nie przyjeżdża. Kubuś nadal leży, a lokomotywa wbrew całemu światu stoi na torach skierowanych ku niebu, prawie gotowa do podróży. Z początku widziałam w niej symbol wiary w niemożliwe. Teraz widzę wyłącznie daremność.

Patrzę w kąt balkonu. Stołeczek stoi tam, gdzie zawsze. Wystarczy się na niego wspiąć i uchylić okno. Siódme piętro to naprawdę wysoko, a w dole rozpościera się sam asfalt i beton. Zaledwie kilka sekund niewyobrażalnego strachu dzieli mnie od ulgi.

Kubusia dzielą lata. Może dziesięć, może dwadzieścia, a może pięćdziesiąt, któż to wie? Na pewno nie lekarze. Oni kręcą głowami i nie potrafią się nadziwić, jak to w ogóle możliwe, skoro według medycyny już dawno powinno być po wszystkim.

Tylko ja wiem. Ja i facet z wąsem. Kolejkowy gaduła.

Dlatego się nie poddaję. Próbuję, choć od tych prób osiwiałam do szczętu, choć już tyle razy przekonałam się na własne oczy, że moje życzenie się spełnia, że Kubuś dożyje starości, uwięziony w pułapce cierpienia jak krucha muszka w bursztynie. Mimo to raz po raz próbuję przełamać tamto nieopatrzne życzenie, wypowiedziane byle jak i byle gdzie. Wcale nie dlatego, że już straciłam wszelką nadzieję, że nie pozostało mi nic innego. Tylko właśnie dlatego, że nadal ją mam. Bo może tym razem... Może jeśli wytrwam, jeśli oddam wszystko, co oddać mogę, a potem jeszcze więcej i więcej, zły czar życzenia w końcu pryśnie? Skończy się ten skowyt, skończy się zmęczenie, które odbiera mi już resztki rozumu, a ja przestanę się tak straszliwie bać choćby myśli o tym, co się stanie z moim dzieckiem, kiedy mnie zabraknie.

Dlatego jak co piątek zamykam za sobą drzwi, biorę jasiek w pstrokatej, taniej powłoczce i siadam z nim na skraju łóżka. Dobrze wiem, co zaraz zrobię. Robiłam to tydzień temu. I dwa. I trzy. I trzysta trzydzieści trzy.

Pamiętam, że za pierwszym razem płakałam. Cicho. Strasznie. Płakałam przed, płakałam w trakcie, płakałam po, gdy było już po wszystkim – i potem, gdy wszystko zaczęło się od nowa.

Teraz już nie płaczę wcale, za to przez cały ten czas nie odrywam wzroku od ściany przede mną, nawet na moment. Znam na pamięć każde pęknięcie, plamę, odprysk niegdyś białej farby.

Trzymam jasiek z wprawą. Przyciskam go długo, mocno.

Czarodziejska złota rybko…

Kubuś nie walczy, nie może. Przyszedł na ten świat z krzykiem, a odchodzi, kwiląc słabo, słabiuteńko. Wreszcie cichnie. Trzymam jasiek jeszcze przez chwilę, licząc powoli do stu, po czym odkładam go na bok, wygładzam starannie – i czekam ze wzrokiem wbitym w ścianę. Znowu czekam.

Na pierwszy ruch.

Pierwszy oddech.

Pierwszy skowyt.

Bo to tak nie działa, proszę pani.

Pierwsze słowo do dziennika.

Pierwodruki

Rozmowa dyskwalifikacyjna
„Fahrenheit" 2006, nr 53
Dożywocie
Antologia *Kochali się, że strach*, Fabryka Słów, Lublin 2007
Nawiedziny
Antologia *Nawiedziny*, Fabryka Słów, Lublin 2009
Przeżycie Stanisława Kozika
„Science Fiction, Fantasy & Horror" 2009, nr 44
W zamku tej nocy…
„Science Fiction, Fantasy & Horror" 2012, nr 78
Szaławiła
Marta Kisiel, *Dożywocie*, wyd. II rozszerzone, Uroboros, Warszawa 2017